KB187508

三韓語 研究

都守熙

제이앤씨

머리말

한국어의 계통을 밝히기 위하여 많은 학자들이 비교 연구를 거듭하여 왔다. 적극적인 연구 결과로 이른바 "한국어 알타이어족설"이라는 가설을 세우게 되었다. 이 매혹적인 가설은 상당한 기간 학계를 풍미하다시피 하였다. 그러나 이 계통설은 초기의 긍정적이었던 추세와는 달리 근래에는 오히려 부정하는 학설의 장벽에 막혀 있다. 가부간 그 동안의 계통론은 한국어와 친연성이 있을 것으로 가정한 언어들과의 비교 연구라는 막연한 온상에서 연명하여 온 것만은 틀림없는 사실이다. 그렇다고 여기서 비교연구 자체가 아예 연구할 가치가 없다고 부정하는 것은 아니다. 다만 이보다 선행되었어야 할 긴요한 기본 연구가 도외시되어 온 아쉬움을 강조할 뿐이다. 이른바 원시국어보다는 삼한어의 연구가 오히려 우선하는 과제이었기 때문이다. 실로 국내외의 옛 문헌에 기록되어 전하는 삼한 시대의 어휘 자료를 중심으로 정밀하고도 심도 있는 연구부터 선행할 필요가 있었다. 막연하기 그지없는 비교 연구의 가설보다 실증적인 언어 자료를 토대로 연구하여 내린 결론은 그 신뢰성의 차원이 전혀 다른 것이다. 따라서 국어사 연구에 있어서 「삼한어 연구」의 당위성은 상존해 온 것이었다.

지난 1971년에 공주 송산리 6호 고분을 중심으로 弓形의 배수로(3m깊이)를 설치 작업하는 중에 우연히 6호분에 사용된 벽돌과 동일한 것이 출토되었다. 뜻밖에 발견된 이 벽돌이 단서가 되어 결국은 어마어마한 武寧王陵을 발굴하게 된 것이다. 기타의 연구 과정에서도 이런 의외의 사례가 종종 일어날 수 있다. 비슷한 우연이 여러 길목에서 연구자를 기다리고 있기 때문이다. 저자도 「백제어 연구」의 과정에서 비슷한 경험을 하였다. 백제어의 접미 지명소 '-夫里'(古良夫里, 所夫里, 毛良夫里 등)의 이른 형을 추구하는 중에 '-卑離'(內卑離, 辟卑離, 牟盧卑離, 如來卑離 등)를 찾아낸 것이다. 이 '-비리'는 마한어가 적극적으로 활용한 접미 지명소임을 확인하게 되었다. 저자의 이 추적은 결국 「마한어 연구」의 동기가 된 셈이다. 「마한어 연구」를 하다가 결국은 상관성이 있는 「변한어 · 진한어 연구」에까지 이르게 되었다.

언어는 수시로 변하기 마련인데 몇몇의 옛 어휘를 인위적으로 이른 과거의 어느 시기에 적당히 고정시켜 놓고, 실은 어느 일순도 고정되어 있지 않고 연면히 변천하여 온 것이 언어이것만, 특정한 어휘가 어디서부터 연원하였으며, 어떤 과정을 거쳐서 파생 발달하여 왔는가를 구명한다는 것은 마치 급속도로 움직이는 원거리의 표적을 맞추려는 사격수처럼 막연하고도 종잡을 수 없어서 적중하기란 매우 힘든 작업임에 틀림없다. 그러나 막연함 속에서 믿을만한 새로운 사실이 어쩌다 발견된다면 그것보다 더 큰 소득은 없을 것이다. 마찬가지로 졸저의 집필도 마치 모래밭에서 사금을 찾으려는 막연한 기대와 소망에서 비롯되었다.

어느 분야에서나 개척자는 항상 외롭다. 주변에 참고할 선행 연구가 없기 때문이다. 연구의 시초이기 때문에 호평(好評)보다 오히려 혹평(酷評)의 표적이 될 가능성만 다분할 뿐이다. 그래서 개척을 꺼려하며 거듭 주저하게 되는 것이다. 그렇다고 포기한다면 더더욱 학자의 미덕이 아닐 것이다. 비록 연구결과의 적중률이 낮을지라도 오로지 연구의 개척일 뿐이라는 소신으로 머뭇거릴 것 없이 우직하게 정진할 도리밖에 없는 것이다.

어느 분야의 개척적인 연구든 어찌 단박에 이루어질 수 있겠는가? 이제 막 기단을 놓았으니 그 이상의 탑을 쌓아가는 몫은 동료나 후학들에게 물려준다. 무엇보다 기초 작업이 중요한 법이다. 그 마저도 부실한 졸저가 철저히 수정 보완되기를 희구(希求)할 따름이다.

무더운 여름이다. 더위 속에서 까다로운 원고를 편집하고 교정하느라 여러모로 수고한 제이앤씨 출판사 관계자 여러 분들의 노고를 마음에 새기며 깊이 감사한다.

2008년 7월 10일

養性齋에서

都 守 熙

차례 ■

三韓語 研究

개요

개 요

삼한어는 사국(고구려 · 백제 · 신라 · 가라) 시대 이전의 馬韓語 · 辰韓語 · 弁韓語에 대한 통칭이다. 이제까지의 국어사 연구에서 「삼한어 연구」는 철저하게 도외시되어 왔다. 이유는 연구하기에 힘든 난제이기 때문이었을 것이다. 비록 그렇다 할지라도 「삼한어 연구」를 한없이 방치할 수만은 없는 것이다. 마땅히 누군가 「삼한어 연구」를 개척하여야 했다. 그 동안 삼국어(고구려 · 백제 · 신라어)에 대한 연구는 어느 정도의 성과를 거두었다고 할 수 있다. 그렇다면 이제 그 직전 시대의 「삼한어 연구」를 무한정 방치할 수는 없다. 국어사에서 삼한어는 연구가 가능한 가장 이른 시기의 옛 말이란 점에서 그 연구의 필요성이 절실하기 때문이다. 비록 만시지탄의 아쉬움은 있지만 그럴수록 기필코 연구되어야 할 긴요한 과제가 「삼한어 연구」임을 재삼 강조하여 마땅하다.

다시 말하거니와 장기간에 걸쳐 「삼한어 연구」를 주저케 한 이유는 연구에 필요한 기본 자료가 부족한데 있다. 물론 그 기본 자료가 최소한의 한계를 벗어나지 못하는 최악의 상황인 것만은 틀림없는 사실이다. 그러나 다행이도 우리에게는 아주 영성한 자료이지만 중국의 사서(史書)에 전해진 '마한 54국명'과 '변진 24국명'이 있다. 비록 양적으로 보면 턱없이 부족한 자료이지만 질적으로 보면 소중하기 그지없는 보배로운 유산이다. 그 대부분이 삼한인이 활용하였던 언어의 실증 자료이기 때문이다. 더구나 이 삼한 국명의 대부분은 삼한어를 현지에서 듣고 당대(當代)의 한자음으로 전사(轉寫) 표기한 고유어란 점에서 절대적인 가치가 있는 것이다. 여기에다 비록 훨씬 적은 수이지만 그런대로 관직명 · 인명 등의 고유명사가 추가될 수 있다. 특히 삼한어의 관직명을 비롯한 고유명사들은 이후로도 계승되었기 때문에 우리가 이른 시기의 국어사를 기술하는데 적잖은 도움을 준다.

흔히 삼한이 망한 터전에서 삼국이 기원한 것으로 잘못 인식할 수 있다. 만일 그렇게 인식한다면 이는 중차대한 착각임에 틀림없다. 왜냐하면 삼한은 일시에 멸망한 것이 아니라 여러 부족국들이 서서히 단계적으로 패망했고, 하나의 부족국에서 기원한 삼국은 인근 부족국들을 점진적으로 흡수 통합하였기 때문이다. 심지어 가라국조차도 이른바 삼국 통일보다 불과 100여 년 전에 비로소 신라에 흡수 통합되었던 사실을 상기한다면 그 통합 과정이 단계적으로 진행되어 왔던 사실을 이해하기 어렵지 않을 것이다. 역사적으로 삼한의 후기와 삼국의 전기는 공존한 시기이기 때문에 삼국 전기의 언어와 삼한 후기의 언어도 상당 기간 공존하였던 것으로 추정하여야 마땅하다. 좀 더 구체적으로 말하자면 삼한 시대를 기원 전후로 양분한다면 그 후기(300년)는 사국(고구려·백제·신라·가라) 시대의 전기(300년)와 겹친다. 그래서 『삼국사기』와 『삼국유사』 등에 나오는 사국 초기의 관직명과 고유명사는 삼한어로 볼 수도 있는 것이다. 『삼국사기』와 『삼국유사』의 초기의 기사 중에서 "辰言云云"한 대목이 바로 그 증언이다. 따라서 삼한과 삼국이 교체한 시기의 언어는 "삼한의 후기어"인 동시에 "삼국의 전기어"가 되는 것이라 하겠다.

삼한어는 300B.C. 이전부터 시작되었을 것으로 추정된다. 『尙書孔傳』(300B.C.~?)에 '馯'(>韓)이 나타나며 『史記』(司馬遷145~86 B.C.?)에 '衆國'(>辰國)이 나타나기 때문이다. 또한 삼한어가 대략 기원전 300년경부터 출발하였을 것으로 추정하는 데에 뒷받침이 되는 다른 근거가 변한·진한의 옛 터전에서 발굴된 유물에 있다. 잘 알려진 바와 같이 경상남도 의창군 다호리의 고분에서 변한 시대의 각종 유물이 발굴되었다. 그 유물들은 漢나라 시대에 이미 변한·진한의 문화가 높은 수준이었음을 증언한다.[1]

변한·진한의 언어는 지하에서 발굴된 유물로 보아 대략 기원전 3세기부

---

1) 주지하는 바와 같이 이 고분에서 발굴된 변한의 유물 중 漢나라 화폐인 五銖錢은 韓族과 漢族 사이의 교역 사실을 증언하는 것이라 하께다. 특히 5점이나 되는 붓(筆)은 그 당시의 문자 생활을 대변하는 증거이다. 그 출토품 중 五銖錢은 전한 시대(206B.C.)의 銅錢으로 변한과 漢나라가 交易하였음을 입증하는 것이라 하겠다. 또한 발굴된 붓은 당시에 漢字를 적극적으로 받아들였던 사실을 증언하는 것이다. 그 때부터 지금에 이르기까지 중국으로부터 수입된 문자를 중국문자라 하지 않고 漢字라 불러 왔다. 중국문이라 부르지 않고 중국의 고문을 통틀어서 漢文이라 불러 왔다. 그 까닭이 바로 그 최초의 수입이 漢나라에서 비롯된데 있다고 본다.

터 그 문화를 이룩하는 데 기여하였던 것으로 추정된다. 이 언어는 드디어 신라와 가라의 건국으로 말미암아 서서히 변혁하게 된다. 그렇다고 변한·진한의 여러 나라가 일시에 멸망한 것은 결코 아니다. 변한·진한의 政體가 단일국의 체제가 아니었기 때문에 나라(부족국)별로 하나하나 멸망한 사실을 상기하여야 한다. 변한·진한은 여러 부족국의 연합체이었기 때문이다. 신라는 진한 12국의 1국이었던 사로국(6村 結合)에서 출발하였고, 가라국 또한 변한 12국이 6개 국으로 재편됨에 따라서 두 나라가 한 나라로 통합되는 과정을 밟았기 때문이다.

고대 한반도에 있어서 부족국의 통합 과정은 지극히 점진적이었다. 백제는 중부지역에서 일개 위례홀국(부족국)으로 출발한 이후에 인근의 부족국을 하나씩 병합해 나갔다. 그 세력이 점점 커짐에 따라서 결국은 근초고왕 대(A.D.346-375)에 이르러서야 비로소 마한의 대부분의 부족국을 통합하게 되었다. 신라도 왜소한 모체(斯盧國)이었는데 그 세력이 점점 강하여짐에 따라서 이웃의 부족국들을 단계적으로 병합하였던 사실이 『삼국사기』 등에서 다음과 같이 확인된다.

신라는 탈해니사금 때(57-79)에 거도간으로 하여금 우시산국과 거칠산국을 병탄케 하였다. 이어서 파사니사금 23년(102)에는 음즙벌국, 실직곡국, 압독국을 병탄하였고[2], 29년(108)에는 비지국, 다벌국, 초팔국을 병합하였다. 그리고 벌휴니사금 2년(185)에는 소문국을, 조분니사금 2년(231)에는 감문소국을, 7년(236)에는 골벌국을 병합하였다. 첨해니사금 때(247-261)에 사벌국을 병합하였다. 지증마립간 13년(512)에 우산국(현 울릉도)이 歸服하였다.[3] 특히 유례니사금 14년(297)에 이서고국이 금성을 공략하였다는 기록이

2) 『삼국사기』 권 34 지리 1의 獐山郡條에

獐山郡 祇味王時 伐取押梁(一作督) 小國云云

하여 압독국을 지미왕 때에 병합한 것처럼 기술하고 있다. 그러나 본기에는 지미왕 시대의 기사 중에 그런 내용이 나타나지 않고 오히려 그 부왕인 파사니사금 23년조에

王怒 以兵伐音汁伐國 其主與衆自降 悉直·押督二國王來降云云

하여 선대에 압독국을 병합한 것으로 되어 있다. 졸저에서는 본기의 것을 취하고, 지리 1의 것을 버리기로 한다.

3) 이와 같이 뒤늦게 병합한 우산국(현 울릉도)의 예를 기준으로 신라의 근린 소국병

있다. 늦게까지도 통합되지 않은 부족국이 15개 국 이상임을 고문헌에서 확인할 수 있다(다음 16쪽의 진한후기 국명을 참고할 것). 그런데 위에 열거한 피 병합 국명들이 중국 사서에서 발견된 진한의 여러 국명과 많은 차이가 있다. 이는 후대로 내려오면서 政體의 변혁, 그 영역의 축소 확대 등 여러 가지 사정 때문에 국명이 몰라보게 변형된 것이라 하겠다.

그러나 백제가 마한을 병합한 구체적 사실은 전혀 기록으로 남지 않았다. 그래서 마한의 부족국들이 언제 어떻게 병합되었는지 알 수 없다. 다만 4세기 중엽 또는 5세기 중엽에 그 통합이 마무리되었을 것으로 막연히 추정할 뿐이다. 참으로 안타까운 마한사와 백제사의 단면이다.

위와 같은 부족국의 단세적 멸망을 감인할 때 三韓語史는 기원전 3세기로부터 기원후 3세기까지 약 6세기 간으로 잡음이 타당할 듯하다. 이렇게 삼한어사를 약 6세기 간으로 잡을 때 전기 3세기 간은 삼한 시대에 속하며 후기 3세기 간은 신라어 · 가라어 · 백제어와 공존한 시기에 속하게 된다. 따라서 삼한어사는 고대국어 시기에서 그 후기가 3국어와 공존한 시기이었음을 상정할 수 있게 된다. 삼한어사를 신라어 · 가라어 · 백제어사와 관련시켜 작도한 고대국어의 시대구분은 다음과 같다.[4]

합이 서기 512년에야 끝났다고 주장할 수는 없다. 우산국의 위치가 동해 중에 있었기 때문에 육지내의 소국 병합과 다른 특수 사정이 고려되어야 할 것이다.

4) 필자는 일찍이 국어사의 시대구분에 있어서 '고대국어'에 대한 시대를 다르게 설정한 주장들을 소개하였다(도수희:고대국어의 시대구분에 관한 몇 문제, 한글학회 대전지회 초청특강, 한남대학, 1990. 12. 6).

하야육랑(1945) : 고대어(「훈민정음」창제(1443) 이전까지)
이 숭 녕(1954) : 상대의 국어(삼국시대와 통일신라시대, 935년 이전까지)
김 근 수(1961) : 상고어(삼국통일, 668년 이전까지)
이 기 문(1961) : 고대국어(삼국시대~계림유사 1103~4년 이전까지)
김 형 규(1962) : 고대어(통일신라시대 935년 이전까지)
조 규 태(1986) : 고대국어(통일신라시대 935년 이전까지)
박 병 채(1989) : 고대국어(유사이래~1443년 이전까지)

<도표 1> 고대국어의 시대구분

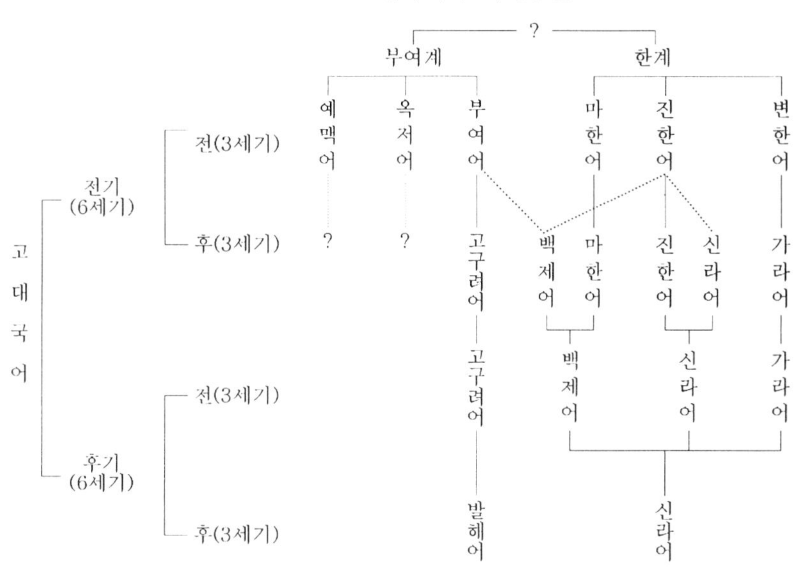

졸저는 위 시대 구분에서 전기 6세기 동안의 자료를 바탕으로 논의하게 된다. 말하자면 그 동안 신라 초기의 언어 자료로만 다루어 온 자료는 사실은 진한어의 후기 자료인 것이다. 왜냐하면 그것이 진한 12국의 1국인 사로국의 언어이기 때문이다. 따라서 졸저에서는 전기의 후기 초반까지를 하한선으로 긋고 이 시기 안에 들어 있는 자료를 선별적으로 고찰하게 된다.

1. 삼한의 언어 자료

다음에 열거하는 언어 자료는 위 고대국어 시대구분에서 전기와 후기 초반(삼국초기)에 해당하는 자료이다. 다만 진한 말기의 국명만은 이에서 벗어난다.

1.1 인명

廉斯鑡 蘇馬諟 謁平 朴弗矩內(赫居世) 朴閼智 南海 儒理 我刀(干) 汝刀(干) 彼刀(干) 五刀(干) 留水(干) 留天(干) 神天(干) 五天(干) 神鬼(干) 阤鄒(干) 阿音(夫) 阿珍義先 등

1.2 관직명

臣智 臣雲 遣支 奏支 儉側 樊祇 殺奚 邑借 居西干 居瑟邯 都利 輔/夫(?) 次次雄(慈充) 등

1.3 지명

山川浦名 : 閼川 瓢岩峯 兗山 兄山 茂山 伊山 觜山 花山 金山 明活山 金剛山 阿珍浦口 등

村名 : 蘇伐 楊山村 高墟村 大樹村 珍支村 加利村 高耶村 등

1.4 삼한의 국명

辰韓(전기): 己抵國 不斯國 勤耆國 難彌離彌凍國 冉奚國 軍彌國 如湛國 戶路國 州鮮國 馬延國 斯盧國 優由國

辰韓(후기): 于尸山國 居柒山國 沙伐國 多婆那國 音汁伐國 押督(梁)國 比只國 多伐國 草八國 召文國 甘文國 骨伐國 伊西古國 于山國 萇山國(萊山國) 斯盧國(辰韓末期)

弁韓 : (彌離彌凍國?) 接塗國 古資彌凍國 古淳是國 半路國 樂路國 軍彌國 彌烏邪國甘路國 拘邪國 走漕馬國 安邪國 (馬延國) 瀆盧國

馬韓 : 爰(愛)襄國 牟水國 桑外國 小石索國 大石索國 優休牟涿國 臣濆活(沽)國 伯(百)濟國 速盧不斯國 日華國 古誕者國 古離國 怒(奴)藍國 月(目)支國 咨(治)離牟盧國 素謂乾國 古爰國 莫盧國 卑離國 占離卑(卑離)國 臣

釁國 支侵國 拘盧國 卑彌國 監奚卑離國 古蒲國 致利鞠國 冉路國 兒林國 駟盧國 內卑離國 感奚國 萬盧國 辟卑離國 臼斯烏旦國 一離國 不彌(離)國 支(友)半國 拘素國 捷(楼)盧國 牟盧卑離國 臣蘇塗國 莫盧國 古臘國 臨素半國 臣雲新國 如來卑離國 楚山塗卑離國 一難國 拘奚國 不雲國 不斯濆邪國 爰池國 乾馬國 楚離國

이 책은 위에서 열거한 자료를 바탕으로 논의하였다. 전체를 9개장으로 나누어 연구한 내용을 각 장별로 요약하면 다음과 같다. 목차의 순서(1-9)에 따라서 요약키로 하겠다.

2. '韓'의 두 뿌리를 찾아서

지금까지는 '한'의 의미가 '大·多'인 것으로만 이해하여 왔다. 그러나 전혀 그렇지 않다. 가령 '한^1+셔블+한^2(大+舒弗+干=大角干)'에서 '한^1'과 '한^2'은 의미와 기능이 서로 다르기 때문이다. '한^1'은 형용사 '하다'(大·多·衆)에서 파생한 '하-+ㄴ'의 '한'이며 '한^2'은 명사로 기원한 '한'(人>君長)이다. 명사인 '한^2'과 형용사 '하다'의 어간 '하-'에 관형어 형성형태소 'ㄴ'의 첨가로 전성된 '한^1'의 비교에서 겉만 보면 동일한 것으로 착가가게 된다. 그러나 어두의 '한^1'과 어미의 '한^2'은 서로 이질적인 동음이의어일 뿐이다.

그러면 馬韓·辰韓·弁韓·韓國에서 '韓'의 뜻이 무엇인가. 일반적으로 모두가 '大'의 의미일 것으로 인식하여 왔다. 그러나 '한'의 최초 표기어인 '馯'을 '扶餘·高句麗·貊'과 동등한 國名(부족명)이라 하였다. 그렇다면 '馯'은 고유명사이다. '韓'이 피한정어의 자리에 있음도 그것이 명사임을 스스로 증언한다. 따라서 三韓·韓國의 '한^2'(韓·干)은 '한^1'(大)의 뜻이 아닌 '群衆·君長·部族'을 의미하는 고유명사이었다.

우리의 국호 大韓民國은 구한말의 새 국호 大韓帝國에서 帝를 民으로 바꾸어 제정하였을 뿐이다. 국호 大韓民國을 줄이어 韓國이라 부른다. 일반적으로 '韓國=큰 나라(大國)'으로 이해하고 있을 것이다. 그러면 大韓(民國)은 어떻게 해석할 것인가? 거의가 '큰 큰'(大韓)으로 해석하려 들 것이다. 결국은 ‘큰 큰 민국(대한민국)’으로 잘 못 풀이하게 된다. 그러나 大韓은 ‘한(大) 민족(백성・군중=韓)’이란 의미로 풀어야 바른 해석이다. 따라서 大韓國은 ‘한(大)+민족(겨레=韓)+나라(國)’란 뜻으로 분석된다.

3. 우리 성명의 생성 · 발달에 대하여

학자에 따라서는 韓씨가 三韓의 韓에서 비롯된 姓이라고 주장한다. 그러나 타당성이 없는 주장이다. 우리의 경우는 성씨의 생성 시기와 그 배경이 중국과 전혀 다르기 때문이다. 고문헌에 등장하는 우리 왕족의 성씨마저도 중국보다 1000여 년이나 늦게 발생하였다. 더구나 평민에 대한 우리 성씨의 기원은 왕족(또는 귀족)과는 달리 삼국 시대 말기에야 겨우 싹트기 시작하였다고 봄이 타당하기 때문이다. 물론 동명성왕이 “再思에게 克氏를, 武骨에게 仲室氏를, 黙居에게는 少室氏를 賜姓하였다.”는 기록이 『삼국사기』에 있다. 그럴 뿐만 아니라 유리명왕도 “位氏와 羽氏를 賜姓하였다.”고 기록되어 있다. 그러나 이 賜姓들은 단지 1회용으로 당대에만 쓰였을 뿐 대대로 계승되지 않았다. 따라서 전승성이 있는 전통적인 개념의 성씨와는 성격이 전혀 다르다.

이름을 짓는 법도 다양하였다. ‘ᄇᆞᆯᄀᆞ누리’(弗矩內=赫居世), ‘ᄉᆡᄇᆞᆯᄀᆞ’(東明聖王), ‘누리ᄇᆞᆯᄀᆞ’(琉璃明王) 등과 같이 ‘빛, 밝음’을 소재로 지었다. ‘누리’(儒理・琉璃=世里)를 소재로 짓기도 하였다. ‘주몽’(朱蒙=善射者), ‘활보’(弓卜/弓福), ‘뱀보’(蛇卜), ‘마보’(薯童) 등과 같이 능력을 소재로 짓기도 하였다. 이밖에도 ‘소벌도리’(蘇伐都利=蘇伐公), ‘쇠돌이’(金輪=舍輪), ‘거질부’(居柒夫=荒宗), ‘이사부’(異斯夫=苔宗) 등과 같이 왕명으로부터 귀족과 평민의 이름에 이르기까지 아주 다양한 소재로 작명되었다.

4. 존칭 접미사의 생성 · 발달에 대하여

삼한어에는 여러 종류의 존칭 접미사가 쓰였다. 이른 시기의 존칭 접미사 ‘한(간/금), 지(>치), 보(부/바), 돌이’ 등을 예로 들 수 있다. 어원적으로 볼 때 위의 존칭 접미사들은 그 뿌리가 삼한어에 박혀 있었던 것으로 추정되었다.

위 존칭 접미사들이 후대로 내려오면서 점점 비칭화(卑稱化)하였다. 그러나 삼한어에서는 모두가 극존칭이었다. 그런데 이 존칭 접미사들이 처음부터 존칭의미로 생성된 것인가 아니면 처음에는 존칭 접미사가 아니었는데 후대에 존칭의미로 전의된 것인가. 다시 말하자면 어원적으로 보통명사이었거나 아니면 비존칭 접미사이었던 것들이 고대의 어느 시기에 존칭 접미사화하여 쓰이다가 다시 비칭화(卑稱化)의 과정을 경험한 것이 아닌지의 해답을 찾았다. 아울러 모든 존칭 접미사들의 어형(형태)이 어떻게 변화하였나에 대하여서도 논의하였다.

우리 옛말에서 존칭 접미사 '지'와 '한'은 사람의 뜻인 명사에 존칭 의미가 가미되어 접미사화한 것으로 파악되었다. 그리고 '님'(<nirimu)도 중세국어 시기까지는 '님금'과 더불어 主・君을 지칭하는 극존칭 명사로 쓰였다. 그런데 근세국어 이후부터 일반적인 존칭 접미사로 격하하였다. 평칭 명사이었던 '놈'도 후대로 내려오면서 비칭화하였다. 이 밖의 '보/부,돌이,쇠'도 비칭 접미사로 전락하였다. 왜 이렇게 일변도로 비칭화만 하였는가의 문제가 제기된다. 이 의문에 대한 해답은 후일로 미루었다.

5. 진한어의 「赫居世(弗矩內)」와 「居西干」에 관한 연구

『三國史記』 권1에서 "始祖赫居世居西干 居西干辰言王 或云呼貴人之稱"와 같이 '辰言'이라 밝혔기 때문에 '赫居世(弗矩內)・居西干'은 진한어임에 틀림없다. 진한어인 '赫居世'와 '弗矩內'의 관계를 상술하였다. 나아가서 '赫居·弗矩'와 東明, 琉璃明, 文咨明, 聖明(明禯)의 '明'과의 관계와 그 분포의 특징을 논의하였다. 또한 赫居世의 '世'와 弗矩內의 '內'가 '世里, 儒理, 琉璃' 등과 어떤 관계에 있으며 이것들의 분포가 어떤 특징을 가지고 고구려어·백제어·신라어·가라어의 異同性에 참여하였는가를 밝히었다. 논의한 내용 중 핵심적인 일부만을 다음에 소개한다.

가령 赫居世의 '居世'와 居西干의 '居西'를 비교할 때 그 첫 자는 동일하고 둘째 자는 상사음이기 때문에 얼핏 보기에는 동일어로 착각하기 쉽다. 그렇기 때문에 초기에는 이것들을 동일어의 이자(異字) 표기로 보는 견해가 거의 지배적이었다. 그러나 이렇게 외형적으로 비슷하게 보이는 부분만 떼어 내어 피상적인 고찰을 하고 나머지 부분은 버린다면 그 결과는 종합적인 비교 고찰에 의하여 내려야 할 결론에 아무런 도움도 줄 수 없다. 따라서 우선 赫居世에서 '赫 '과 '居'의 관계, '赫居'와 '世'의 관계 그리고 居西干에서 '居'와 '西'의 관계, '居西'와 '干'의 관계를 분석 기술한 다음에 마지막으로 赫居世居西干에서 '赫居世'와 '居西干'의 관계를 그 어휘의 구조적인 면에서 고찰하고 이를 종합적으로 판단하여 과학적인 결론을 내리었다.

6. 변한 지명 瀆盧(〉裳 · 巨老 · 買珍伊)에 관한 문제

巨濟島에 대한 최초의 표기명이 '瀆盧國'이었을 것으로 추정하였다. 그 다음은 '裳郡'이었다. 이 '裳郡'은 '巨濟郡'으로 개정되었는데 '鵝洲縣(〈巨老縣), 溟珍縣(〈買珍伊縣), 南垂縣(〈松邊縣)' 등 3현을 거느리고 있었다. 또한 거제도의 '古縣'과 '斗婁技'를 이 논의에서 도움 자료로 추가할 수 있었다. 거제도는 경상남도 통영시에 인접한 남해 가운데 위치하고 있다. 지세는 평야보다 산악이 더 많다. 따라서 '물'(水)과 '뫼'(山)의 지명소가 거제도의 옛 지명에 반영되었을 가능성이 많음을 예견하였다.

경덕왕이 裳郡을 巨濟郡으로 개정하였다. 그리고 '買'를 동일 의미역에 있는 '濟'로 바꾸어 '巨濟'로 지은 듯하다. 아니면 '巨老'에서 '巨'만 절취하고 '濟'를 보태어 '巨濟'로 개정하였을 가능성도 배제할 수 없었다. '濟'는 바다 물이 두른 섬(海中島)이란 의미로 濟州島의 '濟'와 같은 뜻이었을 것으로 추정하였다.

瀆盧(瀆盧國)의 승계 지명은 裳(裳郡)이었을 것으로 추정되었다. 瀆盧를 '도로/도루'로 추독하여 裳의 훈음인 '두루'와 관련을 지웠다. 이 지명의 잔존형을 斗婁技로 보고 이를 '두루기'로 음독하였다. 여기 '기'는 아마도 城의 뜻으로 쓰인 듯하다. 따라서 그 발달과정은 독로국(瀆盧國)>상군(裳郡)>두루기(斗婁技)이었을 것으로 추정되었다.

巨老를 경덕왕이 鵝洲로 개정하였다. 고유어 '거로'를 鵝로 한역하였음이 분명하다. 그렇기 때문에 鵝洲는 巨老의 승계 지명이다. 현지의 노인들은 '아주'의 형세가 '거위'처럼 생겼기 때문에 붙여진 지명이라고 한다. 그러나 鵝

가 훈음차일 가능성도 있어서 그렇게 쉽게 속단할 수 없는 문제다. 아직은 그 해석을 미루어 둘 수 밖에 없었다.

買珍伊는 買+珍伊 또는 買+珍+伊로 분석할 수 있었다. '매'(買)는 '물'과 대응하는 지명소로 고대 한반도의 중부 지역에 조밀하게 분포하였던 것인데 '물'이 보편적으로 쓰였을 가라 지역에 침투된 사실이 특이하였다. '진이'(珍伊)로 분석한다면 역시 중부 지역에 '뫼'(山)의 뜻으로 대응하는 '달'(達)에 해당하므로 '다리'로 추독할 수 있다. '뫼'가 쓰였을 가라 지역에 '달'이 침투된 사실이 또한 특이하였다. 만일 '珍+伊'로 분석한다면 두 개의 지명소가 참여한 셈이니 마땅히 '珍'만을 '달'로 해석하고 '伊'는 달리 해석하여야 한다. 이 경우의 '이'는 '긔>이'와 같이 'ㄹ'아래에서 'ㄱ'탈락의 변화를 입었던 것으로 추정되었다. 그렇다면 '긔'가 城의 뜻이었으니 변이 지명소 '伊'도 城의 뜻으로 풀 수 있다.

가라어 지역의 남단에 위치한 거제도 지역에 백제 전기어인 '매'(水)와 '달'(山)이 분포한 사실은 두 나라 말 사이에 긴밀한 관계가 있었음을 의미한다. 이 특징적인 사실은 두 나라의 문화교류 과정에서 유입된 백제어로부터의 차용으로 판단할 수 있었다.

7. 변한 · 진한어에 관한 연구

진한의 속국이었던 斯盧國의 '斯'가 徐羅伐의 '徐'와 동일어로 東을 의미하며 이것들은 辰韓의 '辰'에 소급될 것으로 볼 수 있다. 그 래력이 辰國>辰韓>斯盧>徐羅伐(新羅)와 같이 계승되므로 '辰'은 '斯·徐'와 더불어 東의 뜻인 '싀'로 해석함이 온당할 것이다. 그렇다면 진한은 마한(거라한=西韓)의 반대편의 東國 즉 '싀한'(東韓)이라 해석할 수 있었다.

변한은 진한에서 분리 독립한 여러 나라(12개국)의 총칭이다. 변한의 본명은 弁辰韓이었는데 줄여서 弁辰 혹은 弁韓이라 불러 왔다. 이렇게 약칭하게 된 까닭은 아마도 다른 二韓이 마한, 진한과 같이 2자명으로 호칭되기 때문에 이에 맞추기 위해서였을 것이다. 그러면 그 본명이 다른 二韓의 국명보다 길었던 까닭은 무엇이었을까. 弁辰(혹은 弁辰韓)은 辰國이 일차로 辰韓과 馬

韓으로 등분되고 나서 재차 辰韓에서 갈라져 나왔기 때문에 그 의미를 나타내려고 辰韓에 '弁'을 관하여 명명한 명칭이라서 3자명이 된 것이었다. 그렇다면 弁韓(<弁辰韓)은 辰韓에서 '갈라져 나온 韓'이란 뜻으로 '가ᄅᆞᆨ한'이라 해석함이 마땅하다고 보았다.

'韓'의 뜻을 '大'로만 풀이하여 온 견해와는 달리 그 뜻풀이의 폭을 넓히어 고찰하면 '韓'에 '衆'의 뜻도 있음을 확인할 수 있었다. 고대 중국인이 韓國(<馯國)을 衆國으로 표기한 '衆'을 의역으로 보고 '韓'의 의미를 '多, 衆, 諸, 群'으로 풀이할 때 韓國은 '여러 나라'(衆國)로 해석함이 타당할 것으로 보았다. 실로 고대 한반도의 협소한 중부 이남 지역에 78個의 부족국이 산재하였던 것인데 이런 현실에서 大國이란 의미의 호칭보다는 오히려 '衆國'이란 의미의 칭호가 더욱 적합하였을 것이기 때문에 韓國을 '여러 나라'(衆國)란 뜻으로 해석함이 타당할 것으로 보았다.

변한・진한어의 특징은 기층 면에서 마한어와 동일하였던 것으로 추정하였다. 기본 어휘의 비교에서 동질성이 매우 짙게 확인되기 때문이었다. 그럴뿐만 아니라 일반 어휘의 비교에서도 고대 한반도 특히 중부 이남지역에 분포하였던 단어들이 동질성을 나타내는 특징이 두드러지게 확인되었다.

변한・진한어의 자음 체계는 [+voiced]와 [+aspirate]가 교체하는 시기의 과도 체계였던 것으로 보였다. 그 모음 체계는 다음과 같았을 것으로 추정되었다.

i	(i)	u
e	ə	o
	a	(ʌ)

변한・진한 지명어의 구조는 2음절이 기본 단위이었던 것으로 추정할 수 있었다. 지명어를 접두 지명소와 접미 지명소로 분석되었다.

8. 마한어 연구

'馬韓'의 뜻에 대한 3가지의 가설을 세웠다.

① 원초형인 蓋馬韓=乾馬韓=金馬韓에서 '蓋馬・乾馬・金馬(*koma)'를 동일어의 다른 표기로 보았다. 그 뜻은 *kɨn(<큰(大))이었을 것으로 추정하였다.

② '乾馬>馬乾>馬韓'과 같이 치환(置換) 변화를 일으킨 것으로 추정하였다. 따라서 '韓馬'(乾馬)의 뜻은 여전히 '大'로 추정할 수 있다.

③ 馬韓이 乾馬・蓋馬와는 관계없는 별개의 語辭로 보고 그것을 *karahan(馬韓=西韓)으로 추정하였다.

마한어의 특징은 기층 면에서 변한・진한어와 동일하였던 것으로 추정되었다. 그리고 어휘를 비교하여 보면 고대의 한반도에 분포하였던 언어들이 동질성을 나타내는 점이 많았다.

마한어의 자음 체계는 유성성과 유기성이 교체하는 시기의 과도 체계로 추정되었다. 그 전・후의 발달 단계를 도시하면 다음과 같다.

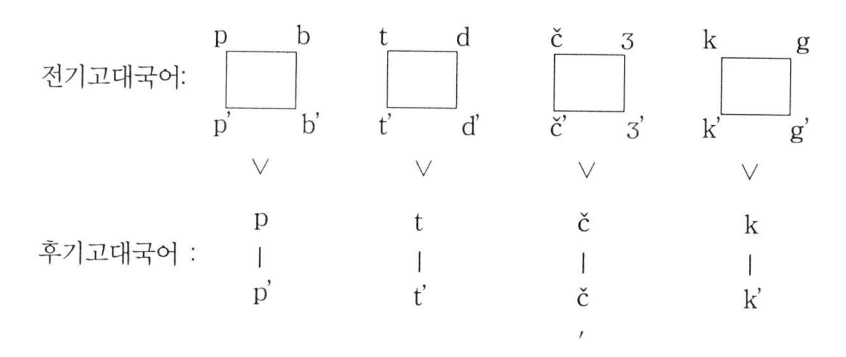

마한어의 모음 체계는 6~7모음 체계이었던 것으로 추정되었다.

I		u
e	ə	o
	a	(ʌ)

마한 지명어의 구조는 2음절이 기본 단위이었던 것으로 추정하였다. 이와 같이 2음절 구조의 지명들은 접두 지명소와 접미 지명소로 구성되어 있었다.

9. 마한어에 관한 연구(속)

한국어의 계통을 밝히는 데 있어서 종래에는 알타이어 계통설이 지배적이었다. 따라서 북방기원설에 치우쳐 있었다. 그러나 남방기원설도 결코 배제할 수 없음을 역설하였다. 남방에서 동북방으로 흐르는 이른바 대마해류를 타고 민족의 이동이 손쉽게 이루어질 수 있음을 추정하였다. 이런 자연해류는 6월부터 9월 사이에 이 해류를 따라서 부는 순풍(trade wind)이 있어서 민족(혹은 상인들)의 이동을 더욱 적극적으로 도왔다. 이와 같은 자연현상에 따라서 분포한 신화가 이른바 남방계통의 난생신화인데 이 난생신화가 일차 삼한 지역 중 진한과 변한지역에 분포하였다. 그리고 나서 동해안을 타고 북상하여 예맥・옥저・동부여에까지 분포하였다. 삼한 지역 중에서 진한・변한 지역에 먼저 분포되고 이어서 그 문화가 마한 지역에 확산되었던 것으로 추정할 수 있었다. 아울러서 벼농사, 누에치기, 토기문화와 문신 등 남방문화가 역시 삼한 지역에 적극적으로 분포되었던 사실이 확인됨도 남방으로부터 민족이 이동하여 왔을 가능성을 시사하는 바이었다.

앞에서 제시한 몇 가지 가능성을 토대로 「가락국기」의 김수로왕과 허황옥 왕비의 본향이 남방에 실존하였던 아유타국이었으며, 그것은 현재 태국의 방콕 북방에 위치하고 있는 Ayuttaya국의 전신이었던 것으로 추정하였다.

만일 기원 직후에 시차적으로 김수로왕과 그 왕비가 남방에서 유입하여 온 실제적인 인물이라면 이보다 몇 세기 전에도 민족이 이동하여 올 가능성이 있는 것이다. 이렇게 한계의 여러 언어족이 남방에서 유입하여 한반도의 남부에 선주하였을 것으로 보았다.

여기서 특기할 일은 공교롭게도 앞의 여러 가지 이유를 토대로 비록 어휘적인 차원이지만 알타이어적인 요소가 아닌 어휘들이 어느 정도 체계적으로 한계어에 나타나며 이 비알타이어적인 어휘들이 고대 일본어에서 발견된다는 사실이었다. 이 사실은 삼한 지역과 동일 문화권역에 있었던 일본 지역으로 한계의 문화와 언어가 전파하여 간 것으로 추측할 수 있었다. 또한 이 한계어의 어휘적인 특징이 의외로 한반도의 거의 전역에 확산되어 있다는 점이었다. 물론 이른바 부여계어를 대표하는 지명어미 '忽'이 한반도의 중부지역에까지 하강하여 있고, 卑離(>夫里 혹은 伐(火, 弗)로 특징지어지는 한계어의 지명어미가 충남 전남북 그리고 경남북에 분포되어 있어서 이것들만을 중심으로 생각하면 종래의 주장대로 중부 이북이 부여계어 지역이요, 그 이남이 한계어 지역으로 추정할 수 도 있었다.

그러나 관직명에서 보편적으로 쓰인 干, 加, 鞬, 瑕의 분포, 莫離, 麻立의 분포, 箕子, 吉支, 箕準의 분포가 한반도 전역에 고루 분포하여 있었다는 사실을 유의할 필요가 있었다. 더구나 삼한의 후기어이자 삼국의 초기어에 해당하는 신라・고구려의 왕명에서 '새ᄇᆞᆯᄀᆞ(東明), ᄇᆞᆯᄀᆞ뉘(赫居世=弗矩內), 누리ᄇᆞᆯᄀᆞ(儒理明王), 누리(儒理・弩礼)'와 같은 동일한 어휘들을 발견한 점이 특이하였다.

위에서 제시한 내용들을 근거로 하여 숙고할 때 고대 한반도에는 기원을 달리하는 두 계통의 언어가 혼효되어 있었던 것처럼 보였다. 그 하나는 북방계의 부여어이고, 다른 하나는 남방계의 한계어라 할 수 있을 것이다. 이 두 계통의 언어가 언뜻 보기에는 서로 소원한 관계에 있는 것 같지만 보다 이른 시기에는 Ural-Altai 조어에 소급될 가능성마저 배제할 수 없다는 점을 부언하였다.

10. '馬韓語' に關する硏究(續)

위 '마한어 연구'의 속편을 일본어로 번역한 것이어서 내용은 동일하다.

위와 같이 9개장으로 구성된 졸저의 그 내용은 서로 긴밀한 관계로 얽혀 있다. 그렇기 때문에 중복 기술된 부분이 없지 않다. 三韓語라는 공통성의 밀접한 관계를 밝히기 위해서 선택한 부득이한 방안이었다. 경우에 따라서는 논문을 읽고 이해하는데 편리하도록 중복한 부분도 있다. 그리고 한자의 혼용도 논문의 발표년도에 따라서 차이가 있다. 한자의 혼용 율이 시기가 내려오면서 점점 떨어졌다. 역시 일반적인 추세에 따라서 저절로 그렇게 되었다.

이 책은 東洋學(1990, 1996), 東方學志(1993), 震檀學報(1999), 새국어생활(1999, 2000), 인문언어(2001) 등의 학술지에 발표하였던 논문들을 모아서 꾸몄다. 저서의 체재를 갖추기 위하여 부득이 원본의 제목·항목 등이 다소 변경되었다. 만일 원문이 알고 싶으면 참고 문헌에서 해당 졸고를 찾아볼 수 있다.

Ⅰ. '韓'의 두 뿌리를 찾아서

1. 서언

이른바 동음이의어란 그 어형(음형)은 같되 뜻만이 서로 다른 어휘를 이름이다. 이 경우에 동음어는 복수의 의미 수만큼이나 서로 다른 뿌리(어원)를 갖는다. 다음에서 우리는 동음이의어가 갖는 각각의 뿌리가 어떻게 달리 박혀 있는가를 수삼의 실례를 들어 우선 살펴보도록 하겠다.

가령 옛 낱말에서 예(1)를 들면 '京'을 뜻하는 신라어는 '徐伐～舒弗(邯)～舒發(翰)'으로 음차 표기되었던 것인데 이 음차 표기가 어느 시기엔가 '角(干)～酒(多)'(角干 後云酒多)로 훈음차 표기되었다. 여기서 위의 예들을 종합하여 등식화하면

①	②	③	④	⑤	⑥	⑦
京 =	角 =	酒 =	徐伐 =	舒弗 =	舒發 =	蘇伐(都利)

와 같이 된다. 「삼국유사」(권1)은 "今俗訓京字云徐伐 以此故也"라 하였으니 위의 ①②③에서 ①만이 훈차 표기이고, ②③은 그 훈음이 ④⑤⑥⑦과 같은 발음이었기 때문에 본뜻은 버리고 오로지 훈음만 빌어 적은 것이라 하겠다. 이런 식의 차자 표기를 필자는 '훈음차 표기'라 이름지어 쓰고 있다. 따라서 ①만이 ④⑤⑥⑦의 뜻을 나타내게 되고 ②③은 그 훈음만이 ④⑤⑥⑦의 발음과 동일음을 나타내게 된다. 이런 경우에 ①②③은 동음이의어의 관계가 있기 때문에 동음어인 '*syəpɨr'은 의미면에서는 서로 다른 세 뿌리로 그 어원이 갈라지게 된다.

가령 고지명의 표기에서 '泉'을 뜻하는 옛낱말은 '於乙'(*ər)이었다. 그런데 이 어휘가 '於乙(=泉) : 宜(城) : 交(河)'와 같이 다양하게 대응 표기되어 있다. 여기서 '於乙'만이 음차 표기이고 '泉 : 宜 : 交'는 모두가 훈차 혹은 훈음차

표기일 뿐이다. 그러면 어느 것이 훈차이고 어느 것이 훈음차인가. 일찍이 필자의 졸고(1995:3-14)에서 '交'가 훈차이고 나머지 '宜·泉'은 훈음차임을 충분히 논의하였기에 여기서는 재론치 않기로 한다. 요컨대 그것은 오로지 '交'의 뜻인 *ər(於乙)을 적기 위하여 '宜·泉'을 훈음차한 것이라 하겠다. 다만 그 동음어 사이에 다른 점이 있다면 '泉'을 뜻하는 고유어 '*ər'은 명사인데 '交·宜'을 뜻하는 '*ər-'은 동사의 어간이었다는데 있을 뿐이다. 이 상이점은 다음에서 '한'의 두 뿌리를 논의하는데 도움을 주게 될 것이다. 어쨌든 여기서도 우리는 의미면에서는 '*ər'의 세 뿌리를 확인한 셈이다.

또한 「삼국유사」(권3)의 "絲浦今蔚州谷浦也"에서 우리는 '絲 : 谷'의 동음이의어를 낮이하게 된다. 이것들도 각자의 훈음이 동일하였기 때문에 하나의 고유어를 적기 위하여 양자가 차자될 수 있었던 것인데 어느 것이 훈차이고 어느 것이 훈음차인가가 문제이다.

그런데 다행으로 위의 '絲浦~谷浦'가 다시 '谷川>溪(시내)'로 표기 변화하였다. 이 변화를 근거로 '실내(>시내)=谷川'을 확인하고 '谷'의 훈인 '실'에 따라 '谷'이 훈차이고 '絲'는 훈음차자임을 판명하게 된다. 여기서도 동음어에 대한 두 뿌리를 확인할 수 있겠다.

위에서 필자는 뜻이 서로 다를지라도 훈음만 동일하면 '훈차'와 '훈음차'의 관계로 고유어를 적절히 표기하였던 사실들을 실예를 들어 설명하였다. 이럴 경우에는 의미면에서 차자된 한자의 수만큼이나 서로 다른 말뿌리가 존재할 수 있음을 우리는 예견할 수 있다.

한편 동음이의어에 대한 이의성이나 유의성을 판별하는 방법이 또 있다. 어휘소(형태소)가 어휘 구성에 있어서 어느 위치에 참여하느냐에 따라서 그 의미가 변별되기도 하는 경우를 참고하는 방법이다.

가령 「삼국사기」(지리4)의 지명 표기에서 예(2)를 들면 '買'가 어두에서는 '水'의 뜻(買忽 : 水城)을, 어말에서는 '川'의 뜻(薩買 : 靑川)을, 어중에서는 '井'의 뜻(於乙買串 : 泉井口)을 나타내는 의미분화가 일어났다. 이런 경우에는 조어상의 분포 위치에 따라서 그 의미가 변별되는 '*mʌy' (買)의 세 뿌리를 확인할 수 있다.

다른 하나의 예로 '達'(*tar)의 경우를 들 수 있다. 필자가 졸고(1996:173-

175)에서 이미 논의한 바와 같이 그것이 어두에서는 '高'의 뜻(達乙省 : 高烽)을, 어말에서는 '山'의 뜻(夫斯達 : 松山)을 나타내는 것처럼 그 뜻의 뿌리가 둘로 나뉘어진다.

그러면 표제의 '한'은 어떤 뿌리를 가지고 있는 것인가. 그 뿌리가 하나인가 아니면 둘인가의 문제가 제기된다. 다음 본론의 첫머리에서 제시한 자료를 통하여 확인할 수 있는 바와 같이 공교롭게도 '한'에 대한 차자 표기가 모두 음차 표기일 뿐이다. 만일 그것이 음차, 훈차, 훈음차 표기로 다양하게 혼기되어 있다면 의미면에서의 다른 뿌리를 찾는데 크게 유익할 것이다. 그러나 위 예(1)의 경우처럼 차자 표기되어 있지 않기 때문에 부득이 예(2)의 경우와 같은 분포 위치에 의존하여 그 뿌리의 다름을 확인할 도리밖에 없다.

그러나 여기 '한'은 위 예(2)의 경우와 비슷하면서도 또 다른 면이 있다. 말하자면 예(2)의 경우와는 似而不同인 것이다. '한'이 어두에 참여하면 '大'를 뜻하고, 어말에 오면 '君長'을 뜻하기 때문에 포괄의미(본뿌리)에서 분포 위치에 따라서 하위 분류되는 의미(가지뿌리)를 나타내는 '買・達'의 속성과 판이하게 다르다. 말하자면 어두에서의 '한'의 뿌리와 어말에서의 '한'의 뿌리가 이질적으로 박혀 있기 때문이다. 이처럼 특이하게 박혀 있는 '한'의 두 뿌리를 캐내는데 이 글의 궁극적인 목적이 있다.

요컨대 지금까지는 '한'의 의미를 '大・多'에만 고정시켜 왔기 때문에 어휘 구성에서 그것의 분포위치에 따라서 의미가 달라지는 사실에 대하여는 아무런 집착도 하지 않았다. 그러나 이 글은 '한'이 조어에 참여하는 위치를 중시하고 이를 바탕으로 '한'의 두 뿌리를 찾아내려는 것이다.

2. '韓'에 대한 초기의 한자 표기

'韓'에 대한 가장 이른 기록은

海東諸夷駒麗扶餘馯貊之屬 武王克商 皆通道焉<「尙書孔傳」>

이라고 기술한 대목에 나오는 '馯'일 것으로 추정한다. 이 '馯'을 「尙書孔疏」

에서는

漢書有高駒麗扶餘 無此馯 馯卽彼韓也 音同而字異爾

와 같이 '馯'이 곧 '韓'임을 주석하였다. 그리고 『丁氏集韻』에서도

馯河干切 音寒 東夷別種名

이라 하였으니 여기서 '馯'에 관한 反切 '河干'과 '馯'을 寫音한 '寒'을 중국 고대음으로 추독하면(T=董同龢, K=Bernhard Karlgren, Ch=周法高)

	上古音	中古音	俗釋・音
河	ɣâ(T)	ɦaø	ᄀᆞᄅᆞᆷ하(「光州千字文」・「訓蒙字會」)
	g'â(K)	ɣâ(K)	ᄒᆞ슈하(「類合」)
	ga(Ch)	ɣa(Ch)	
干	kân(T)		
	kân(K)	kan(K)	
	kan(Ch)	kan(Ch)	
寒	ɣâN(T)	ɦan(東)	출한(「光州千字文」・「訓蒙字會」)
	g'ân(K)	ɣûn(K)	
	gan(Ch)	ɣan(Ch)	

와 같이 *ɣân(혹은 *gan)이다. 그러면 여기서 '馯'과 '韓'에 대한 중국 고대음을 추정하여 보자.

	上古音	中古音
馯	g'ân(K)	ɣân(K)

	gan(Ch)	ɣan(Ch)	
韓	g'ân(K)	ɣân(K)	나라한(「光州千字文」)
	gan(Ch)	ɣan(Ch)	

위와 같이 그 추정음이 '馯=韓=*g'ân～*ɣân(혹은 *gan～ɣan)'으로 정확히 동일하다. 따라서 고대 중국인이 우리의 옛말을 처음에는 '馯'자로 寫音표기한 것이고 보다 후기에는 同音異字인 '韓'자로 표음한 것이라 하겠다. '馯'과 '韓'의 先後관계에서 '韓'이 보다 후대 문헌인 『後漢書』「韓傳」(東夷列傳 第 75)에

韓有三種 一日馬韓 二日辰韓 三日弁韓云云

과 같이 비롯되기 때문이다.

3. '馯 > 韓' 이후의 차자표기 한자들

'馯'이 '韓'으로 표기된 이후의 차자 표기는 다양하게 변화하였다. '한'이 참여하여 생성되는 어휘의 구조를 YZ, XZ로 가정하고 X=CVC～CV, Z=CVC～CV라 할 때 서로 다른 자리에서의 X와 Z의 차자표기 자료를 열거하면 다음과 같다. 어두의 '한'은 X이고 어미의 '한'은 Z이다. 다만 번잡을 피키 위하여 자료의 출전은 밝히지 않는다.

(가) X(CVC형)+Y				(나) Y+Z(CVC형)			
	X+Y		X+Y		Y+Z		Y+Z
(1)	遣+支	(21)	旱+支	(1)	居西+干	(31)	無禮+漢
(2)	韃+吉支	(22)	韓+舍	(2)	角 +干	(32)	癡+漢
(3)	健+牟羅	(23)	韓+阿湌	(3)	我刀+干	(33)	怪+漢
(4)	近+肖古王	(24)	韓+奈麻	(4)	女刀+干	(34)	破廉恥+漢

(5) 近+仇首王
(6) 近+蓋婁王
(7) 今+勿
(8) 今+武
(9) 甘+勿阿
(10) 弓+忽山
(11) 功+木達
(12) 黔+丹山
(13) 今+丹山
(14) 軍+月山
(15) 錦+江
(16) 官+田川
(17) 咸+羅山
(18) 閑+地原
(19) 閑+地原堤
(20) 閑+田

(25) 韓+岐部
(26) 韓+祇部
(27) 韓+多沙
(28) 韓+物
(29) 韓+山
(30) 漢+忽
(31) 漢+山州
(32) 漢+江
(33) 漢+灘
(34) 漢+峙
(35) 漢+吟(大婦)
(36) 漢+了秘(祖)
(37) 漢+了彌(姑)
(38) 漢+賽(鷺)
(39) 黃+田里

(가′) X+Z

X+Z

(1) 可+汗
(2) 韓+粲
(3) 大+錦
(4) 大+監
(5) 彼刀+干
(6) 阤鄒+干
(7) 伊伐+干
(8) 大阿+干
(9) 沙+干
(10) 海+干
(11) 破彌+干
(12) 阿尺+干
(13) 乙吉+干
(14) 沙咄+干
(15) 及伐+干
(16) 助富利支+干
(17) 波珍+干岐
(18) 園頭+干
(19) 漁夫+干
(20) 豆腐+干
(21) 處+干
(22) 州+干
(23) 村+干
(24) 居瑟+邯
(25) 舒弗+邯
(26) 舒發+翰
(27) 太大舒發+翰
(28) 箕子可+汗
(29) 好+漢
(30) 惡+漢

(35) 王+儉
(36) 尼師+今
(37) 爾叱+今
(38) 寐+錦
(39) 小+錦
(40) 大+錦
(41) 大學+監
(42) 大樂+監
(43) 衛武+監
(44) 大+監
(45) 弟+監
(46) 光+軍
(47) 刻字+軍
(48) 塗褙+軍
(49) 伊罰+湌
(50) 伊(于)伐+湌
(51) 伊尺+湌
(52) 伊+湌
(53) 波珍+湌
(54) 大阿+湌
(55) 大角+湌
(56) 一吉+湌
(57) 角+粲
(58) 阿+粲
(59) 波珍+粲
(60) 韓+粲

(다) X(CV형)+Y

(라) Y+Z(CV형)

	X+Y		X+Y		Y+Z
(1)	箕+子	(9)	解+夫婁	(1)	於羅+瑕
(2)	箕+準	(10)	解+慕漱	(2)	古鄒+加
(3)	吉+支	(11)	高+朱蒙	(3)	大+加
(4)	吉+師	(12)	大解+朱留	(4)	古鄒大+加
(5)	皆+伯(王逢)	(13)	小解+朱留	(5)	馬+加
(6)	皆+次丁(王岐)	(14)	解+愛婁	(6)	犬+加
(7)	己+婁	(15)	解+色朱	(7)	奴閭+諧(留璃王)
(8)	蓋+婁			(8)	汝刀+諧(汝刀干)

(마) '한'의 漢譯표기

① X+Y

	X+Y		X+Y
(1)	大+舍(韓舍)	(11)	大+居塞(한거싀)
(2)	大+奈麻(韓奈麻)	(12)	大+屈乙曹介(한굴조개)
(3)	大+庖	(13)	德+勿
(4)	大隱+鳥(한새)	(14)	德+勿島
(5)	大尸+山(詩山)	(15)	德+豊
(6)	大+山	(16)	仁+勿島
(7)	大+雨(한비)	(17)	巨+牛(한쇼)
(8)	大+人	(18)	多+知忽(大谷)
(9)	大+對盧	(19)	多+奈(ᄒᆞᆫ나)
(10)	大+灘(한여흘)		

② Y+Z

Y+Z
酒+多

(바) 한글 표기의 '한'

① 말ᄊᆞᄆᆞᆯ ᄉᆞᆯᄫᆞ리하ᄃᆡ(獻言雖衆)<「용가」 13장>
② 곶됴ᄒᆞ고 여름하ᄂᆞ니<「용가」 2장>
③ 祥瑞하시며 光明도 하시나<「월인천강」 26>
④ 卿相이 저므니 하니(卿相多少年)<「초간두시」 25:29>
⑤ 내모미 하커<「월인석보」 2:51>
⑥ 降伏ᄒᆡ요미하너머(大過)<「능엄경언해」9:69>
⑦ 多ᄂᆞᆫ 할씨라<「훈민정음 언해」>, 衆은 할씨라<「월인석보」 서6>, 할다多<「석봉천자」 24>
⑧ 한비(大雨)<「용가」 7장>,한쇼(巨牛)<「용가」 87장>,한여흘(大灘)<「용가」 5장>
⑨ 한내(大川),한둔뫼(大芚山),한절골(大寺洞), 한밭(大田) 등
⑩ 항가ᄉᆡ(<한거ᄉᆡ)(大蘇)<「동의보감」 탕액편3>
⑪ 항것(<한것 韓物)(上典)<「월인석보」 8:94>

위에서 제시한 '한'의 자료를 종합하건대 어느 것이 원초형이고 어느 것이 변화형인가를 구별하기가 매우 어려울 만큼 다양하다. 그러나 최초의 기록인 '馯'이 '河干切'로 그 음이 '寒'[ɣan]과 동일하다 하였고, 이것이 곧 '韓'[ɣan]으로 이어져 표기되었기 때문에 우리말에서의 그것의 원초형은 '한'으로 추정함이 다탕할 듯하다. 더욱이 접두어로도 '한'이 그 전통적인 맥을 이어서 쓰여 왔고, 형용사 '하다'(大·多)가 근대국어까지 사용되었음도 그 뒷받침이 된다. 물론 (가) (1)-(16)까지의 예들은 두음이 'h'아닌 'k'이다. 이들 'KVC'형 중에는 '한'의 변화형도 들어 있겠으나 한편으로는 현대 국어 '크다'(大)의 관형어형 '*kɨn'(>큰)이 섞여 있을 것으로 보인다. 이것과 'han'(大·多·衆)의

관계는 뒤에서 다시 논의하게 될 것이다. 다만 여기서 어두 X에 대한 기본형을 '한'으로 가정하여 놓고자 한다. 또한 (다)(9)~(15)의 '解'는 (라)(7)~(8)의 '諧'와 동일어일 듯하여 일단 열거하였을 뿐이다. 그 고음이 '諧'는 'ɣei>ɣɐi'이고 '解'는 'ɣe>ɣai'(李), 'kai:(K)~kaei'(Ch)이어서 서로 비슷하기 때문이다. 그러나 확신할 수는 없다.

한편 (나)의 Z도 여러 가지 음형이 나타난다. 필자는 '한'에 대한 최초의 기록인 '馯>韓'을 어말의 Z형으로 추정하기 때문에 이것 역시 'han'을 기본형으로 잡으려 한다. 아마도 보다 이른 시기의 어원에 소급될 가능성이 농후한 '파렴치한, 치한, 악한, 괴한'등의 어형이 지금까지 '한'으로 쓰이고 있음도 위 주장을 돕는 한 근거가 될 수 있으리라 믿는다.

4. '韓'의 조어 기능

X자리에서의 '한'의 기능과 Z자리에서의 그것의 기능은 달랐던 것으로 파악된다. '한'이 참여하여 생성된 어휘들은 일반적으로 XY와 YZ의 구조이었으며 XYZ의 구조는 찾기가 매우 힘들고, XZ의 구조 역시 아주 드물게 나타난다.

우선 '한'의 X자리에서의 기능은 일단 Y를 수식하거나 한정하는 역할이었으며 그 의미는 '大'이며, 현대국어 '큰'의 의미에 해당하는 것으로 보면 될 것이다. 여기서 '한'의 구조를 '하+ㄴ'으로 분석할 때 그것은 근대국어 시기까지 활용된 형용사 '하다'(大, 多)의 관형어형이기 때문이다. X에 해당하는 '한'은 위 자료 (가)(21)-(38)에 근거하여 고대국어 시기부터 아주 보편적으로 활용되었음을 알 수 있다. 또한 '角干 後云酒多'에서 '干 : 多'는 '多'가 훈음차된 사실을 알려준다. '多'의 훈음이 '하+ㄴ'이었기 때문에 가능하였던 것이다. 이로써 우리는 신라어에서 '하다'(大・多)가 일반적으로 활용되었음을 확인하게 된다.

그러나 Z자리의 '한'은 그 성격이 전혀 다르다. 우선 조어의 성분으로 볼 때 X는 부속성분인데 Z는 주성분이다. 말하자면 X는 한정어소인데 Z는 피한정어소인 것이다. 따라서 때로는 Z가 X의 위치에서 수식 기능을 할 수는 있으되 X가 Z의 위치에 가는 것은 국어 조어법이 허용치 않는다. 여기서 우리는 비록 어형은 서로 같지만 어두의 ‘한’과 어말의 ‘한’은 뿌리가 서로 달리 박혀 있기 때문임을 짐작할 수 있다.

5. 어두 ‘韓’의 뿌리

위 3.에 열거한 자료 중 (가)X+Y의 구조에서 X는 ‘咸’(17), ‘閑’(18)-(20), ‘부, 韓, 漢’(21)-(38)인데 여기서 가장 보편적으로 습용된 한자는 ‘韓 · 漢’이다. 그리고 (가)(1)-(16)까지는 어두음이 ‘h’아닌 ‘k’이다. 그럴 뿐만 아니라 후속하는 모음과 말음도 다양하다. 이것들 중에서 상당수가 ‘大’를 뜻하는 ‘han’의 변화형일 수 있다. 가령 김정호가 주장한 “漢山卽黔丹山 方言稱大曰漢猶言大山”(「大東地志」 廣州條)에서 ‘漢=黔=大’의 근거를 끌어대지 않더라도 ‘h>k’로 변한 ‘han’의 변형이 끼어 있을 것으로 여겨진다. 그런 가운데 ‘han’과 다른 성질의 것들도 상당수 섞여 있음을 인지할 수 있다. 특히 (가)(1)-(6)의 ‘*kən~*kɨn’이 ‘大’를 뜻하면서 ‘han’과 다른 뿌리를 가졌을 가능성을 보이고 있기 때문이다.

여기서 ‘han’(大 · 巨 · 多)과 ‘*kən~*kɨn’(大)이 어떤 관계가 있는 것인가의 문제가 제기된다. 이것들이 언듯보기에는 동일 어원에서 파생한 것처럼 여겨진다. 그러나 X자리에서의 ‘han’(大)는 변함없이 현대국어에 이르기까지 불변형으로 계승되어 왔다. 그런데 유독 ‘*kən~*kɨn’만이 후대에 ‘큰’으로 변하였다.

가령 鄕歌에 나오는 “放冬矣用屋尸慈悲也根古”(노ᄒᆞ디ᄡᅳᆯ자비여큰고)의 ‘根古’을 양주동(1947)은 ‘큰고’로 풀이하였다. 그러나 이 ‘根’에 대한 고대음은

	上古音	中古音	東俗音
根	kən(T)	(T)	불휘근(「光千文」)

kən(K) kən(K) 불휘근(「訓蒙字會」)
kən(Ch) kən(Ch) 불휘근(「新增類合」)

와 같이 'kən~kɨn'이다. 이것은 鞬吉支의 '鞬', 近肖古王, 近仇首王, 近蓋婁王의 '近', 建牟羅의 '建'과 동일음일 것으로 추정된다. '近'의 고음은 'giən'이고, '鞬 · 建'의 고음은 'kiǎn'이며, 속음 역시 '근, 건'이다. 어느 곳에서도 유기성의 흔적이 발견되지 않는다. 고대 일본어에 나타나는 'コニキシ'(鞬吉支)의 'コニ'도 참고가 된다. 그렇다면 이 '根'이 차자 표기된 시기보다 이른 시기의 어형인 '근'보다 후대의 어형인 '큰'의 사이에 끼어 있는 존재가 '根'이다. 필자는 여기서 '根'을 '큰'으로 변하기 전 단계의 '*근'으로 추정한다. 그것의 고음이 한결같이 'kən~kɨn'이었기 때문이다. 그리고 '큰'으로의 변화징후를 예고한 기록이 보다 후대의 문헌인 「계림유사」(A.D.1103-1104)에 '大曰黑根'과 같이 나타나기 때문이다.

그런데 이 '*그다'의 관형어형인 '근'은 '한'과는 그 어원이 다를 수도 있다는 느낌이 든다. 그러면 '大'의 의미인 형용사 '*그다'는 '多 · 大'의 의미인 '하다'와는 어떻게 다른 것인가. '그다>크다'(大)와 '하다'(多 · 大 · 衆)는 어휘의 미의 차이가 있을 뿐만 아니라 어형도 '*kəta~*kɨta>kɨta>k^hɨta'(大)와 같이 변모하였지만 'hata'(多 · 衆 · 大)는 원초형을 거의 그대로 유지하여 왔기 때문이다. 이 둘 사이가 본래의 한 뿌리에서 두 뿌리로 갈라진 것인지 아니면 처음부터 두 뿌리로 시작한 것인지의 문제도 앞으로 풀어야할 과제로 남겨둔다.

위에서 필자는 '그-+ㄴ→근'(大)의 문제는 뒤로 미루어 놓았다. 논지의 초점을 오로지 '한'에 맞추기 위함이다.

옛 문헌에서 '한'에 대한 풀이를 다음처럼 하였다.

① 大池 在府北四里 大方言與漢韓干同音義後凡言大池大澤大川之類皆倣此(「東國輿地勝覽」 卷九 仁川都護府 山川條, 1481)

② 漢山 卽黔丹山 方言稱大曰漢猶言大山(金正浩:「大東地志」 廣州沿革條, 1864)

③ 東韓人自以爲大且多故謂大爲한者卽韓之稱也(作者未詳:「東言考略」 古談條)

④ 鏞案. 孔安國書傳夫餘馯貊謂之東夷. 馯者韓也. 東儒或云中國韓人之東徙者. 迄不然也. 今謂韓者大也. 方言凡大者謂之韓. 奴謂其主曰韓物. 猶中國之言大人也.(「彊域考 三韓總考」)

위와 같이 보편적으로 '漢, 韓'을 '大'의 뜻으로 풀었다. 그리고 ①'漢池(大池), ②漢山, 黔丹山, ④ 韓物(大人)'에서와 같이 그 분포의 위치가 XY에서 X인고로 한결같이 관형어형으로만 쓰였다. ① 한못, ② 한뫼, ④ 한것(物)과 같이 뒤의 명사를 한정하기 때문이다. 다만 ①干, ④馯을 '大'의 뜻으로 해석한 것만이 잘못이다. 이것들은 관형어형의 '한'이 아니라 명사이기 때문이다. 이 문제는 뒤에서 재론하게 될 것이다. 비록 극히 드문 예이지만 '*hansyəp ɨrhan'(大角干=大舒發翰)이 조어되고 또다시 'han³+han²+syəpɨrh an¹'(太大角干)이 조어되어 김유신 장군을 드높여 부른 일이 있다. 이런 경우에 자칫하면 'han³'이 'han²'을 한정하는 관형어형으로 보고 'han²'이 피한정어 즉 명사가 아닌가 착각할 수도 있다. 그러나 그렇지 않음이 다음 조어 구조에서 판명된다.

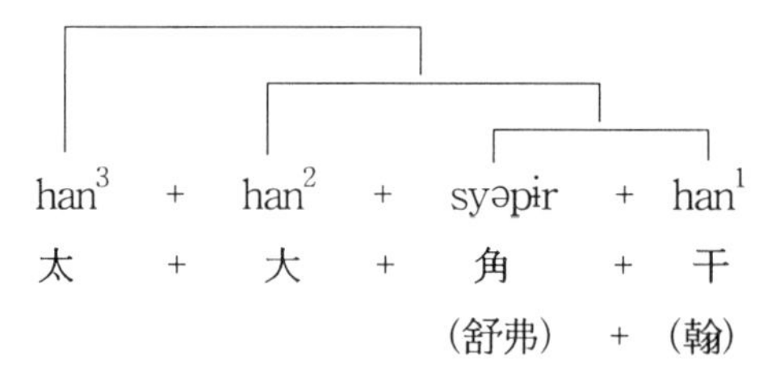

위와 같이 'han³'은 'han²+syəpɨr+han¹'(大角干) 전체를 한정하기 때문에 X 위치의 'han³ · han²'은 결코 독립어사로 기능할 수 없는 부속성분일 뿐이다. 따라서 XYZ 혹은 XZ의 구조에서 X는 결코 Z(han¹)의 위치에 올 수가 없는 속성이다. 그것은 근본적으로 '하다'의 어간 '하-'와 관형어 형성형태소 'ㄴ'이 결합하여 '관형어형'으로 쓰이기 때문이다. 다만 너무나 이른 시기부터 '하+

ㄴ' 어형이 형성되어 보편적으로 쓰여 왔기 때문에 '하다'로부터 전성된 사실이 이미 잊혀지고 오로지 '大'를 뜻하는 단일 형태소로 인식하기에 이르른 것이라 하겠다. 마치 '하다'(大·多·衆)가 이미 사어가 되었지만 '하'만은 '하, 하도'처럼 부사로 굳어져 쓰이고 있는 것과 같이 관형사 내지 관형접두사로 굳어져 잔존하게 된 것이라 하겠다.

요컨데 '大'의 뜻인 '한'(하+ㄴ)은 '韓奈麻 : 大奈麻, 韓阿湌 : 大阿湌, 韓舍 : 大舍, 翰山 : 大山'와 같이 한정어로 접두하여 쓰였고, '한비(大雨), 한쇼(巨牛), 한여흘(大灘), 한밭(大田), 한다리(大橋)' 등과 같이 한정어로 쓰였을 뿐이다. 따라서 X위치의 '한'은 'XYZ' 혹은 'XZ'와 같은 피한정의 Z위치에 있는 '한'과는 의미와 속성이 전혀 다른 것이라 하겠다.

6. 어말 '韓'의 뿌리

지금까지 '한'에 대하여 어두의 '한'과 어말의 '한'을 같은 의미의 동일어로 인식하여 왔다. 그렇기 때문에 다음과 같이 잘못 풀이한 대목들이 발견된다. 가령 옛 기록인

大池 在府北四里 大方言與漢韓干同音義<「동국여지승람」 권9>

에서 '大=韓=漢=干'와 같이 同音義라 하였다. 그러나 '漢·韓=大'이지만 '干'의 뜻은 '大'가 아니다. 어말의 '干'이 '漢·韓'등과 교체되어 어두에 쓰인 예가 없기 때문이다. 이처럼 위 3.(나)의 자료에서 확인하는 바와 같이 그것이 오직 Z위치에서만 고정되어 쓰여온 사실이 중요하다. 따라서 Z자리의 '한'은 한정어인 X자리의 '한'과는 속성이 근본적으로 다르다. X자리의 '한'은 형용사이며 Z자리의 '한'은 명사이기 때문이다. 그럴 뿐만 아니라 '同音'이라 한데도 문제가 있다. 엄격히 말해서 '干'의 음이 '한'아닌 '간'인데도 불구하고 鮎貝房之進(1955:6-12)도 어두의 '한'과 어말의 '한'을 同語라 하였다. 이병도(1959:98) 역시 어두의 '한'(大)과 어말의 '한'(大人·君長)이 동일어라 하였

다. 또한 양주동(1972:172-173)도 '일꾼·짐꾼·구경꾼'('한'의 변형) 등의 '꾼'은 순수한 우리말로 原語는 '큰'의 轉이라 하였으니 그 뿌리를 둘로 보지 않고 하나로 본 것이라 하겠다. 이런 가운데 金澤庄三郎(1985:158-163)만이 '干'(kan)은 몽고어, 만주어로 '君長'을 뜻하는 'han, kan'과 같다고 전제하고 '人'을 뜻할 경우에는 'hun, kŏn'으로 변형된다고 하였다. 여기까지는 어말의 '干'(kan)에 대한 바른 해석이다. 그러나 이어서 그는 이 모두가 '大'를 뜻하는 'kan'에서 기원한 것으로 귀결지어 두 뿌리로 보지 않고 오직 한 뿌리로 판단하였으니 역시 어두·어말의 '한'을 동음동의어로 본 것이라 하겠다. 이처럼 그 동안 학계의 견해는 외형적인 음상에 유인되어 이면의 실상을 간과하였을 뿐이라 하겠다.

6.1. 친족어의 '한'

먼저 친족어의 낱말에서 '한'이 어떻게 쓰이고 있나에 관한 어휘를 살펴보도록 하겠다. 몽고어와 만주어로 '人'을 뜻하는 어휘는 'hun-kun'이다. 해당 예를 다음에 제시한다.

sino-hun=新人(만주어)
obu-kon=老人(몽고어)
omo-kon=老嫗(몽고어)
ir-kon=人民(만주·몽고어)

그런데 이 어휘들이 「金史·遼史·元史」 등에 '寄善汗(han), 薩里罕(kan), 太陽罕(kan)' 등과 같이 '君長'의 뜻으로 轉意되어 쓰이고 있다. 특히 「成吉思汗實錄」에 나타나는 '成吉思合罕'(kagan)의 구조는 'ka+gan'으로 분석되는데 여기 'ka'는 '大'를 뜻하고 'gan'은 '君'을 뜻하므로 '大君'이 된다.

한편 무당(saman)의 칭호에서도 '한'의 요소가 발견된다.

女巫 : Utagan, Udagan, Ubakhan, Utingan, Iduan(Duana)(몽고, 부리앗트, 야쿠트, 터기, 契丹어 등)

男巫 : Aaman～Hamman(퉁구스어), Kan(靺鞨어), Kan～Kama(알타이어), Oium (야쿠트어), 次次雄～慈充(한국어)
Ulanhan～Oium=大巫, Ortot～Oium=中巫, Kenniki～Oium=小巫(야쿠트어)

위와 같이 우리말과 친족관계가 있을 것으로 추정하는 말에서도 어말의 'han～gan'등이 '人, 巫, 君'을 뜻하는 명사라는 사실을 우리는 주목하게 된다.

위에서 우리는 '한'의 기원적 의미가 명사이었음을 확인하였는데 그럴 개연성은 우리말에서도 이미 제시한 3.(나)의 '好+漢, 惡+漢, 無禮+漢, 癡+漢, 怪+漢, 破廉恥+漢'(29)-(34)에서 재확인할 수 있다. 여기 '漢'은 곧 '人'을 뜻하기 때문이다. 처음에는 '人'의 의미로 출발한 '한'이 어느 시기엔가 '君長'의 뜻으로 전의되었던 것이니 친족어에서나 우리말에서나 그것이 명사의 속성에서 결코 벗어난 일이 없다. 따라서 이 '한'은 처음부터 '大·多'의 뜻으로 출발한 형용사 '한'('하-+ㄴ'←하다)과 '大'의 뜻으로만 출발한 형용사 '근'('그-+ㄴ'←그다)과는 根本이 서로 다르다 하겠다.

6.2. '한'의 변이형

위 자료 3.의 (나)(다)(라)가 보이는 바와 같이 'han'은 매우 다양하게 변모하였다. 우선 그 수효로 보아 (나)(1)～(23)까지의 '干'이 가장 많다. 그러면 가장 보편적으로 쓰인 '干'의 표음은 'kan'인가 'han'인가. 위에서 필자는 그 기본음을 'han'으로 추정한 바 있다. 그러면 여기 '干'도 'han'을 적은 것인가. 'han'의 수효도 (나)(24)-(27)의 '邯·翰'을 비롯하여 (나)(28)～(34)까지 적지 않기 때문이다. 거기에다 (나)(28)의 '汗'은 그 음이 '漢'과 동일한 'han'이기 때문에 '干'을 'han'으로 추독하도록 압박한다. 그리고

干(唐韻)古寒切又(篇韻)音寒國名又與犴通(類篇)犴或作干(「康熙字典」)

이라 하였으니 '干'의 후대음이 '간'이라 하여 처음 표기할 당시에도 'kan'이었다고 볼 수는 없는 것이다. 더욱이 「唐韻」으로는 'kan'(古寒切)이지만 「篇

韻」은 그 음이 '寒・豻'과 통한다 하였으니 '寒'의 추정 중고음 'ɣûn~ɣan'을 기준하면 역시 'han'일 가능성이 없지 않은 것이다.

이렇듯 그 음이 'han'일 가능성은 배제할 수없음에도 불구하고 선듯 'han'으로 추독할 수 없는 바는 다음 몇가지 까닭이 있기 때문이다.

첫째 '干'은 Z위치에만 나타날 뿐 결코 X자리에는 차자되지 않았다는 점이다. 그 음이 'han'이 아니었기 때문에 '大, 多'를 뜻하는 관형어형 '한'을 표기할 수 없었다고 보아야 한다. 가령 지명 표기에서

汗峙(大峙)(光陽嶺路)<「光陽邑誌」>
汗伊山(大伊山)(光陽逢燧)<「상동」>
汗沼里(慶北 虎鳴)<「五萬分지도」>
汗谷(京畿 加平)<「상동」>

등과 같이 '汗'으로는 표기되었으나 '干'으로 적은 예는 발견되지 않는다. 아마도 이른 시기부터 '干'의 음이 'kan'이었기 때문이라 여겨진다. 거기에다 'han'이 3.(나)(35)~(48)의 '儉, 今, 錦, 監, 軍'과 같이 두음이 'k'로 발음된 예도 있어서 이른 시기에 벌써 'han'(漢)과 'kan'(干)이 공존하였다고 봄이 타당할 것이다. 그리고 (라)의 (1)~(8)까지에도 'ha'(瑕) : 'ka'(加)가 대응하고 있어서 어두음 'h : k'의 대응은 이른 시기부터 변이음으로 실현되었다고 봄이 옳을 듯하다.

둘째 (나)(49)~(60)까지의 '湌・粲'에 관한 변형이다. 이것은 후대음으로는 모두 '찬'이다. '飡' 밥삼킬 찬(「字林補註」 상8), 湌 밥손(飯也), 먹을 천(「新字典」 2:50), 찬 饌也(「字林補註」 상55)와 같이 'chan'이다. '粲' 역시 '찬'(「전운옥편」 하])이다. 이것은 '나(17)波珍+干 : (50)波珍+湌 : 波珍+粲'과 같이 대응되므로 틀림없이 '한'의 변형이다. 그리고 말음도 'n~m'으로 넘나들었다. 이것들은 같은 비음인데다가 그 발음 위치가 바로 이웃하여 있기 때문에 가능하였던 것이라 하겠다.

그런데 보다 근본적인 차이는 '(나) : (다)(라)'에 있다. 즉 'CVC : CVø'라는 점이다. 물론 기원적으로 CV가 기본형인데 (나)와 같이 'n'이 말음으로 첨가

된 것인가 아니면 (다)가 기본형인데 (라)와 같이 'n'이 타락한 것인가. 친족어에서 확인한 구조가 모두 'CVC'인 것으로 보아, 특히 'n'이 어말음으로 존재한다는 사실로 보아 'CVC>CVø'로 추정함이 옳을 듯하다. 그리고 이 'CVø'형은 오로지 고구려어에만 존재한다는 사실도 우리의 주목을 끈다. 또한 (다)와 같이 그것이 Z자리에서 X자리로 옮아가도 여전히 'CVø'형이란 점이다. 더욱이 (다)(3)~(4)를 제외하고는 모두가 이른바 부여계어 혹은 고구려어에 해당한다는 사실은 일단 부여계어만 'n'을 상실하였음을 입증하는 바라 하겠다.

6.3. X와 Z의 교체성 有無

만일 XYZ의 구조에서 'X=한・근'(大)일 때에 X는 Z의 자리에 갈 수 없다. 그것은 부속성분인 한정어이기 때문이다. 한정어가 피한정어의 자리에 가는 것은 국어 조어법이 용납하지 않는다. 따라서 3.(가)의 자료에서 확인할 수 있는 바와 같이 언제나 X자리에 고정되는 것이며 아울러 '하+ㄴ→한', '그+ㄴ→근'과 같이 관형어 형성형태소 '-n'을 가져야 한다. 이 'n'이 있는 한 그것은 Z위치에 갈 수 없고 설령 없다하여도 그것이 형용사 어간 '하-'이기 때문에 불가능하다.1)

그러나 Z위치의 'han'은 때로는 X위치에 분포할 수도 있다. 3.(다)의 자료에서 우리는 그 사실을 확인할 수 있다. 다만 관형어 기능이 'n'이 없이도 가능하다. 다만 (다)(3)(4)의 '吉'이 말음 'r'을 가지고 있어서 문제이긴 하지만. 만일 (다)X자리의 '箕, 吉, 皆, 己, 蓋, 解, 高' 등이 (라)Z위치의 '瑕・加'와 유의어 혹은 동의어이었다면 그것들은 역시 명사로서 한정어의 기능을 하거나 아니면 조어법상 주성분으로 접미사를 접미하고 있는 것이라 하겠다. 그 중에서 특히 (다)(5)(6)의 '皆'는 '王'으로 대응표기되어 있으니 명사임에 틀림없는 것이다. 특히 '韓粲'(「고려사 백관지」)은 '粲'이 직접 피한정어가 되기도

---

1) 물론 '突厥突利可汗入朝'(「용가」53장 註)에 '可汗'이 있고, 「新唐書」에도 '箕子可汗箕神'와 같이 '可汗'이 있으나 이 모두가 '大'를 의미하는 '可'(ka)에 'n'말음이 없다고 해서 문제될 것은 없다. 언어마다 조어법이 다를 수도 있기 때문이다.

한다. 이 경우에는 몽고어 '可罕' 즉 'ka+ghan'(大+君)과 같은 구조로서 여기 '한+찬'(<'한')은 '관형어(大)+명사(君長)'인 것이다. 또한 일본사서에 나오는 '波鎭(珍)漢旱岐'(「古事記」712)와 '波珍漢旱岐'(「日本書紀」720) 역시 '漢+旱+岐'에서 '한(漢+)한(旱)'이 '한정어(형용사)+피한정어(명사)'임을 알려 준다. 「삼국사기」(권44) 열전 '居道'조에 "失其族姓 不知何許人也 仕脫解尼師今爲干"과 같이 '干'이 단독으로 쓰인 예도 있다. 이는 명사가 아니고는 불가능한 실례라 하겠다.

'京'을 뜻하는 신라어는 '舒發翰, 舒弗邯' 등과 같이 음차 표기되었거나 아니면 '角干'과 같이 '훈음(角+)음(干)'차 표기됨이 일반적인 차자표기 현상이었다. 난시 '角干 後云酒多'의 '酒多'만이 특이하게 표기되어 있다. 그리하여 여기 '多'의 훈음 '한'을 마치 X자리의 '한'과 동일한 뜻을 가지고 Z자리에 온 것으로 착각하기 쉽다. 그러나 그것은 '많다, 크다'의 본뜻을 버리고 오로지 그 훈음만이 차용되어 '翰·邯·干'을 적은 것이다. 따라서 이것은 X자리의 '한'이 Z자리의 '한'으로 온 예외가 아니다. 위의 2.2.에 열거한 '한'의 자료 중 이것만이 Z자리에서의 유일한 '훈음차자'이다. 그 밖에는 모두가 음차표기이기 때문이다.

6.4. '한'과 '지'(>치)의 관계

현대국어 '아버지·엄지', '金지·李지'(金某·李某)의 어말형태소 '지'와 '이치·그치·저치'(此者·其者·被者)의 '치'가 고대국어 시기에는 존칭접미사로 '한'과 짝을 이루어 활용되었다. 우선 해당자료부터 다음에 열거키로 하겠다.

'지'(<치)(智·支)의 자료

삼한어:	臣+智	신라어:	朴閼+智
	遣+支		金閼+智
	秦+支		世里+智

樊+祇
旱+支

고구려어: 莫離+支
於只+支(故國壤王)
虎閤 近+支

백제어: 鞬吉+支
吉+師
皆+次(丁(王岐)
腆+支
直+支

가라어: 坐+知(王)
銍+知(王)
鉗+知(王)
脫+知(爾叱今
伊珍阿+鼓
內珍朱+智
道設+智
阿+志(王妃)
蘇那曷叱+智

居七夫+智
福登+智
覓薩+智
大鳥+智
富利+智干
舍+知
稽+知
皆叱+知
子賁旱+支
齊旱+支
謁旱+支
奇貝旱+支
壹吉+支
吉+士
吉+次

위와 같이 존칭접미사 '智·知·支·祇·士·師·次·鼓·志' 등이 고대 한반도 전역에 고르게 분포되어 쓰이었다.

이 '지'가 우리말과 친족성이 있을 것으로 추정하는 야쿠트어에서는 '사람'(人)이란 뜻으로 쓰인다.

Rryn - chi(공격을 받아 고통을 당하는 동안에 미래를 예언 하는 이)

Telgo - chi(억측하는 이)
Yarin - chi(어깨뼈를 지져서 점치는 이)
Koll-kure-chi(손으로 점치는 이)

만주어・몽고어도 'chi'가 '다라치'(農夫), '차치'(司茶人), '모도치'(木匠), '아올라치'(司山人)<「金史語解」, 「元史語解」>와 같이 '人'을 의미한다. '筆帖式'(비지치)<「漢清文鑑」>는 '必闍赤'(비지치)<「고려사」 권29>로 차자 표기되기도 하였다. 吹螺赤(됴라치)<「이두편람」>에도 'chi'가 나타난다. '비지치'는 官衙의 '書記'를 뜻하며, '됴라치'는 '鼓吹手'란 뜻이다. 위와 같이 만주・몽고어의 'chi'는 우리말의 'chi'와 음과 뜻이 정히 같음을 알 수 있다. 그것이 조어에 참여하는 자리가 어말 위치에만 올 수 있는 조어 기능까지 우리말과 동일하다.

여러 친족어에서와 같이 우리말에서도 '지'(>치)는 결코 어두에 쓰인 예가 없다. 철저하게 어말에만 고정적으로 쓰이었다. '한'과의 비교에서 본래에는 '人'을 뜻하는 동의(이음)어로 출발하였으면서 어두에 올 수 없음이 올 수 있는 '한'과 다른 점이다. 그리고 '旱+支, 吉+支, 皆叱+知, 皆+次' 등과 같이 'han+chi'의 구조는 가능하여도 반대의 구조 'chi+han'은 불가능하였다. 또한 '지'는 관직명이나 인명에 접미하여 존칭을 나타내는데 보편적으로 쓰이었다. 그러나 '한'은 「일본서기」에 나타나는 '助富利支+干' 1예를 제외하고는 철저하게 '지'의 앞에 선행접미사로 쓰였다. 그리고 '한'은 주로 관직에 접미하여 존칭을 나타내었다.

물론 'han+chi'의 복합은 '旱支, 吉支, 皆次'에 국한함으로 비교적 적은 수이다. 아마도 서로가 유의어에 해당하기 때문에 의미의 중첩을 피하기 위해서였을 것으로 추정한다.

기원적으로 '人'을 뜻하는 'han'과 'chi'는 조어에 참여하는 위치가 기본적으로 어말이란 점에서 같다. 이 둘의 사이는 동의어이며 명사이다. 따라서 어두의 '한'과 어말의 '한'은 피상적으로는 동음이지만 실상은 이의어로 어두의 '한'이 'chi'의 자리에 올 수 없는 것처럼 어말의 '한'의 위치에도 올 수 없는 이질적인 관계인 것이다.

6.5. '한 : 근', '한 : 지'의 상관성

어두의 'han'은 형용사 '하다'가 관형어형으로 전성한 것(하+ㄴ→한)이고, 'kɨn' 역시 '그다'가 전성하여 관형어형(그+ㄴ→근)으로 쓰여 왔다. 이 둘 사이는 '大'를 뜻하는 면에서는 동일하나 '大'의 뜻만을 지닌 '그+ㄴ→근'과는 달리 '하+ㄴ→한'은 '多·衆'의 뜻까지 포괄하고 있다. 그리고 '근'(大)은 '그다>크다'의 변화로 '큰'이 되었지만 '한'은 내내 '하다'(大·多)로 활용되어 오다가 근세국어 시기의 말기에 '많다'(多)에 밀려 사어가 되었다. 다만 관형어형만이 어두에 화석처럼 박혀 쓰이고 있을 뿐이다.

그러면 'han'과 'kɨn'은 어떤 관계인가. 그 뿌리가 하나에서 둘로 갈라진 것인가. 아니면 처음부터 그 어원이 다른 두 뿌리였던 것인가. 그리고 '그다>크다'는 끝내 '大'의 뜻으로 쓰이고 있는데 활발하게 쓰이던 '하다'는 왜 '많다'로 인해 사어가 되었는가. 처음부터 '하다'와 '그다'는 서로 다른 말 뿌리이었기 때문에 변화의 과정과 결과가 다르게 된 것인가. 여러 가지 의문이 제기된다. 이런 문제에 대한 논의는 다른 기회로 미루어 둔다.

또한 '한'과 '지'의 관계는 어떤 자매성이 있는 것인가. 아니면 처음부터 무관하였던 사이인가. 이 둘은 이음어인고로 그 어원이 또한 달랐던 것으로 추정한다. 다만 'han'과 'chi'가 매우 이른 시기의 문헌에 기록으로 남겨진 것으로 보나, 이웃 친족어에 비슷한 어형으로 깊숙히 뿌리박혀 있는 것으로 보나 지극히 오래 묵은 어휘들임에 틀림없다.

7. 결언

나무는 고목일수록 그 뿌리가 깊숙히 박히고 넓게 뻗어 나가서 얽혀 있기 마련이다. 그래서 오래 묵은 나무일수록 그 뿌리를 캐기가 힘들고 어렵다. 마찬가지로 오래 묵은 어휘의 뿌리 역시 깊이 박히고 널리 퍼져 있어서 그 뿌리를 고스란히 캐내는 일이란 결코 쉽지 않다.

'한'은 한국어의 어휘 가운데 매우 오래된 것들 중의 하나이다. 지금까지 알려진 '한'에 대한 가장 이른 기록은 중국의 고서인 「尙書孔傳」에 나오는 '馯'으로부터 비롯되었다. 이것은 오래지 않아 '韓'으로 바뀌어 표기되었는데 곧 우리가 일반적으로 이해하고 있는 '三韓' 즉 '馬韓 · 辰韓 · 弁韓'의 '韓'이 바로 그것이다.

이후로 '한'의 표기자는 다양하게 변모하였다. 어두 위치에는 대개 '鞬 · 近 · 遺 · 漢 · 旱 · 乾 · 今 · 黔 · 錦 · 弓' 등이 쓰였고, 어말 위치에는 '干 · 邯 · 今 · 錦 · 監 · 漢 · 韓 · 翰 · 湌 · 粲' 등이 쓰였다. 그럴뿐만 아니라 XYZ 혹은 XZ의 어휘구조에서 X가 '皆 · 渠 · 箕 · 蓋 · 解' 등과 같이 CV형으로 표기되기도 하였고 Z도 '瑕 · 加 · 諧'와 같이 CV형으로 표기되기도 하였다. 그러나 X와 Z가 VC형으로 쓰인 경우는 찾아 볼 수 없다. 따라서 '한'의 음절구조는 그것이 어느 위치(X.Z)에 참여하든 CVC~CV의 단음절이었던 사실을 일차적으로 파악할 수 있다. 한편 '한'의 음절구조 C^1VC^2에서 C^1은 'k~h'이어야 하는 제약을 받고 있으며, C^2는 'n~m~ø'이어야 하는 제약을 받았던 것으로 파악된다. 그리고 만일 '金馬 · 古馬 · 古麻 · 久麻 · 古彌' 등과 가은 표기형들이 '大'의 뜻도 나타낸 것이었다면 이것들 역시 '한'과 밀접한 관계가 있는 것이어서 그것이 'CVCV>CVCØ~CVØØ'의 과정을 경험하였던 것으로 추정케도 한다.

'한'은 어두와 어미에서 동일음으로 쓰이기 때문에 겉으로 보기에는 그 뿌리가 하나인 것처럼 착각하기 쉽다. 이런 착각이 어두와 어말에 위치하는 둘의 '한'을 동음어로 인식하게 하였다.

그러나 뿌리는 캐 보아야 몇 개인지를 확인할 수 있다. 이 글은 '한'의 뿌리 역시 역사속 깊숙히에 두 뿌리로 각각 박혀 있음을 확인하였다. 그 하나는 형용사 '하다'(大 · 多 · 衆)에서 파생한 '하-+ㄴ'의 '한'이며 다른 하나는 명사로 기원한 '한'(人>君長)이다. 그렇기 때문에 우리가 명사인 '한'과 형용사인 '하다'의 어간 '하-'에 관형어 형성형태소 'ㄴ'의 첨가로 전성된 '한'과 비교하면 결코 정답을 얻을 수 없게 된다. 어디까지나 명사 '한'(人)과 형용사 '하다'(大 · 多 · 衆)가 비교되어야 한다. 따라서 '한'(人)과 '하다'(大 · 多 · 衆)는 동음어가 아니다. 근본적으로 그 속성이 다른 이의어일 뿐이다.

실로 어두의 '한'과 어말의 '한'은 서로 이질적인 두 뿌리를 갖는 하나의 얼굴이다. 그런 반면에 ‘한’(<하다= 大・多・衆)과 ‘근’(<그다=大)이 오히려 자매성이 있는 것으로 파악된다. 둘 사이가 거의 동음어인데다가 의미마저 비슷하기 때문이다.

그러나 의미면에서 ‘하다’의 의미는 ‘大・多・衆’을 포괄하고 있지만 ‘그다’(>크다)는 ‘大’의 뜻만 나타낼 뿐이란 相異点이 있다. 그리고 ‘그다’는 어두음이 ‘k>k^h’로 변화한 점과 아직도 활용되고 있는데 ‘하다’는 형용사로서는 사어가 되었고 다만 관형사와 부사로 화석어가 되었다는 점이다. 그리하여 둘 사이를 한 뿌리에서 갈라진 두 뿌리로 추정함을 주저케 한다.

오히려 어말의 ‘한’과 밀접한 관계가 있는 어휘는 ‘지’(>치)이다. 이웃 언어에서도 거의 동일하게 발견되는 ‘지’는 ‘人’을 뜻하는 동의어로 출발하였다. 이 점에서 동의 이음어임에 틀림없다. 이웃 친족어에서는 내내 ‘人’을 뜻하는 낱말로 잔존하는데 우리말에서만 ‘존칭접미사’로 변하였다. 한편 주로 왕칭이나 관직명에까지 보편적으로 쓰고 있는 ‘한’과 ‘존칭접미사・인칭 접미사’인 ‘지’는 그 쓰이는 넓은 영역과 언어의 수로 보아 말뿌리가 깊은 역사 속에 박혀 있음을 알게 한다.

馬韓・辰韓・弁韓에서 ‘韓’의 뜻이 무엇인가. 상식적으로 모두 ‘大’의 의미일 것으로 여겨 왔다. 그러나 ‘한’의 최초 표기어인 ‘馯’을 ‘扶餘・高句麗・貊’과 동등한 國名(부족명)이라 하였다. 그렇다면 ‘馯’은 고유명사이다. ‘韓’이 피한정어의 자리에 있음도 그것이 명사임을 스스로 증언한다. 따라서 三韓의 ‘한’은 ‘大’를 뜻하는 관형어가 아니다. ‘群衆・君長・部族’ 등을 의미하는 고유명사이었을 것으로 추정한다.

Ⅱ. 우리 성명의 생성·발달에 대하여

1.

성씨의 기원(起源)을 알려주는 이른 시기의 기록이 중국의 옛 책(대략 3000여 년 전)인 『상서·요전(尙書·堯典)』에서 발견된다. '평장백성'(平章百姓)이란 문구가 바로 그것인데 아마도 최초의 기록인 듯하다. 여기서 우리는 '백가지 성'이란 의미의 '백성'(百姓)을 발견하게 되기 때문이다. '百姓'의 '姓'에 대한 의미를 『설문해자』(說文解字)는

> 姓은 사람이 태어난 바이다. 옛날의 신령하고 성스러운 분들은 (그의) 어머니가 하늘에 감응해서 자식을 낳았음으로 하늘의 아들(天子)이라고 불렀다. 태어남으로서 성이 되기 때문에 (姓字는) 女字와 生字에서 비롯되었고 生은 또한 聲音이다(姓 人所生也 古之神聖人 母感天而生子 故稱天子 因生以爲姓 從女生 生亦聲也)

라고 설명하였다. 다시 말하자면 姓은 "사람이 태어난 바이다"(人所生也)란 뜻이다. 姓자의 구조가 '姓→女+生'과 같이 분석되니 "여자가 아기를 낳다"란 뜻으로 바꾸어 해석할 수 있다. 여기서 우리는 姓이란 말이 원시 시대의 모계(母系) 사회부터 비롯된 사실을 확인하게 된다. 姓자의 구조가 婚(혼), 姻(인), 嫁(가) 등자와 더불어 女자변의 글자라는 데서도 그 계통이 여성에서 출발하였다는 사실을 알 수 있다. 그리고 『통지』「씨족략」에

> (夏·殷·周) 3대 전에는 성(姓)과 씨(氏)가 나뉘어서 둘이었다. 남자는 씨를 부르고 부인은 성을 불렀다. 씨는 귀천을 구별하는 근거가 되므로 귀한 자는 씨가 있고 천한 자는 이름은 있으나 씨는 없었다. 성은 혼인을 가늠하는 근거가 되므로 同姓, 異姓, 庶姓의 구별이 있었다. 씨는 같으나 성이 다르면 통혼할 수

있지만 성이 같고 씨가 다르면 통혼할 수 없었다. 3대 뒤에 이르러 성과 씨가 합쳐서 하나가 되었다 (第1 「氏族序」: 三代之前 姓氏分而爲二 男子稱氏 婦人稱姓 氏所以別貴賤 故貴者有氏 賤者有名無氏 姓所以別婚姻 故有同姓異姓庶姓之別 氏同姓不同者 婚姻可通 姓同氏不同者 婚姻不可通 至三代之後 姓氏合而爲一)

라고 하였다. 위 내용에 의하여 姓은 부인을, 氏는 남성을 호칭하기 위하여 생긴 말임을 알 수 있다. 그렇기 때문에 성은 여자에게만 불러졌을 뿐이다. 삼황오제(三皇五帝) 가운데 복희씨(伏羲氏), 신농씨(神農氏), 황제씨(黃帝氏)와 같이 동일하게 氏라 불렀지만 신농(神農)의 성은 그 어미니가 강수(姜水)에 거주하였기 때문에 강(姜)이라 불렀고, 황제(黃帝)의 성은 어머니가 희수(姬水)에 거주한 연고로 희(姬)이었고, 순제(舜帝)의 성은 어머니가 요허(姚虛)에 거주하였기 때문에 요(姚)이었다. 이처럼 씨와 성은 서로 다른 의미로 쓰였음이 분명하다. 그리고 氏는 귀인(貴人)에게만 있었고 그나마도 천한 사람(賤人)에게는 없었던 사실을 알 수 있다. 말하자면 氏는 귀천을 분별하는데 쓰인 존칭사이었다. 이렇게 씨와 성이 다른 뜻으로 하・은・주(夏・殷・周) 三代까지 쓰여 오다가 그 이후부터는 그 의미가 통합되어 '姓・姓氏'와 같이 동일개념으로 쓰이게 되었다.[2] 姓과 氏가 다른 의미로 쓰인 근거가 우리말에서도 발견된다. 우선 낱말의 구조가 '성씨'일 뿐 '씨성'은 불가능한 점을 들 수 있다. 또한 '씨'는 김씨, 박씨, 설씨, 이씨 등처럼 모든 성에 접미할 수 있고 모든 이름에도 접미하는 보편성이 있는 존칭사인데 반하여 '성'은 그렇지 않다. 가령 "그 사람 성(혹은 성씨)이 무엇이요?"라고 물을 수 있지만 "그 사람 씨가 무엇이요?"라고 말할 수는 없다. 이런 현상은 '씨'의 어원적 의미가 귀천을 가리는 존칭사이었기 때문에 그 영향을 받은 결과로 볼 수 있다.

황의돈(1935)의 견해대로 '姓'에 관한 최초의 기록이 『상서』에서 비롯된 것이라고 본다면 '姓・氏'는 적어도 3,000년 이전에 발생하여 전국시대(戰國時

2) 『說文解字』 「註釋」: 因生以爲姓若下文 神農母 居姜水 因以爲姓 黃帝母 居姬水 因以爲姓 舜母 居姚虛 因以爲姓 是也 感天而生者母也 故姓從女生會意 其子孫復析爲衆姓 如黃帝子二十五宗 十二姓則皆因生以爲姓也

代) 말기(기원전 250)부터 진 · 전한말(秦 · 前漢末)(서기 25)에 이르러서야 자리를 굳게 잡은 것이라 추정할 수 있다. 우리나라의 경우는 보다 훨씬 늦게 중국의 영향을 받아 '姓'을 사용하게 된 것으로 추정된다. 우리의 이른 사서(史書)에 성씨에 관한 기록이 다음 장에서 기술하는 바와 같이 기원 전후에야 비로소 나타나기 시작하기 때문이다. 처음에는 왕족 혹은 귀족만이 성씨가 있었던 것인데 그나마 기록 연대만큼 사실 연대가 소급될지는 의문이다. 이런 문제를 비롯하여 고구려 · 백제 · 신라 · 가라가 성씨의 생성 발달에 있어서 어떤 차이를 보이는가의 문제도 이 글이 논의하여야 할 과제이다. 아울러 우리의 이름에 대한 생성 발달의 문제도 고찰키로 한다.

이 글은 시기의 하한을 고려 초기까지로 한정하되 주로 부여 · 삼한 · 고구려 · 백제 · 신라 · 가라와 통일신라 시대의 성명을 중심으로 논의하게 된다. 그 이후의 문제는 다른 기회로 미룬다.

2.

학자에 따라서는 '한씨'가 三韓(馬韓·辰韓·弁韓)의 韓에서 비롯된 성이라고 주장하지만 믿기 어려운 견해라 하겠다. 왜냐하면 우리나라의 경우는 성씨의 생성 시기와 그 배경이 중국과 전혀 다르기 때문이다. 옛 문헌에 등장하는 왕족의 성씨마저도 중국보다 1000여 년이나 늦게 발생하였고, 평민에 대한 우리 성씨의 생성은 왕족(혹은 귀족)과는 달리 삼국시대 말기에 이르러서야 싹이 트기 시작하였다고 봄이 오히려 타당성이 있어 보인다.

『삼국사기』와 『삼국유사』에 나타나는 최초의 성씨는 부여왕의 성명인 해부루(解夫婁)와 해모수(解慕漱)의 해(解)씨이다. 이 '해씨'는 보다 후대인 고구려의 시조성인 고(高)씨를 뛰어넘어 제2대 유리왕부터 제5대 모본왕까지 쓰이었다. 그리고 이 '해씨'는 백제의 왕족(그 원류는 부여왕족)인 해루(解婁), 해구(解仇), 해충(解忠)으로 이어진다. 다음으로는 신라 시조인 박혁거세(朴赫居世)의 박(朴)씨, 고구려 시조인 고주몽(高朱蒙)의 고(高)씨, 가라 시조인 김수로(金首露)의 김(金)씨이다. 백제의 시조는 성씨는 없고 이름만 '온조'(溫祚)로 남아 있을 뿐이다. 신라의 제4대왕 석탈해(昔脫解)와 김알지(金閼智)에서 김(金)씨와 석(昔)씨를 다시 추가할 수 있다.

위에 열거한 성씨들은 모두가 임금의 성이며 또한 해당 성씨의 시조(始祖)가 된다. 그리고 해모수는 천제의 아들(天帝子)이란 의미에서 解씨라 하였고, 고주몽(高朱蒙)은 고구려(高句麗)란 나라 이름에서 高자를 따다 성을 삼았다고 하였다. 그리고 박혁거세(朴赫居世)는 박처럼 생긴 큰 알에서 태어났기 때문에 朴씨라 하였고, 김수로(金首露)는 금알(金卵)에서 태어났기 때문에 金씨라 하였고, 김알지(金閼智)도 금궤(金櫃)에서 태어났기 때문에 역시 金씨가 되었다. 우선 박씨에 관한 발생 신화부터 살펴보도록 하자. 『삼국사기』 「신라본기 세1」에

> 고허촌장인 소벌공(蘇伐公)이 양산(楊山) 기슭에 있는 나정(蘿井) 부근의 숲속을 바라본즉 말이 무릎을 꿇고 울고 있기에 가보니 말은 간데 없고 다만 큰 알만 있을 뿐이었다. 알을 깨어본즉 거기서 어린 아이가 나왔다. 소벌공이 이 아이를 데려다가 길렀더니, 나이 10여세가 되자 유달리 뛰어났다. 6부(六部) 사람들은 그 아이의 태어남이 신기하였던 까닭에 높이 받들더니 이 때에 이르러 그를 임금으로 삼았다. 진한인(辰韓人)은 瓠(호)를 '박'이라 하였는데 처음의 큰 알(大卵)이 박과 같았던 까닭에 '朴'(박)으로 姓을 삼았다(高墟村長蘇伐公 望楊山麓 蘿井傍林間 馬蜞而嘶 則往觀之 忽不見馬 只有大卵 剖之 有祿兒出焉 則收而養之 及年十餘歲 岐鮮然夙成 六部人 以其生神異 推尊之 至是立爲君焉 辰人謂瓠爲朴 以初大卵如瓠 故以朴爲姓)

라는 '난생 신화'가 있다. 위 내용대로라면 박씨가 진한어로 확인된다. 그러나 이병도(1980, 3 주3)는 "朴씨는 실상 혁거세(赫居世)의 赫(밝)에서 취한 것이다"라고 주석하였다. 그럴 가능성이 있는 주장이다. '밝'(赫)과 '박'(瓠)이 동음이의어의 관계였기 때문에 '박'처럼 생긴 큰 알을 등장시켜 신화를 꾸며낸 것으로 볼 수 있다. 아마도 처음에는 '불구누리'(>붉뉘)란 이름만 있었던 것인데 뒤 날에 '붉'(<블ᄀ·불구)과 발음이 같은 '박'(瓠)을 토대로 지어낸 신화로 보려 한다. 김알지의 탄생 신화도 동일 맥낙에서 해석할 수 있을 것이다. 여기 김씨의 문제는 잠시 미루어 뒤에서 고찰키로 한다.

『삼국사기』는 탈해니사금(脫解尼師今)에 대하여

> 누군가 말하기를 이 아이는 성씨를 알지 못하니 처음 상자가 바닷가로 밀려와 닿을 때 까치 한 마리가 날아와 짖으며 따라다녔으니 작(鵲)자의 한 변을 생략하여 昔으로 성씨를 삼고, 그 아이가 궤를 풀고 나왔으니 이름을 탈해(脫解)라 짓는다(或曰 此兒 不知姓氏 初櫝來時 有一鵲飛鳴而隨之 宜省鵲字 以昔爲氏 又解韞櫝而出 宜名脫解).

라는 전설을 소개하였다. 아마도 본래 鵲(작)자와 昔(석)자의 옛 음이 서로 비슷하여 터 쓰이다가 어느 시기에 이르러 鵲(까치작)자의 글자풀이로 전설이 지어진 듯하다. 그의 이름 脫解(탈해)는 吐解(토해)로 다르게 표기되기도 하였다. 동일인의 이름을 이렇게 비슷한 음으로 달리 기록할 수 있음은 그것이 고유어이기 때문에 가능한 것이다. 고유어를 음차 표기한 脫자를 해석할 수 있다면 吐자도 해석할 수 있어야 한다. 그러나 둘 다 절대 불가능함이 곧 脫자를 풀어서는 안 될 강력한 이유이다. 더욱이 후부의 解자는 신라의 왕명에서 南解(남해), 奈解(나해), 沾解(첨해), 訖解(흘해)와 같이 공통 요소로 기능하였기 때문에 解자를 해석할 수 없음이 분명하다. 解자를 해석할 수 없다면 그 앞의 脫자도 해석할 수 없음이 자명하다. 여기까지 분석한 결과를 종합하여 판단하건대 그의 성씨가 전설과는 무관한 고유어 '작·석(鵲·昔)씨'이었을 것으로 추정하게 된다.

『삼국유사』 「가락국기」(駕洛國記) 중에

> 이에 왕은 왕후와 함께 침전에 들었는데 (왕후가) 조용히 왕에게 아뢰기를 "저는 아유타국(阿踰陀國)의 공주입니다. 성은 許(허)씨라 하옵고 이름은 황옥(黃玉)이오며 나이는 열여섯살이옵니다"라고 하였다(於是 王與后共在御國寢 從容語王曰 妾是阿踰陀國公主也 姓許名黃玉 年二八矣).

와 같은 내용의 기사가 있다. 여기서 우리는 처음으로 여자의 성씨를 발견한다. 과연 남방의 아유타국왕의 성씨가 許씨였는지 의문스럽다. 이미 김진우

(Kim 1983, 159-68)가 고찰한 바와 같이 그것은 '왕비'(queen)란 의미인 아유타국의 말을 차자 표기한 것으로 추정함직하다. 아마도 '허황옥=왕비·공주'(ishwari[hsü-huang-yü=goddess, queen)이었을 것이다.[3] 더욱이 우리에게는 예로부터 여자는 성씨가 없었기 때문이다. 물론 고구려에서 유리왕의 어머니를 예(禮)씨라 한 예가 있긴 하지만 한편으로는 예씨의 딸이라고도 하였으니 오직 아버지의 성씨일 뿐이다. 그리고 대무신왕(大武神王)의 어머니도 송(松)씨라 하였지만 역시 다물국왕(多勿國王)인 송양(松讓)의 딸이니 아버지의 성씨이다. 신라에서는 알영부인(閼英夫人), 운제(雲帝)부인, 아루(阿婁)부인, 아효(阿孝)부인이라 불렀다. 따라서 옛 문헌에 혹시 여자의 성씨가 나타난다 할지라도 그것은 오로지 아버지의 성씨일 따름이다.

위와 같이 한국의 성씨는 나라를 세운 시조나 왕으로부터 비롯되어 내내 왕족이나 그 후예들에게만 쓰여 왔을 뿐이다. 그러나 평민들은 그나마 이름만 있었을 뿐 성씨는 없었던 것으로 추정된다. 물론 동명성왕이 이름만 있고 성이 없는 재사(再思)에게 극씨(克氏)를, 무골(武骨)에게 중실씨(仲室氏)를, 묵거(默居)에게는 소실씨(少室氏)를 내려 준 사실과 유리왕이 사물(沙勿)에게 위씨(位氏)성을, 두 어깨에 깃이 달려 있는 '이상한 사람'(異人)에게 우씨(羽氏)란 성을 내렸다고 적혀 있다. 그러나 이렇게 왕이 지어준 성(이른바 賜姓)은 당대에서 끝났을 뿐 대대로 이어지지 않았으니 그것은 전통적인 개념의 성씨와는 달리 개인의 이름처럼 쓰였던 성일 뿐 계승성이 없었던 것으로 성격이 다르다.

그러면 과연 『삼국사기』와 『삼국유사』의 기록대로 고대 네 나라의 초기에 박(朴)·석(昔)·김(金)·고(高)씨가 실제로 있었던 것인가? 이런 의구심은, 이 사실을 전하여 준 두 역사책이 비교적 후대인 서기 1145년과 1285(?)년에 저술되었는지라 후대에 만들어 낸 이야기를 실을 수도 있다는 가능성 때문

---

3) Kim(1983, 164-165): "There is some linguistic speculation one can make. Sura in Sanskrit means 'god, king.' Alternatively, suwarna means 'gold,' and in Yusa, King Suro is born in a golden egg! And 許黃玉 in Chinese reads hsü-huang-yü Could it be a derivative of Sanskrit ishwari meaning 'goddess, queen'?"

에, 좀체로 해소되지 않는다. 위에서 우리는 박씨와 석씨의 기원설이 신화적 허구일 것으로 추상하였다. 여기서 다시 김수로(金首露)와 김알지(金閼智)의 金씨는 과연 처음(기록상의 발생년대)부터 김씨이었을 것인가의 문제가 제기된다. 이 성씨 역시 초기에는 박씨와 석씨처럼 고유어 '쇠씨'로 나타나야 한다. 신라어·가라어로 金을 '쇠'라 하였기 때문이다. 마치 元曉로 표기하고 부르기는 고유어 '설'(薛聰=元曉聰)로 호칭하였듯이 표기어이었던 金씨의 金도 '쇠'로 호칭한 흔적이 남아 있어야 한다. 더욱이 보다 훨씬 후대인데도 고구려의 고국원왕의 이름이 '쇠'(劉/斯由)로 나타나고, 신라 진지왕의 이름이 '쇠돌이'(舍輪/金輪)로 나타난다. 그런데 공교롭게도 위 두 金씨만은 '쇠씨'로 부른 흔적이 고문헌이나 금석문(金石文)에서 발견되지 않는다. 그렇다면 金씨는 한자어의 성씨가 성립한 시기 이후에 발생한 것으로 봄이 온당하다. 그 객관적인 이유 한 둘을 다음에 더 들도록 하겠다.

다음에서 우리는 고유어를 표기한 차자(한자)들이 한자어로 둔갑되어 풀이되는 사례가 종종 있어 왔음을 알 수 있다. 가령 국명인 徐羅(셔라)의 이표기였던 '사로(斯盧)·사라(斯羅)·시라(尸羅)·신라(新羅)' 중에서 新羅를 가려내어 "新은 덕업(德業)이 날로 새로운 뜻이며, 羅는 사방(四方)을 망라하는 뜻이기 때문에 이것(新羅)으로 국호를 삼음이 좋사옵니다(新者德業日新 羅者網羅四方之義 則其爲國號義矣)"란 해석을 붙여 국호를 한자어로 개조한 기사가 『삼국사기』 「신라본기 제4」(지증마리한 4년 서기 503)에 실려 있다. 그리고 비록 시기는 알 수 없지만 백제 시조의 이름으로 알려져 있는(필자가 국호로 주장하는) 溫祚(온조)도 '十濟·百濟'(십제·백제)로 달리 표기한 것일 뿐이며 모두 '온조(/제)'로 불렀다. '十'과 '百'의 옛 새김이 '온'이었기 때문이다. 옛 문헌에 溫祚가 '殷祚, 恩祖'로 표기되어 있기도 하니 '溫:殷:恩'과 '祚:祖:濟'는 각각 동일음을 표기한 한자이었던 것으로 추정할 수 있다. 그리고 '十'과 '百'에 대한 옛 낱말이 '온'이었기 때문에 표기어인 '十濟·百濟'는 백제어 '온조(/제)'로 추독할 수 있다. 위 '新羅'의 경우와 마찬가지로 '十濟·百濟'도 고유어 '온조'를 달리 적었던 것인데 후대에 十濟를 "십신으로 보익을 삼아 국호를 십제라 하였다"(以十臣爲輔翼 國號十濟)라고 해석한 사실과 百濟를 "올 때에 백성이 즐거워 좇았으므로 후에 국호를 백제로 고쳤다"(後以來

時百姓樂從 改號百濟)라고 해석한 기사가 『삼국사기』 「백제본기 제1」에 실려 있다.[4] 위 시조들의 신화에 나타나는 성씨들도 동일 방법에 의해 후대에 조작된 것으로 추정할 수 있다.

더욱이 서기 414년에 건립된 「광개토대왕비문」에 추모왕(鄒牟王), 유류왕(儒留王), 대주류왕(大朱留王) 등의 왕명은 적었으면서도 왕의 성씨를 기록하지 않은 사실은 그 당시에는 왕족도 성씨가 없었던지, 있었다 하더라도 성씨를 중국처럼 즐겨 쓰지 않았기 때문임을 암시하는 증거라 하겠다. 평민의 성씨는 더욱 그랬었다. 고구려 시조 주몽을 수행한 세 친구 조이(烏伊), 마리(摩離), 협부(陜父)도 성이 없고 유리명왕(琉璃明王)과 함께 내려 온 옥지(屋智), 구추(句鄒), 도조(都祖)도 성이 없기 때문이다. 오로지 解씨만이 부여왕이었던 해부루(解夫婁)와 해모수(解慕漱)에서 비롯되어 고구려 제2대 유리명왕부터 제5대 모본왕까지 쓰였을 뿐만 아니라 유리명왕의 태자(太子) 이름까지도 해명(解明)이었다. 한편 다른 일파인 해루(解婁), 해구(解仇), 해충(解忠) 등이 백제의 귀족 중에서 발견되므로 해씨만이 고구려와 백제에서 왕족성으로 계승되었을 뿐이라 하겠다. 그런데 기이한 것은 고구려의 왕성이 해씨인데 그 지파인 백제의 왕성은 부여씨(扶餘氏)란 점이다. 이것은 고구려·신라·가라의 성과는 달리 복성(複姓)인데다 백제의 중기인 아신왕(阿莘王 서기 392-404) 때에야 나타나는데 그마저 중국의 역사서에만 적혀 있을 뿐이다. 그러나 백제의 뿌리가 되는 북부여의 왕성이 해씨이고 그 지파인 고구려의 왕성 역시 해씨이었으니 다른 한 지파인 백제의 왕성도 해씨여야 마땅하다. 『삼국유사』 「남부여조(南扶餘條)」에

> 그의 세계(世系)가 고구려와 같이 부여(扶餘)에서 나왔기 때문에 解로 성씨를 삼았다(其世系 與高句麗同出扶餘 故以解爲氏)

---

4) 이병도(1980, 353)는 주2에서 "처음에 국호를 十濟라 하였다는 것은 믿을 수 없는 후일의 조작이다. 초기의 국명은 그 國都名에 따라서 慰禮였을 것이다"라고 주장하였고, 주5에서 "『隋書』 「東夷傳 百濟條」에는 '初以百家濟海 因號百濟'라고 하였으나 이러한 설은 모두 후일 백제인의 附會에 지나지 않는다"라고 주장하였다. 도수희(1991, 27-51)에서 이 문제를 적극적으로 논의하였기에 자세한 논증은 그 논문으로 미룬다.

라고 밝혀 놓기도 하였으니 아마도 부여씨(扶餘氏)라 부르기 전에는 해씨로 불렀던 것이 아닌가 하는 의문을 품게 된다. 짐작컨대 백제의 왕성은 전기에는 단성(單姓)인 해씨로 부르다가 후기에 이르러 복성(複姓)인 부여씨로 바꿔 부른 것으로 추정된다. 이러한 왕성의 복성화(複姓化)는 민간에까지 영향을 끼치어 평민의 성씨도 후기에는 복성으로 변하게 되었다. 백제 사람인 목협만치(木劦滿致, 조미걸취(祖彌桀取)의 '목협'과 '조미'를 『삼국사기』 「세주(細註)」는 복성이라 하였고, 재증걸루(再曾桀婁), 고이만년(古省萬年)의 '재증'과 '고이'도 복성이라 하였다.[5] 이밖에도 진모(眞牟)씨, 사택(沙宅)씨, 아택(阿宅)씨 등을 더 열거할 수 있다. 그것이 비록 후기에 생성되었다 할지라도 백제의 복성은 백제만의 특유한 존재이었다. 고구려 신라 가라에는 복성이 없었기 때문이다. 흔히들 고구려의 을지문덕(乙支文德)과 천개소문(泉蓋蘇文)의 성을 '乙支', '泉蓋(혹은 淵蓋)'와 같은 복성으로 잘못 이해할 수 있다. 그러나 그것은 단성인 '乙씨'와 '泉씨'일 따름이다. 『삼국사기』 「개소문전」이 그의 성이 '천씨'라 하였을 뿐만 아니라 그의 아들 및 손자들의 성도 천남생(泉男生), 천남건(泉男建), 천남산(泉南産), 천헌성(泉獻誠), 천헌충(泉獻忠)과 같이 '泉씨'이기 때문이다. 그리고 성씨를 생략한 표기가 여러 옛 문헌에 '蓋蘇文'으로 기록되어 있는 점도 '泉씨'임을 확신케 하여 준다. 을지문덕 역시 을두지(乙豆智), 을음(乙音), 을소(乙素), 을파소(乙巴素), 을불(乙弗) 등과 함께 '乙씨'임에 틀림없을 것이다. '지문덕(支文德), 개소문(蓋蘇文)'과 같은 세글자의 이름이 '불구내(弗矩內), 유리명(琉璃明), 어지지(於只支), 물계자(勿稽子), 창조리(倉助利), 아비지(阿非知), 아사달(阿斯達), 아자개(阿慈介)' 등처럼 많기 때문에 문제되지 않는다.

신라의 경우는 지금까지 남아 있는 「진흥왕국경순수비문」(서기 568)과 「경주남산비문」(서기 617)에 사람의 이름이 많이 나오는데 어느 이름에도 성씨가 없다. 「냉수리비(冷水里碑)」(서기 443 ?)에 21인의 이름과, 「울진봉평비(蔚珍鳳坪碑)」(서기 524)에 35인의 이름이 나오는데 역시 이름만 있

5) 『三國史記』 「蓋鹵王 21年」 : 文周乃與木劦滿致祖彌桀取(木劦祖彌皆複姓 隋書以木劦爲二姓 未知孰是) 南行焉 至是 高句麗對盧齊于再曾桀婁古省萬年(再曾古省皆複姓)等 帥兵來攻北城 七日而拔之 (中略) 桀婁萬年本國人也 獲罪逃竄高句麗

을 뿐 성씨는 없다. 삼국시대의 거도(居道), 솔거(率居), 녹진(祿眞), 밀우(密友) 등도 성씨 없이 이름만 적혀 있다. 이 또한 성씨가 없었거나 적극적으로 쓰이지 않은 증거라 하겠다. 그렇다면 신라 유리왕 9년(서기 32)에 '李, 崔, 孫, 鄭, 裵, 薛' 등의 6성을 내렸다는 기사는 후일 어느 땐가의 조작일 가능성이 짙다. 위에서 설명한 바와 같이 인명에 어느 성씨도 쓰인 사실이 발견되지 않기 때문이다. 특히 신라 흥덕왕(興德王 서기 828) 때의 장보고(張保皐(/高))의 본 이름은 활보(弓福(/巴))인데 『삼국사기』는 그의 고향과 조상을 알 수 없다고 하였다. 그러기에 그의 성씨를 중국에서 지어 주었다. 그에게 성씨를 물었을 때 없다고 하니까 마침 중국 성씨 중에서 '弓'자변의 한자를 찾다보니 '張'자가 선택되었고, '福'을 한자음을 빌어 중국식으로 적다보니 保皐(보고)가 되었다. 만일 그에게 성씨가 있었다면 중국에서 새삼스럽게 성을 張씨로 지어 주었을 리 만무하다. 고구려의 바보 溫達(서기 559-90) 역시 성씨가 없다. 이는 상당히 후대에 이르러 한국의 성씨가 대부분 이렇게 발생한 사실을 알게 하는 암시라 하겠다. 『삼국사기』 「열전」에 나오는 여러 인물들이 박·석·김·설씨를 제외하고는 거의가 성씨를 모르는 것으로 기술되어 있다. 일반적으로 왕족의 후예 이외에는 성씨가 없었기 때문에 밝힐 수가 없었던 것이 아닌가 한다.

백제왕의 경우도 국내 역사서와 『일본서기』에는 이름만 적혀 있고 성씨는 없다. 다만 중국의 역사서에만 제17대 아신왕(阿莘王 서기 392-404) 때부터 여(餘)씨 혹은 부여(扶餘)씨로 이름 앞에 왕성이 나타날 뿐이다. 이런 사실은 평소에 성씨가 활발하게 쓰이지 않았음을 입증한다. 이렇듯 중국의 역사서에만 성씨가 나타남은 성씨를 적극적으로 사용하는 중국식에 따라 중국인이 기록하였기 때문일 것이다. 중국의 역사서에 백제에 '沙씨, 燕씨, 劦씨, 解씨, 眞씨, 國씨, 木씨, 苗씨'와 같은 팔대성(八大姓)이 있었다고 기록되어 있다. 『삼국사기』 「백제본기」에서 찾아보면 劦씨와 木씨는 발견되지 않고 나머지 성씨만 귀족성으로 쓰였음이 확인된다. 다만 『일본서기』에 목만치(木滿致), 목윤귀(木尹貴)가 나타나고 역시 일본의 옛 문헌인 『신찬성씨록』(新撰姓氏錄)에도 목귀(木貴)가 나타난다. 여기서 우리는 고구려·신라와는 달리 백제에서는 귀족의 성씨가 활발하게 쓰였음을 알 수 있다.

『삼국사기』「온달전」(溫達傳)의 주인공 온달을 고씨(高氏)에게 장가보낸다는 기사가 있고, 을파소, 을지문덕 등과 천개소문, 천남산 등에서 성씨가 확인되니 아마도 삼국시대 말기쯤에는 성씨가 민간인(혹은 귀족)에게도 서서히 사용되기 시작한 것이 아닌가 한다. 신라 원효(元曉)대사의 元曉도 이름이 아니라 고유어 '설'(정월 초하루날의 뜻)씨를 한자로 적은 것이다. 그의 아들의 성명인 설총(薛聰)에서 '설'씨를 발견할 수 있다. 元曉는 곧 元旦(원단)이란 뜻이기 때문에 고유어 '설'과 정확히 일치한다. 당시에는 한글이 없었으니 한자를 빌어 元曉라 적고 반드시 '설대사'라 불렀을 것이다. 원효대사는 신라말기의 사람으로서 당나라에 가려다 포기하고 국내에만 있었기 때문에 고유어 성씨인 '설'을 썼던 반면에, 당나라에 오래 머물러 살았던 최치원(崔致遠 서기 857-?)과 장보고(張保皐)는 한자어 성씨를 썼던 것이라 하겠다. 장보고의 張씨는 당나라식으로 지어진 성씨임을 위에서 설명하였고, 崔씨 또한『삼국사기』「열전」에서 그의 세계(世系)를 모른다고 하였으니 역시 당나라식 성씨임에 틀림없는 것이다. 이렇게 후대에 이르러 국내의 고유어 성씨와는 다르게 한자어 성씨가 생성되기도 하였던 사실을 인지할 수 있다. 이 중국식 한자어 성씨가 우리의 고유어 성씨를 한자어로 바꾼 원인이 아니었던가 하는 의문을 자아낸다.

고구려 말기의 인물인 천개소문(泉蓋蘇文)에 대한『일본서기』의 기사에 그의 성씨가 '이리'로 적혀 있다. 이것은 泉에 대한 고구려어 '얼'(於乙)과 일치한다. 여기서 우리는 고유문자가 없었기 때문에 차자하여 泉으로 적고 '얼'씨라 불렀음을 알 수 있다. 이처럼 우리 조상들은 성명을 한자로 표기하였으되 부르기는 반드시 고유어로 호칭하였던 것이라 하겠다. 신라 지증왕 때(서기 503)에 '사라(斯羅)·사로(斯盧)·시라(尸羅)·서라(徐羅)'라 부르던 나라 이름을 한자어 신라(新羅)로 바꾸고, '마리한(麻立干), 니사금(尼師今)'이라 불러온 존칭을 왕(王)으로 부르도록 고치기 이전까지는 관직명, 지명, 성명 등 모든 어휘를 고유어로 말하였다. 그 이후로 서서히 순수한 고유어가 한자어의 침식을 당하였지만 고유어를 쓰는 강한 전통은 여전히 지켜졌다. 여기서 우리는 조상들의 고유어 수호정신을 확인할 수 있다. 그렇다면 金씨도 '해씨, 고씨, 박씨, 석(작)씨'처럼 일단 고유어 성씨로 호칭되어 오다가 어느 시기인가 한자어 성씨로 변하였거나 아니면 후대에 처음부터 金씨로 출발한 것이라 하겠다.

요컨대 옛 문헌의 기록대로라면 중국과는 달리 우리나라는 삼국 초기에 왕족에게만 성씨가 있었고, 평민들은 성씨가 없다가 삼국말기 아니면 거의 통일 신라 후기에 이르러서야 성씨가 생성되기 시작하여 고려 초기에 들면서 보다 보편적으로 사용된 것이 아닌가 한다. 고구려・백제・신라・가라의 시조들의 성씨조차도 신화 가운데 나타나기 때문에 아마도 실질적인 생성 시기는 훨씬 후대로 내려올 가능성이 많다.

3.

신라 시조의 이름은 혁거세(赫居世)라 적고 불구내(弗矩內)라 불렀다. 赫은 'ᄫᆞᆯᄀᆞ'이며 居는 ᄫᆞᆯᄀᆞ'의 'ᄀᆞ'를 받쳐 적은 음차자다. 따라서 赫居는 'ᄫᆞᆯᄀᆞ'로 풀어 읽을 수 있고 그래야 신라 사람들이 부르던 이름 '불구(弗矩)'와 비슷한 해독이 된다. 이 '불구・ᄫᆞᆯᄀᆞ'는 광명(光明)을 뜻하는 신라 말이다. 다음은 '內:世'의 대응에서 世는 '누리'이니 '내'(內)는 누리의 변화형 '뉘'를 음차 표기한 것으로 추정할 수 있다. 요컨대 赫居世는 'ᄫᆞᆯᄀᆞ뉘・ᄫᆞᆯᄀᆞ누리'이다. 이 'ᄫᆞᆯᄀᆞ누리'에서 '누리'만 떼어내어 지은 이름이 신라 제3대의 누리니사금(儒理尼師今)이다. 제14대의 왕명도 누리(儒禮)인데 『삼국유사』는 이 '누리니사금'을 세리지왕(世里智王)이라 달리 적기도 하였다. 여기 世里는 '세리'로 음독하면 말이 안 되니 반드시 '누리'로 읽으라는 뜻으로 '리(里)'를 받쳐 적었다. 이 표기법은 赫居의 '居'가 '혁거'로 읽지 말고 반드시 'ᄫᆞᆯᄀᆞ'로 풀어 읽으라는 부호로 赫을 居로 받쳐 적은 경우와 같다. 이 '누리(世里)'로 인하여 우리는 儒理가 '누리'임을 확신하게 된다. 만일 제19대 눌지마리한(訥紙麻立干)의 '눌'이 말 모음 탈락으로 인하여 '누리>눌'로 변화한 것이라면 '누리'란 이름이 하나 더 추가될 수 있다. 그렇다면 신라에서는 적어도 '누리'란 이름이 시조로부터 4대에 걸쳐 사용되었음을 알 수 있다. 여기에다 고구려의 제2대 왕명인 유리명왕(琉璃明王)의 琉璃 또한 '누리'로 추정할 수 있다. 중국의 『魏

書』에 고구려 유리명왕에 대한 기사 중 "字始閭諧"란 구절이 나온다. 字인 始閭諧에서 始를 奴의 오기(誤記)로 보고 奴閭를 중고음으로 추독하면 nu-lĭo이다. 이것은 琉璃를 추독한 lĭəu-lĭe와 근사음(近似音)이다. 그렇다면 둘 다 '누리'로 조정할 수 있다. 따라서 『위서』의 奴閭(nu-lĭo)는 世의 뜻인 '누리'(琉璃·儒理·儒禮·弩禮)를 轉寫하였던 것으로 추정할 수 있다. 그리하여 우리는 고구려에까지 '누리(世)'가 초기 왕명의 소재로 쓰인 사실을 알게 된다.[6)]

만일 위의 琉璃가 고유어 '누리'를 적은 것이라면 바로 뒤의 '明'도 고유어로 해석하여야 마땅하다. 동일 왕명을 앞 부분만 고유어로 부르고 뒤 부분은 한자어로 불렀을 리가 만무하기 때문이다. 그렇다면 혁거세(赫居世)의 赫居가 광명(光明)의 뜻으로 풀리었으니 이것 역시 '블ᄀᆞ'(明)로 해석할 수 있게 된다. '누리'가 신라 시조의 이름과 제3, 14, 19대 왕의 이름에 박혀 있고 나아가 고구려의 제2대 왕의 이름에까지 박혀 있으니 '블ᄀᆞ'(赫居)가 신라 시조의 이름 속에 들어 있는 것처럼 '블ᄀᆞ'(明)가 역시 고구려의 왕명 속에도 들어 있음은 오히려 당연한 바라 하겠다. 또한 동명성왕(東明聖王)의 東明에서 東은 고유어 'ᄉᆡ'로 훈독할 수 있다. 그리하여 동명(東明)은 'ᄉᆡ블ᄀᆞ'인 고유어로 추독하게 된다. 이후로 고구려에서는 유리명왕의 태자(太子)인 해명(解明)을 비롯하여 문자명왕·명치호왕(文咨明王·明治好王), 신라에서는 신문왕의 이름인 정명왕·명지왕(政明王·明之王), 백제에서는 성명왕·명농왕(聖明王·明襛王)과 같이 '블ᄀᆞ'(明)가 후대 왕명 속에 들어 있음을 확인할 수 있다. 신라 소지왕(炤知王)을 '비처왕'(毗處王)이라 불렀다 하였으니 '비처'는 '炤, 光'을 뜻하며 신문왕의 아명(兒名)도 일소(日炤)이었으니 역시 '날빛'에 해당한다. 그리고 백제 성명왕(聖明王)의 아들인 위덕왕(威德王)의 이름이 창(昌)인데 이것도 '빛'을 소재로 한 이름이다.

위에서 풀이한 바와 같이 삼국 시대의 왕명은 초기부터 '밝음'(明), '빛'(光)과 '누리'(世)를 소재로 지었음을 알 수 있다. 만일 우리가 혁거세(赫居世)=불

6) 이 문제는 이미 졸고(2007: 백제의 문화와 생활 -백제문화사대계 연구총서 12 p.39, 충청남도역사문화연구원)에서 약술하였다. 이 문제는 가까운 시일에 별고로 상론할 예정이다.

구내(弗矩內)를 '블ㄱ누리 · 불거누이'로 추독할 때 동명성왕(東明聖王)의 '東明'은 '싀블ㄱ~싀불거'로, 유리명왕(琉璃明王)은 '누리블ㄱ · 누리불거'로 추독할 수 있다. 특히 '블ㄱ누리'와 '누리블ㄱ'의 어형을 비교하여 보자. 참여한 형태소들은 동일한데 순서만 앞뒤로 바뀐 차이를 보일 뿐이다. 이렇게 참여의 순서만 차이가 있을 뿐 이름을 형성하고 있는 형태소와 그 어의는 거의 완벽하리만큼 동일하다. 이런 동질성이 신라의 시조 및 제3, 14, 19대 왕과 고구려의 시조 및 제2대 왕의 이름에서 발견된다는 사실은 결코 예사로운 일이 아니다. 이러한 기본 어휘의 분포가 얼마나 더 있는지를 발견하는 작업이 우리가 앞으로 추구하여야 할 긴요한 과제이다. 지금까지 우리는 초기 왕명의 소재인 '밝음, 빛, 누리'가 후내에까지 이어졌음을 확인하였다.

고구려 시조의 아명은 주몽(朱蒙)이다. 이름 '주몽'은 '명사수'란 뜻이다. 그가 활을 잘 쏘았기 때문에 지어진 이름이다. 신라 사람인 장보고의 이름이 弓卜(/巴)으로 표기되어 전하지만 당시의 신라말로는 '활보'로 불렀을 것이다. 또한 아래에서 상술한 바와 같이 '사복(蛇卜)'은 뱀처럼 기어만 다니기 때문에 '뱀보'라 불렀다. 모두가 '활동 · 능력 · 동작'을 소재로 지어진 이름들이다.

백제 시조의 이름인 온조(溫祚)는 '광활 · 넓고 큼'을 의미한다. 그의 형 이름은 '비류'(沸流)이다. 이 이름은 고구려의 처음 수도인 졸본천(卒本川)의 지류명인 비류수(沸流水), 비류천(沸流川), 비류곡(沸流谷), 비류국(沸流國)의 沸流에서 유래한 작명으로 추정할 수 있다. 『일본서기』의 백제 무령왕(武寧王)에 관한 기사 중에

> 백제의 무령왕이 일본의 축자각라도(筑紫各羅島)에서 태어났기 때문에 백제 사람들이 그를 사마(斯麻)라 불렀고 그가 태어난 섬을 니리므세마(主嶋)라 불렀다.

라고 작명에 대한 내용이 설명되어 있다. 그리고 '사마'는 백제어로 섬(島)이란 뜻이라 풀이하였다. 마치 고마(熊)가 변하여 '곰'이 되었듯이 사마(島)가 변하여 오늘날의 '섬'(島)이 된 것이다. 그리고 '니리므'(主)는 '니리므>니림>니임>님'과 같이 변하여 오늘날의 '님'이 된 것이다. 무엇보다 섬에서 태어난

까닭으로 이름을 '사마'(>섬)라 지었음이 독특하다. 부여읍에서 남쪽으로 약 1km 쯤 떨어진 곳에 연못이 있다. 이 연못의 이름이 '마래방죽'이며 그 북쪽에 있는 마을이 바로 '마골'(薯谷)이다. 마보(薯童)는 집이 가난하여 이웃 친구들과 산에 가서 나무도 하고 마(薯)도 캐어 장에 나가 팔아서 어머니를 봉양하였다. 이런 생활이 여러 해 동안 계속되었기 때문에 주위 사람들이 그를 '마보'(薯童)라 불렀다. 전설에 의하면 그곳이 '마보(薯童)'가 태어나 자란 곳이라서 마골(薯谷)이라 부르게 되었으며 또한 마보의 어머니가 살던 집 앞의 연못이라서 '마래방죽'(마보방죽<마아ᄒᆡ방죽)이라 부르게 되었다고 한다. 향가 서동요(薯童謠)의 가사는 신라말이라 할지라도 아이 이름인 '마보(薯童)'만은 백제말이다. 그가 백제 사람이기 때문이다. 백제 무녕왕이 섬에서 태어났기 때문에 '사마(斯麻=島)'라 불렀듯이 무왕도 '마보(薯童)'라 불렀던 것이다. 따라서 위 지명전설을 근거로 薯童의 薯를 '마'로 해독할 수 있다. 그렇기 때문에 그 동안 여러 학자들도 한결같이 薯를 '마'로 해독한 듯하다. 문제는 童의 해독에 있다. 대개 薯童(서동) 또는 薯童房乙(서동방을)을 '마동, 마동방을'로 해독하여 童을 음독하였다. 그러나 앞의 薯를 훈독하면 뒤의 童도 훈독하여야 함이 순리이다. 옛 말로 童의 새김이 '보'였다. 위에서 열거한 활보(弓伏=張保皐), 뱀보(蛇卜=蛇童), 거칠부(居柒夫=荒宗), 이사부(異斯夫=苔宗), 삼맥부(彡麥宗=진흥왕) 등에서 '보'(童)를 확인할 수 있다. 백제어도 초기에 '좌보,우보'(左輔, 右輔)와 같이 '보'(輔)를 썼다. 따라서 서동(薯童)은 백제어로 '마보'라 불렀음이 분명하다. 그 뜻은 '마캐는 아이'였다.

박혁거세의 왕비 알령(閼英)부인은 閼英井에서 '閼英'을 따다 지었고, 김유신의 아내 이름인 '재매'(財買)는 財買井에서 따다 지었다. 그리고 유리왕은 사물택(沙勿澤)이란 곳에서 만난 신하에게 지명 '사물'(沙勿)로 이름을 지어주었다. 위 이름은 모두가 '지명, 지세, 자연'을 소재로 한 작명들이다.

신라 제25대 진지왕(眞智王 576-578)의 이름은 사륜(舍輪) 혹은 금륜(金輪)이다. 우리의 고유문자가 없어 한자로 표기하였지만 그것들에 대한 실질적인 발음은 신라말 즉 고유어로 불렀던 것이다. 그 고유어가 무엇이겠는가. 옛말로는 '금 · 은 · 동 · 수은' 등의 쇠붙이를 통틀어서 '쇠'라 불렀음을 위에서 이미 확인하였다. 신라의 장군인 素那(소나)(서기 675)를 金川(금천)으로 적기도 하였다. 여기 素:金의 대응을 근거로 金의 새김이 '쇠'임을 다시 확인하게 된다. 이보다 1세기전의 사람 이름에서 '舍(사):金(금)'이 대응하고 있으니 '金'을 고유어 '쇠'로 새길 수 있음을 더욱 확실케 한다. 그러면 '輪'은 어떻게 고유어로 풀 수 있을까. 신라 초기에 소벌도리(蘇伐都利)란 이름이 있었다고 『삼국유사』에 적혀 있다. 이 이름은 소벌공(蘇伐公)이라 달리 기록되기도 하였다. 그렇다면 '도리=公'이다. 이 '돌이'는 '꿈돌이, 호돌이, 꾀돌이'와 같이 오늘날까지 남아서 쓰이고 있다. 만일 우리가 여기서 위 '輪'을 돌다(바퀴가)의 새김으로 푼다면 舍輪=金輪은 '쇠돌이'가 된다. 오늘날 흔하게 호칭되는 '쇠돌이'의 연원이 통일신라 이전까지 소급함을 알 수 있다. 그것은 천한 사람의 이름이 아니라 왕자의 존귀한 이름이었다. 고구려 제16대 고국원왕(서기 331-370)의 이름이 '쇠'(斯由/劉)이었다. 그가 남달리 40년 동안이나 임금을 하였던 것으로 보아 몸이 쇠처럼 단단하였던 모양이다. 거의 250년이나 이른 시기의 이름인 '쇠'로 미루어 볼 때 훨씬 후대의 왕자 이름에 '쇠'가 들어 있음은 오히려 당연한 결과라 하겠다.

인명에 접미하는 인칭 접미사로 '부'(夫)와 '지'(智)가 있었다. 거칠부(居漆夫), 이사부(異斯夫), 심맥부(深麥夫=麥宗), 상부(相夫), 활보(弓巴·弓福)의 '보·부'가 바로 그것이다. 이 '보·부'는 '바보, 뚱보, 울보, 웃음보, 놀부, 흥부' 등과 같이 현대 국어에까지 이어져 쓰이고 있다. 또한 알지(閼智), 내지(乃智), 모심지(牟心智) 등과 같이 '지'(智)가 쓰였다. 이것은 오늘날에 '걸어지, 거지, 이치, 저치'의 '지·치'로 쓰이고 있다. 이 '부'와 '지'는 좌부지(坐夫智), 일부지(一夫智), 절부지(折夫智) 등과 같이 '부지'로 결합되어 쓰이기도 하였다. 그러나 '지부'(智夫)와 같이 순서가 바뀌어 쓰인 경우는 찾아 볼 수 없다. '보/부·지'는 인칭 의미로 이름짓는데 활용한 후부 요소에 해당한다. 이 문제에 대하여는 다음 4장에서 다시 논의키로 하겠다.

고대 삼국의 왕명에서 선대 왕의 이름과 후대 왕의 이름이 동일하거나 비슷한 경우가 있다. 신라의 제2대와 제14대가 동일한 '누리왕'이다. 이 '누리'는 시조 ᄇᆞᆯᄀᆞ누리왕(赫居世王)과도 부분적으로 동일하다. 고구려의 왕명 중에서 동명성왕(東明聖王)과 유리명성왕(琉璃明聖王)의 이름에 동일한 'ᄇᆞᆯᄀᆞ'(明)가 들어 있다. 제3대 대해주류왕(大解朱留王)과 제17대 소해주류왕(小解

朱留王)이 大·小만 없으면 동일명이다. 그리고 제16대 고국원왕(故國原王)과 제18대 고국양왕(故國壤王)에서 만일 '原:壤'이 '나'(땅=地)의 의미라면 역시 동일명이다. 백제의 왕명도 제4대 개루왕(蓋婁王)과 제21대 근개루왕(近蓋鹵王), 제5대 초고왕(肖古王)과 제13대 근초고왕(近肖古王), 제6대 구수왕(仇首王)과 제14대 근구수왕(近仇首王)이 동일한 이름으로 불리었다. 왕명이 이처럼 중복 사용된 것으로 미루어 보아 백성들의 이름도 동일명이 중복 사용되었을 가능성이 많다.

신라의 제2, 4, 12, 16대 왕명인 남해차차웅(南解次次雄), 탈해니사금(脫解尼師今), 나해니사금(奈解尼師今), 첨해니사금(沾解尼師今), 흘해니사금(訖解尼師今)에 '解'가 거듭 쓰였다. 고구려의 제9, 11, 12, 13, 14, 18대 왕명인 고국천(/양)왕(故國川(/壤)王), 동천(/양)왕(東川(/壤)王), 중천(/양)왕(中川(/壤)王), 서천(/양)왕(西川(/壤)王), 미천왕/호양왕(美川王/好壤王) 등에서 '천:양'(川:壤)의 대응 표기가 발견된다.[7] 옛말에서 고유어 '나'는 '川·壤'의 새김이었다. 동일 인명의 대응 기록인 '소나:금천'(素那:金川)과 '심나:황천'(沈那:煌川)에서 '나'(川)가 확인되고, 동일 지명의 대응 기록인 '골의노:황양(骨依奴:荒壤), 금물노:흑양(今勿奴:黑壤), 잉근내:괴양(仍斤內:槐壤), 어사내:부양(於斯內:斧壤)' 등에서 '노·내'(壤)가 확인되기 때문이다. 壤의 새김인 '나'(那)는 고구려의 5부족명인 '관나부(貫那部), 환나부(桓那部)'에서도 확인된다. 물론 위 고구려 왕명들은 그들의 본 이름은 아니다. 고구려는 백제·신라·가라와는 달리 본명(아명)을 공식적인 왕명(시호)으로 부르지 않았기 때문이다. 가령 동명성왕의 이름은 주몽(朱蒙)이고, 유리명왕의 이름은 여달(閭

7) '川:壤'의 대응 기록의 자료를 『삼국사기』(본기 제4, 5)와 『삼국유사』(권1 왕역 제1)에서 참고로 옮긴다.

『삼국사기』			『삼국유사』		
故國川王	或云	國襄王(제9대)	國川	亦日	國壤 乃葬地名
東川王	或云	東襄王(제11대)	東川王	~	[ ]
中川王	或云	中壤王(제12대)	中川王	~	[ ]
西川王	或云	西壤王(제13대)	西川王	~	[ ]
美川王	一云	好壤王(제14대)	美川王	一云	好壤王
[ ]	~	故國壤王(제18대)	[ ]	~	國壤王

達)이고, 대무신왕의 이름은 무휼(無恤)이고, 민중왕의 이름은 색주(色朱)이었기 때문이다. 어쨌든 고구려는 시호(謚號)를 지을 때 '나'가 들어 있는 지명을 택하였음이 특이하다.

백제의 제2, 3, 4대 왕명 다루(多婁), 기루(己婁), 개루(蓋婁)에서 '婁'(루)가 거듭 나타남을 알 수 있다. 이것은 고구려의 인명인 해부루(解夫婁), 모두루(牟頭婁), 해애루(解愛婁), 삽시루(鎬矢婁), 미구루(味仇婁), 걸루(桀婁)와 신라 허루(許婁) 등에서의 '루'와 동일한 것으로 볼 때 돌림자가 아닌가 의심하여 본다. 이와 비슷하게 백제의 귀족 이름에서도 우수(優壽), 우두(優頭), 우복(優福), 우영(優永)과 같이 중복되어 쓰인 '우'가 나타나기 때문에 이 중복으로 쓰인 형태소가 혹시 돌림자가 아니었나 의심이 기는 것이다. 한편 阿자가 인명의 머리자로 많이 나타난다. 예를 들면 부여국의 재상인 아란불(阿蘭弗)을 비롯하여 백제의 阿花王(아화왕)과 신라의 阿達羅尼斯今(아달라니사금), 백제 장인(匠人)인 阿非知(아비지), 阿斯達(아사달)과 견훤의 아버지인 阿慈介(아자개) 등이다. 阿非知는 신라 선덕여왕 15년(서기 646)에 건립한 황룡사(黃龍寺) 「찰주본기」(刹柱本記)에 기록된 백제의 대장인(大匠人)의 이름이다. 阿斯達 역시 불국사의 다보탑을 세운 백제의 장인명임은 잘 알려져 있는 사실이다. 이밖에 『일본서기』에서도 阿利叱智干岐(아리질지간기), 阿羅斯等(아라사등), 阿利斯等(아리사등) 등이 나타난다. 고구려 유리명왕의 이름인 閭達(여달)을 비롯하여 장군 溫達(온달), 신라의 니사금 阿達羅(아달라), 백제의 장인 阿斯達(아사달), 후백제의 장군 富達(부달), 小達(소달), 尙達(상달) 등에 '達'이 거듭 나타난다. 달(達)은 옛 지명 송촌활달>부산(松村活達>釜山), 공목달>웅섬산(功木達>熊閃山), 오사함달>토산(烏斯含達>兎山), 달을성>고봉(達乙省>高峯), 달을성>고봉(達乙城>高峰), 달을참>고목근(達乙斬>高木根), 달성>고성(達忽>高城), 식달>토산(息達>土山), 부사달>송산(夫斯達>松山), 매시달>산산(買尸達>蒜山), 소물달>승산(所勿達>僧山)에서와 같이 '山 · 高'의 뜻이었다. '山 · 高'의 뜻인 고유어 '달'이 작명의 소재였음을 알 수 있다.

천개소문의 아들 이름 '男生(남생), 男建(남건), 男産(남산)'에서 '男'이 거듭 나타나고 그의 손자들 이름인 獻誠(헌성), 獻忠(헌충)에서도 거듭 쓰인

'獻'이 발견된다. 그리고 후백제의 시조 견훤(甄萱)의 아들들 이름인 神劍(신검), 良劍(양검), 龍劍(용검)에도 '劍'이 거듭 쓰였다. 모두가 후일에 돌림자로 변하는 발단이 아니었나 의심하여 본다.

신라는 고유어의 이름을 6세기 말엽까지 사용하였다. 진흥왕의 이름이 심맥부(深麥夫)·삼맥종(三麥宗)(서기 540~575)이라 불렸고, 진지왕의 이름이 쇠돌이(舍輪·金輪)이며 그 형의 이름은 구디돌이·쇠돌이(銅輪·東輪)이었다. 선덕여왕(서기 632~646)의 이름은 덕만(德曼)이었고 그 동생 진덕여왕(서기 647~653)의 이름은 승만(勝曼)이다. 이렇게 고유어로 호칭되던 왕명이 한자어로 바뀐 것은 태종무열왕 부자의 이름인 金春秋와 金法敏부터인 듯하다. 평민의 이름도 위에서 이미 소개한 인명 말고도 더므르((박)堤上=毛末), 사다함(斯多含), 이차도(異次道), 뎌리(毛禮), 솔거(率居) 등을 더 열거할 수 있다.

고구려의 왕명도 거의 말기까지 고유어 이름으로 불렸으며, 백제는 제23대 삼근왕(三斤王)까지는 아명(兒名)을 그대로 왕명(王名)으로 불렀다. 제24대부터 동성왕(東城王)의 이름이 모대(牟大)로 다르게 나타나기 시작하였다. 왕명이 이렇게 고유어 이름으로 불리었으니 백성들의 이름은 더 말할 나위 없이 고유어 이름으로 짓고 불렀을 것으로 확신하게 된다.

4.

고대 국어에 쓰였던 존칭 접미사 가운데 '보'가 있다. 삼국 초기에 고위 관직명으로 쓰였던 대보(大輔), 좌보(左輔), 우보(右輔)의 '보'가 바로 그것인 듯하다. 이 '보'는 고구려어·백제어·신라어·가라어에 고루 분포하고 있었다. 이후로 '보'는 부(夫), 복(福/卜/伏), 파(波/巴)로도 차자 표기되었다. 실례를 들면 명림답부(明臨荅夫)는 고구려 초기의 국상(國相)이었고, 상부(相夫)는 고구려 봉상왕의 이름이었고, 구부(丘夫)는 소수림왕의 이름이었는데 모두 '부'를 접미하고 있다. 그리고 6세기 후반의 인물인 온달(溫達)도 '바보'라 하였다. 신라어의 '부'에 대한 활용도는 매우 높았다. 널리 알려져 있는 이사부

(異斯夫), 거칠부(居柒夫)를 비롯하여 심맥부(深麥夫), 노부(奴夫), 서력부(西力夫) 등과 같이 그 해당 자료가 비교적 풍부하다. 한편 이 '부'는 거칠부지(居柒夫智), 심맥부지(深麥夫智)와 같이 '지'와 결합하여 '부지'로 쓰이기도 하였다. 다만 선후관계는 고정적이었던 것 같다. 왜냐하면 '지부'(智夫)의 예가 전혀 발견되지 않기 때문이다. 만일 신라 경덕왕 때의 기파랑(耆婆郞)의 이름 耆婆가 '길보/기보'라면 여기서도 독특한 표기의 '보'를 발견하게 된다. 뿐만 아니라 신라 말기의 인물인 장보고의 본명은 궁파(弓巴)/궁복(弓福/卜)인데 모두가 '활보'를 달리 표기하였을 뿐이다. 그리고 사동(蛇童)/사복(蛇卜/福/巴/伏)도 '뱀보'란 이름이니 여기서도 '보'가 확인된다.

위 자료에서 확인할 수 있는 바와 같이 초기의 '보/부'는 극존칭의 접미사였다. 그중에서 '보'(輔)는 삼국 초기의 국무 총리직에 해당하는 존칭 접미사이고, 상부, 구부는 고구려 초기 왕명의 '부'이고, 심맥부는 신라 진흥왕 이름의 '부'이기 때문이다. 그리고 명림답부와 이사부, 거칠부는 국무총리와 대장군의 벼슬을 지낸 사람들의 이름에 접미한 '부'이다. 한편 '이사부(異斯夫):태종(苔宗), 심맥부(深麥夫):삼맥종(滲麥宗), 거칠부(居柒夫):황종(荒宗)'은 '夫:宗'과 같이 대응한다. 여기서 우리는 고유어인 '夫'(부)의 의미가 '宗'의 새김임을 확인할 수 있다. '높은, 존귀'의 뜻인 '宗'은 '마루(<ᄆᆞᄅᆞ)'와 '보/부'의 두 새김을 갖고 있었던 것 같다. 그러기에 왕의 시호가 '太宗, 定宗, 世宗, 文宗' 등과 같이 宗(마루<ᄆᆞᄅᆞ)를 접미하고 있으며, 宗敎 역시 '가장 높은 가르침'의 뜻이니 이 경우의 새김도 '마루'임이 틀림없기 때문이다. 한편 우리가 특별히 관심을 기울이게 되는 어휘는 '궁보'(弓巴/弓福)와 '사보'(蛇卜/巴/伏)이다. 『삼국유사』 「사복불언」(蛇卜不言)의 내용 중에

> 서울(경주)의 만선북리(萬善北里)에 한 과부가 남편 없이 아이를 배어 낳았는데(그아이는) 12살이 되어도 말을 하지 않고 또한 일어나지도 않았다. 그래서 사동(蛇童)이라고 불렀다. —아래에서 혹은 사복(蛇卜) 또는 파(巴) 또는 복(伏) 등으로 적었으나 모두 사동(蛇童)을 이름이다.—

와 같이 '巴·福·卜'은 모두 '童'의 뜻이라고 하였으니 弓福은 '활보'이며 蛇

卜은 '뱀보'인 것이다.[8] '뱀보'는 신라 진평왕(서기 617) 때 사람인데 12살까지 뱀처럼 기어 다녔기 때문에 '뱀보'라 불렀다는 것이다. 만일 고구려 대무신왕(서기 7년~)의 아들 好童의 '童'이 '보'였다면 고구려어에서도 아주 이른 시기의 '보'를 확인하게 된다. 적기는 '童'으로 부르기는 '보'라 하였을 것이기 때문이다. 위에서 밝힌 바와 같이 고구려 초기에 고위 관직명 접미사로 '보'가 쓰였을 뿐만 아니라 고구려 온달(溫達)의 별명도 '바보'이다. 물론 '바보'에 대한 표기가 고문헌에 나타나지 않아 불안하지만 고구려어가 '보/부'를 활용한 사실로 미루어 짐작컨대 '바보'도 옛날부터 불리어 왔을 가능성이 있다. 그리고 뱀처럼 기어 다녔기 때문에 '뱀보'라 불었다는 점과 고구려의 대무신왕 아들이 얼굴이 예뻐서 '호동'(好童)이라 부른 사실과는 대조적이다. 그리고 여기에 백제의 마보(薯童)를 추가할 수 있다. 어쨌든 삼국 초기에는 왕명이나 고위 관직명에 '보'를 접미하여 존칭의 뜻을 나타냈음이 분명하다. 초기에 쓰인 접미사 '부'(夫)가 宗(종)의 뜻으로 사용된 사실이 증언하여 준다. 위의 '활보'(弓福), '뱀보'(蛇卜)/'蛇童'(사동), '好童'(호동) 등에서 '보/童'이 이름짓는데 후부 요소로 쓰였던 사실을 확인할 수 있다.

그런데 '부/보'는 후대로 내려오면서 존칭의 뜻이 점점 희미하여져서 급기야 童(동)의 뜻에까지 이른 것이라 하겠다. 이처럼 초기에는 존칭 의미였던 '보/부'(夫/巴/福)가 '宗>童'(마루>아이)로 의미변화를 하였음이 확실하다. 그리고 근현대에 와서는 '흥부, 놀부, 떼보, 곰보, 울보, 웃음보, 먹보, 뚱뚱보, 바보' 등처럼 더욱 비칭(卑稱)화하였다. 본래는 한낱 표기어일 뿐 부르기는 반드시 '보/부'로 하였을 '동'(童)도 결국은 한자어로 어휘화하여 '길동, 개동, 복동, 업동' 등과 같이 이름짓는데 보편적으로 쓰이게 된 것이다.

옛 낱말에 존칭 접미사 '도리'(都利)가 쓰였다. 신라 유리왕 때의 인명인 소벌도리(蘇伐都利)에 그것이 접미되어 있다. 고허촌장(高墟村長)을 '소벌도리'라 불었다고 『삼국유사』에 적혀 있으니 '도리'는 존칭 접미사임에 틀림없다. 이 소벌도리를 일명 소벌공(蘇伐公)이라 부르기도 하였으니 '도리'의 뜻은 곧

---

8) 『三國遺事』 「蛇福不言」: 京師萬善北里有寡女不夫而孕旣產 年至十二歲 不語亦不起 因号蛇童 - 下惑作蛇卜 又巴 又伏等 皆言童也

公에 해당하는 존칭 접미사이다. 또한 신라 제22대 지증마리한(서기 500년)의 이름이 지도로(智度路/智大路/智哲老)인데 '도로' 역시 '도리'와 동일한 존칭 접미사이었을 것으로 추정한다. 그리고 좀 더 후대로 내려오면 신라 제25대 진지왕의 이름 쇠돌이(舍輪/金輪)에서 또 하나의 '도리'를 만날 수 있다. 위에서 이미 언급한 바와 같이 '사'(舍)는 金(금)과 대응하는데 金의 새김은 예로부터 '쇠'이니 '사'와 비슷한 음상(音相)으로 미루어 일단 '쇠'로 추독할 수 있다. 輪에 대한 현대의 새김은 '바퀴'이고 중세국어 시기에는 '바회'이었지만 고대국어 시기에는 그것이 '돌/도리(<돌다)'이었을 것으로 가정할 경우에 '사륜/금륜'은 '쇠도리'로 해독할 수 있다. 신라 제22대 지증왕의 이름이 '지도로'이고 부왕인 제24대 신흥왕의 이름도 고유어인 '심맥부'이다. 그런데 아들 대에 와서 한자어명으로 돌변하였을 리가 만무하다. 더욱이 부왕 때의 '이사부, 사다함'과 당대인 '거칠부'의 이름이 모두 고유어인 점을 감안할 때 '사륜/금륜'도 고유어 '쇠도리'이었을 것임을 신뢰케 한다. 그 고유어의 단서를 사륜(舍輪)의 '사'(舍)에서 잡을 수 있어서 위의 가정이 가능하다. 고구려 국원왕의 이름이 '쇠'(劉/斯由)이다. 그리고 고구려 말기의 개소문(蓋蘇文)을 '개금'(蓋金)이라고도 하였으니 '소(蘇):금(金)'에서 역시 고유어 '쇠'를 발견한다. 金의 옛 새김이 '쇠'이기 때문이다. 비록 3예밖에 안되지만 옛날부터 '쇠'가 작명의 소재가 되었던 사실을 알려 주는 확실한 자료임에 틀림없다.

지금까지 우리는 고대국어 시기에는 '도리'와 '쇠'가 존칭 접미사이었음을 확인하였다. 그러나 그것이 근세국어 시기에 와서는 비칭화하였다. 가령 '꿈도리, 꾀도리, 쇠돌이, 호돌이, 모돌이, 차돌이, 산돌이, 갑돌이' 등을 현대 국어에서 쓰이는 예로 들 수 있다. 그리고 '변강쇠, 가마쇠, 구두쇠, 한쇠, 작은쇠, 덕쇠, 마당쇠, 사랑쇠, 돌쇠' 등을 예로 들 수 있다. 한편 '돌이'와 '쇠'는 접미이로만 쓰인 것이 아니라 접두어로도 쓰였다. 가령 '돌남이, 돌동이, 돌례, 돌복이, 돌맹이, 돌무덕' 등과 '쇠고리, 쇠남이, 쇠동이, 쇠돌이, 쇠바우, 쇠노미' 등을 그 예로 들 수 있다. 그 조어 기능이 전후 어느 위치에서나 발휘될 수 있음은 단적으로 '쇠돌이:돌쇠'에서 확인할 수 있다. 이 '돌이'가 『동국신속삼강행실도』(서기 1617)에 '니돌대, 돌합, 돌금, 돌개'로 나타난다. 이 '돌이', '쇠'가 접두하거나 접미한 이름에는 성씨가 없다. 이처럼 본래의 존칭 접미사는 비천한 신분을 의미할 정도에 이르기까지 비하하였다. 그런가하면 이름을 짓는데 있어서 보편적인 어소로 활용되어 온 점을 특기할 수 있다.

Ⅲ. 존칭 접미사의 생성 · 발달에 대하여

1.

현대 국어에서 쓰고 있는 존칭 접미사는 거의 '님'에 한정되는 듯하다. 물론 상감, 대감, 영감의 '감'이 있지만 이것들은 호칭 대상의 사회적 인식 변화로 인하여 점점 사어(死語)로 변해 가기 때문에 소극적으로 쓰이고 있을 뿐이다. 다만 씨족, 성씨의 '氏' 가 성이나 이름에 접미하여 존대의 뜻을 나타내는 경우가 있으나 이런 경우는 오로지 남자의 성명에 접미하여 어른을 의미할 따름이다. 이 밖의 존칭 접미사는 발견되지 않는다. 다만 후기 중세 국어의 시기에 오늘날과는 달리 '놈'만이 평칭 접미사로 쓰였을 뿐이기 때문이다.

그러나 삼한어의 시기에는 여러 종류의 존칭 접미사가 쓰였다. 이른 시기의 존칭 접미사 '한(간/금), 지(>치), 보(부/바), 돌이, 쇠' 등을 예로 들 수 있다. 어원적으로 볼 때 위의 존칭 접미사들은 그 뿌리가 대부분 삼한어에 박혀 있었던 것으로 추정된다.

이 글은 위에서 열거한 존칭 접미사들이 언제 생성하여 어떻게 발달하였나를 밝히는데 목적이 있다. 위의 존칭 접미사들이 후대로 내려오면서 점점 비칭화(卑稱化)하였다. 비록 현재는 존칭의 의미가 없지만 삼한어에서는 모두가 존칭이었기 때문이다. 그러면 이 존칭 접미사들이 처음부터 존칭의미로 생성된 것인가 아니면 처음에는 비존칭 의미의 접미사이었는데 후대에 존칭 의미로 전의된 것인가의 문제가 제기된다. 다시 말하자면 어원적으로 보통명사이었거나 아니면 비존칭 접미사이었던 것들이 고대의 어느 시기에 존칭 접미사화하여 쓰이다가 다시 비칭화(卑稱化)의 과정을 경험한 것이 아닌지의 해답을 찾고자 한다. 아울러 모든 존칭 접미사들의 어형(형태)이 어떻게 변화하였나에 대하여서도 논의하려고 한다.

2.

국어 존칭 접미사 가운데 가장 이른 시기의 것 중의 하나가 '지'(知・智・支)이다. 이것은 삼한어에서 발견되기 때문이다. 예를 들면 신+지(臣智), 견+지(遣支), 진+지(秦支), 검+지(儉側), 번+지(樊秖), 읍+지(邑借), 알+지(閼智)(진한어)와 건길+지(鞬吉支), 한+지(旱支)(마한어)의 '지'가 바로 그것들이다.[1] 그런데 이 '지'는 보다 이른 시기의 고조선어에서도 발견된다. 예를 들면 긔+ᄌᆞ(箕子), 긔+준(箕準)의 'ᄌᆞ/주(ㄴ)'가 '지'에 해당할 것으로 추정된다. 만일 '긔'가 고구려어 '해'(諧=王)와 백제어 '개'(皆=王)에 해당하는 이른 시기의 것이었다면 그 가능성은 매우 짙다. 이 고조선어의 '긔+ᄌᆞ'가 마한어인 '건길지'의 '기(ㄹ)+지'(吉支)로 계승되었고, 전기 중세국어까지는 오히려 '긔ᄌᆞᆼ'(�=王), '긔ᄌᆞ'(王)와 같이 원형이 보전되어 쓰였다. 그리고 '긔ᄌᆞ'(箕子)가 인명이 아닌 王의 뜻이었음을 알려 준다.

후기 고대국어(필자는 삼한 시대의 중기까지를 전기로 그 이후를 후기로 구분하여 쓰고 있다.) 시기에도

신라어: 김알+지(金閼智), 세리+지(世里智), 거칠부+지(居柒夫智), 길+시/지(吉士/次), 명길+지(名吉支), 분지길+지(分知吉支), 법지길+지(法知吉支), 노래+지(歌尺), 춤+지(舞尺)

고구려어: 막리+지(莫離支), 어지+지(於只支), 을두+지(乙豆智)

백제어: 건길+지(鞬吉支), 개+지(皆次)

가라어: 좌+지(坐知), 질+지(銍知), 겸+지(鉗知), 탈+지(脫知), 이달아+지(伊珍

---

1) 다음에서 辰韓語임을 확인할 수 있다.

辰韓諸小別邑 各有渠帥 大者名臣智 次有儉側 次有樊秖 次有邑借
(『후한서』 동이전 한)

辰王治月支國 臣智或加優呼臣雲遣支---拘邪秦支廉之號
(『삼국지』 위서 동이전 한)

始祖赫居世居西干 居西干 辰言王 或云呼貴人之稱(『삼국사기』 권1)

因名赫居世王 蓋鄕言也 或作弗矩內王 言光明理世也 位號日居瑟邯 或作居西干 初開口之時自稱云閼智居西干一起 因其言稱之 自後爲王者之尊稱(『삼국유사』 권1)

阿鼓), 내달주+지(內珍朱智), 도설+지(道設智), 아+지(阿志), 소나갈질+지(蘇那鞨叱智)

등과 같이 보편적으로 쓰였다. 그 쓰임새를 보다 세심히 살펴보면 우선 고구려어와 백제어에서는 소극적으로 쓰였고, 신라어와 가라어에서는 보다 적극적으로 쓰였던 것 같다. 그 나타난 자료의 사용 빈도수와 범위만을 근거로 삼는다면 그렇게 추정할 수 있다. 그리고 '지'의 의미 기능도 어느 정도 차이가 있었던 것으로 추정된다. 고구려어, 백제어, 가라어에서는 주로 왕명이나 왕칭호 및 최고 관직명에 접미하였는데 신라어에서는 귀족의 이름에 접미하거나 하위 관직명에 이르기까지 접미하는 일반성을 보인다. 위에 열거한 예들 중에서 '막리지'는 국무총리에 해당하는 고구려의 최고 관직이며 '어지지'는 고구려 고국양왕의 이름이기 때문이다. 그리고 '건길지'와 '개지'는 백제의 왕칭어이기 때문이다. 또한 신라어와 가라어의 비교에서는 박알지거서간(朴閼智居西干), 세리지이사금(世里智尼師今)과 같이 왕명과 왕칭호 사이에 끼어 왕명에 접미한 사실이 확인된다. 다만 가라어의 '아지'만은 왕비를 이름이니 혹시 오늘날의 '아씨/아기씨'의 원초형이 아닌가 의심이 든다.

여기서 잠시 우리말과 계통이 같았을 것으로 추정하는 알타이어에서 찾아보면 ryn+chi(공격을 받아 고통을 당하는 동안에 미래를 예언하는 이), telgo+chi(억측하는 이), yarin+chi(어깨뼈를 지져서 점치는 이), koll+kure+chi(손으로 점치는 이) 등과 같이 chi는 사람이란 뜻이다. 이처럼 본래에는 사람(人)이란 의미의 형태소로 우리말도 출발하였던 것인데 후대에 존칭 접미사로 변하였던 것 같다. 그러니까 사람이란 기본 의미는 지니고 있으면서 존칭의 뜻이 가미된 것이라 하겠다. 그리고 후대로 내려오면서 유기음화가 일어나 어형마저 '지>치'로 변하였다.

이 존칭 접미사 '지'는 어느 시기부터인가 서서히 비칭(卑稱)으로 격하되기 시작하였다. 비교적 이른 시기의 춤지(舞尺), 노래지(歌尺) 등의 '지'(尺)가 비존칭 접미사에 해당하기 때문이다.2) 그런데 이 尺을 어떻게 해독할 것이

2) 『삼국사기』 권32 잡지1(樂)에 '茄尺 舞尺 歌尺 琴尺'이 나오고, 권39 직관지에도

냐의 문제가 제기된다. 문제의 尺이 음차자인가 아니면 훈음(訓音) 차자인가? 尺에 대한 훈과 음은 '자 쳑'(『광주천자문』10, 『훈몽자회』중7)이다. 『한자고금음표』(李珍華・周長楫)의 尺은 ʨhĭɛk(중고음), tʂhi(근대음)이다. 만일 음차였면 '지(>치)'를 표기한 것으로 추정할 수 있고, 훈음차였다면 '자'를 표기한 것으로 추정할 수 있다. 그런데 '지'를 표기한 다른 경우가 거의 음차 표기였기 때문에 이 경우도 음차 표기로 봄이 타당할 것이다. 이 뒤를 이은 시기의 1예가 "卒左人(鄉云皆叱知 言奴僕也)而行"(『삼국유사』권2 孝昭王代 竹旨郎)에 나타나는 괄호안의 '皆叱知'의 '知'이다. 그렇다면 비칭화의 시기가 늦어도 신라 신문왕 9년(689)과 효소왕(692-701)까지는 올라가는 것이다. '개질지'는 '노복'(奴僕)이란 말이라고 풀이하였기 때문이다.

보다 후대로 내려와 고려・조선 시대에는 백정류(白丁類)의 지칭으로 '수척, 화척, 양수척, 진척, 도척, 묵척, 잡척(水尺, 禾尺/火尺, 揚水尺, 津尺, 刀尺, 墨尺, 雜尺)등과 같이 더욱 낮게 비칭화(卑稱化)하였다.

현대 국어에서 예를 들면 '벼슬아치, 장사치, 갖바치, 거러지/거지, 이치, 그치, 저치, 양아치' 등과 같이 비칭으로 활용되고 있다. 드디어 이 '지>치'는 이제 존칭이든 비존칭이든 인칭 접미사의 제약마저 벗어나 '얼마치, 십원어치, 내일치, 속엣치, 골치' 등과 같이 비인칭에까지 접미기능이 확대되었다. 그리하여 사람이란 기본 의미가 상실되기까지에 이르렀다.

3.

존칭 접미사 '한' 또한 '지' 못지않게 그 어원이 아주 이른 시기에 있다. 중국의 고전인 『상서공전』(尙書孔傳)에 나오는 '한/간'(馯)이 기록으로는 최초의 것이다. 이 '한/간'(馯)은 보다 후대의 『후한서』에 3한(三韓)의 '한'(韓)으로 나타난다. 이 후로 이것은 '한/금/검/간/찬'(干,翰,汗,漢,邯/儉,今,錦,軍,湌,粲) 등으로 다양하게 표기되었다. 그러면 이 '한'의 뜻은 무엇이며, 그 뿌리는

'鉤尺, 弓尺, 木尺'이 나온다.

어디에 박혀 있는 것이며, 어떻게 발달하여 왔는가를 논의하려 한다.

한의 뿌리는 아주 깊이 박혀 있는 듯하다. 위에서 소개한 표기 자료로 보아도 그렇고 이른바 친족어일 것으로 지목하고 있는 만주어와 몽고어에서도 동일어가 발견되기 때문이다. 즉 sino+hun(신인), obu+kon(노인), omo+kon(노여인), ir+kon(인민) 등의 어휘에서 hun/kon이 발견되기 때문이다. 이와 같은 현상은 공통조어에서 분기된 사실을 알려 주는 증거가 될 수 있다. 그런데 그 의미가 '지'와 마찬가지로 '사람'(人)이다. 따라서 초기에는 존칭 접미사가 아니라 보통명사이었거나, 비존칭 접미사이었을 가능성이 농후하다. 진한어에서 존칭 접미사로 나타나는 최초의 기록은 '혁거세거서한'(赫居世居西干)이다. 『삼국유사』는 居西干이 진한말(辰言)로 貴人(王)의 뜻이라 하였다.[3] 따라서 진한말도 '한'을 존칭 접미사로 썼음이 확실하다. 진한어로부터 물려받아 신라는 더욱 활발하게 사용하였다. 우선 왕칭어로 '거서한/거슬한'(居西干/居瑟邯), '니사금/니질금'(尼師今/尼叱今),'마리한/매금'(麻立干/寐錦)을 들 수 있다. 다음으로는 최고 관직인 '셔발한/셔블한'(舒發翰/舒弗邯)을 들 수 있다. 가라어도 고관의 직함으로 '아도한(我刀干), 여도한(女刀干), 피도한(彼刀干)' 등과 같이 9도한(九刀干)의 벼슬 이름에 '한'을 썼다. 고구려어는 '고추가(古鄒加), 대가(大加), 상가(相加), 마가(馬加)' 등처럼 n말음이 없이 사용하였다. 백제어도 '어라하'(於羅瑕)와 같이 n말음이 없는 '하'를 썼다. 역시 몽고어와 만주어도 '기선한(寄善汗), 살리한(薩里罕), 태양한(太陽罕)' 등과 같이 '王/主'의 뜻으로 바뀌어 쓰이고 있다. 몽고의 대왕이었던 '성길사한'(成吉思汗)의 이름에서도 '한'이 확인된다. 이처럼 친족관계로 추정되는 언어들의 쓰임새도 우리의 옛말과 동일하다.

초기에는 '한'이 사람이란 뜻으로 쓰이다가 어느 시기에 극존칭 접미사의 의미변화가 일어났다. 오랜 동안 여전히 동일 의미로 쓰이다가 결국은 그 사용범위가 확대되어 후대로 내려오면서 존칭의 격이 떨어져 모든 벼슬 이름에도 보편적으로 접미하게 된 것이라 하겠다. 예를 들면 신라의 관직명인 '바

---

3) 始祖赫居世居西干 居西干 辰言王 或云呼貴人之稱(『삼국사기』 권1)
因名赫居世王 蓋鄕言也 或作弗矩內王 言光明理世也 位號曰居瑟邯 或作居西干 初開口之時 自稱云閼智居西干一起 因其言稱之 自後爲王者之尊稱(『삼국유사』 권1)

달한(海干/波珍干), 아지한(阿尺干), 사한(沙干), 급벌한(及伐干), 한아한(大阿干)' 등에 접미된 '한'의 존칭의미는 상당히 격하되어 있다. 이 '한'은 신라어에서 '바달찬(波珍湌), 한아찬/아찬(大阿湌/阿湌)' 등과 같이 변형인 '찬'으로도 쓰였다. 이렇게 보편적인 존칭개념으로 일반화된 '한'은 신라의 망함과 함께 모든 관직명마저 사어가 되었기 때문에 존칭 접미사의 기능도 소멸된 것이다. 그렇다고 사람을 기본 의미로 하는 '한'이 없어진 것은 아니다. 오로지 그것이 비칭화의 내리막 과정을 경험하였을 뿐이다. 다만 대감, 영감의 '감(<한)'이 겨우 명맥을 유지하고 있으나 이것들 역시 존칭 대상에 대한 인식변화로 약화 일로의 과정을 밟고 있다. 이 밖의 '한'의 쓰임새는 후대로 내려오면서 '원누한(園頭干), 어부한(漁夫干), 두부한(豆腐干), 곳한(處干)' 등과 같이 격하되었다. 또한 '나무군, 일군, 소리군, 각자군, 도배군' 등과 같이 비하하기도 하였다. 심지어 '악한, 무례한, 치한, 파렴치한, 괴한' 등과 같이 아주 낮게 비칭화하였다.

4.

진한어에 존칭 접미사 '도리'(都利)가 쓰였다. 신라 유리왕 때의 인명인 '소벌도리'(蘇伐都利)에 그것이 접미되어 있다. 고허촌장(高墟村長)을 '소벌도리'라 불었다고 『삼국유사』에 적혀 있으니 '도리'는 존칭 접미사임에 틀림없다. 이 '소벋도리'를 일명 '소벌공'(蘇伐公)이라 부르기도 하였으니 '도리'의 뜻은 곧 公에 해당하는 존칭이다. 또한 신라 지증왕(서기 500년~)의 이름이 '지도로'(智度路/智大路/智哲老)인데 '도로' 역시 '도리'와 동일한 존칭 접미사이었을 것으로 추정한다. 그리고 좀 더 후대로 내려오면 신라 진지왕의 이름 '사륜'(舍輪 =金輪)에서 또 하나의 '도리'를 만날 수 있다. 위의 '사'(舍)는 '금'(金)과 대응하는데 金의 훈은 예로부터 '쇠'이니 '사'와 비슷한 음상으로 미루어 일단 '쇠'로 추독할 수 있다. 그러면 '륜'(輪)은 어떻게 해독할 것인가. '륜'에 대한 현대의 훈은 '바퀴'이고 중세 국어 시기에는 '바회'이었지만 고대 국어 시기에는 그 훈이 '돌/도리'(<돌다)이었을 것으로 가정할 경우에 '사륜=

금륜'은 '쇠도리'로 해독할 수도 있다. 지증왕(제22대)의 이름이 '지도로'이고 부왕인 진흥왕(제24대)의 이름도 고유어 '심맥부'이다. 그런데 아들 때에 와서 한자어명으로 돌변하였을 리가 만무하다. 더욱이 부왕 때의 '이사부, 사다함'을 비롯한 동일 시대의 '거칠부'의 이름이 모두 고유어인 점을 감안할 때 '사륜=금륜'도 고유어 '쇠도리'이었을 것임을 신뢰케 한다. 그 고유어의 단서를 사륜(舍輪)의 '사'에서 잡을 수 있어서 위의 가정을 더욱 가능케 한다. 고구려 국원왕의 이름이 '쇠'(劉/斯由)이다. 그리고 고구려 말기의 '개소문'(蓋蘇文)을 '개금'(蓋金)이라고도 하였으니 '소(蘇):금(金)'에서 역시 고유어 '쇠'를 발견한다. 金의 훈이 '쇠'이기 때문이다. 비록 3예밖에 안되지만 옛날부터 '쇠'가 작명의 소재가 되었던 사실을 알려 주는 소박한 자료임에 틀림없다.

지금까지지 우리는 고대 국어 시기에는 '도리'와 '쇠'가 존칭 접미사이었음을 확인하였다. 그러나 근세 국어 시기에 와서는 비칭화하였다. 가령 '꿈도리, 꾀도리, 쇠돌이, 호돌이, 모돌이, 차돌이, 산돌이, 갑돌이' 등을 현대 국어에서 쓰이는 예로 들 수 있다. 그리고 '변강쇠, 가마쇠, 구두쇠, 한쇠, 작은쇠, 덕쇠, 마당쇠, 사랑쇠, 돌쇠' 등을 예로 들 수 있다. 한편 '돌이'와 '쇠'는 접미사로만 쓰인 것이 아니라 접두사로도 쓰였다. 가령 '돌남이, 돌동이, 돌례, 돌복이, 돌맹이, 돌무덕' 등과 '쇠고리, 쇠남이, 쇠동이, 쇠돌이, 쇠바우, 쇠노미' 등을 그 예로 들 수 있다. 그 조어기능이 전후 어느 위치에서나 발휘될 수 있음은 단적으로 '쇠돌이:돌쇠'에서 확인할 수 있다. 이 '돌이'가 『동국신속삼강행실도』(1617)에 '니돌대, 돌합, 돌금, 돌개'로 나타난다. 이 '돌이', '쇠'가 접두하거나 접미한 이름에는 성씨가 없다. 이처럼 비천한 신분임을 의미할 정도에 이르기까지 비하(卑下)하였다.

5.

고대 국어에서 활용하던 관직명 중에 '보'(輔)가 있었다. 이 '보'는 고구려어, 백제어, 신라어에 고루 쓰였는데 재상(현 국무총리)의 직위에 해당하는 직함이었다. 삼국 초기에 쓰였던 대보(大輔), 좌보(左輔), 우보(右輔)의 '보'

(輔)를 예로 들 수 있다.[4] 그런데 삼국 시대의 고유어 '보/부'가 이 '보'(輔)에서 비롯된 것인가는 의문이다. 輔의 의미(새김)가 '도을'(弼也, 助也)이기 때문이다. 그럴 뿐만 아니라 "以十臣爲輔翼 國號十濟"(『삼국사기』 권23 始祖 溫祚王)에 나오는 '輔翼'을 줄여 쓴 한자어 직함이었을 가능성도 배제할 수 없다. 다만 삼한어의 다른 존칭 접미사가 '지・한・도리' 등과 같이 고유어이었는데 이것만 유독(惟獨) 한자어로 쓰였겠느냐는 의문이 들기 때문에 '보'(輔)를 고유어의 범주에 넣을 가능성도 배제할 수 없는 것이다.

이후로 '보'는 '부(夫)/보(福・卜)/바(波・巴)'로 차자 표기되었다. 예를 들면 '명림답부'(明臨荅夫)는 고구려 초기의 국상(國相)이었다. 그리고 '상부'(相夫)는 고구려 봉상왕의 이름에 접미하였고, 소수림왕의 이름 '구부'(丘夫)도 '부'를 접미하고 있다. 그리고 6세기 후반의 인물인 온달(溫達)도 '바보'라 하였다. 신라어의 '부'에 대한 활용도는 매우 높았다. 널리 알려져 있는 '이사부(異斯夫), 거칠부(居柒夫)'를 비롯하여 '심맥부(深麥夫), 노부(奴夫), 서력부(西力夫)' 등과 같이 그 해당 자료가 비교적 풍부하다. 한편 이 '부'는 '거칠부지(居柒夫智), 심맥부지(深麥夫智)' 등과 같이 '지'와 결합하여 쓰이기도 하였다. 다만 선후관계는 고정적이어던 것 같다. 왜냐하면 '지부'(智夫)의 예는 전혀 발견되지 않기 때문이다. 만일 신라 경덕왕 때의 기파랑(耆婆郎)의 이름이 '길보/기보'라면 여기서도 독특한 표기의 '보'를 발견하게 된다. 뿐만 아니라 신라 말기의 인물인 장보고(張保皐)의 본명은 '궁바(弓巴)/궁보(弓福)'인데 모두가 '활보'를 달리 차자 표기하였을 뿐이다. 그리고 '사동(蛇童)/사보(蛇卜/福/巴/伏)'도 '뱀보'란 이름이니 여기서도 '보'가 확인되는 셈이다.

위의 자료에서 확인할 수 있는 바와 같이 초기의 '보/부'는 극존칭의 접미

---

4) 七年 秋七月 以脫解爲大輔 委以軍國政事(『삼국사기』 권1 南解次次雄)
二年 春正月 拜瓠公爲大輔 二月 親祀始祖廟(『삼국사기』 권1 脫解尼師今)
八年 春二月 拜乙豆智爲右輔 委以軍國之事(『삼국사기』 권14 大武神王)
十年 春正月 拜乙豆智爲左輔 松屋句爲右輔(『삼국사기』 권14 大武神王)
二年 三月 王以族父乙音有智識膽力 拜爲右輔 委以兵馬之事
(『삼국사기』 권23 溫祚王)
左輔 右輔 大主簿 國相 九使者 中畏大夫(『삼국사기』 권4 職官 하(백제))

사였다. 그 중에서 '보'(輔)는 삼국 초기의 국무 총리직에 해당하는 존칭 접미사이고, '상부, 구부'는 고구려 초기의 왕명이고, 심맥부는 신라 진흥왕의 이름이기 때문이다. 그리고 '명림답부'와 '이사부, 거칠부'는 국무총리와 대장군의 벼슬을 지낸 사람들의 이름이다. 한편 '이사부(異斯夫) : 태종(苔宗), 심맥부(深麥夫) : 삼맥종(彡麥宗), 거질부(居柒夫) : 황종(荒宗)'은 '夫 : 宗'과 같이 대응한다. 여기서 우리는 고유어인 '부'의 의미가 宗의 훈임을 확인할 수 있다. '높은, 존귀'의 뜻인 宗은 '말, 보/부' 의 두 훈을 갖고 있었던 것이다. 그러기에 왕의 시호가 '太宗, 定宗, 世宗, 文宗' 등과 같이 宗(ᄆᆞᄅᆞ>마라)를 접미하고 있으며, 宗敎 역시 '가장 높은 가르침'의 뜻이니 이 경우의 훈도 '마라'임이 틀림없기 때문이다.

여기서 우리가 특별히 관심을 기울이게 되는 어휘는 '궁보'(弓巴/弓福)와 '사보'(蛇卜/巴/伏)이다. 그런데 '巴・福・卜'은 모두 童의 뜻이라고 하였으니 '弓福'은 '활보'이며, '蛇卜'은 'ᄇᆞ얌보'인 것이다. 만일 고구려 대무신왕(15년, 32)의 아들 '호동'(好童)의 '童'이 '보'로 훈독되었다면 고구려어에서도 아주 이른 시기의 '보'를 확인하게 된다. 위에서 밝힌 바와 같이 고구려 초기에 고위 관직명으로 '보'가 쓰였을 뿐만 아니라 저 유명한 고구려 온달(溫達) 장군의 별명도 '바보'이었기 때문이다. 물론 '바보'에 대한 표기가 고문헌에 나타나지 않아 불안하지만 고구려어가 초기부터 '보/부'를 활용한 사실로 미루어 짐작컨대 '바보'도 옛날부터 계속해서 불이어 왔을 가능성이 있다. 그리고 신라의 청년인 '궁보'(弓福)가 중국 당나라에 들어갔을 때 성씨를 물었으나 없다하니 비로소 지어 준 성씨가 張씨이다. 말하자면 이름 '弓福'에서 '弓'자가 들어 있는 '張'자를 택한 것이고 이름은 '福'자를 중국식 발음으로 적다 보니 '保皐'가 된 것이다. 'ᄇᆞ얌보'(蛇卜)는 신라 진평왕(617)때의 사람인데 열두 살 때까지 말을 하지 못하였다. 그리고 일어나지도 못하여 뱀처럼 기어 다녔기 때문에 '뱀보'라 불었다고 『삼국유사』에 적혀 있다. 고구려의 대무신왕 아들의 얼굴이 예뻐서 '호동'(好童)이라 부른 사실과는 대조적이다. 어쨌든 삼국 초기에는 왕명이나 고위 관직명에 '보'를 접미하여 존칭의 뜻을 나타냈음이 분명하다. 초기에 쓰인 접미사 '부'(夫)가 종(宗)의 뜻으로 사용된 사실이 증언한다.

부여읍에서 남쪽으로 약 1km 쯤 떨어진 곳에 연못이 있다. 이 연못의 이름이 '마래방죽'이며 그 북쪽에 있는 마을이 바로 '마골'(薯谷)이다. '마보'(薯童)는 집이 가난하여 이웃 친구들과 산에 가서 나무도 하고 마(薯)도 캐어 장에 나가 팔아서 어머니를 봉양하였다. 이런 생활이 여러 해 동안 계속되었기 때문에 주위 사람들이 그를 '마보'(薯童)라 불렀다. 전설에 의하면 그곳이 '마보'(薯童)가 태어나 자란 곳이라서 '마골'(薯谷)이라 부르게 되었으며 또한 '마보'의 어머니가 살던 집 앞의 연못이라서 '마래방죽'(마보방죽>마아희방죽)이라 부르게 되었다고 한다. 향가 서동요(薯童謠)의 가사는 신라어라 할지라도 아이 이름인 '마보(薯童)'만은 백제어이다. 그의 어린 시절 이름(小名)이 '마보'인데다 그가 백제 사람이기 때문이다. 백제 무녕왕이 섬에서 태어났기 때문에 '사마(斯麻=島)'라 불렀듯이 무왕도 마(薯)를 캐는 어린이라서 '마보'(薯童)라 불렀던 것이다. 따라서 위 지명 전설을 근거로 薯童의 薯를 '마'로 해독할 수 있다. 그렇기 때문에 그 동안 여러 학자들도 한결같이 薯를 '마'로 해독한 듯하다. 문제는 童의 해독에 있다. 대개 薯童(서동) 또는 薯童房乙(서동방을)을 '마동, 마동방을'로 해독하여 童을 음독하였다. 그러나 앞의 薯를 훈독하면 뒤의 童도 훈독하여야 순리이다. 신라어에서 '활보(弓伏=張保皐), 뱀보(蛇卜=蛇童), 거칠부(居柒夫=荒宗), 이사부(異斯夫=苔宗), 삼맥부(彡麥宗=진흥왕)' 등과 같이 옛말로 童의 새김이 '보'였기 때문이다. 따라서 서동(薯童)은 백제어로 '마보'라 불렀음이 분명하다.

그러면 고유어 '보'가 한자어인 '童'으로 한어화한 시기가 언제부터였던가? 보편적으로 고유어에 대한 한역어가 하자어로 어휘화한 시기를 추정하기란 지극히 어렵다. 일반적으로 고유어에 대한 한역어는 그것이 언제 어휘화하였는지 모르게 서서히 진행되기 때문이다. 고구려의 '호동'(好童)이 고유어로 호칭되었을 것임은 보다 후대의 '명림답부 · 상부 · 구부' 등이 입증한다. 그러나 '好童'과 '薯童'은 결국에 고유어를 내몰고 득세하여 한자어로 굳어지게 마련이다. 이것이 한자어의 위력이다. 아마도 백제말기 아니면 그 이전부터 비롯된 듯하다. '마보'가 속칭 '말통대왕'(末通大王)이란 전설로 전해오기 때문이다.[5] 이 '말통'(末通)은 '마동'(薯童)의 다른 표기로 추정되기 때문이다.

옛날에는 '보/부'(夫/巴/福)가 宗의 의미였음이 확실하다. 존칭 접미사 '보

/부'는 후대로 내려오면서 존칭의 뜻이 점점 희미하여져서 급기야 동(童)의 뜻에까지 이른 것이라 하겠다. 그러나 근·현대에 와서는 '흥부, 놀부, 떼보, 곰보, 울보, 웃음보, 먹보, 뚱뚱보, 바보' 등처럼 더욱 비칭(卑稱)화하였다. 한편 한낱 표기형일 뿐 호칭은 반드시 '보/부'로 불리었을 동(童)이 결국은 어휘화하여 '길동, 개동, 복동, 업동' 등으로 쓰이게 된 것이라 하겠다.

그렇다면 보다 훨씬 이른 시기의 것에 해당하는 '바보온달'에서 '바보'의 처음 뜻은 무엇이었겠는가. '바보온달'의 '바보'는 '愚'(溫達)에 해당하니 오늘의 개념으로는 '어리석다'는 뜻이 된다. '온달'의 애칭인 '바보'가 과연 처음부터 '어리석은 아이'라는 뜻이었겠는가. '보'의 뜻이 그렇지 않았다. '바보온달'보다 거의 3세기나 후대의 '弓福'(장보고의 아명)이 '활보'(활 잘 쏘는 아이)이고 보면 '바보'의 '바'의 의미가 오늘처럼 '어리석음'(愚)이었다면 '보'를 접미할 수가 없었을 것이다. 아마도 처음에는 '바-'가 '활보'의 '활'과 같이 존칭 접미사 '보'를 접미하기에 부족함이 없는 접두어이었을 것이다. 아마도 '마보'의 '마-'와 동격의 어떤 의미였을 것이다.

고구려의 시조인 동명성왕(東明聖王)의 이름이 '주몽'(朱蒙)이었는데 그 뜻 역시 '활 잘 쏘는 자'(명사수)이었다. 이처럼 우리 조상들은 이름을 지을 때 어떤 특성(특질)의 의미를 담아 주는 경향이 있었던 것 같다. 그렇다면 '바보'(온달의 별명)의 '바'는 결코 '愚'의 뜻이 아니었을 것이다. 아마도 '바'는 '순직, 정직, 순수함, 무욕, 천진난만' 등으로 열거할 수 있는 어떤 의미이었을 것으로 추정한다. 여기서 잠시 '溫達'에 대한 의미가 무엇이었을까를 고찰해 볼 필요가 있다. 그의 별명인 '바보'와 결코 무관하지 않기 때문이다. '온달'을 음차 표기어로 추정한다면 '온'(溫)은 고유어로 '十, 百'이란 뜻이다. '온세상, 온집안, 온천하'의 '온'이다. 그리고 '달(達)'은 고구려어로 '高·山'의 뜻이다. 그렇다면 '온달'은 '맏 높음'이란 의미의 이름이 된다. 요컨대 처음의 '바보'는 '착한 아이(맏 높음=善童)'이란 의미가 아니었을까 한다.

---

5) 우리는 다음의 기록에 주목할 필요가 있다.
俗稱末通大王陵 一云 百濟武王 小名薯童(『고려사』 권57 지리2 金馬郡)
益山郡 後朝鮮武康王及妃雙陵 在郡西北五里許 俗呼武康王爲末通大王
(『세종실록』 지지 전라 익산)

그러나 후대로 내려오면서 '보'는 존칭 의미를 상실하고 거의 정반대의 의미인 卑稱으로 전락하였다. 다음에 예를 들어보기로 한다. 현대 국어에서 '보'(甫)는 평교간(平交間)이나 손아래 사람을 부를 때에 성이나 이름 밑에 붙여 '홍길동보'로 쓰기도 하고, '흥부, 놀부, 떼보, 곰보, 털보, 뚱뚱보, 울보, 웃음보, 먹보, 똥보, 오줌보, 바보, 갈보, 보터지다, 보따리' 등과 같이 비칭으로 활용되고 있다.

6.

그 동안 대개가 니사금<尼師今>을 '닛(尼師=継)+ᄀᆞᆷ(今=尊上)'의 합성어로 분석하고 그것이 오늘날의 '님금'이 되었다고 풀이하여 왔다. 만일 종래의 주장대로 '닛'(=尼師)을 긍정한다면 '尼師今'을 'niskʌm'으로 추독할 수 있다. 그러나 문제는 'nimkɨm'(님금)이 과연 'niskʌm'을 승계한 변화어형일 수 있느냐는 데 있다. 그러려면 우선 'nis>nim'의 변화 과정을 음운사적인 면에서 논증할 수 있어야 한다.

종래의 주장처럼 '尼師今'을 'nis(継)+kʌm(尊者)'로 분석하고 그 발달형이 후대의 'nimkɨm'(主)이라면 '닛ᄀᆞᆷ>님금'에서 's>m'의 변화과정이 무리없이 설명되어야 한다. 그러나 이점이 좀 체로 풀리지 않는 난제이다. 'ㅅ~ㄱ>ㅁ~ㄱ'의 변화는 불가능하기 때문이다. 그렇다면 문제 해결의 열쇠를 다른 데서 찾아야 할 것이다.

「일본서기」 무열기에 이르기를 백제인들은 왕을 nirimu<主・君>이라 불렀다고 하였다. 이 백제어는

(ㄱ) nirimu>nirimø>niøim>niim>ni:m(主・君)
(ㄴ) nirimu>niøimu>niimø>niim>ni:m(主・君)
(ㄷ) nirimu>niøimø>niim>ni:m(主・君)

와 같은 발달 과정을 추정할 수 있다. 위 (ㄱ)(ㄴ)(ㄷ) 중 어느 과정인지는

모르지만 어쨌든 어느 시기에 ‘r’, ‘u’가 탈락하고 다시 모음축약의 장모음화 보상으로 ‘님:’(nim)이 생성되어 중세 국어 이후에 보편적으로 쓰여지게 된 것이라 하겠다.

그렇다면 ‘님금’은 ‘님+금’으로 분석할 수 있게 된다. 따라서 ‘님금의 ‘님은 ‘尼師今’의 ‘尼師를 승계한 것이 아니라 오히려 백제어 ‘nirimu를 계승한 변화형이라 하겠다. 이 ‘님’에 존칭 접미사 ‘금<ᄀᆞᆷ’(舒弗+邯, 尼師+今, 寢+錦, 麻立+干 등)이 합성되어 ‘님금’이 생성된 것이라 하겠다.

한편 ‘님금’의 구조에서 ‘님’은 어기가 될 수 있으나 ‘닛ᄀᆞᆷ’의 ‘닛’은 어기가 될 수 없다. 따라서 ‘닛’은 ‘님’과는 대척적일만큼 다르다. 백제어로부터 오늘에 이르기까지 ‘nirimu>ni:m’은 명사로 쓰이었다. ‘나의 님은, 님이시여, 님께서, 님은, 님이로다, 님자……’와 같이 독립어로 쓰여 왔음도 ‘닛(尼師=継)>*님’을 부정하고 ‘nirimu(主)>님’을 긍정하는 좋은 증좌라 할 것이다.

요컨데 ‘님금’은 ‘尼師今의 변형이 아니라 백제어 ‘nirimu’(主)의 발달형인 ‘ni:m’(主·君)에 존칭 접미사 ‘금’이 합성하여 생성된 단어일 것으로 추정한다.

위에서 논의한 바와 같이 당초에는 왕칭어이었던 것인데 후대로 내려 오면서 어형이 님<nirimu>으로 몰라보게 변모하고, 그 존칭의 범위도 확대되었다. 이것 또한 극존칭에서 상당히 격하된 셈이다. 더욱이 ‘님’은 아주 보편적 의미의 존칭 접미사로 격하하였다.

7.

중세 국어 시기에 놈은

펴디 몯홇 노미 하니라 <『훈민정음 언해』>
者ᄂᆞᆫ 노미라 <『훈민정음 언해』>

와 같이 ‘보통 사람’이란 뜻으로 쓰이었다. 따라서 존칭은 아니었다 할지라도 평칭의 뜻은 가지고 있었다. 그러나 보다 후대로 내려 오면서

목 버힐 노마<『삼강행실도』>,
그 놈들이 므엇하리오<『노걸대언해』>

와 같이 그 의미역이 사람에서 남자로 한정(축소)되고 뜻도 비칭(卑稱)으로 격하되었다. 그러면 현대 국어에서는 어떻게 풀이되고 있는가를 『국어사전』(이희승 1972)에서 알아보자.

놈: 「사내」를 낮추어 일컫는 말. 동물이나 물건을 가리키어 쓰는 말.

오늘날 쓰고 있는 예를 들어 본다.

[사람] 이놈, 저놈, 그놈, 사람 놈, 죽일 놈, 썩을 놈, 나쁜 놈, 좋은 놈··· (남자)
[동물] 암놈, 수놈, 살찐 놈, 통통한 놈, 작은 놈, 큰 놈,
[물건] 이놈(것), 저놈(것), 큰놈(것), 작은놈(것), 새놈(것), 헌놈(것),

위의 예를 통하여 우리는 '놈'이 평칭에서 비칭으로 격하하면서 그 지칭범위가 '사람'에서 '남자'로 한정되었음을 알 수 있다. 이후로 다시 지칭범위가 '동물'과 '물건'에까지 확대되었으니 '치'와 더불어 극비칭(極卑稱)으로 전락한 것이라 하겠다.

그리고 그 쓰임새로 보아 '한, 치, 보'와는 달리 '놈'은 어느 정도 독립성이 있다. 옛 문헌이 '者ᄂᆞᆫ 놈이다. 놈쟈(者)'와 같이 풀이한 대목에서 확인할 수 있다. 그리고 격조사 '-이, -ᄋᆞᆫ, -ᄋᆡ, -ᄋᆞᆯ' 등을 직접 접미하기 때문에 명사로 대접할 수 있다. 가령 '놈'이 들어 있는 한 문장을 예로 들면

그 놈이 정말 나쁜 놈은 나쁜 놈이야!

와 같이 현대어에서도 여전히 명사로 쓰이고 있기 때문이다. 따라서 '놈'만은 '한, 치, 보'와 같은 접미사가 아니라 하나의 존칭어인 것이다.

이 글은 주로 존칭 접미사의 생성과 그 비칭(卑稱)화에 대한 발달 과정을 삼한어로부터 현대국어까지 논의하였다. 우리 옛말에서 존칭 접미사 '지'와 '한'은 사람의 뜻인 명사에 존칭 의미가 가미되어 접미사화한 것으로 파악되었다. 그리고 '님'(nirimu)도 중세국어 시기까지는 '님금'과 더불어 主/君을 지칭하는 극존칭 명사로 쓰였다. 그런데 거의 근세국어 이후부터 일반적인 존칭 접미사로 격하하였다. 평칭 명사이었던 '놈'도 후대로 내려오면서 비칭화하였다. 이 밖의 '보/부,돌이,쇠'도 비칭 접미사로 전락하였다. 왜 이렇게 일변도로 비칭화만 하였는가의 문제가 제기된다. 이 의문에 대한 해답은 후일로 미루어 둔다.

〈존칭 접미사의 자료〉

① '한/간'의 자료

(가) 어두의 CVC형		(나) 어말의 CVC형	
遣+支	旱+支	居西+干	好+漢(人)
鞬+吉支	韓+舍	角+干	惡+漢(人)
健+牟羅	韓+阿湌	我刀+干	無禮+漢
近+肖古王	韓+奈麻	彼刀+干	癡+漢
近+仇首王	韓+岐部	陁鄒+干	怪+漢
近+蓋婁王	韓+祇部	以伐+干	破廉恥+漢
今+勿	韓+多沙	大阿+干	王+儉
今+武	韓+物	沙+干	尼師+今
甘+勿阿	韓+山	海+干	爾叱+今
弓+忽山		破彌+干	寐+錦
功+木達	漢+忽	阿尺+干	小+錦
黔+丹山	漢+山州	乙吉+干	大+錦
今+丹山	漢+江		
軍+月山	漢+灘	及伐+干	伊罰+湌

錦+江　漢+峙　助富利支+干　伊(于)伐+湌
咸+羅山　漢+吟(大婦)　波珍+干岐　伊尺+湌
閑+地原　漢+了秘(祖)　波鎭+漢紀+湌
閑+地原堤　漢+了彌(姑)　箕子+可汗　波珍+湌
官+田川　漢+賽(鷺)　園豆+干　大阿+湌
黃+田里　漁夫+干　一吉+湌
豆腐+干　蘇+判
處+干　大學+監
州+干　大樂+監
村+干　衛武+監
舒發+翰　大+監
居瑟+邯　弟+監
舒弗+邯

(다) 어두의 CV형
箕+子　解+夫婁
箕+準　解+慕漱
吉+支　高+朱蒙
吉+師　大解+朱留
皆+伯(王逢)　小解+朱留
皆+次丁(王岐)　解+愛婁
己+婁　解+色朱
蓋+婁

(라) 어말의 CV형
於羅+瑕
古鄒+加
大+加
古鄒大+加
馬+加
犬+加

② '지>치'(知・智・支)의 자료

고조선어 : 箕+子　箕+準
삼한어 : 儉+側 稽+知 稽+次 近+支 遣+支 臣+智
秦+支 旱+支 韃吉+支

고구려어 : 莫離+支　於只+支(故國壤王)
백제어 : 鞬吉+支　皆+次
신라어 : 朴閼+智　金閼+智　世里+智　居七夫+智　福登+智
覓薩+智　聰+智　德+智　伐+智　比+知
舍+知　皆叱+知　大鳥+知　大鳥+知　法(注)+知
吉+士　吉+次 分知吉+支(黃草嶺碑563) 莫? 知吉+支
法知吉+支　名吉+支　阿+之　茄+尺　舞+尺　琴尺
歌+尺　伊+尺+飡　鉤+尺　弓+尺　木+尺

가라어 : 坐+知(王)　鋥+知(王)　鋥+知(王)　鉗+知(王)
脫+知(爾叱今) 伊珍阿+鼓　內珍朱+智　道設+智
蘇那曷叱+智　阿+志(王妃)

③ 보/부의 자료

삼국초기 : 大+輔(左+輔, 右+輔) (고유어 '보'인가?)

고구려어 : 好+夫(王子好童32)　明臨荅+夫(國相165-179)
相+夫(烽上王292-299)　丘+夫(小獸林王371-388)
바+보(愚溫達559-589)

신라어 : 啚公沙+夫那, 從+夫智, 坐+夫智, 折+夫智, 介+夫智
一 毒+夫智, 壹+夫知, 一+夫智
(이상 冷水里, 울진 봉평 신라비 500년경)
異斯+夫(荒宗500-513), 深麥+夫(三麥宗, 眞興王540-575)
居柒+夫(荒宗540-575), 奴+夫 (波珍飡540-575)
西力+夫(波珍飡540-575), 比次+夫(大阿飡540-575)
未珍+夫 (阿飡540-575)
口口+夫智, 內+夫智, 口里+夫智, 口+夫智, 居七+夫智

心麥+夫智, 春+夫智, 須口+夫智, 內+夫智, 比知+夫知
居? +夫智, 珍+夫知, ?部+夫, 居柒+夫, 口奈+夫
(진흥왕 순수비 561-568)
길+보~기+보 (耆婆郎742-764)
弓+巴/弓+福(姓張氏 一名保皐826-835)『(삼국유사』권2)
蛇童/蛇卜(又巴 又伏等 皆言童也) (『삼국유사』권4)
백제어: 마보(薯童600-640)(『삼국유사』권2)

Ⅳ. 진한어의 「赫居世(弗矩內)」와 「居西干」에 관한 연구

1. 서론

어떤 문제든 단선적으로만 풀려고 한다면 결코 만족스럽게 풀리지 않는 경우가 많다. 그러나 제기된 문제와 관련된 주변의 문제들을 포괄하여 종합적으로 고찰한다면 서로 주고 받는 도움으로 오히려 난해의 문제가 순조롭게 풀릴 수 있다. 이 글은 이런 종합적인 고찰에 의하여 지향하는 목표에 도달할 수 있기를 기대한다.

『삼국사기』에는 많은 고유어가 수록되어 있다. 이 古典은 한국의 史書 중에서 가장 이른 시기의 古書라는 점과 여러 측면에서 접근할 수 있는 다양한 자료가 많이 秘藏되어 있다는 점에서 국학계의 비상한 관심을 끌어 왔다. 특히 국어 어휘사의 자료도 적지 않게 간직하고 있기 때문에 국어사 연구자의 관심 또한 여기에 집중되어 왔다고 하여도 지나친 말이 아니다.

주지하는 바와 같이 『삼국사기』에 등재되어 있는 고유어들은 漢字를 차용하여 표기한 까닭으로 추상적인 어형이 남겨진 예가 대부분이다. 古來의 차자 표기법이 音借表記, 訓借表記, 訓音借表記 등 너무나 복잡하고 때로는 혼잡스럽기까지 하기 때문에 차자 표기어들은 풀이하기가 매우 까다로운 대상임에 틀림없다. 그러나 고대 국어의 어휘 자료가 심히 빈곤한 우리의 처지로는 그나마 금쪽같은 존재임을 절감할 수밖에 없다. 그럼에도 불구하고 그것들이 아주 난해한 대상들이기 때문에 쉽게 접근할 수 없었던 것만은 사실이다. 그런 중에 국어학자보다는 오히려 사학자들이 앞장서서 『삼국사기』의 고유어들을 해석하려고 적극적인 노력을 기울여 왔음은 아무튼 다행한 일이라 하겠다.

그러나 여러 史書를 비롯한 옛 문헌에 전하는 차자 표기어의 해석은 원칙적인 면에서 국어학자들이 먼저 져야 할 짐이다. 솔직히 말하여 그것이 무겁든 가볍든 일차적으로 국어학의 과제인 만큼 이 방면의 연구에도 국어학자들의 눈길을 적극적으로 돌렸어야 옳았다고 생각한다.

위의 취지에서 비록 늦은 감이 있었지만 필자는 여러 졸고들(1977, 1987, 1989, 1994a 등)에서 고문헌에 나타나는 차자 표기의 고유어에 대하여 수시로 소박한 短見을 편 일이 있다. 그러던 중에 개별 논제로 본격적인 논의를 한 것은 「尼師今·寐錦·安錦」, 「舍輪·金輪·銅輪」, 「炤知·毗處」 등의 문제를 중심으로 고찰한 졸고(1992, 1994a)가 그 시초였다. 따라서 이 글은 앞의 졸고에 이어지는 續編이다.

서로 깊은 관련이 있어 보이는 두 어휘가 외형상으로 비슷한 부분이 있을 때에 그 비슷한 부분만 떼어 내어 동질적인 형태소로 단정하는 것은 문제를 보다 더 짙은 疑雲 속에 빠뜨리는 결과를 초래할 우려가 있다. 여기서 우리는 그 좋은 본보기로 赫居世와 居西干의 문제를 들 수 있다. 赫居世의 '居世'와 居西干의 '居西'를 비교할 때 그 첫 자는 동일하고 둘째 자는 相似音이기 때문에 얼핏 보기에는 동일어로 착각하기 쉽다. 그렇기 때문에 초기에는 이것들을 동일어의 異字 表記로 보는 견해가 거의 지배적이었다. 그러나 이렇게 외형적으로 비슷하게 보이는 부분만 떼어 내어 피상적인 고찰을 하고 나머지 부분은 버린다면 그 결과는 종합적인 비교 고찰에 의하여 내려야 할 결론에 아무런 도움도 줄 수 없다. 따라서 우선 赫居世에서 '赫 '과 '居'의 관계, '赫居'와 '世'의 관계 그리고 居西干에서 '居'와 '西'의 관계, '居西'와 '干'의 관계를 분석 기술한 다음에 마지막으로 赫居世居西干에서 '赫居世'와 '居西干'의 관계를 그 어휘의 구조적인 면에서 고찰하고 이를 종합적으로 판단할 때 비로소 과학적인 결론이 내려질 수 있으리라 믿는다.

만일 赫居世의 구조가 '赫居'와 '世'로 분석될 수 있다면 이 '世'는 居西干의 '西'와 동질적인 형태소로 비교될 수 없고 또한 어미에 '干'이 없는 '世'가 '干'을 접미하고 있는 居西의 '西'와도 비교될 수 없기 때문에 '世'와 '西'는 異質的인 존재일 수도 있기 때문이다.

이 글은 辰韓語인 '赫居世'와 '居西干'을 분석 기술하는데 목적이 있다.[1] 그리고 '赫居世'와 '弗矩內'의 관계를 구명하는데도 목적을 둔다. 나아가서 '赫居·弗矩'와 東明, 琉璃明, 文咨明, 聖明(明穠)의 '明'과의 관계를 고찰하고 그 분포의 특징을 논의하게 될 것이다. 그리고 赫居世의 '世'와 弗矩內의 '內'가 '世里, 儒理, 琉璃' 등과 어떤 관계에 있으며 이것들의 분포가 어떤 특징을 가지고 고구려어·백제어·신라어·가라어의 異同性에 참여하는가를 밝히려는데 또 다른 목적이 있다.

2. 赫居世와 居西干의 관계

위 두 어휘의 권두점 부분인 '居世'와 '居西'는 相似形이다. 첫째 자는 동일하고 둘째 자는

	中古音		中古音
世	síäi(kal(gren))	西	siei(kal(gren))
	ŝiæi(Chou(Fa-kao))		ŝiɛi(Chou(Fa-kao))

와 같이 相似音이기 때문이다. 이런 相似性 때문에 여러 학자들이 권두점의 두 부분을 동일한 형태소이었던 것으로 단정하는 데 주저하지 않았던 것 같다. 그 동안 '居世'와 '居西'가 동일 형태소라고 판단한 학자들을 필자가 아는 범위 안에서 소개하면 대략 다음과 같다.

李惟樟은 그의 『東史節要』에서

始祖姓朴氏 名赫 號居西干(方言尊長之稱 他本西作世(卷3))

라고 기술하였다. 그럴만한 까닭을 구체적으로 밝히지 않아서 답답하지만 어

---

1) 『三國史記』 권1에서 다음과 같이 辰韓語임을 밝히었다.
始祖赫居世居西干 居西干辰言王 或云呼貴人之稱

꿨든 名이 '赫'이라 하였으니 그리고 '他本西作世'라 하였으니 그의 결론은 '居世=居西'임에 틀림이 없다.[2] 이 문제에 대한 최초의 주장자인 이유장의 견해를 鮎貝房之進(1931:7)만이 卓見이라 극찬하면서 역시 '居世干=居西干=居瑟干'으로 단정하였다. 그 뒤로는 이 문제에 관한 先見을 인용함이 없이 이병도(1976:588), 양주동(1947:313), 白鳥庫吉(1970:69~70), 前間恭作(1974:365~367), 三品彰英(1975:414, 437) 등이 동일한 해석을 독창적인 것처럼 발표하였다.

필자는 '居世=居西'의 견해에 동의하지 않는다.[3] 異見의 까닭을 본론의 논증 과정을 통하여 여러 가닥으로 설명하게 될 것이다.

---

2) 李惟樟(1624~1701)의 號는 孤山이며 字는 夏卿이다. 본관은 全義이며 宋나라 여러 학자의 서적을 섭렵하고 특히 朱子의 禮論과 李退溪의 주장을 절충하여 독자적인 이론을 수립한 학자이다.

3) ① 최남선(1943:14)은 다음과 같이
「赫居世는 弗矩內로 읽어서 神代의 義를 가진 것이다.」라 하여 赫居世=弗矩內로 보았다.
② 정인보(1946:233~234)는 「赫居世를 或 '弗矩內'로 譯하기도 하였으니 義는 '光明理世'라 하며, 位號는 '居西干' 或 '居瑟邯'이라고 記傳한다.」라고 하였으니 記傳의 내용을 그대로 믿은 듯하다.
③ 김성칠(1951:51~52)은 다음과 같이 주장하였다.
「이 이가 신라의 시조 박혁거세(朴赫居世)이다. ……이름을 혁거세 혹은 불구내(弗矩內)라 함은 빛으로 세상을 다스린다는 뜻이요, 그 위호(位號)를 거서한(居西干)이라 하니 그 말이 곧 임금의 존칭이 되었다.」
④ 金澤庄三郎(1952:12)은 '弗矩(音불구 pur ku)를 赫의 訓 ᄇᆞᆰ părk에 內(音ᄂᆡ năi)를 (訓뉘 nui)에 충당하였다. 그러나 『삼국유사』에 位號居西干을 王者之尊稱이라 하여」라고 기술한 것을 보면 居世-居西로 본듯도 하여 혼동을 일으키게 한다.
⑤ 최현배(1955)는 「ᄇᆞᆰ은뉘(弗矩內)를 '赫居世'로 고침…….」이라 하여 弗矩內=赫居世로 보았다.
⑥ 양주동(1968:82)은 「그러나 이것은 古記의 '朴(赫)居世(居西)干' 곧 'ᄇᆞᆰ 叾한'을 '朴·赫居世·居西干'으로 誤讀한 결과이겠다. 곧 '赫'은 '朴'[ᄇᆞᆰ]의 註記, '居西'[叾-것]는 '居世'[同上]의 同借字異寫의 표시(지금의 괄호용법)에 해당하는 것이다」와 같이 기술하여 역시 居世=居西를 주장하였다.
⑦ 이기문(1989:99)은 「어느 모로 보나 '弗矩內'는 매우 오랜 音表記이며 '赫居世'는 나중에 이루어진 표기로 보아야 할 것이다.」라고 기술하여 弗矩內=赫居世임을 주장하였다.
⑧ 류렬(1989:428)은 '赫居世:赫世:弗矩內'로 대응되는 동일한 어휘로 보고 이것을 사람의 이름 색인난에 넣었고, 居西干, 居瑟邯은 따로 王·貴人의 뜻으로 풀이하였다.

우선 관계 자료부터 열거하여 놓고 논의의 필요에 따라서 자료의 번호를 이용하기로 하겠다. 다음 자료 중 ①~⑧까지는 三史(『三國史記』)에서 뽑았고, ⑨~⑭까지는 三遺(『三國遺事』)에서 뽑았다. 그리고 나머지는 여러 옛 문헌에서 발취하였다.

① 始祖 赫居世居西干<三史 권 1 신라 본기 제 1>

② 始祖 姓朴氏 諱赫居世 前漢孝宣帝五鳳元年甲子 四月丙辰卽位 號居西干 <三史 권 1 신라 본기 제 1>

③ 六十一年 春三月 居世干升遐 葬蛇陵 在曇巖寺北 <三史 권 1 신라 본기 제 1>

④ 辰人謂瓠爲朴 以初大卵如瓠故 以朴爲姓 居西干辰言王 或云呼貴人之稱 <三史 권 1 신라 본기 제 1>

⑤ 南解次次雄立 赫居世嫡子也<三史 권 1 南解王條>

⑥ 今按新羅始祖赫居世……初赫居世二十一年 築宮城 號金城 <三史 권 34 지리 1>

⑦ 第二代南解王三年春 始立始祖赫居世廟 四時祭之<三史 권 32 祭祀>

⑧ 始祖朴赫居世居西干卽位元年 從此至眞德爲聖骨<三史 권 29 年表 上>

⑨ 新羅始祖 赫居世王<三遺 권 1>

⑩ 身生光彩 鳥獸率舞 天地振動 日月淸明 因名赫居世王(盖鄕言也 或作弗矩內王 言光明理世也) 位號曰居瑟邯(或作居西干 初開口之時 自稱云閼智居西干 一起因其言稱之 自後爲王者之尊稱)<三遺 권 1 赫居世條>

⑪ 南解居西干 亦云次次雄 是尊長之稱 唯此王稱之 父赫居世 母閼英夫人 <三遺 권1南解王條>

⑫ 新羅稱王曰居西干 辰言王也 或云呼貴人之稱 或曰次次雄, 或作慈充 <三遺 권 1 南解王條>

⑬ 新羅稱居西干, 次次雄者一 尼師今者十六 麻立干者四云云 <三遺 권 1 南解王條>

⑭ 第十三未鄒尼叱今(一作未祖 又未古) 金閼智七世孫 赫世紫纓 仍有聖德 <三遺 권1 未鄒王條>

⑮ 新羅始祖赫居世 所出不是人間系<『帝王韻紀』 下>
⑯ 新羅始祖赫居世立……共立爲君 號居西干(方言王也)<『東國史略』 권 1>
⑰ 新羅王赫居世薨 太子南解立 號次次雄<『東國史略』 권 1>
⑱ 漢宣帝五鳳元年(赫居世元年)….六村異之立爲西干(方言君也)(兩朝平攘錄)
<『海東繹史』 卷10>
⑲ 乃赫居王之海尺之母<三遺 권 1 제4 脫解王條>
⑳ 蓋赫居閼英二聖之所自也<三遺 권 5 仙桃聖母隨喜佛事>
㉑ 慶州 本新羅古都 始祖赫居世王 開國建都<『高麗史』 권 11 지리 2>
㉒ 慶州 卽新羅古都 始祖赫居世 開國建都<『世宗實錄』 권 150 지리지>
㉓ 慶州府……始祖朴赫居世……開國定都<『慶尙道地理志』>

우선 위에서 열거한 자료를 검토하여 보면 赫居世의 '居世'가 다음과 같이 '居世'로만 기록되어 있다.

① 赫居世居西干 ② 赫居世
⑤ 赫居世 ⑥ 赫居世
⑦ 赫居世 ⑧ 赫居世居西干
⑨ 赫居世王 ⑩ 赫居世王
⑪ 赫居世 ⑭ 赫世
⑮ 赫居世 ⑯ 赫居世
⑰ 赫居世 ⑱ 赫居世
㉑ 赫居世王 ㉒ 赫居世
㉓ 赫居世

위와 같이 '赫居世'가 '赫居西'로 적힌 예가 단 하나도 없다는데 우리는 주목하여야 한다. 이미 이기문(1989:99)이 주장한 바와 같이 만일 그것이 '世=西'의 차자 표기였다면 '赫居西'와 같은 표기가 단 1예라도 발견되어야 한다. 또한 이와는 반대로 '居西干'도 '居世干'과 같은 혼기가 나타나야 한다. 그럼에도 불구하고

① 赫居世居西干 ② 居西干
③ 居西干 ④ 居西干
⑧ 赫居世居西干 ⑩ 居西干
⑪ 居西干 ⑫ 居西干
⑬ 居西干 ⑯ 居西干
⑱ 西干

등과 같이 '居西干'이 '居世干'으로 적힌 예는 보이지 않는다. 여기에서 우리는 우선 '世'와 '西'가 相異한 형태소의 표기일 것을 가정할 수 있게 된다.

다음으로 생각할 것은 '赫居世'에는 '干'이 접미할 수 없다는 사실이다. 이 사실은 '干'이 이름에 직접 접미할 수 없었던 당시의 어휘구조 규칙 중의 하나였다. '角(舒弗)干, 居西干, 麻立干' 등과 같이 人名이 아닌 位號에만 접미하는 규칙이 있었기 때문이다. 그러나 王位號는 王名에만 접미되어야 하기 때문에 자료 ⑨⑩㉑과 같이 '赫居世王'으로 표기되었고, '王'의 뜻으로 쓰인 位號인 '居西干'이 ⑨⑩과 동일한 의미로 ①⑧의 '赫居世居西干'과 같이 조어될 수 있었던 것이라 하겠다.

만일 종래의 견해대로 '居世=居西'라면 '赫'만이 시조명이 되는 셈인데 그렇다면 '赫王'이나 아니면 '赫居世干' 혹은 '赫居西干'이 성립되어야 하는데 이런 어휘구조가 이루어질 수 없었던 사실을 앞에서 제시한 자료의 표기결과가 증언하여 준다. 그렇기 때문에 '赫王, 居世干, 居西王'은 위에서 열거한 ①~㉓까지의 자료에서 찾아볼 수 없는 불가능한 어형들일 뿐이다. 더욱이 新羅의 王名 作法이

① 赫居世 ② 南解 ③ 弩禮 ④ 脫解 ⑤ 婆娑 ⑥ 祇磨 ⑦ 逸聖 ⑧ 阿達羅 ⑨ 伐休 ⑩ 奈解 ⑪ 助賁 ⑫ 理解 ⑬ 未鄒 ⑭ 儒禮(世里智) ⑮ 基臨 ⑯ 乞解 ⑰ 奈勿 ⑱ 實聖 ⑲ 訥祇 ⑳ 慈悲 ㉑ 毗處 ㉒ 智哲老(智度路)

와 같이 제 1대부터 諡號制가 실행되기 이전인 제 22대까지는 2字名을 원칙으로 하고 이 원칙에서 벗어나는 경우는 제 1, 8, 22대의 王名처럼 3字名이다.

그러나 單字名은 전혀 없다. 이 作名法의 원칙에도 '赫'만이 始祖名이라는 견해는 위배된다.

위 자료 ①~㉓까지는 보편적으로 '赫居世'와 '居西干'만이 정상적인 나타남인데 그 중에서 ⑭赫世, ⑱西干과 같은 기형인 듯한 표기어형이 끼어 있어서 다른 해석을 요구한다. 뒤에서 재론하겠지만 ⑭의 赫世는 赫居世의 축약 표기인 듯하지만 실은 완전한 漢譯표기인 까닭에 결코 비정상적인 표기형이 아니다. 이는 마치 '柳等川'(버들내)를 '柳川'으로 적고 부르기는 둘다 '버들내'(>버드내)라고 하는 것과 같은 類型이다. 다만 ⑱西干만은 '居'자를 생략하여 외국인이 표기한 결과로 추정되기 때문에 이것만이 기형적인 것이라 판단된다.

여기에서 다시 제기할 수 있는 또 다른 異議는 ⑩赫居世王의 대응 표기인 '弗矩內王'이란 존재이다. 이 두 어휘 사이에는 불가분의 상관성이 있는 반면에 '弗矩內'와 '居西干'은 무관하다면 그것은 赫居世의 '居世'와 居西干의 '居西' 사이의 異質性을 밝히는 데 있어서의 핵심적인 열쇠가 되어 줄 것이다. 『三國遺事』 권 1 赫居世條에 있는

因名赫居世王(盖鄕言也 或作弗矩內王 言光明理世也)

의 내용 중 주석의 '弗矩內'가 곧 新羅 始祖의 이름을 鄕言대로 音借 表記한 원초형이다. 이 원초형(고유어형)은 中古音으로

弗	pi̯uət(Kal)	矩	ki̯u:(Kal)	內	nuâi(Kal)
	piuət(Chou)		kiuo(Chou)		nuəi(Chou)

와 같은데 위의 中古音을 토대로 다시 조정하면 '*purkunai~*pʌrkʌnui'로 추독할 수 있을 듯하다. 그런데 이 고유어인 '弗矩內'를 재차 異字 表記한 것이 '赫居世'일 것이기 때문에 '弗矩內'는 '赫居世'를 풀이하는데 결정적인 바탕이 될 수 있다.[4] 그런데 '王'에 대한 당시의 位號는 '居西干'이라 하였으니 '赫居世王=弗矩內王'은 '赫居世居西干=弗矩內居西干'이다. 따라서 우리는 '赫居世'

를 '혁거세'로 읽거나 불러서는 안되고 오로지 '*불구나이'(*purkunai~*pʌrkʌnui 弗矩內)로 읽어야 하는 힌트를 발견하게 된다. 만일 이렇게 읽거나 부름이 마땅하다면 赫居世의 '居世'와 居西干의 '居西'는 '*(불)구나이'와 '*거셔이(한)'으로 읽게 되니까 그 相異함이 극명하게 드러나게 된다. 이처럼 '赫居世'와 '弗矩內'는 『삼국사기』 등의 기술대로 동일어의 다른 표기일 뿐이란 결론부터 내려놓고 보다 구체적인 논의는 뒤에서 다시 하기로 한다.

'赫居世'의 구조는 일차적으로 '赫居+世'로 분석할 수 있다. 이것의 대응 표기어인 고유어를 '弗矩+內'로 분석할 수 있기 때문이다. 그러나 '*赫+居世'와 '*弗+矩內'의 분석은 불가능하다. ⑲의 '赫居王' ⑳의 '赫居'와 같이 한 단위의 어휘소로 표기되어 있음은 '赫'과 '居'가 불가분의 관계에 있음을 증언한다. 물론 ⑭의 '赫世'도 있다. 그러나 이것은 앞에서 이미 설명한 바와 같이 '赫'만으로의 단독 표기가 아니라 '世'와 합성된 복합어로 완전한 漢譯語일 뿐이니 문제될 것이 없다. 그런 반면에 '居世干'은 '尼師+今', '麻立+干'등과 같이 '居西+干'으로 분석할 수 있으되 '*尼+師今', '*麻+立干'으로 분석할 수 없는 것처럼 '*居+西干'과 같이 분석할 수 없다. 그렇기 때문에 ⑱의 '西干'은 외국 문헌이 '居'자를 생략한 誤記임을 다시 확인할 수 있게 된다(여기서의 *는 불가능표임). 그러면 '赫'자를 訓借 表記하여도 '弗矩'로 읽을 수 있는데 왜 '赫居'로 표기하였는가의 문제가 제기된다. 이 희한한 의문의 해답을 다음에서 추구키로 한다.

필자는 졸저(1994a:271~274)에서 이와 동일한 문제를 다룬 일이 있다. 문제인즉 '炤知 一云毗處'에서 '炤知'와 '毗處'의 상관성이었는데 필자는 이것들의 관계를 '炤知=毗處'로 보고 '毗處'는 音借표기형이고 '炤知'는 '毗處'에 대한 '訓借 +音借'의 복합표기형인 것으로 파악하였다. 우리는 전통적인 차자 표기법에서 이런 유형의 표기 관습에 자주 접하게 된다. 이 표기법은 '炤知:毗處, 世里:儒理'의 대응에서 '炤知, 世里'의 '知・里'가 앞의 '炤'와 '世'를 음독

---

4) 사실은 어느 것이 먼저인지 그 先後를 장담할 수는 없다. 오히려 반대로 '赫居世'가 먼저 표기되고 '弗矩內'가 뒤에 적히었는지도 모른다. 그럼에도 불구하고 여기서 '弗矩內'가 먼저인 것으로 잠정하는 것은 고유어를 발음대로 음사하였기 때문에 보다 먼저일 가능성을 강조하는 뜻일 뿐이다.

하지 말고 반드시 새겨서 읽거나 발음하라는 부호로 인식토록 하여 왔다. 그렇기 때문에 '炤知'와 '世里'는 音讀해서는 안 된다. 위 '知·里'는 필연코 '비지', '누리'로 읽어야 한다는 암시의 표기부호이다. '赫居' 역시 이와 同軌의 표기법에 의한 표기형임에 틀림없다. 姜斅錫(1924;1)이 '南解王赫居子'라고 '赫居'로 생략하여 적은 것을 보면 이미 그가 이 표기법을 이해하고 있었던 것으로 파악된다. 이는 마치 '汀理, 明期, 柳等川, 月陰寺' 등에서 '理, 期, 等, 陰'이 '뎡리, 명기, 류등천, 월음사'로 읽어서는 안되고 꼭 '나리, 불기, 버들내, 달음절'로 읽거나 부르라는 부호이면서 또한 어간말음절의 음가를 나타내기 위한 방안으로의 받쳐 적는 법이었다고 볼 수 있다.[5] 그러면 왜 '赫居世'의

5) ① 신채호(1924:5)는 '二. 解釋方法'이란 小題를 달고 다음과 같이 기술하였다.
「本紀」에 「炤知 一作毗處」라 하며 「伐軍一作發暉」라 하얏슨즉 「炤知」의 「炤」에서 半義를 取하야 「비」로 讀하며 「智」는 全音을 取하야 「치」로 讀한 者니 炤知와 毗處가 동일한 비치며…….」
② 홍기문(1946:7~9)은 '4 半意譯'이라 小題를 달고 다음과 같이 기술하였다.
「赫居世 或作弗矩內(『三國遺事 』卷一)
毗處 一作炤知(上同)
上記에서 弗矩의 意로 이미 赫을 쓰고 毗處의 意로 또 이미 炤를 썻슴에 不拘코 다시 居나 智를 가져 그 下音을 表示하야 실쌍 意의 上音만을 取한 것으로 推定된다.」
③ 이기문(1972)의 다음과 같은 先見이 있다.
「즉 '赫居世'는 釋讀 표기요, '弗矩內'는 音讀 표기였으니 前者의 '赫, 世'를 釋讀하면 각각 後者의 '弗, 內'와 같아지는 것이다. (前者의 '居'는 音讀字였던 것으로 보인다. 따라서 엄격히 말하면 '赫居世'는 釋讀·音讀 혼합 표기라고 할 수 있다. 이런 혼합 표기는 고대에 결코 드문 일이 아니었다.)」
④ 김완진(1980:17~23)은 다음과 같이 訓主音從이라 불렀다.
「'川理=나리', '心音=ᄆᆞᅀᆞᆷ', '慕理=그리', '改衣=가ᄉᆡ' 등에서 보는 바와 같이 뜻을 나타내는 글자를 머리에 놓고 다음 글자로 그 形態의 끝 부분을 나타내는 形式을 著者는 訓主音從이라 부르거니와, 이는 鄕歌 表記에 있어서의 基本 모델이라고 할만한 것이었다.」
⑤ 도수희(1987:614~615)에서 '音里:昔里'의 문제를 다음과 같이 기술하였다.
『三國史記』卷 34에서
青驍縣 本昔里火縣 景德王改名 今青理縣 <三史 地理 1>
와 같이 '昔里火'를 발견한다. 그런데 『三國史記 』卷 40에서는
音里火停一人, 音里火停二人, 音里火停六人 <상동 職官下 武官條>
- 中 略 -
그러나 만일 '音'이 音借字가 아니라 그 새김을 빌어 쓴 것이라면 사정은 달라진

'世'는 '世里'라 표기하지 않았는가. 종래의 借字 표기법은 보편적으로 복합어의 경우 前部의 형태소만 받쳐 적어주고 後部의 형태소는 訓借하여 새겨서 읽도록 하는 경향이 있었다. 일단 前部만 새겨 읽도록 하면 後部마저 당연히 새겨 읽을 것이라고 믿었던 듯하다. 가령 앞에서 든 예 중에 '柳等川'은 '버들내(혹은 버드내)'이지 '버들천'은 아니며 '月陰寺'도 반드시 '달음사' 혹은 '월음사'가 아닌 '달음절'이어야 한다.

한편 다른 까닭을 추정을 할 수도 있다. 만일 赫居世의 '世'가 '*nuri'이었다면 '赫居世里'로 적었어야 옳다. 그러나 앞에서 언급한 바와 같이 前部의 어간을 받쳐 적었기 때문에 後部의 형태소는 받쳐 적을 필요가 없었다면 이것의 대응 표기어인 '弗矩內'만이라도 '弗矩儒理'(儒禮·弩禮)로 적었어야 '世'를 *nuri로 추독할 수 있게 된다. 뒤에서 상술하겠지만 이 경우를 우리는 아주 이른 시기에 'r'이 消去된 어형을 사실대로 적은 증표로 이해할 수 있다. 특히 '世'에 대한 옛 기록이 '儒理(弩禮)·儒禮·琉璃·累利·世里·世理·世呂' 등과 같이 모두가 *nuri인데 유일하게 赫居世의 '世'만 '內'로 적힌 것은, 더욱이 비슷한 시기의 '世'에 대한 고유어 표기가 '儒理'와 '琉璃'란 점을 감안할 때, *nuri가 아니라 *nui이었다는 사실을 암시하여 주는 바라 하겠다. 따라서 앞에서 제시한 '赫居世里'로 적을 수 없었을 것이란 표기경향은 절대적인 구속력이 있었던 것이 아니기 때문에 필자는 여기서 앞의 까닭을 버리고 뒤에서 제시한 이유를 보다 신빙성이 있는 것으로 보고 우선 '內'를 *nui로 추독코자 한다.

『삼국유사』에서 赫居世王을 鄕言으로 弗矩內王이라 한다고 주석한 것을 보면 저자 一然의 시대만 하여도 벌써 '赫居世'를 '혁거세'로 음독하는 어휘화가 일어났던지 아니면 그럴 가능성이 있었던 듯하다. 그렇기 때문에 고유어(鄕言)로는 '弗矩內'라고 부른다는 주석이 필요하였던 것이라 하겠다. 이처

다. '音'의 옛 새김을 '소ᄅᆡ'로 볼 때 역시 '音里'는 *sVri로 추독할 가능성이 있기 때문이다. 여기 '里'는 바로 앞서는 글자를 음독하지 말라는 암시로 받쳐 적는 법이 곧 漢字 借用法의 이면에 숨어 있기 때문이다. 가령 향가의 '東京明期月良'(처용가)에서 '明期=ᄇᆞᆯ기'와 '炤知王 一云毗處'에서 '炤知'가 바로 그런 경우에 해당한다. 뿐만 아니라 '柳等'을 '유등'으로 읽지 말고 '버ᄃᆞᆯ>버들'로 읽어야 한다는 요구이기도 하다. 이런 관점에서 볼 때 '音里'는 *sVri로 읽을 수 있는 근거가 되는 것이다.

럼 漢字는 뜻글자이기 때문에 오랜 세월 속에서 처음 차자 표기한 사람의 의도와는 달리 본래의 취지를 망각시키고 어느새 漢語化하는 어휘화의 마력을 가지고 있는 것이다. 여기서 우리는 '赫'의 이른 訓이 '弗矩'임을 확인할 수 있고, '赫居'의 의미가 '*불구~*ᄇᆞᆯᄀᆞ'(明)임을 인지하게 된다.

위에서 논의한 바와 같이 어휘의 구조로 보나, 그 대응 의미의 동일성으로 보나, 新羅王의 이름 짓는 법으로 보나, 전통적인 차자표기법 중의 하나인 받쳐 적는 법에 부합되는 점으로 보나 '赫居'의 '赫'과 '居'는 불가분의 관계에 있다고 확신할 수 있다. 이 사실 때문에 '居世'와 같이 결합될 수 없고, 따라서 '居西'와 동일한 형태소가 아니라는 사실도 분명하여졌다고 확언할 수 있다.

'赫居・弗矩'의 표기형을 통하여 우리는 어간 말음의 존재를 분명히 파악할 수 있다. 마치 '川里, 世里, 音里, 活里' 등이 '里'를 통하여 각 어휘의 말음절이 무엇인지를 분명하게 알려 주고 있듯이 '赫居~弗矩, 明期'의 '居, 矩, 期' 역시 그 어간말음이 'kv'임을 알려 주는 묘한 존재라 할 수 있다. 이는 마치 炤知:毗處에서 '知~處'가 어간 말음 '*čv'를 반영하기 위하여 받쳐 적기한 현상과 다를 것이 없다. 여기에서 우리는

赫居 :	ᄇᆞᆯ	ᄀᆞ	(다)	居	kiwo(Kal)	kio(Chou)
弗矩 :	블	구	(다)	矩	kiu(Kal)	kiuo(Chou)
明期 :	ᄇᆞᆯ	기	(다)	期	kji(Kal)	ki(Chou)
炤知 :	비	지	(다)	知	ťie̯(Kal)	tiɪ(Chou)
毗處 :	비	지	(다)	處	t'siwo(Kal)	t'sio(Chou)

와 같이 어간 말음절을 재구할 수 있는 근거를 확보할 수 있을 듯하다. 위에서 열거한 예들 중에서 한 예만 아직까지도 '비지다>비치다'이지만 '밝다'는 '*pʌrkʌta>밝다'로 변하여 'ㄺ'의 어말 자음군을 형성한 것으로 볼 수 있을 듯하다. 이것은 마치 지명에서 *torak>*tork(珍惡山>石城)(三史 지리 3)이 생성되고 그리고 나서 다시 分化하여 충청・전라 방언에서 '돌・독'이 공존하는 예에서도 그 가능성을 찾을 수 있다. 그럴 뿐만 아니라 비록 인명이지만 異斯夫(苔宗), 居柒夫(荒宗), 異次頓(厭髑)의 '斯, 柒, 次'가 하나의 음절 표기

자이었을 것으로 추정되며 麻立干・尼師今의 '立・師'도 하나의 음절 표기자이었을 것으로 여겨진다. '汀理, 川里, 世里, 音里, 活里' 등의 '理・里'도 음절차임을 참고할 때 그 가능성이 더욱 짙게 느껴진다. 이런 가능성을 추정하는데 도움이 되는 예증이 또 있다. 가령 보다 후대의 문헌인 『鷄林類事』(A.D.1103~4)의 '有日移實, 無日不鳥實(烏不實의 誤記)'이 '이시-, 어브시-'의 音寫表記라면 어간 말모음이 아직도 살아 있는 '이시다. 어브시다'로 추정될 가능성이 있기 때문에 훨씬 이른 시기의 '赫居~弗矩'를 '*블ᄀ~*블거'로 추정하는데 一助가 되는 後期의 현상이라 하겠다. 또한. 『朝鮮館譯語』의 '有雲 故論以思大'(구룸이시다)와 '有雨 必以思大'(비이시다)도 참고가 될 수 있을 것이다.

이제 '赫居・弗矩'와 '明'의 관계를 고찰하고 그 분포 현상을 논의하기로 하겠다. 위에서 '赫居:弗矩'에 대하여는 충분히 논의하였기 때문에 여기서 재론할 필요가 없다. 다만 그 어형이 '*블ᄀ~*블거'이었을 것이란 점만을 다시 확인하고 이를 '明'과 관련하여 논의하기로 한다.

초기의 고구려 王名에 '明'字가 매우 활발하게 쓰였다. 시조 東明聖王, 제2대 琉璃明王의 '明'으로부터 아주 뒤인 제 21대 文咨明王(一云 明治好王, 名明理好)에서도 '明'을 발견한다. 百濟의 제 26대 聖王의 이름도 '明穠'이다. 신라에서는 제 31대 神文王의 이름이 '政明'이었는데 혹은 '明之'라고도 불렀으며 자는 '日炤'이었다. 그러면 위 여러 왕명에 들어 있는 '明'은 어떤 새김을 가지고 있었던 것인가. 앞에서 소개한 處容歌 중의 '明期'를 '불기'로 訓+音讀할 수 있다면 고구려・백제・신라의 王名에 들어 있는 '明'도 '*pʌrkʌ'로 훈독함직하다. 그러나 앞의 神文王의 이름인 '明之'와 字인 '日炤'가 이런 방향으로 가려는 우리의 발목을 잡는다. 왜냐하면 '明之'는 '블ᄀ'보다 '비지'로 읽으라는 암시로 '之'를 받쳐 적은 듯하기 때문이다. 借字 표기법 가운데서 하나의 특징적인 표기수단이 곧 어간말음을 표기하여 그 어형을 구체화하면서 위 차자를 훈독하라는 부호 역할을 하게 하는 묘법이다. 이에 해당하는 구체적인 예의 多數를 위에서 이미 제시하였다. 거기에다가 神文王의 字인 '日炤'가 '明之'의 해독을 더욱 '비지'쪽으로 기울게 만든다. 그럴 뿐만 아니라 神文王보다 10대나 앞서는 제 21대 王名이 '毗處麻立干 一作炤知'이어서 이것을 이미 '비지'로 해석하였는바 이 '비지'란 이름이 10대 후손인 神文王의 兒名으로 짓지 말라는 법도 없기 때문이다. 三國에서 왕명이 同名으로 지어지는 사례가 적지 않았다. 신라 제 3대 儒理尼師今과 제 14대 儒禮尼師今이 同名이며, 고구려의 제 3대 大解朱留王(大武神王)과 제 17대 小解朱留王(小獸林王)이 大·小만 제거하면 동일하다. 백제에서도 제 3대 蓋婁王과 제 21대 近蓋鹵王, 제 5대 肖古王과 제 13대 近肖古王, 제 6대 仇首王과 제 14대 近仇首王이 同名이다. 따라서 神文王의 兒名인 '明之'는 그의 10대조인 '毗處'를 참고할 때 '비지'로 訓+音讀하는 것이 '볼ᄀ'보다는 타당성이 있어 보인다.

그렇다고 모든 '明'을 '비지'로 추독할 수는 없다. 東明과 琉璃明王의 '明'은 동일 시기의 신라 시조인 赫居世(弗矩內)의 '赫'과 무관치 않을 것으로 예상되기 때문이다. 그리고 고구려의 文咨明王은 '一云明治好王', '或云明理好王'이라고 한 것을 보면 이것은 저 赫居世의 주석에서 '光明理世也'라고 한 내용의 '明理'와 동일한 형태소이기 때문에 일맥상통한다고 볼 수 있다. 또한 백제의 聖明王은 고구려의 시조의 謚號인 東明聖王의 明聖과 글자의 배열순만 바뀐 동일어이다. 聖明王은

其世系與高句麗同出扶餘故 以解爲氏(三遺 권 2 南夫餘條)

와 같이 그 근원이 고구려와 더불어 夫餘에 있음을 강조하고 그 뿌리를 찾아서 되살리기 위하여 國號까지도 남쪽에 존재하는 夫餘란 의미를 담아 南夫餘라 改號하였으니 그의 이름에 東明, 琉璃明의 '明'이 들어 있음은 당연하다. 따라서 고구려와 백제의 王名에 쓰인 '明'의 새김은 신라 시조의 이름인 赫居世의 '赫居'와 관련될 것으로 추정하고 *pʌrkʌ로 훈독하고자 한다. 아마도 기록은 '明'으로 하였으되 읽거나 부르기는 고유어인 '*pʌrkʌ'로 하였을 것으로 믿을 수 있다.

이제까지 우리는 '居世'와 '居西'의 상관성 문제를 비롯하여 '赫居'와 '明'의 관계에 이르기까지 여러 문제에 관하여 논의하였다. 이제 남은 것은 '赫居+世'와 '弗矩+內'에서 '世:內'의 대응 관계인데 이 문제는 章을 바꾸어 논의키로 하겠다.

3. '世'와 '內'의 관계 및 그 어형

잘 알려진 바와 같이 신라의 제 3대 儒理尼師今과 제 14대 儒禮尼師今의 '儒理'와 '儒禮'를 『삼국사기』에서 발견한다. 그리고 『삼국유사』에는 제 3대 弩禮尼叱今(一作儒禮王), 제 14대 儒禮尼叱今(一作世里智王)과 같이 '弩禮~儒禮~世里智'로 적혀 있다. 여기서 우리는 대응 표기인 '世里:儒理'를 통하여 이것들이 고유어 *nuri의 訓+音 혹은 音借 表記語임을 확인하게 된다. 우리의 옛말에서

世理都之叱逸烏隱䓁也<「鄕歌」 怨歌>
누릿가온ᄃᆡ 나곤 몸하 ᄒᆞ올로 녈셔<「高麗歌謠」 動動>
누리 셰世<『訓蒙字會』 中 1>

와 같이 '누리'로 이어지기 때문이다. 그런데 이 '누리'는 고구려의 제 2대 琉璃(類利・孺留・儒留・累利 등처럼 다양하게 나타남)와 동일한 어휘일 것으로 추정된다.

위에서 이미 풀이한 바와 같이 '世里'는 '누리'로 읽어야 함은 이것의 대응 표기인 儒理[*nuri]가 알려 준다. 따라서 赫居世의 '世'는 '赫居'가 '赫'을 새겨 읽으라는 표기방식이었다면 '世'도 '世里'로 적었어야 보다 정확한 표기이었을 것이라 하겠다. 그럼에도 불구하고 '世'로만 표기되어 있다. 그 까닭을 앞에서 일차 설명한 바와 같이 '世'와의 대응표기가 *nuri 아닌 '內'인 것으로 보아 표기할 당시에 벌써 이 부분의 어형이 'r'을 상실한 *nui이었기 때문에 '里'의 받쳐 적기가 불필요하였을 것이란 점을 재차 강조할 수 있다. 이 사실은 다음에서 구체적인 예를 들어 어중에서 'r'이 탈락한 변화 규칙을 제시할 수 있기 때문에 믿음직하다.

누누이 논의하여 온 바와 같이 '弗矩內'의 '內'가 赫居世의 '世'에 대응되는 하나의 형태소임을 겉만 보고서도 감지할 수 있다. 그런데도 '世'의 대응 표기가 '儒理'(*nuri)와 같은 표기형으로 나타나야 하는데 어째서 '內'(*nui)가 접미되어 있는가의 의문이 아직 남아 있다. 그래서 이 '內'는 '世'의 대응 표기

가 아니라고 부정한 견해들이 적지 않게 꼬리를 물고 이어져 왔다. 그 부정적인 견해들을 다음에 소개한다.

白鳥庫吉(1970:69)은 '內'를 'an~n'의 첨기로 보았다. 前間恭作(1974:367)은 '或作弗矩內(西か)王 言光明理世也'라 하여 '內'가 '西'의 誤記인 것처럼 의심키도 하였다. 鮎貝房之進(1931:31~32, 38~39)은 "弗矩內는 '붉ᄋᆞᆫ'인 바 '弗'의 音借 블(pul), 矩는 音구(ku)로 ㄱ(k)을 音借하여 弗矩는 '붉'을 표기한 것이다. 그 아래의 '內'는 'ᄋᆞᆫ'의 訓借字이다. 卽 弗矩內는 이의 語分詞法 붉ᄋᆞᆫ(pŭlkan)이다"라고 전제하고 弗矩內를 '붉안'(pŭlkan) 等(赤·紅·明·眞紅等) 形容動詞의 分詞格으로 보았다. 이강로(1989b:35)는 "赫居世=弗矩內<삼유 1, 신라시조> 블ᄀᆞ니 赫居=붉ᄋᆞ→블ᄀᆞ, 弗矩=블ᄀᆞ, 世=?, 內=니"라 풀이하고 이어서 "世와 內를 대응시킨 점은 자(字)음의 측면에서나 자(字)의의 측면에서 도무지 이해가 되지 않는다. 앞으로 더 깊이 연구하여야 할 것이다"라고 하였다.

만일 위 여러 학자들의 견해처럼 '內'가 '-ᄋᆞᆫ, -안, -ㄴ'을 첨기한 것이라면 '赫居世居西干'은 '붉ᄋᆞᆫ(블ᄀᆞᆫ)+居西干'와 같이 居西干을 수식하는 형태소인 '-ᄋᆞᆫ~ㄴ'이 개재한다는 주장인데 그렇다면 신라의 王名+位號의 구조에서 다른 경우에도 동일한 현상이 실현되었어야 한다. 그런데 가령 始祖 赫居世居西干 제 2대 南解次次雄 제 3대 儒理尼師今……제 22대 智哲老麻立干까지(앞의 자료참고)에서 그런 징후는 거의 감지되지 않는다. 그리고 '內'자가 왕명 표기에 있어서 어미에 쓰인 경우는 弗矩內 1예 뿐이다. 다만 제 19대 '訥祇 一作內只'가 있는데 이것은 語頭일 뿐만 아니라 '訥:內'의 표기이니 분명한 音借이다. 물론 지명에서 新都內(신도안), 內洞(안골) 등과 같이 訓借되는 경우도 있다. 그러나 弗矩內의 '內'를 訓借字로 볼 수는 없다. 우리의 전통적인 借字 표기법은 '-Vn, -n'의 첨기는 보편적으로 '隱'자를 썼기 때문이다. 또한 弗矩內에서 '弗矩'는 音讀字인데 '內'자는 訓讀字인 것도 이상하다. 신라의 인명·왕명이 '異斯夫(苔宗), 居柒夫(荒宗), 智哲路, 毗處' 등과 같이 音讀字로 되어 있다. 그리고

思內(一作詩惱樂) 奈解王時作也<三史 권 32 樂志>

讚耆婆郎詞腦歌<三遺 권 2>
乃智王<「迎日冷水里新羅碑」503?>

등과 같이 '內・腦・乃'가 '*nV'로 音借되었다. 제 8대 阿達羅王과 제 22대 智哲老・智度路王의 '羅・老・路'가 역시 '內'에 가까운 音借字라면 '內'는 音借字로 봄이 타당하다. 거기에다 3字名의 왕명을 발견할 수 있으니 '弗矩內' 역시 3字名의 음차자임을 주장하는데 도움을 준다.

이제까지 논의한 바를 종합하여 판단하건대 '內'는 音借字이다. 이것이 음차자라면 그 中古音이 nuâi(Kal)~nuəi(Chou)이니까 *nʌi~*nui로 추독할 수 있다. 그리고 이것은 赫居世의 '世'와 대응하기 때문에 그 의미는 '世'인 것이다. 아주 먼 옛날부터 '世'에 대한 고유어가 *nuri임은 '世里'와 이것의 대응 표기어인 '儒理'를 통하여 알 수 있다. 그러면 赫居世의 '世'에 대응하는 어휘가 *nuri(世里・儒理)이어야 할 터인데 어째서 *nʌi~*nui인가?

필자가 이미 졸고 (1984:47~56)에서 이 문제에 대하여 소박하게 논의하였던 바와 같이 고대 국어에서부터 이미 모음 사이에서 'r'이 탈락되는 현상이 발생하였다. 가령 '川理'(讚耆婆郎歌), '那利·那禮'(『日本書紀』), '나릿믈'(「高麗歌謠」 動動) 등은 모두가 nari(川)이다. 그런데 이 nari가

素那 或云 金川, 沈那 或云 煌川, 加知乃 一云加乙乃(枝川)
<『三國史記』 지리 등>
내히이러바ᄅᆞ래가ᄂᆞ니<『龍飛御天歌』 제 2장>
달내(撻川)<『龍飛御天歌』地名 註釋>

등과 같이 오랜 세월 속에서

*nari>naØi>nai>nay>nɛy>nɛ

의 변천 과정을 밟았다. 이와 같이 『삼국사기』등에 나타난 '那・乃'의 예로 보아 고대 국어의 단계에서 벌써 *nai의 현상에까지 이르렀던 것으로 추정된

다. 이 *nari(川)와 同軌의 변화 과정을 밟은 어휘 중의 하나가 곧 *nuri(世)이다. 이 어휘가 변천한 모습을 옛 문헌을 통하여 살펴보면 중세 국어에

녜뉫글아니라도<『龍飛御天歌』 제 86장>
世ᄂᆞᆫ뉘라<『月印釋譜』 2:12>
오ᄂᆞᆫ뉘예佛道ᄅᆞᆯ일우리니<『法華經諺解』 1:201>
뉘마다罪니븐사ᄅᆞ미잇거든<『內訓』 1:78>

등과 같이 '뉘'가 나타는데 보다 후대인 16세기의 문헌에서는

누리셰(世)<『訓蒙字會』 中 1>
누릘셰(世)<『光州千字文』 22>
누릿가온ᄃᆡ나곤<『樂學軌範』 動動>

등과 같이 오히려 '누리'가 쓰이고 있다. 이렇게 시기별로 다른 모양을 나타내는 까닭이 이 어휘의 변화 질서에 있는 것이 아니라 오히려 新舊形의 공존 현상에 있는 것으로 봄이 옳을 듯하다. 근세 문헌인 『孤山遺稿』(尹善道1587~1671)와 『靑丘永言』(金天澤1728) 등에 '뉘'가 나타나기 때문에 그 당시에 '누리'와의 공존 현상을 확인할 수 있고, 오늘날까지도 '누리'(온누리)와 '뉘'가 공존하고 있기 때문이다.[6] 따라서 *nuri는 앞에서 예증한 *nari(川)처럼

*nuri(世)>nuØi>nui>nüy>nü

와 같은 변화과정을 충실히 이행하여 nü에 이르렀는데 그 과정 중 *nui의 단계가 이미 고대국어에서 생성되었던 것이라 하겠다.[7] 그렇기 때문에 '儒

---

6) 문세영(1949:337, 342)이 '누리[名] 「세대」(世代)·「세상」(世上)의 옛말. '뉘[名] 「세상」·「시절」·「때」의 옛말'과 같이 둘 다 옛말로 해석한 것은 역시 어느 시긴가부터 '누리'와 '뉘'가 공존한 사실을 인식하였기 때문이었을 것이다.
7) 도수희(1984:49, 55~56)에서 백제어의 두 음운 변화 규칙을 설정하였다.

理:世里'는 틀림없는 *nuri(世)이고, '世:內'의 대응표기에서의 '內'는 *nuri의 변화형인 *nui를 반영한 것이란 좋은 예증이 된다.

한편 이런 생각도 해봄직하다. 고대국어에서 *nuri(世)형이 나타나는 환경은

儒理尼師今(제 3대), 弩禮尼師今(제 14대)(新羅), 琉璃明王(제 2대)(高句麗)

와 같이 어두 위치이다. 그러나 弗矩內의 경우는 비어두의 환경이다. 혹시 고대국어에서 비어두의 위치에서는 *nui가 쓰인 것이나 아닌지 의심하여 본다. 다만 唯一 예라서 불안할 뿐이다.

여기서 '內'를 *nuri의 추상적인 표기형으로 보고 *nui 아닌 *nuri로 추독하여 굳이 단일화를 고집할 필요가 없는 까닭이 또 있다. *nuri(世)와 동일한 변화 과정을 밟은 *nari(川)가 고구려왕의 諡號에서 '中川王 或云中壤王, 西川王 或云西壤王, 美川王 一云好壤王'과 같이 '川'이 '壤'과 대응 기록되어 있는데 이 '壤'의 새김이 지명 표기에서 '於斯內:斧壤, 仍斤內:槐壤'과 같이 '內[3]'로 적혀 있어 *nari가 벌써 *nai로 변한 사실을 확인할 수 있다. 이 변화 현상

---

(1) *nari(川)>naØi>nai>nay>nεy>nε
(2) *mori(山)>moØi>moi>moy>möy>mö
(3) *mari(水)>maØi>mai>may>mεy>mε
(4) *nuri(世)>nuØi>nui>nuy>nüy>nü
(5) *hɨri(白)>hɨØi>hɨi>hɨy→hi
(6) *pʌri(腹)>pʌØi>pʌi>pay>pεy>pε
(7) *ori(瓜)>oØi>oi>oy>öy>ö
(8) *turi(後)>tuØi>tui>tuy>tüy>tü

(1)~(8)을 근거로 음운변화 규칙 r>Ø /v__v를 설정할 수 있다.

(1) *mʌri(宗)>mʌrØ>mʌr
(2) *puri(原)>purØ>pur~pər
(3) *muri(衆)>murØ>mur
(4) *tari(高, 山)>tarØ>tar
(5) *tani(谷)>tanØ>tan
(6) *siri(谷)>sirØ>sir
(7) *kori(洞)>korØ>kor
(8) *mɨri(水)>mɨrØ>mur

(1)~(8)을 근거로 음운변화 규칙 v>Ø /__#을 설정할 수 있다.

은 素那(金川), 沈那(煌川), 沸流那(沸流水·松壤)의 '那'(川·水)가 더욱 극명하게 뒷받침한다. 여기서 우리는 우선 '川·壤·世'의 뜻으르 지닌 고유어가 同音異議語이었던지 아니면 類似音의 어형이었을 것으로 추정할 수 있다.

위에서 제시한 자료 중 思內[1]·詩腦의 '內[1]·腦'는 弗矩內[2]의 '內[2]'와는 어떤 관계가 있는 것인가. 만일 '內[1]·腦'가 이른바 '壤'의 뜻인 '內[3]'(奴·那·羅)와 동일한 뜻이라면 '世'의 의미인 '內[2]'와는 同音異議語의 관계인가.

필자가 졸고(1994:53~54)에서 이미 논의하였던 것처럼 '盧·羅'(土·壤)과 '內·奴'(壤)이 고대 한반도의 중부이남 지역에 고루 분포하여 있었다. 그런데 이 '盧·羅'에 대응하는 어형으로 '奴'가 고구려의 5部族名에서

絕奴部(北部), 順奴部(東部), 灌奴部(南部), 涓奴部(西部)

와 같이 나타나며 백제의 전기어 지역인 중부 지역의 지명에서도 앞의 '內'이외에 骨衣奴(荒壤), 仍伐奴(穀壤), 金惱(休壤) 등과 같이 '奴·惱'가 출현하다. 이와 같이 고대 한반도의 전지역에 골고루 분포하였던 '盧·羅': '奴·內·惱'는 동일 의미의 어휘로써 어두에서 'r:n'의 차이만 있을 뿐이다. 그러나 만일 신라의 영역에서 발견되는 '思內, 詩惱, 詞惱'의 '內·惱'가 또한 '土·壤'의 의미라면 그리고 '徐那伐·阿那加耶'의 '那' 또한 동일 의미이었을 것으로 추정한다면 어두에서의 'r:n'의 대응관계는 南北 대립이 아니라 이미 한반도 전역에 고루 분포하였던 대응 현상으로 추정할 수 있다.

여기서 우리는 '*nuri'와 *nai~*nui(<*nVri)라는 어휘가 '土·壤·世'의 뜻을 포괄하고 있었던 것이 아닌가 하는 의문을 품게 된다. 마치 '買'가 '川·水·井'의 뜻을 포괄하고 있었던 것과 유사한 현상이었을 것으로 추측할 수 있다. 다만 다른 점이 있었다면 '買'는 단어 형성에 참여한 위치에 따라서 그 뜻이 '川·水·井'으로 置換하였는데 '羅·那·內'등은 한결같이 어미의 자리에 고정되어 있었다는 데 있는 듯하다. 이런 이유를 근거로 필자는 졸고(1994:57)에서 弗矩內의 '內'는 아주 이른 시기에 'r'이 탈락된 *nuri의 실체를 알려주는 표기로 보아야함을 주장하였다. 여기서 아울러 생각할 것은 '壤·土'의 어휘 역시 일찍이 어중에 'r'를 지니고 있었을 가능성의 문제이다. 공교

롭게도 그것이 '川・世'와 함께 동일한 '內・那・奴' 등으로 표기되어 있는바 *nVri(川・世)인 것으로 보아 역시 *nVri(壤・土)이었을 가능성을 추정할 수 있게 된다. *mori(山)가 moi(山)으로 변하면서 moro(山)로 『龍飛御天歌』(24장 지명주석)에 잔존하고, *mari(水)가 *mai(買=川・水・井)로 변하였으면서 한편으로는 mɨr>mur(水)로 변하였고, *kuru(城)가 hor로 변하였으면서 한편으로는 *kɨy>ki(城)로 변하였듯이 *nari(壤·土) 또한 *nar로 변하기도 하여 *nar+ah>narah>nara(國)가 생성된 것으로 추정할 수 있다.

요컨대 赫居世의 '世'와 居西干의 '西'는 무관한 것으로 판명되었고, 이 '世'가 '世里'로 표기되지 않았고 '弗矩內'의 '內' 또한 '儒理'와 같이 *nuri를 나타내는 차자 표기가 아니었기 때문에 弗矩內의 '內'를 나타난 그대로, *nui로 추독함이 타당하리라 본다.

4. 동질성의 고유어와 그 분포

졸고(1994:53~61)에서 논증한 바와 같이 고대 한반도에 동질성의 어휘가 상당수 고르게 분포하였었다. 앞에서 이미 기술한 (1)'盧・那・奴・內・惱'(壤・川・世)의 분포를 비롯하여 (2)'買:勿'(水)의 분포, (3)'斯・駟・徐・所・沙・濊'(東・鉄・新・金)의 분포, (4)'智・支・知'(인칭어미)의 분포, (5)'箕子・箕準・吉支・吉師, 階次'(王)의 분포, (6)'干・瑕・加'(존칭어)의 분포, (7)'莫離・摩離・麻立・磨里・麻利'(宗)의 분포 등이 한반도 전역에 산재해 있었다.

東明聖王의 '東'이 訓讀字라면 이것은 위 (3)과 같은 분포로 보아 *sʌy로 추독할 수 있는데 이 어휘가 고구려 시조의 王號에서 新羅의 초기 지명인 徐羅伐(<斯盧)의 '徐'(斯)와 동일하다는데 깊은 의미가 있다.

신라의 시조와 제 3대의 왕명에서 '儒理・世里・內'(世)를 발견하는데 동일 형태소인 琉璃가 고구려의 제 2대 왕명에 나타난다. 두 나라의 초기에 동일어가 나타날 뿐만 아니라 그것이 왕명으로 나타난다는 사실은 두 나라말의 異同性을 밝히는데 크게 기여할 내용이다.

그리고 '弗矩・赫居'가 신라 초기에 쓰였는데 역시 東明, 琉璃明과 같이

'明'으로 고구려의 초기어에 나타난다. '東明'의 '東'은 *sʌy로 새겨 읽고 琉璃明의 琉璃가 고유어 *nuri라면 그것은 고유어로 추정되기 때문에 '明'도 訓讀하여야 할 것인데 前部 형태인 '東'의 고유어와 琉璃가 신라어에 분포하였던 것으로 보아 '明'을 '弗矩·赫居'에 준거하여 '*볼ㄱ'로 추독할 수 있다. 이런 초기의 동질성이 후대에까지 이어져 고구려에서는 '文咨明王', 신라에서는 '明之王'(神文王), 백제에서는 '聖明王'과 같이 쓰이었다. 그런데 문제는 동일어인 '弗矩'(赫居)와 '明'을 신라 시조인 왕명과 제 2대의 왕명(고구려)이 공유하고 있다는데 주목할 필요가 있다. 이는 역시 두 나라말의 동질성을 밝히는데 기본적인 요소가 될 수 있기 때문이다.

만일 우리가 赫居世·弗矩內를 '*볼ㄱ누이·*블거누이'로 추독할 때 東明聖王의 '東明'은 '*새볼ㄱ·*새블거'로, 琉璃明王은 '*누리볼ㄱ·*누리블거'로 추독할 수 있다. 특히 '弗矩內'와 '琉璃明'은 '*볼ㄱ누이'와 '*누리볼ㄱ'이니 어형성에 참여한 형태소들은 동일한데 참여의 순서만 바뀐 차이를 보일 뿐이다. 이렇게 참여 순서의 차이만 있을 뿐 어형성의 형태소와 그 語義가 거의 완벽하리만큼 동일한 어휘가 신라의 시조와 제 3대왕, 고구려의 시조와 제 2대왕의 이름에서 발견된다는 사실은 결코 예사로운 일이 아니다. 이러한 기본 어휘의 분포가 얼마나 더 있는지를 발견하는 것이 우리가 앞으로 추구하여야 할 긴요한 과제이다.

5. 居西干의 구조와 의미

'居西干'에 대한 여러 해석이 있다.

金澤庄三郞(1985:118)은 居西干의 '西'는 신라 國號인 '徐'에 해당하고 '居'는 '大'의 뜻인고로 '居西'는 大徐國인 바 居西干은 大徐國王이라고 풀이하였다. (A說)

前間恭作(1925:216)은 '居西'를 ke-si로 추독하고 그 의미는 '赫'을 블(光·火)로 읽어 合稱하여 『三國遺事』의 細註에 의거 '光明治世'로 풀이하였다.

(B說)

鮎貝房之進(1931:19)은 '居西'를 敬辭인 '게, 게서'로 풀이하였다. (C說)

李丙燾(1976:597~598)는 '居西'와 '居瑟'은 고구려의 古鄒加의 '古鄒'와 같은 말로 보는 것이 좋을 것 같은데 '居西'와 '古鄒'가 무슨 말인지는 알 수 없다고 하였다. (D說)

위에 열거한 견해 중에서 특히 A說의 경우 居西干을 '居+西+干'으로 분석하고 '居=大, 西=徐國'으로 분석 기술한 것은 그 잘못이 지나친 것이라 하겠다.

가령 A說의 견해처럼 '居'를 '大'의 뜻으로 풀이할 수 있는 근거가 어디에 있는가. 예로부터 전하여 오는 借字 표기법이 '大'의 뜻으로 쓰인 借字를 열거하면

遣+支	近+肖古王	旱+支
韃+吉支	近+仇首王	漢+了秘(祖)
健+牟羅	近+蓋婁王	漢+了彌(姑)
韓+岐部	翰+山	漢+賽(鷺)
韓+祇部	漢+忽	大+舍(韓舍)
韓+奈麻	漢+山州	大隱+鳥(한새)
韓+多沙	漢+江	大+雨(한비)
韓+山	漢+峙	大+居塞(한거싀)
韓+舍	漢+灘	巨+牛(한쇼)
韓+阿湌	漢+吟(大婦)	馯(馯卽被韓也)

등과 같이 관형어(혹은 접두사)로서의 '大'의 뜻은 말음 '-n'을 가지고 있다. 따라서 말음 '-n'이 없는 '居'는 '大'의 의미로 쓰인 접두 형태소로 볼 수 없는 것이다.

어휘의 구조적인 면에서 보아도 '居+西'의 '居'가 '西'를 한정하는 형태소라면 '西'는 명사이어야 한다. 그래서 A說은 '西'를 徐伐(혹은 徐羅)의 생략형인 '徐'의 同音異字表記로 해석하였다. 그러나 '徐'는 徐伐, 徐羅伐, 徐羅, 斯盧, 斯

羅, 尸羅‘ 등과 같이 ‘徐’가 접두사인 구속형태소로 쓰였지 그것이 독립형으로 쓰인 경우가 전혀 없다. 다음에 열거하는 古記들이 이 사실을 증언하다.

① 國號曰徐耶伐 或云斯羅 或云斯盧 或云新羅 脫解王九年 始林有鷄怪 更名鷄林 因以爲國號 <三史 권 34>
② 國號徐羅伐 又徐伐 或斯盧 或鷄林 <三遺 王曆>
③ 國號徐羅伐 又徐伐(今俗訓京字云徐伐. 以此故也) <三遺 권 1>
④ 魏時曰新盧 宋時曰新羅 或曰斯羅 <梁書 諸夷傳 新羅>

등과 같이 어느 문헌에도 ‘徐・斯・新’만으로 생략표기한 예가 없다. 이렇게 ‘徐-’는 홀로 쓰인 예가 전혀 발견되지 않는데 하물며 ‘居西’의 ‘西’만이 어떻게 홀로 쓰일 수 있었겠는가. 이 견해는 너무나 터무니없는 憶說에 불과하다. 더구나 거기에다 신라의 千年史 속에서 大徐伐(韓徐伐) 혹은 大徐羅伐(韓徐羅伐)로 쓰인 일이 전혀 없다. 그렇기 때문에 설령 ‘西’가 ‘徐伐, 徐羅’의 略記라 하더라도 그리고 ‘-n’이 없는 ‘巨’가 ‘大’의 뜻으로 어두에 올 수 있었다 하더라도 어휘 구조상 大徐伐이 존재치 않았으니 大徐伐國도 존재할 수가 없었음은 당연하다.

요컨대 ‘居西’의 ‘居’는 한정 형태소의 표지인 ‘-n’이 없는 점이 결정적인 결함이요, 다음으로 설령 그것이 ‘-n’를 갖추었다 하더라도 ‘徐伐’의 어두에 ‘大’의 뜻을 지닌 어떤 형태소도 접두한 전례가 전혀 없다는 사실이 부정을 면할 수 없는 치명적인 이유이다.[8)]

B說은 ‘居西’를 ‘ke-si’로 추독하고 ‘赫’을 ‘블’(光・火)로 풀이한 다음 통합하여 ‘pur-ke-si’로 해석하고 그 의미를 ‘光明治世’라 하였다. 이 풀이는 너무나 거칠고 막연하다. ‘赫居西’로 통용되었던 것으로 추정한 이상 이 어휘를 구조적인 면에서 보다 치밀하게 분석하여 참여한 형태소마다의 의미와 역할을 구체적으로 기술하지 않았기 때문에 논평조차 할 수 없을 만큼 미흡하다.

---

8) 다만 官職名에는 昇次의 의미로 ‘角干>大角干>太大角干’과 같이 新羅의 三國統一 이후에 김유신의 직위에 한하여 쓰인 일이 있긴 하다.

C說은 '居西=게, 계셔'(敬辭)로 풀이하였다. 이 견해는 지나친 경강부회일 따름이다. 왜냐하면 바로 앞의 형태소인 '赫'과의 관계와 바로 뒤에 있는 '干'과의 관계를 전혀 고려치 않고 '居西'만 떼어 내어 풀이하였기 때문에, 그것이 다른 어떤 특수한 어휘구조에 참여하여 혹시 '게, 계셔'의 역할을 할 수 있을지는 모르겠으나, '赫居世居西干'의 '居西'는 앞뒤 형태소와의 유기적인 관계를 따져서 풀어야 하기 때문에 합리적인 풀이로 볼 수 없다.

D說은 역시 '居世'='居西'로 본 견해인데 이 주장은 '居西'(居世)를 일차적으로, 백제어의 '吉支・吉師'와 비교한 다음 오히려 고구려어의 古鄒加의 '古鄒'와 같은 말로 보는 것이 더 좋을 것 같다고 전제하고 그러나 그것이 무슨 말인지는 알 수 없다고 하였다.

E說은 양주동(1947:84)의 견해이다. 그는 '居西干'을 'ᄀᆺ한'으로 풀이하고 'ᄀᆺ'은 '初・始'의 뜻으로 'ᄀᆺ한'은 始君・元君의 義라 하였다.

여기서는 D설과 E설에 대한 논평을 유보한다. 왜냐하면 다음 항에서 '居西干'의 구조와 의미를 파악하는 계제에 아울러 검토하게 될 것이기 때문이다.

우리는 '居西干'을 우선 '居西+干'으로 분석할 수 있다. 여기서 '干'은 '麻立干・角干' 등의 '干'과 동일 형태소이기 때문에 안심하고 1개의 형태소로 분리할 수 있다. 그것의 의미도 잘 알려져 있기에 설명할 필요가 없겠다.[9] 그래서 '居西'에다만 분석 기술의 초점을 맞추기로 한다.[10]

일반적으로 삼국시대의 位號(혹은 尊號)들이

(鞬)+吉支, 於羅+(瑕), 階次, 居西+干, 次次雄(慈充), 尼師+(今), 麻立+(干), 舒弗+(邯), 古鄒+(加), 莫離+(支)

등과 같이 2음절형이다. 신라의 王位號에 국한하여 살펴보아도 틀림없이 2음

---

9) 이 '干'에 관한 문제는 한국언어학회가 주최한 가을연구회(충북대 1994. 10. 29)에서 「'한'의 뿌리를 찾아서」라는 논제로 특강한 내용에 포함되어 소박하게 발표되었다.

10) 『欽定遼史語解』 권1(1875-1908)에 다음 기록이 있다.
奇善汗 滿洲語 奇善鮮明也 汗君長之稱 卷一作奇首可汗遼始祖(奇首:kisɨ(居西)=鮮明+可汗:ka(大)han(干)=王

절형이다. 즉 '尼師'는 계속의 뜻인 '니ᄉᆞ-'일 가능성이 있고, '麻立'은 '마리'(頭・宗・崇)일 가능성이 짙고, 次次雄은 慈充으로도 적혀 있어서 'ᄌᆞᄌᆼ'(巫人)이기 때문이다.

그런데 여기서 문제는 '居'의 추정음이다. 이 글자는 일반적으로 'kə'를 적기 위하여 음차되었다. 예를 들면

居柒夫 或云荒宗 <三史 권 44 列傳 4>
東萊郡 本居柒山郡 <三史 권 34 地理 1>
淸渠縣 本百濟勿居縣 <三史 권 36 地理 3>

등과 같이 '居'가 'kə'의 표기자로 차자되었음이 원칙이다. 그러나

芡・蔆 가싀련 俗呼鷄頭<『訓蒙字會』 上 12>
鷄頭實 居塞蓮 <『鄕藥集成方』 권 83>
嘉瑟岬 或作加西 又嘉栖……今雲門寺東九千步許 有加西峴 或云嘉瑟峴 <三遺 권 4 圓光>
江原道平昌西 居瑟岬<『輿地圖書』>

등과 같이 '居'가 '가・加・嘉'로 터 쓰인 차자 표기의 추상성은 '居西'의 '居'를 'ᄀᆞ'로 추독할 수도 있게 한다.

이와 같이 '居'를 'ᄀᆞ'의 音借字로 추정할 때 '西'의 음가와 역할은 무엇이었겠는가. 양주동(1947:84~85)은 이것을 'ㅅ'음차로 보았다. 그러나 '尼師'와 '居西'를 동질성의 어간형태소로 보아 '니ᄉᆞ-'와 'ᄀᆞᄉᆞ-'로 음독할 수 있지 않을까 한다. 고대국어에서는 개음절로 쓰이던 어휘들이 후대로 내려오면서 어느덧 폐음절화하는 경향이 있었기 때문이다. 가령 '異斯夫(苔宗), 比斯伐(完州), 阿斯達(九月山), 夫斯達(松山), 夫斯波衣(松峴), 扶蘇岬(松嶽), 高思曷伊(곳갈)' 등이 좋은 예들이다. 또한 烏不實(『鷄林類事』)은 '어브시다(>없다)'를, 故論以思大, 必以思大(『朝鮮館譯語』)는 '구름이시다(>구름잇다), 비이시다(>비잇다)'를 적었을 가능성이 있는 예를 더 추가할 수 있다.

위 논의에 의하여 '居西'의 추정형을 '*ᄀᆞᄉᆞ'로 재구한다. 그리고 이것의 의미를 양주동(1947:84~85)의 先見대로 '始初'로 보고자 한다. 이렇게 추정하는 까닭을 필자 나름대로 다음에서 밝히기로 한다.

『큰사전』(조선어학회 1947)은 '갓(엇):금방 처음으로, 금방 새로, 이제 막(옛말:ᄀᆞᆺ)'와 같이 풀이하고 있다. 이 풀이를 바탕으로 옛말에서 어떻게 쓰였나를 알아볼 필요가 있다.

神母……其始到辰韓也 生聖子爲東國始君 蓋赫居閼英二聖之所自也

<三遺 권 5 仙桃聖母>

거상ᄀᆞᆺ밧고(母服始闋)<『三綱行實』 王崇止苞>

병긔운 ᄀᆞᆺ잇거ᄃᆞᆫ(病氣始有)<『牛馬羊猪治療方』 三>

ᄀᆞᆺ글ᄇᆡ혼혀근사ᄅᆞᄆᆡ마ᄅᆞᆯ(新學小生)<『三綱行實』 朱雲折檻>

등에서 'ᄀᆞᆺ'(<*ᄀᆞᄉᆞ)가 '始初, 新'의 의미로 쓰였고 그 쓰임새가 현대국어에 이어져 '갓 나왔다, 갓난아기'로 쓰이고 있다.

실로 '居西'(*ᄀᆞᄉᆞ)가 始初의 의미일 가능성을 짙게 하는 증거는 그것이 오로지 1회용 位號이었을 뿐이라는 데 있다. 그런데 그 1회의 쓰임이 공교롭게도 始祖의 位號였다는 점을 강조할 수 있다. '居西'가 '첫째, 처음'의 의미이었기 때문에 제 2대 이후의 다른 왕은 그렇게 부를 수가 없었던 것이다. 始祖는 오직 1인뿐이기 때문이다. 그래서 제 2대 南解王의 位號는 次次雄이었다. 물론 저 위 2.에서 제시한 자료 중 ⑪에서 '南解居西干'과 같은 1예를 발견한다. 그러나 이것은 『삼국유사』의 기록자가 그 내용을 상고치 않고 무심결에 적은 오기일 것이다. 오직 1예일 뿐인 이것과는 달리 보다 이른 문헌인 『삼국사기』는 '居西干'을 不用하고, ⑤와 같이 '南解次次雄'(慈充)을 사용하였고 『삼국유사』도 ⑪과는 달리 ⑬은 '新羅稱居西干次次雄者一'이라 규정하였기 때문이다. 따라서 '居西干'은 '*ᄀᆞᄉᆞ한' 곧 始祖王이란 뜻으로 쓰인 王位號였다고 결론지을 수 있다.

여기서 우리는 D설이 주장하는 鞬吉支의 '吉支'와 비교될 가능성을 배제할 수밖에 없다. '吉支'는 '居西'와는 딴판으로 보편적인 位號로 오래도록 連綿하여 왔기 때문이다. 그리고 그것은 역시 D설인 '古鄒加'의 '古鄒'와도 어떤 관계가 있을 수 없다. '古鄒加'는 王位號가 아니라 신라의 최고 관직인 '角干'에 해당하는 관직명에 불과하였기 때문이다. 고구려의 王位號는 별도로 '階, 階(次)로 불리었을 가능성을 배제할 수 없기 때문에 더욱 그렇다. 특히 고구려의 제 2대 琉璃王의 호칭이 『魏書』(列傳 88 高句麗傳)에 '始(奴의 誤?)閭諧[nuo liwo ɤai(Kal), nuo lio ɤɛi(Chou)]로 적혀 전하는 바 이 '諧'(*kai)는 고구려 초기의 왕에 대한 고유호칭이 *kai(諧)이었던 사실을 알려 주는 결정적인 증거이어서 우리의 주장을 다시 뒷받침한다. 굳이 비교를 고집한다면 오히려 여기 '諧・階(次)'와 저 위의 '吉支'가 혹시 어떤 관계가 있지나 않았을까 의심해 볼 수 있을 것이다.

6. 결론

지금까지 이 글은 '居世'와 '居西'의 異同 문제에서 출발하여 '赫居世・弗矩內'의 구조 분석과 그 의미를 파악하고, 나아가 '居西干'의 구조 분석과 그 의미를 파악하였다. 또한 '赫居'와 '明'의 관계 및 '儒理・世里'와 '內'의 관계 그리고 그 분포의 특징 등의 문제에 이르기까지 비교적 폭넓게 논의하였다. 그러면 이제까지 본론에서 논의한 내용을 다음에 요약키로 한다.

'赫居世(弗矩內)居西干'의 구조를 분석하면 다음과 같다.

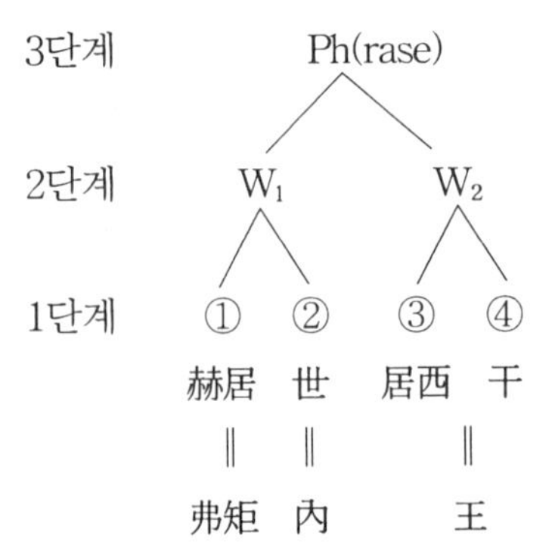

어휘의 구조면에서 ①과 ②는 W_1 에서 관계가 맺어지나 ③은 단일 형태소로 묶여 있다. 따라서 1단계에서는 ①과 ②는 서로 남이며, ①과 ③, ②와 ③도 아무런 관계가 없다. 다만 2단계에 가서야 ①과 ②가 관계를 맺게 되고, ③과 ④가 관계를 맺어 각각 어형성을 하게 된다. 마지막 3단계에 이르러서야 $Ph \rightarrow W_1 + W_2$ 와 같이 완성된다. 다라서 '居世'는 '居西'와 동일할 수 없다.

赫居世와 弗矩內의 '赫居'와 '弗矩'는 동일한 어휘로 '*블ᄀ'로 추독하였다. '赫居'의 '居'는 어간말음을 구체화하고 훈독을 권하는 암시성 받쳐 적기의 표기 관습의 한 징표로 보았다. 그 의미는 '赫'에 해당하며, 이 어휘가 초기의 고구려어에 분포하여 있었으며 백제어에는 후기에 나타나는 것으로 보았다. 이 赫居・弗矩는 炤知麻立干, 明之王(神文王), 東明聖王, 琉璃明王, 文咨明王, 聖明王과 같이 '明'으로도 표기되어 나타난다.

'世'의 뜻인 고유어는 *nuri(世里, 儒理)가 보편적으로 쓰인 듯하다. 그러나 赫居世의 '世'는 '內'로 대응 표기되었기 때문에 고대국어에서 생성된 'r'탈락 규칙을 적용하여 *nui로 추독하고 고대국어에서부터 벌써 *nuri와 *nui가 공존한 것으로 추정하였다. 고대국어에서 '川・壤・世'의 뜻을 포괄하고 있는 고유어가 *nVri이었던지 아니면 동음이의어의 관계가 있었던 것 같다. 특히 '壤・世'의 뜻을 지닌 고유어는 하나의 단어족에서 분화한 것이나 아닌지 의문부를 찍게 하였다.

고대 한반도에는 초기부터 동질성의 어휘가 많이 분포하고 있었다. 특히 고구려의 초기 王名과 신라의 초기 王名에서 동일한 어휘소가 발견되는 것은 두 나라말의 동질성을 논의하는데 절대적인 역할을 하는 밑바탕이 될 수 있을 것이다.

'居西'를 '*ᄀᄉ'로 추독하고 그것의 의미는 '처음・시초'일 것으로 추정하였다. 따라서 '居西干'은 '*ᄀᄉ한'이며 그 뜻은 '始祖王'이다. '居西'(*ᄀᄉ>ᄀᆺ)가 '始初'의 뜻이었을 가능성을 짙게 하는 증거는 始初의 뜻으로 '갓(<*ᄀᄉ)'이 지속적으로 현재까지 쓰여 왔다는 점과 이 位號만이 1회용이었다는 점에 있다. 그것은 始祖王 혹은 '첫째王'이었다는 의미이었기 때문에 제 2대 이후의 왕을 '居西干'으로 부를 수가 없었던 것이라 하겠다.

V. 변한 지명에 관한 문제

이 글의 목적은 경상남도 거제군의 옛 지명을 고찰하는데 있다. 옛 지명 중에서 특히 표제의 '瀆盧>裳〉居濟, 巨老〉鵝州, 買珍伊〉溟珍' 등이 그 고찰 대상이다. 지명사적인 면에서 볼 때 위 옛 지명들은 옛날부터 근래에 이르기까지 거제도의 중심지 역할을 하여 왔다. 그래서 문화사적인 秘話를 많이 간직하고 있으리라 믿기 때문에 문제를 삼은 것이다.

이 글은 위 옛 지명들의 어원을 밝혀내고 그것들이 어떻게 변천하여 왔나를 밝히는데 초점을 맞추어 고찰하게 된다. 따라서 지명학적 이론을 바탕으로 지명어의 구조를 분석하여 지명소의 의미를 알아내고 지명소 간의 결합 규칙과 음운 변화 규칙을 찾아내는데 목적이 있다. 아울러 어휘의 분포면에서 한반도에 있어서의 옛 어휘 분포의 특징과 대비할 경우에 가라국의 영역이었던 이곳의 언어가 어떤 특성을 지니고 있었나를 구명하여 변한어의 연구에 기여하고자 한다.

이 고장에 관한 최초의 표기명으로 『三國志』「魏書」韓傳 弁辰조에 나오는 弁辰 24국 중의 하나인 '瀆盧國'을 지목할 수 있다. 다음으로는 『삼국사기』「지리 1」에 나타나는 '裳郡'이다. 이 '裳郡'은 문무왕 때에 처음으로 설치되어 경덕왕 16년(757)에 '巨濟郡'으로 개정되었는데 '鵝洲縣(〈巨老縣), 溟珍縣(〈買珍伊縣), 南垂縣(〈松邊縣)' 등 3현을 거느리고 있었던 사실을 다음에서 소개한 『삼국사기』의 기록을 통하여 알 수 있다. 또한 거제도의 다른 옛 지명인 '古縣'과 '斗婁技'를 위 옛 지명을 논의하는데 도움 자료로 추가하게 된다.

잘 알려진 바와 같이 거제도는 경상남도 통영시에 인접한 남해 중에 위치하고 있다. 제주도 다음 가는 큰 섬으로 평야보다 산악이 더 많은 지세이다. 이 점이 제주도와 상반될 만큼 다르다. 따라서 '물'(水)과 '뫼'(山)의 지명소가 거제도의 옛 지명에 반영되었을 가능성이 많음을 예견할 수 있다.

1. 瀆盧國 > 裳郡 > 巨濟郡에 대하여

'瀆盧國'에 대한 처음 기록은 『魏志』「韓傳」 弁辰조에

走漕馬國, 安邪國, 瀆盧國, 彌離彌凍國, 接途國, 古資彌凍國, 古淳是國, 半路國, 樂奴國, 彌烏邪馬國, 甘路國, 狗邪國

과 같이 弁韓 12국 중의 하나로 나타난다. 이 '瀆盧國'이 현재의 '巨濟'와 '東萊'의 초명일 것으로 추정하는 두 견해가 있다.

이른바 巨濟說은 일찍이 茶山 丁若鏞(1762~1836)이 『我邦彊域考』에서

鏞安瀆盧國者今之巨濟府也 本裳郡 方言裳郡曰斗婁技 與瀆盧聲近

이라 하여 신라 문무왕 때에 처음으로 설치한 裳郡의 '裳'에 대한 새김을 '두루'로 추정하고 이것과 음형이 비슷한 방언 '斗婁技'의 '斗婁'를 근거로 삼아 '瀆盧'를 '두로/두루'로 추독하여 裳郡이 瀆盧國을 계승한 지명이라고 추정하였다. 이 학설에 따라서 양주동(1968)도 '瀆盧'를 '두루/도로'로 읽어 그 승계명이 '巨濟'임을 재차 주장하였다.

이른바 東萊說은 吉田東伍(1977)를 비롯하여 이병도(1959), 정중환(1970) 등이 주장한 견해이다. 그 중 이병도가 추종한 길전의 주장 내용은 "東萊郡多大浦"이다. 그리고 정중환은 "水營川을 통한 해상교통이 편리한 점, 東萊라는 지명은 瀆盧에서 나온 미칭인 점, 주변에 東萊 貝塚, 福泉洞 古墳群, 蓮山洞 古墳群 등 유적이 많이 분포한 점, 동래 패총에서 야철지(冶鐵址)가 발견된 점, 동래 관할인 서면 다대포 등이 연안의 해상교통의 중심지였던 점"을 주장의 근거로 들고 있다.

그러나 吉田의 견해는 터무니없는 주장임이 다음의 논의에서 자세히 밝혀질 것이다. 정중환이 첫 번째로 들은 근거인 "東萊가 瀆盧에서 나온 미칭이다"라는 대목도 타당성이 없다. 물론 겉으로 보기에는 '독로'와 '동래'는 음이 서로 비슷하다고 견강부회(牽强附會)할 수 있다. 그러나 이런 정도의 어설픈

외형 비교에 속아서는 안 된다. 왜냐하면 『삼국사기』「지리1」에

東萊郡 本居漆山郡 景德王改名 今因之 領縣二 東平縣 本大甑縣 景德王改名 今因之 機張縣 本甲火良谷縣 景德王改名 今因之

와 같이 '東萊'는 '瀆盧'와는 상관없이 개명 전에는 '居漆山'이었을 뿐만 아니라 '거칠산'에 대한 한역명인 '萊山～萇山'에서 '萊'를 따다가 어근을 삼고 그 앞에 '東'을 접두하여 개정한 내용이 밝혀져 있기 때문이다. 여기서 우리는 경덕왕이 먼저 지명인 '大甑'과는 무관한 '東'을, '東萊'와 동일 방법으로, 접두 지명소로 삼아 개정한 사실을 領縣인 '東平'에서도 발견한다. '東'은 고유어 '새'를 표기할 경우에 흔히 접두 지명소로 쓰여 진 차자이다. 그 근거로 '濊國～東國, 沙平～東平・新平, 徐伐～東原(京)' 등과 같이 고유어 '새'를 '東'(혹은 '新')으로 차자 표기한 예를 들 수 있다. 따라서 '東萊'를 '東+萊'로 분석할 수 있다. 이처럼 보편적으로 쓰인 접두 지명소 '東-'('새')를 떼어내면 '萊'만 남게 되는데 이것만이 '居漆'과 관련이 있는 것으로 추정함이 타당한 것이다. 그렇다면 오히려 '독로'는 '동래'가 아닌 그 먼저 지명인 '거칠'과의 관계 여부를 따져야 마땅하다. 그러나 여기서 여러 모로 살펴보아도 '東萊'와 '居漆' 사이에서 어떤 유사점도 발견할 수 없다.

우리는 '瀆盧'가 '東萊'와 무관하다는 사실을 옛 문헌에서 다시 확인할 수 있다.

①『신증동국여지승람』권23, ②『여지도서』및『읍지』의 東萊조에

① 建置沿革 古萇山國(或云萊山國) 新羅取之 置居漆山國 景德王改今名 高麗顯宗 屬蔚州 郡名 萇山 萊山 居漆山 蓬萊 蓬山 山川 黃嶺山(在縣南五里)

② 建置沿革 古萇山國(或云萊山國) 新羅取之 置居漆山郡 景德王改今名 郡名 萇山 萊山 居漆山 蓬萊 蓬山 山川 荒嶺山(在府南五里)

라고 적혀 있다. 위 기록 중에서 동일 지명이 '萇山=萊山=居漆山=蓬萊=蓬山

=荒嶺山'처럼 다양하게 표기되어 있음을 확인한다. 또한 그것이 '荒嶺山'이라 별칭되어 온 사실이 邑誌의 지도상에 산 이름으로 적혀 있기도 하다. 그래서 '瀆盧'와 비정할 수 있는 대상은 '東萊'가 아니다. '東萊'는 후대인 경덕왕 때(757)에 먼저 지명인 '萊山~蓬萊'에서 '萊'만 절취하고 그 앞에 '東'을 접두하여 '東+萊→東萊'와 같이 새로 지은 지명이기 때문이다. 그렇다면 지명이 발생한 순서에 따라 보다 훨씬 이른 시기의 옛 지명 즉 기록상의 최초 지명인 '萇山~萊山'만이 '瀆盧'와 비정될 수 있는 대상이다. 그리고 '東萊'란 지명이 발생하기 이전 시기의 '萊山'에 대한 고유명인 '居漆山'(〉 萊山)도 또한 比定 대상이 될 수 있다.

신라에서 '居柒夫'를 '荒宗'이라 漢譯하였으니 신라 말로 '萇, 萊, 蓬, 荒'의 새김이 '거질'(>거칠)이었던 것이다. 사실 그 당시의 호칭 습관으로는 '萊山'은 표기명일 뿐 실용된 호칭은 '居漆山(＊거즐뫼>거츨뫼>거칠뫼)'이었다. 그렇기 때문에 '瀆盧國'과의 비교 대상은 '東萊'가 아니라 '居漆山'이다. 따라서 이것과의 비교에서 닮은 점을 찾아내야 할 것이다. 그러나 '瀆盧 : 居漆'에서 어떤 유사점도 발견되지 않는다. 우선 이 점이 東萊說을 수긍할 수 없게 만든다. 고유어 '居漆'이 『용비어천가』(7권 8장)(1445)의 '거츨뫼'(荒山)로 이어짐도 도움이 되는 호재이다. 경덕왕은 '거츨'의 의미인 '荒'자 대신 전래의 두 표기명 중 '萊山'의 '萊'자를 살리어 개명하였다. 그 옛 이름이 '萊山~萇山'이었기 때문이다. 물론 『훈몽자회』(상5)(1572)에 '蒿 다복쑥호, 蓬 다복쑥봉'이라고만 새겨져 있어서 '萊'의 옛 새김이 혹시 복수로 존재하지 않았을까 하는 의심 때문에 생각을 머뭇거리게도 한다. 그러나 최남선의 『新字典』(1915)은 '萊'에 대하여 "藜萊草萊田廢生草쑥"이라고 풀이하였다. 묵힌 밭에 아무렇게나 난 쑥은 '거칠다'는 의미로 확대 해석할 수 있다. 또한 '居漆山'이 '萊'의 새김인 '거칠'이었음이 분명하다. 이렇게 '東萊'의 초기명을 고유어 '거칠'로 추정할 때 역시 음독표기 지명인 '瀆盧(도로)'와의 비교에서 전혀 닮은 점이 없음을 여러 면에서 확인할 수 있다.

이 '東萊'의 먼저 지명인 '居柒山'은 그 뿌리가 아주 깊이 박혀 있다. 『삼국사기』(열전 제4) 居道조에 居漆山國이 나타나기 때문이다. 居道는 신라 탈해니사금(57-79) 때 장수이었다. 그러니 '居漆山'은 진한 말기 및 신라 초기의 지명임에 틀림없다. 이 居漆山國은 신라가 통합하기 전에는 독립국이었다. 그 북부에 위치하였던 斯盧國과 대등한 존재로 辰韓 12국 중의 1국이었다. '東萊'는 예로부터 그 위치가 낙동강 동쪽 즉 현 釜山보다도 더욱 동남부에 치우쳐 있었기 때문에 『삼국사기』 지리1의 판도에서 '康州'(〉 晉州)에 예속된 '巨濟'와는 달리 '良州'(〉 梁州)에 예속되어 왔던 것이다. 또한 弁韓 12국의 배열 순서에서 '瀆盧國'이 맨 끝에 있음도 한반도 최남단에 위치한 거제도와 일치한다는 점을 의미하고 있다. 따라서 弁韓 12국 중 1국명인 '瀆盧國'과 辰韓 12국 중 1국명인 '居漆山國'은 서로 무관한 사이로 보아야 마땅하다. 그렇기 때문에 그 승계지명인 '東萊'(〈萊山 〈居漆山) 또한 '瀆盧國'과는 아무런 관련도 없는 것이라 하겠다.

그렇다면 '瀆盧國'은 과연 巨濟島와 관련이 있는 것인가 ?
『삼국사기』 권34 巨濟군조에

巨濟郡 文武王初置裳郡 海中島 景德王改名 今因之 領縣三 鵝洲縣 本巨老縣 景德王改名 今因之 溟珍縣 本買珍伊縣 景德王改名 今因之 南垂縣 本松邊縣 景德王改名 今復故

와 같이 현 巨濟市의 옛 지명 중에서 선후가 분명하게 이어지는 처음 지명은 '裳郡'이다. 이것의 뿌리 지명을 '瀆盧國'으로 추정하고 이것들의 잔존 지명으로 별명인 斗婁技(두루기)를 지목한다면 이들 세 지명 사이에 긴밀한 관련이 있어야 한다. 그렇다면 우선 '瀆'을 '독'으로 발음하지 않고 '도'나 '두'로 발음하였던 사실을 찾아내야 할 것이다. 우리는 전통적인 차자 표기법에서

阿莫城~阿彌(母)城, 莫離支(마리지), 厭獨(髑)~異次頓~異次獨~異處道, 吏讀~吏吐~吏頭

등과 같이 'ㄱ'을 묵음으로 표기한 예를 발견한다. 만일 이 차자 표기법을 적용할 수 있다면 '瀆'을 '도/두'로 추독할 수 있다. 다음은 '盧'인데 이것도

'斯盧'의 '盧'처럼 '로/루'로 추독할 수 있다. 그리하여 '瀆盧'를 '도로/도루, 두로/두루'로 추독할 수 있게 된다. 그러나 '瀆盧'는 중국 漢나라 때에 중국인이 표기한 것이니 우리의 차자 표기법으로 추독할 대상이 아니라는데 문제가 있다. 그러나 다음에서 필요에 따라 추정음들을 종합하여 조정할 경우에 요긴하게 이용할 수 있을 것이다.

高本漢(B. Karlgren)과 周法高가 재구한 중고음으로 추독하면 'duk luo'(瀆盧)이고 東國正韻으로 추독하면 '둑롱'(瀆盧)이다. 이 추독음은 우리의 전통 차자 표기법으로 추독한 결과를 참고하여 '두루'정도로 조정할 수 있다. 이 것은 잔존한 옛 지명인 '㪷婁技'의 '㪷婁' 와 상통할 듯하다. 그렇다면 이 둘 사이에 존재하여 상하의 시기를 이어준 옛 지명인 '裳郡'에 관심이 집중된다.

이제 문제의 해답은 '瀆盧國'과 '㪷婁技'의 중간 시기에 있었던 '裳郡'의 바른 해석 여하에서 얻을 수 있다. 여기 '裳'도 '두루'로 풀리어야 하기 때문이다. 『광주천자문』에서 '裳'의 새김은 '고외'이다. 그러나 『세종실록지지』 전라도조에

裳山 在茂朱 四面壁立 層層竣截 如人之裳 故稱裳山

이라 한 또 하나의 '裳'자 지명을 발견한다. 네 면이 병풍처럼 둘러 있는 바위의 주름진 모양이 마치 사람의 치마처럼 둘러 있기 때문에 '裳山'이라 부른다 하였다. 이로 미루어 짐작컨대 '裳'의 옛 새김이 '두루'이었던 것 같다. 치마처럼 두르는 옷을 '두루마기'라 부르는 데서도 '두루'를 확인할 수 있다.

한편 裳郡의 치소(훗날 巨濟郡 治所)의 인근에 鵝洲縣이 있었는바 『훈몽자회』(상9)의 '鵝'의 새김은 '거유'이지만 한편 다른 옛 새김이 '두루미'이었을 가능성도 있다. 『사성통해』(하23)와 『훈몽자회』(상9)(예산본)에서 '鶖(두루미자), 鶬(두루미로)'의 새김을 '두로미'라 하였다. 가령 始林을 '鷄林, 鳩林'으로 적고 '시림~시벌(새벌)' 또는 '새림~새벌'로 읽은 것은 '鷄'의 새김 '닭'과 '鳩'의 새김 '비두리'를 버리고 보다 포괄적인 의미의 새김 '새'를 택한 예인데 '裳'도 이와 비슷한 경우이다. 그렇다면 '裳'을 '두루'로 풀 수 있는 보조 자료로 '鵝'(두루미)를 인용할 수도 있을 것이다. 또한 領縣 중의 하나인

'買珍伊'를 다음 항의 논의에 따라서 '매+돌이'로 추독할 수 있으니 '돌이~두리'를 하나 더 추가할 수 있다. 이것은 '두로'(瀆盧)와 닮은꼴이기 때문이다. 위 논증에 따라서 '瀆盧國(두루국) 〉 裳郡(두루군) 〉 斗婁技(두루城)'의 발달 과정을 추정할 수 있다. '裳郡'은 문무왕(661-680) 초에 처음 설치하여 '買珍伊, 巨老, 松邊' 등 3현을 거느리게 하였음은 위에서 확인하였다. 경덕왕이 '裳郡'을 '巨濟郡'으로 개정할 때(757) 두 지명을 근거로 '巨老+ 買珍伊→巨買'와 같이 일단 바꾸고 다시 '水'의 뜻인 '買'를 동일 의미인 '濟'로 바꾸어 '巨濟'라 한 듯하다. 아니면 '巨老'를 '鵝'로 한역하고 '洲'를 보태어 '鵝洲'로 개정한 방식대로 '巨老'에서 '巨'만 절취하고 '濟'를 보태어 '巨濟'로 조어하였을 수도 있다. 어쨌든 '濟'는 '바다 물이 두른 섬(海中島)'이란 뜻으로 濟州島라 한 '濟'와 동일 의미였을 것이다. 경덕왕이 개정한 네 지명 중에 '巨濟, 鵝洲, 溟珍' 등 3개 지명이 모두 水자변의 글자가 들어 있는 점을 감안하면 숨겨진 공통 의미가 '바다물'임을 알 수 있다. 위 '買珍伊'의 '買'가 '濟'의 의미와 동일한 '물'의 의미로 백제 전기어에서 적극적으로 쓰인 사실은 다음에서 논의하기로 하겠다.

2. 巨老 〉 鵝洲 〉 鵝州에 대하여

『삼국사기』(권34)에서 제시한 바와 같이 '巨老'는 '巨老(문무왕) > 鵝洲(경덕왕 757) > 鵝州(고려초 940)'로 변하여 오늘에 이르렀다. 김정호의 『대동여지도』에 '鵝洲'는 눌일곶(訥逸串)의 안쪽 밤개(栗浦) 부근의 바다 가에 인접하여 있다. 전·후지명의 대비에서 '洲'가 '물의 의미'로 추가된 것으로 볼 때 '巨老:鵝'로 '巨老'가 '鵝'의 새김이었음을 알 수 있다. 그러나 '鵝'자의 새김이 중세 국어에서는 '거유'로 쓰였다.[1] 여기서 우리는 '巨老'와 '거유'의 통시적인 관계를 밝혀내야 한다.

---

1) 유창돈(1964:44)에서 쓰인 예를 확인할 수 있다.

거유 ᄂᆞ랫짓(鵝)<『救方』 上53>	거유를 사기다가<『內訓』 一38>
거유 아(鵝)<『字會 上16>	鵝는 집 거위라<『法華』 二14>

'巨'자와 '老'자의 추정음은 다음과 같다.

	上古音	中古音	字釋 및 俗音
巨	□ (T) □ (K) □ (Ch)	*gəø(東) □ (K) □ (Ch)	클 거(千) 클 거(類)
老	lôg(T) lôg(K) ləw(Ch)	:loŋ(東) lâu:(K) lau(Ch)	늘글 로(千) 늘・글 : 로(會) 늘글 로(類)

T=Tung T'ung-ho (董同龢) (千)=千字文 東=東國正韻

Ch=Chou Fa-Kao (周法高) (會)=訓蒙字會

K=Bernhard Karlgren (高本漢) (類)=類合

위의 추정음을 바탕으로 '巨老'를 중고음과 속음으로 조정하여 '거로~거루'로 추독할 수 있을 것이다.

경덕왕이 '巨老'를 '鵝'로 한역한 것으로 보아 결국 '鵝'의 訓音은 '巨老'인 것이다. 다만 그것이 뜻 옮김의 한역인지 아니면 글자의 뜻을 버린 훈음차인지는 속단할 수 없다. 그 다음의 '洲'는 『훈몽자회』에 '믓ᄀᆞᆺ 쥬'로 되어 있음을 볼 때 鵝洲 지역이 물가이기에 붙여진 접미 지명소임에 틀림없다. 그 '洲'가 커져서 나중에는 '州'가 된 것은 '井村>井邑>井州'가 된 것과 같은 이치이다. 그래서 고려 초에 이르러서는 큰 고을이 되어 鵝州가 되었다. 鵝州가 얼마나 컸던가는 김정호의 『대동여지도』를 미루어 추측할 수 있다. 이 책에는 지금의 와현(臥峴) 해수욕장까지도 鵝州로 표기되어 있기 때문이다. 그러니까 옥포에서 와현까지 20여 km에 걸친 해변 지역을 지칭한 지명으로 볼 수 있다. 여기서 우리는 가라어로 '거로'(鵝)가 쓰였음을 확인한 셈이다. 이 지역이 옛 가라어의 영토이었기 때문이다.

중세 국어 '거유'가 신라어로는 '거로'이었음을 알 수 있다. 현대어 '거위'가 어휘사적인 면에서 '거로~거루>거유>거위'와 같이 변천한 사실을 밝힐 수 있기 때문이다.

한편 백제어로는 어떻게 쓰였나를 알아보자. 『삼국사기』(권 36)에

馬山縣 本百濟縣 景德王改州郡名 及今並因之

란 기록이 있다. 그런데 이 '馬山'에 대하여 『신증동국여지승람』(권17)은

韓山郡 本百濟馬山縣 新羅因之 爲嘉林郡領縣 高麗改今名仍屬

라고 기술하였다. 그리고 郡名조에 '馬山・馬邑・韓州・鵝州'를 별항으로 기록하여 놓았다. 여기서 우리는 거제도와 동격인 '鵝州'를 발견한다. 김정호의 『대동지지』(권5)는 고려 태조 23년(940)에 '馬山'이 '韓山'으로 개명된 사실을 밝혔다. 이는 위의 기록에 근거한 것이라 하겠다. 그리고 '鵝州'가 조선 초기의 문헌인 『신증동국여지승람』에 나타나는 것으로 보아 그 이전인 고려 시대에 발생하였음을 추정할 수 있다. 따라서 '마산>한산>아주'의 순서로 개명된 사실을 확인하게 된다. 일반적으로 지명은 먼저 지명과 무관하게 개명되지 않는다. 아마도 '馬>韓>鵝'의 사이에는 어떤 밀접한 선후 관계가 있을 것이다. 필연코 선후의 밀접한 관계로 일정한 고유 지명이 나름대로 훈차 또는 훈음차 표기되었을 것이다. 물론 '馬'는 훈음차로 '말'(宗, 王)을 표기한 것이요, '韓'은 음차로 '한'(大,多)을 표기한 것으로 보아 포괄적인 의미로 묶어 볼 수도 있다. 그러나 '鵝'와는 단절되는데 문제가 있다. 따라서 세 지명이 연관 지어지는 범위 안에서 풀어야 옳은 답을 얻을 수 있을 것이다.

이 문제를 논의한 도수희(1977:50-51)에서 '馬=韓=鵝'와 같이 등식화하고 '馬'는 윷놀이의 '걸' 또는 『삼국사기』(권14) 대무신왕조에 나오는 '駏驤'(거루=神馬)를 근거로 고유어 '거루'이엇을 것으로 상정하였다. 그리고 '韓'은 『일본서기』에 '下韓'을 '아루시 가라'라 하였으니 또한 훈음은 '가라'이었을 것으로 추정하였다. 위에서 이미 논의한 바와 같이 '鵝'의 훈음은 '거로'(巨老)이다. 그리하여 세 지명이 '거루≒가라≒거로'로 이어진다. 여기서 우리는 고대 한반도 남부 지역(백제, 가라)에 옛 낱말 '거로'(鵝)가 분포하였던 사실과 이것과 동음이의어로 '거루'(馬)가 북부(고구려)와 서남부(백제) 지역에서 쓰

였음을 추정할 수 있다.

거제도 현지 노인들은 '鵝洲' 지역의 형세가 '거위'처럼 생겼기 때문에 붙여진 지형명명이라고 주장한다. 과연 그러할까? 어느 곳을 가나 현지인들의 지명 풀이는 거의가 해당 지명을 표기한 한자의 새김에 따라 풀이한다. 일반적으로 지명표기 한자는 훈차일 경우도 있지만 오히려 훈음차일 가능성이 더 많기 때문에 속단할 수 없다. '鵝洲'에 대한 뜻풀이도 이에서 예외일 수 없기 때문에 아직은 그 해석을 유보키로 한다.

3. 買珍伊 > 溟珍에 대하여

거제도의 옛 지명 중 가장 흥미를 끄는 존재가 '買珍伊'이다. 이 지명은 '買+珍伊' 또는 '買+珍+伊'와 같이 2개~3개의 지명소로 분석할 수 있다. 이 지명에 대한 지명소 분석 문제, 각 지명소의 뜻풀이 문제 등을 기술하려 한다.

지명소 '買'에 대하여 도수희(1996:172-173)는 그것이 참여한 위치에 따라서

(a)	(b)	(c)
買 :水	買: 川	買 : 井
買忽 :水城	南 買:南川	於乙買串:泉井口
買伊 :水入	於斯買:橫川	於乙買 :泉井
買旦忽:水谷城	伏斯買:深川	

와 같이 세 가지로 분류하였다. 그리고 (a)류는 '買'가 어두에서는 '水'의 뜻으로, (b)류는 '買'가 어말에서는 '川'의 뜻으로, (c)류는 '買'가 어중(혹은 '於乙' 뒤)에서는 '井'의 뜻으로 쓰였던 사실을 밝히었다. '물'의 포괄의미 안에서 그것의 분포 위치에 따라서 의미가 하위 분화한 것으로 파악한 것이다. 그렇다면 '買珍伊'의 '買'도 (a)류에 해당하니 이것 또한 '물'의 뜻임에 틀림없다. 그러기에 경덕왕이 '買'를 물의 뜻인 '溟'으로 한역하여 '買珍伊'를 '溟珍'이라 개명한 것이라 하겠다.

지명소 '珍'에 대하여 도수희(1996:184-185)는 '珍'이 지명소로 참여한 지명 자료를 비교적 풍부하게 제시한 뒤에 이들 자료를 토대로 하여

① 等:珍:石:珍惡　② 靈:突:珍:等良　③ 靈:月
④ 珍阿:月良　⑤ 珍阿:月良阿　⑥ 高:等良

과 같이 대응 관계를 정리하였다. 위 대응에서 공통 訓音이 '달~돌'이었음을 추정할 수 있다. 즉 ②의 '돌'(突)만이 음차이고 나머지는 모두가 훈음차이다. 다만 '惡, 良, 阿'만이 받쳐적기법에 의해 '아~라'를 표기한 음차자일 뿐이다. 따라서 '買珍伊'의 '珍'은 지명소 '달(~돌)'을 표기한 것으로 추정할 수 있다.

여기 '달'의 의미는 무엇인가. 옛 지명의 차자 표기에서 '珍'에 대응하는 지명소를 흔히 '達'로 음차 표기하였다. 도수희(1996:174-175)는 '達'에 대하여

(a)	(b)
達　:高	達　:　山
達乙省:高烽	松村活達　:金 山
達乙斬:高木根	所勿　達　:僧 山
達　忽:高城	加尸　達忽:犂 山城

등과 같은 대응을 근거로 '達'이 '高, 山'의 뜻으로 쓰였음을 밝히었다. 그리고 (a)처럼 어두에서는 '高'의 뜻으로, (b)처럼 어미(혹은 어중)에서는 '山'의 뜻으로 쓰였던 사실까지 알아내었다. 여기 '買珍伊'의 '달'(珍)은 그 참여 위치가 어말(혹은 어중?)이기 때문에 그 뜻이 '山'임에 틀임이 없다. 거제도의 형세는 북에서 남으로 산맥이 중앙을 가르며 뻗어 내려 동부와 서부로 대등하게 양분하였다. 그리하여 북부의 동에 大金山과 서부에 鷲山이 대칭되어 있고 보다 아래의 동쪽에 玉林山이 있다. 중부의 서쪽에 鷄龍山이 있고 그 지맥에 以芳山이 있으며 동쪽에 老子山이 있다. 남부의 동쪽에 加羅山이 있다. 아마도 현 古縣이 옛 裳郡으로 추정되는 바 북쪽으로 다소 떨어져 있는 大金山, 鷲山, 玉林山을 그 背山으로 볼 수도 있을 듯하다. 그리고 裳郡의 領縣인

'買珍伊縣'의 배산은 鷄龍山이고, 鵝州縣의 배산은 老子山이고, 松邊縣의 배산은 加羅山이다. 이렇게 산이 산맥을 형성할 만큼 많으니 '달'(山)이 지명소로 참여할 것은 당연한 이치이다. 더욱이 백제 전기의 중부지역에 적극적으로 분포하였던 '買'가 이곳에서 발견되는 점으로 보아 동일하게 분포하였던 '달'이 이곳까지 하강하여 있음은 이상할 것이 없다(표1 참고). 고대 한반도의 중부 지역에 '達'(高,山)로 차자 표기된 지명소가 남부 특히 서남부의 백제 후기 지역에서는 '珍'의 훈음차로 '달'(高・山)을 표기한 문제에 관한 논의는 일찍이 도수희(1997:439-459)에서 상논하였기 때문에 그리로 미룬다. 위와 같은 지명소 분포의 상황으로 따져보아도 '買珍伊'의 '珍'은 山을 뜻하는 '달'로 추정함이 옳다.

이제 '買珍伊'의 '伊'가 지명소의 말음인가 아니면 하나의 지명소로 참여한 것인가의 문제만 남아 있다. '伊'는 백제 후기 지명에 무려 12회나 나타난다. 實例를 『삼국사기』 지리3에서 소개할 수 있다.

① 豆+伊>杜城, 豆尸+伊~富尸+伊>伊城, 古尸+伊>岬城

② 也西+伊~野西伯+伊(伯海)>壁谿, 古西+伊>固安, 水入+伊(水川)>艅艎皆利+伊>解禮, 武尸+伊>武靈, 號尸+伊+村>牟支, 號尸+伊+城>沙泮

위 ①에서 우리는 '伊:城'의 대응을 발견한다. 물론 豆尸+伊>伊城이 대응하고 있지 않기 때문에 문제이다. 그러나 만일 '豆伊'가 '豆尸伊'의 '尸'생략형이라면 '伊=城'으로 추정할 수 있기 때문에 '伊城'을 '城'을 의미하는 중첩어로 볼 수도 있다. ②의 '號尸伊城'에서 '伊城'이 성립하고 있음을 참작할 때 가능하였을 것이란 생각이 든다. 『삼국사기』 지리1의 신라 지명에서도

③ 率+伊>六城, 買珍+伊城>珍城

와 같이 '伊:城'의 대응 현상이 나타난다. 따라서 ① ③의 자료만을 중심으로 상고한다면 '伊'를 城의 뜻으로 쓰인 고유어로 추정할 수도 있다. 그러나 위 자료 ②는 결코 '伊'와 대응하고 있지 않다. 오히려 후대의 개정 과정에서 '伊'

가 철저히 배제된 것처럼 보인다. 그렇다면 여기 배제된 '伊'는 무엇이었든가의 문제가 제기된다. 아마도 받쳐 적기법에 따라서 '珍'을 음독하지 말고 반드시 '달이~다리'로 훈독하라는 뜻으로 '伊'를 보충하여 '珍伊'로 적은 것이란 추정도 가능하다.

<그림1>. ★(買), ▲(珍), *(伊)의 분포도

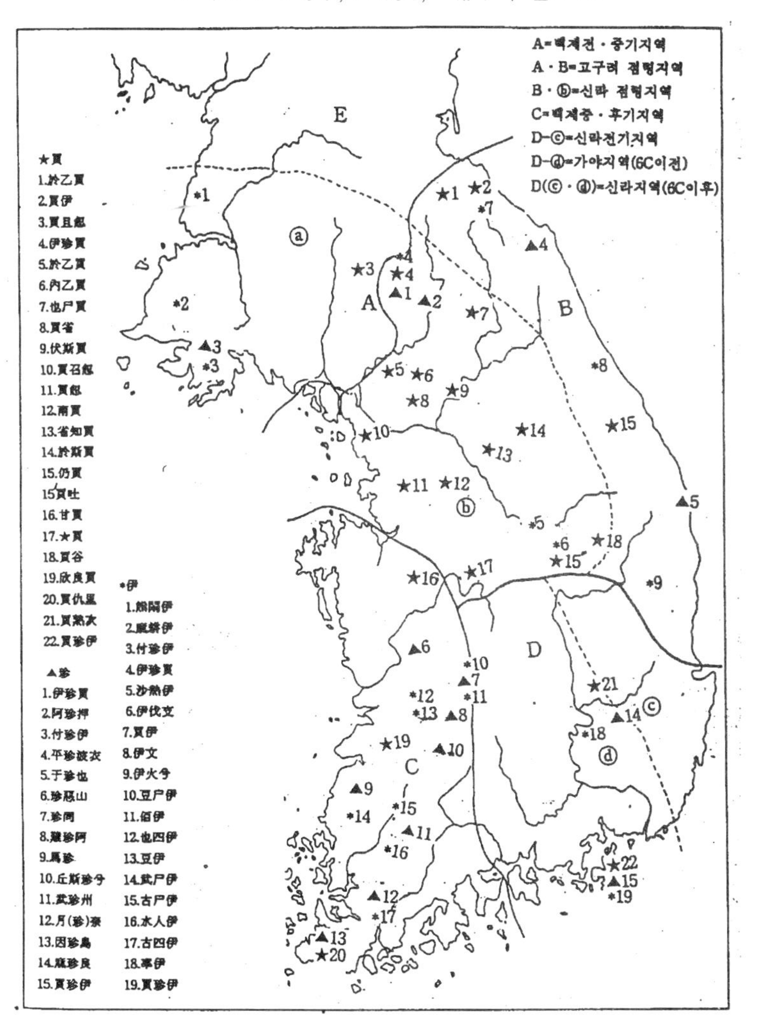

<표 1> 「買」·「珍」·「伊」의 지명자료

地理四(권 37)		地理二 (권 35)	地理三 (권 36)	新羅改定名(景德王16)	高麗初名	朝鮮名
前期名	後期名					
泉井郡	於乙買	泉井郡		井泉郡	湧州	德源都護府
水入縣	買伊縣	水入縣		通淸縣	通淸縣	金城縣
水谷城縣	買旦忽	水谷城縣		檀溪縣	俠溪縣	
伊珍買縣		伊珍買縣		伊川縣	伊川縣	伊川縣
泉井口縣	於乙買串	泉井口縣		交河郡	交河郡	交河縣
內乙買	內爾米	內乙買		沙川縣	沙川縣	楊州牧
狌川郡	也尸買	狌川郡		狼川郡	狼川郡	狼川縣
買省郡	馬忽	買省縣		來蘇郡	見州	楊州牧
深川縣	伏斯買	深川縣		浚水縣	朝宗縣	加平郡
買召忽縣	彌鄒忽	買召忽縣彌鄒		邵城郡	仁州(慶原)	仁川都護府
買忽	水城	買忽郡		水城郡	水州縣	水原都護府
南川縣	南買	南川縣		黃武縣	利川縣	利川都護府
述川郡	省知買	述川郡		沂川郡	川寧郡	川寧廢縣
橫川縣	於斯買	橫川縣		潢川縣	橫川縣	橫城縣
乃買縣		仍買縣		旌善縣	旌善縣	旌善郡
甘買縣	林川		馴雉縣	馴雉縣	豊歲縣	豊歲
薩買縣		薩買縣	淸川縣(34)	淸川縣	淸川縣	淸州
買谷縣		買谷縣		善谷縣	未詳	
欣良買縣	保安		喜安縣	喜安縣	保安縣	保安
買仇里縣	海島也		買仇里	瞻耽縣	臨淮	臨淮
買熟次縣			龜白縣(34)	龜白縣	新寧縣	
買珍伊			溟珍縣	溟珍縣	溟珍浦	溟珍浦
阿珍押縣	窮嶽	阿珍押縣		安峽縣	安峽縣	安峽縣
付珍伊					永康縣	康翎縣
平珍峴縣	平珍波衣	平珍峴縣		偏嶮縣	雲巖縣	通川郡
于珍也縣		于珍也縣		蔚珍郡	蔚珍郡	蔚珍縣
珍惡山			珍惡山	石山縣	石城縣	石城
珍同			珍同縣	珍同郡	珍同郡	珍山
難珍阿縣			鎭安縣	鎭安縣	鎭安縣	鎭安縣
丘斯珍兮縣	丘斯珍兮		丘斯珍芳	珍原	珍原	珍原
武珍州			武州	武州	武州	武州
月奈郡			靈巖郡	靈巖	靈巖	靈巖
因珍島郡	海島也			珍島	珍島	珍島
麻珍良縣			餘粮縣(34)	餘粮縣	仇決部曲	慶山意仁
熊閑伊					水寧縣	
麻耕伊					靑松縣	松禾縣
沙熱伊縣		沙熱伊縣		淸風縣	淸風縣	淸風郡
伊伐支縣	自伐支	伊伐支縣		隣豊郡	未詳	
買尸達		買尸達縣		蒜山縣	未詳	丹陽郡
翼峴縣	伊文縣	翼峴縣		翼嶺縣	翼嶺縣	襄陽都護府
伊火兮縣		伊火兮縣		緣武縣	安德縣	
豆尸伊縣	富尸伊		豆尸伊縣	伊城縣	富利縣	富利面
伯伊郡	伯海		伯伊郡	壁谿郡	長梁縣	長水郡
也西伊縣			野西縣	野西縣	巨野縣	金堤郡
豆伊縣	往武		杜城縣	杜城縣	伊城縣	伊西面
武尸伊縣			武尸伊郡	武靈郡	靈光縣	靈光郡
古尸伊縣			岬城郡	岬城郡	長城郡	長城郡
古西伊縣			古西伊縣	固安縣	竹山縣	海南郡

※ 『삼국사기』 지리 4에는 등재하여 있지 않아도 기층어가 되는 전기 지명을 편의상 추정하여 기술한 경우도 있음.

이와 같은 지명 분포의 확인 작업은 『삼국사기』에 등재되어 있는 모든 지명을 열거하면서 나름대로의 특징을 찾아서 상론한 도수희(1985)에 미루고 이 글은 '買珍伊'에 국한시킨다. 그러니까 <표 1>이 보여주는 것은 『삼국사기』에 등재되어 있는 '買'와 '珍', 그리고 '伊'의 예이고, <그림 1>은 그 지명의 위치를 표시해 본 것이다. 그럼 <그림 1>의 내용을 면밀히 살펴보도록 하겠다.

지명소 '買'는 A-ⓐ 지역에서 단 1개(★3), A-ⓑ 지역에서 14개(★4, 5, 6, 7, 8, 9, 10, 11, 12, 13, 14, 15, 17, 18), B 지역에서 3개(★1, 2, 15), C 지역에서 3개(★16, 19, 20), D-ⓓ 지역에서 2개(★21, 22)가 나타나는 데 반하여 E와 D-ⓒ 지역에서는 전혀 발견되지 않는다.

지명소 '珍'은 A 지역에서 3개(▲1, 2, 3), B 지역에서 2개(▲4, 5), C지역에서 8개(▲6, 7, 8, 9, 10, 11, 12, 13), 그리고 D-ⓓ 지역에서 2개(▲14, 15)가 나타난다.

지명소 '伊'는 A 지역에서 6개(*1, 2, 3, 4, 5, 6), B 지역에서 3개(*7, 8, 9), C지역에서 8개(*10, 11, 12, 13, 14, 15, 16, 17), D-ⓓ지역에서 2개(*18, 19)가 나타나는 반면 E지역과 D-ⓒ지역에는 전혀 없다.

위 <그림 1>과 같이 『삼국사기』 지리에서 발견되는 지명소 '買', '珍', '伊'의 분포내용은 거의 백제 지역에 치우치고 있음을 쉽게 알 수 있다. 지명소 '買'의 경우 22개 중 대부분이 조밀하게 A 지역에 분포되어 있어서 '買'의 방사 원점은 바로 이곳이었다고 추정할 수 있다. 그리고 水의 뜻인 '買'와 '勿'이 밀접한 대응 관계로 사용되기 때문에 '買'가 북농남희(北濃南稀)라면 반대로 '勿'은 남농북희(南濃北稀)의 분포를 보이는데 거제도에 '買珍伊'의 '買'가 나타난다는 것은 흥미로운 일이 아닐 수 없다. 아마도 백제 전기지역(A)에 조밀하게 분포하였던 지명소 '홀'(忽)이 백제의 후기 지역(C)의 남단에 침투한 伏忽(>寶城)을 상기하다면 납득이 갈 것이다.

전국적으로 산재해 있는 '珍'의 예도 백제 지역인 C지역에 조밀하게 분포되어 있다. 옛 백제 땅에서 쓰이던 어휘가 가라어 지역으로 확산된 듯이 보인다. 그런데 이 '珍'은 대개의 경우 백제 지명에서 '等・月・靈・突' 과 대응하므로 훈음차 'tar'이 아닐까 한다. 또 중부지역에서 쓰이고 있는 '達 : 高・山'

과도 관련이 있다고 볼 수 있고, 중세 국어에서 쓰인 '드르(野)'와의 관계도 부인할 수 없다.

또한 '伊'가 가장 적극적으로 나타나는 지역이 백제 지역인 C지역이다. B 지역 역시 백제의 영역과 인접한 지역이라고 볼 때 '伊' 지명소는 발원지가 백제어권일 것이라는 추측을 가능하게 한다. 이 '伊'는 중부지역 이남에 분포되어 있으면서도 해안이나 강변을 따라가고 있다는 것도 흥미로운 일이다. 이 자료로 미루어 생각해 볼 때 거제도의 지명 '買珍伊'는 인근의 신라어 보다는 오히려 백제어와 가까웠다고 볼 수 있다. 도수희(1985:49-81)에서 백제 전기어가 가라어에 적극적으로 차용된 사실을 확인하였다. 여기서 같은 사실의 단면을 다시 확인한다. 이 사실은 당시의 거제지역이 가라어권에 속하여 있었음을 알려 주는 증거가 된다.

'買', '珍', '伊'의 상고음과 중고음, 자석, 속음을 참고로 밝혀보면 <표 3>과 같다.

<표2> '買珍伊'의 추정음과 자석·속음

借用漢字	上古音	中古音	字釋,俗音	音讀	釋讀	用例
買	meg (T) □ (K) mrer (Ch)	:mayφ(東) mai:(K) mæi(Ch)	·살:ᄆᆡ(會) 살ᄆᆡ(類)	mɐi mər		-忽,-省,-谷,-伊,南-,內乙-
珍	tǐən (T) □ (K) tjǐan (Ch)	tin (東) □ (K) t′sin(Ch)	그르딘(千)구슬딘(會)보ᄇᆡ 딘(類)	tən/tër/ tər, tɐr	kɨrɨ	付-伊,于-也,伊-買,阿-押
伊	ǐed (T) ·ǐɛr (K) ier (Ch)	ʔ:φ (東) ·i (K) ·iei (Ch)	소얀이(千) 저 이(會)	i i/su		-火兮,買-,麻耕-,熊閑-,付珍-

4. 결언

이 글은 거제도 지역에 있었던 옛 지명 '瀆盧, 裳, 巨老, 買珍伊'를 중심으로 논의하였다. 본론에서 논의한 내용을 다시 요약하면 다음과 같다.

경덕왕이 裳郡을 巨濟郡으로 개정할 때(757) 우선 기존의 두 지명을 근거로 삼아 '巨老+買珍伊⇒巨買'와 같이 일단 절취조합하고 다시 '買'를 동일 의미역에 있는 '濟'로 바꾸어 '巨濟'를 조어한 듯하다. 아니면 '巨老'에서 '巨'만 절취하고 '濟'를 보태어 '巨濟'로 개정하였을 가능성도 배제할 수 없다. '濟'는 바다 물이 두른 섬(海中島)이란 의미로 濟州島의 '濟'와 같은 뜻으로 쓰였을 것이다.

변진 24국명 중의 하나인 瀆盧(독로)국의 승계 지명은 裳(상)군이었을 것으로 추정하였다. 瀆盧를 '도로/도루'로 추독하여 裳의 훈음인 '두루'와 관련을 지웠다. 이 지명의 잔존 형을 斗婁技로 보고 이를 '두루기'로 음독하였다. 여기 '기'는 아마도 城의 뜻으로 쓰인 듯하다. 따라서 그 발달과정은 독로국(瀆盧國)>상군(裳郡)>두루기(斗婁技)와 같다.

巨老를 경덕왕이 鵝洲로 개정하였다. 고유어 '거로'를 鵝로 한역하였음이 분명하다. 그렇기 때문에 鵝洲는 巨老의 승계 지명이 된다. 현지의 노인들은 '아주'의 형세가 '거위'처럼 생겼기 때문에 붙여진 지명이라고 한다. 그러나 鵝가 훈음차일 가능성도 있어서 그렇게 쉽게 속단할 수 없는 문제다. 아직은 그 해석을 미루어 둘 수 밖에 없다.

買珍伊는 買+珍伊 또는 買+珍+伊로 분석할 수 있다. '매'(買)는 '물'과 대응하는 지명소로 고대 한반도의 중부 지역에 조밀하게 분포하였던 것인데 '물'이 보편적으로 쓰였을 가라 지역에 침투된 사실이 특이하다. '진이'(珍伊)로 분석한다면 역시 중부 지역에 '뫼'(山)의 뜻으로 대응하는 '달'(達)에 해당하므로 '다리>달'로 추독할 수 있다. '뫼'가 쓰였을 가라 지역에 '달'이 침투된 사실이 또한 특이하다. 만일 '珍+伊'로 분석한다면 두 개의 지명소가 참여한 셈이니 마땅히 '珍'만을 '달'로 해석하고 '伊'는 달리 해석하여야 한다. 이 경우의 '이'는 '긔>이'와 같이 'ㄹ'아래에서 'ㄱ'탈락의 변화를 입었던 것으로 추정된다. 그렇다면 '긔'가 城의 뜻이었으니 변이 지명소 '伊'도 城의 뜻으로 풀 수 있다.

가라어 지역의 남단에 위치한 거제도 지역에 백제 전기어인 '매'(水)와 '달'(山)이 분포한 사실은 두 나라 말 사이에 긴밀한 관계가 있었음을 의미한다. 이 특징적인 사실은 도수희(1985)에서 문화교류의 과정에서 유입된 백제어로부터의 차용관계로 판단한 결론이 타당함을 다시 뒷받침하여 준다.

VI. 변한 · 진한어에 관한 연구

1. 서론

弁韓語와 辰韓語는 國語史의 重要한 位置에 있으면서도 研究의 대상에서는 소외되어 왔다. 연구에 필요한 資料가 너무나 부족하다는 理由때문이었다. 그리하여 이 두 言語에 대한 그 동안의 關心은 오로지 國語系統論에서 古代國語의 한 段階를 표시하는 데 固定되어 있었을 뿐이다. 다시 말하자면 이 언어들은 古代國語의 前段階를 설정하는 데 있어서 夫餘系와 韓系의 分枝點으로부터 韓系의 두 支派語로 지목되는 정도를 벗어나지 못 하였다. 이에서 좀 더 소극성을 벗어나는 논의가 있었다면 都守熙(1980:5-46)가 弁·辰 24國名의 表記에 借用된 漢字를 推讀한 정도의 試圖일 것이다.

여기서 잠시 國語史 研究의 과거를 회고하여 보면 研究者들의 관심이 지나칠 만큼 高句麗語 · 百濟語 · 新羅語에만 集中되어 왔다. 그 中에서도 거의가 新羅語쪽에 치우쳤고 高句麗 · 百濟語는 그나마도 적극적인 연구의 혜택을 받지 못하였다. 그런가 하면 三韓語는 보다 더욱 심하게 研究圈 밖의 存在로 밀려나 있었다. 다행히 이런 無關心에서 벗어나려는 自覺이 일기 시작한 것은 最近의 일이다. 三韓語 中 馬韓語에 대한 論議가 都守熙(1980)에서 最初로 이루어졌고, 이어서 兪昌均(1982)에서 이 問題가 보다 적극적으로 論議되었다. 다시 都守熙(1987c, 1988)에서 同一論題가 본격적으로 考究된 바 있다.

실로 國語史에 있어서 三韓語는 적극적으로 研究하여야 할 莫重한 課題이다. 그것이 新羅 · 百濟 · 加羅가 承繼하기 직전 段階로서의 歷史性을 지니고 있을 뿐만 아니라, 三韓語가 물려준 言語 資料가 百濟 · 高句麗 · 加羅가 남겨준 그것에 버금갈 만큼이나 확보되어 있다는 사실이 研究者를 鶴首苦待하고 있기 때문이다.

다행으로 中國側 古史書에 登記되어 傳하여진 弁·辰 24國名을 비롯한 馬

韓 54國名과 우리의 古代 地名, 人名, 官職名 등은 國語史 研究의 上限을 가장 이른 時期로 끌어 올릴 수 있는 첫 단계의 言語資料라는 데 깊은 意味가 있다. 이렇듯 貴重한 資料가 國史學界의 古代史 研究에서는 所重하게 다루어져 왔다. 그런데 國語史學界에서는 지나칠 만큼 오랜 기간을 오히려 外面해온 사실이 지극히 疑訝스럽기도 하다. 그러나 三韓의 言語 資料는 推定이 可能한 最初 段階의 古代國語의 모습을 窺知할 수 있도록 貢獻한다. 따라서 이를 바탕으로 國語史의 時代區分에 있어서 첫 단계의 起點을 그동안 三國時代에 두었던 古代國語의 始發期를 三韓時代로 한 時期를 앞당겨 올릴 수 있게 된다. 그리하여 古代國語의 時期를 中世國語와 마찬가지로 前期와 後期로 兩分할 수 있도록 뒷받침하여 준다.

위의 여러 問題를 풀기 위하여 一次的으로 馬韓語에 대하여 都守熙(1980: 5-45)에서 論議한 바 있고, 都守熙(1987c, 1988)에서 이를 再論하였다. 弁韓·辰韓語를 제치고 우선 馬韓語를 택하였던 理由는 그것이 百濟語 研究와 不可分의 關係가 있었기 때문이며, 나아가서 三韓 中에서 馬韓이 2/3가 넘는 54個國의 國名을 保有하고 있기 때문이었다.

본고는 馬韓語에 대한 筆者의 先行 研究에 承繼되기 때문에 중복 기술된 부분이 적지 않다. 三韓語라는 공통성 때문에 상호간의 밀접한 관계를 밝히기 위해서 선택한 부득이한 방안이다. 본고 역시 궁극적인 目的은 弁·辰 24國名을 圍繞한 여러 問題와 그 自體에 대한 연구를 通하여 前期 古代國語를 再構하려는 데에 있다.

2. 본론

2.1. 변한·진한의 語意

2.1.1. 진한의 어원 및 어의

(1) 중국과 진한의 관계

史馬遷(145?-86?B.C.)이 지은 『史記』「朝鮮列傳 第55」는

傳子至孫右渠 所誘漢亡人滋多 又未嘗入見 眞番旁衆國欲上書見天子 又擁閼不通

과 같이 眞番郡의 이웃에 衆國이 있었음을 알려 준다. 일찍이 俞昌均(1982:123-124)과 都守熙(1987c:129)는 위의 衆國을 辰國의 이른 語形으로 추정하였다. 古代 中國音으로 추정할 때 그 語形이 다음과 같이 相似하기 때문이다. (T=Tung T'ung-ho 董同龢, Ch=Chou Fa-Kao 周法高)

	上古音	中古音
衆	t̂ịong(T)	
	tjəwng(Ch)	tʃiung(Ch)
辰	źiən(T)	
	djiən(Ch)	dźiIn(Ch)

그러나 지금은 筆者의 위 주장을 재고하려 한다. 따라서 다음에서 몇 가지 가설을 세우고 그 중에서 보다 타당성이 있어 보이는 것을 택하기로 하겠다.

其一案은 相似音에 대한 同名異字 표기현상으로 보자는 見解이다.

其二案은 草書의 移記 혹은 刻字 과정에서 字形相似로 因하여 발생한 訛誤일 수도 있다는 意見이다. 卽 '辰'이 '衆'으로 둔갑하였던지 아니면 그와 正反對 현상이었을 것이란 생각이다.[1] 그러나 여기에선 '辰'이 正이요 '衆'이 誤일 가능성이 더욱 짙게 느껴짐은 그것들이 出現하는 빈도로 보아 '衆'의 出現

1) 이 點에 대하여는 일찍이 都守熙(1987b)에서 詳論하였기에 자세한 풀이는 그 論攷에 미루거니와 다만 本攷와 보다 밀접한 관계가 있는 한두例만 다음에 제시키로 한다. 『三國史記』 卷 13의 細註를 보면

始祖東明聖王 姓高氏 諱朱蒙 一云鄒牟 一云象解

와 같이 '衆牟'의 訛誤인 '象解'를 발견한다. 그럴 뿐만 아니라 中國 古文獻에 馬韓의 1國이 '目支國' 혹은 '月之國'으로 混記되어 傳함도 분명 字形相似로 因한 訛誤인 것이다.

은 단 1회 뿐인데 '辰'은 빈번히 나타나기 때문이다.[2)]

其三案은 衆國과 辰國을 異名으로 보자는 見解이다. 衆國을 辰國과 다른 개념으로 표기한 어휘로 볼 수도 있기 때문이다. 사실은 三韓을 혹은 54國 혹은 各 12國씩의 部族聯盟體로써 총 78國을 總稱하여 '韓國, 衆國, 辰國'이라 한 것이니 여기서 衆國은 辰國과는 달리 '여러 나라'(諸國)란 뜻으로 표기한 中國語의 한 單語로 추정할 수도 있다. 그러나 마침 그 音이 辰國과 相近하기 때문에 附會되어 마침내 辰國을 衆國에 대한 同名異記로 錯覺하게 만들었던 것이다.

일찍이 丁仲煥(1962)이 衆國을 '여러 나라'를 의미하는 것으로 풀이한 바 있지만 筆者의 見解와 다른 點은 그가 辰國가지도 衆國과 同一視하여 '諸國'이란 뜻으로 해석한 데 있다.[3)] 筆者는 辰國을 결코 '여러나라'란 의미로 해석할 수가 없기 때문이다. 여기 衆國의 '衆'은 다음에서 論議하게 될 '韓'의 뜻과도 相通할 수 있는 풀이, 곧 '여러'(諸)란 의미일 수 있기에 여기서는 上記 3個案 中 其三案을 擇하고자 한다. 이 問題는 뒤에서 '韓'에 관하여 논의할 때에 關聯지워 再論키로 하겠다.

---

2) 실은 古文獻에 登記된 記事 중에는 各文獻의 著述 年代(혹은 刊行 年代)의 先後에 따라서 同一 事件이 발생시기의 先後까지 자동적으로 결정되는 것은 아니다. 가령 '衆國'과 '辰國'에 관한 先後 문제만 하여도 그렇다. '衆國'이 보다 이른 時期의 문헌에 나타나고, '辰國'은 보다 後代의 文獻에 登場한다 하여 '衆國'이 먼저 발생한 것이라고 단정할 수는 없다. 보다 이른 시기에 발생한 '辰國'이 文獻上에는 비교적 뒤늦게 登記되는 특수한 경우도 때때로 있을 수 있기 때문이다. 따라서 이런 사실을 발생과 동시에 사실대로 정확히 記錄한 最初의 文獻이 아닌 바에야 어차피 口傳된 事實을 後代에 기록하거나, 아니면 전해내려 오는 資料에 의존하여 移記 혹은 再記錄하는 것인데 이런 경우에도 參考한 口傳 內容의 眞偉와 참고한 文獻의 先後(著述 年代 혹은 刊年)가 문제이지, 그것을 移記하여 刊行한 後代 文獻의 著述 年代의 先後가 곧 담고 있는 옛 사실에 대한 先後까지 절대적으로 규정짓는 것은 아니라고 본다.

3) 丁仲煥(1962:36)에서 다음과 같이 해석하였다.
「衆國이란 말은 여러 나라를 意味하는 것이고 辰韓이라 함은 열두 개의 작은 部族國家가 모여서 된 亦是 여러 나라의 集合 名稱이다.」

(2) 진국과 진한의 관계

古代 韓半島의 中部 以南地域에 分布하였던 여러 部族國을 통칭하여 中國에서는 衆國이라 하였고, 우리 祖上들은 辰國(새나라=東國)이라 불렀던 것이 아닌가 한다. 따라서 衆國은 옛날 中國人들이 호칭한 그들의 단어이고, 辰國은 韓半島로부터의 借用語라고 추정할 수 있는 것이다. 그런데 古代 中國人이 호칭한 衆國은 그 語源이 역시 우리의 先祖들이 自稱한 '韓'에 있는 듯하다. 왜냐하면 衆國보다 '韓'에 대한 기록이 훨씬 일찍이 中國 古文獻에 나타나기 때문이다(後述 參考).

三韓이 成立되기 以前에 辰國으로 聯合되었던 여러 部族國이 제 1차로 馬韓·辰韓으로 兩分될 때에 유독 辰韓만이 本名을 버리지 아니하고 '辰'을 그대로 固守하였으며, 馬韓은 그 母體에서 벗어나 '韓'에 馬를 冠하였던 것이라 하겠다. 제 2차로 辰韓에서 弁韓이 分家할 때에는 辰韓에 '弁'만 冠하여 弁辰이라 이름 진 것이 아닌가 한다. 그 발생 경위야 어쨌든 우선 外形上으로 보아 三韓 중에서 유독 辰韓만이 辰國과 親近關係가 있어 보임은 이 두 國名이 공동으로 '辰'을 冠하고 있다는 사실 때문이다. 中國 史書들은 兩者의 親密關係를

(A) 辰韓者古之辰國也(『三國志』「韓傳」)
(B) 辰謂辰韓之國也(『顔師古』「漢書註」)

와 같이 記錄하였다. 여기서 우리는 (A)에 의하여 辰韓이 辰國의 承繼國임을 알겠고, (B)에 의하여 辰國이 곧 辰韓이라 설명하고 있음을 확인한다. 다만 (B)는 어디까지나 註記이기 때문에 信憑度가 (A)보다 낮은 것만은 사실이다. 따라서 (B)를 참고하면서 (A)만을 기준으로 그 先後 關係를 따진다면 辰國이 辰韓보다 이른 存在라 볼 수 있고, 辰韓만이 辰國에 正統으로 소급하는 것으로 추정할 수 있다. 아니면 그 本來의 國名이 辰韓國이었던 것인데 '韓'이 생략되어 '辰國'이 되었을 수도 있다. 이는 마치 後述하게 될 弁韓이 弁辰韓에서 '辰'이 생략된 것과 同軌의 현상일 수도 있기 때문이다.

한편 『後漢書』「東夷列傳」 제 75는

韓有三種 一日馬韓 二日辰韓 三日弁辰……東西而海爲限 皆古之辰國也

라고 기술하였고『滿洲源流考』卷 2는

三韓統名辰國 自漢初已見

이라 설명하고 있기 때문에 辰國에서 辰韓 · 弁韓 · 馬韓으로 分派하여 三韓이 成立한 것으로 추정할 수 있다. 이와 같이 여러 가설이 성립됨직 하더라도 어쨌든 辰國을 正統으로 繼承한 나라는 辰韓이다.

(3) 진한의 의미

辰韓의 語源 중 '韓'에 관한 여러 問題는 後述로 미루고 우선 '辰'에 대한 뜻풀이만 하기로 한다. 古來로 韓半島를 東國이라 불러 왔다. 그 1例가 『魏略』에 보이는 '東之辰國云云'이다. 이 表現은 辰國이 東方에 위치하고 있었음을 말하고 있다. 다음은『後漢書』「東夷列傳」제 75에서

馬韓在西……辰韓在東……弁辰在辰韓之南云云

이라 記錄하였으니 역시 辰韓이 東쪽에 위치하였음을 알려주고 있다. 따라서 '辰'(韓)은 '東'(國)이란 의미로 풀 수 있으며 그 前身인 '辰'(國) 역시 '東'(國)이란 의미로 풀이된다. 위 두 例를 비롯하여 '東'의 뜻을 접두한 國名이나 地名이 古代 韓半島에는 많이 分布되어 있었다. 古代 韓半島의 東北部에 위치하였던 '濊'(國)이 바로 '東'(國)을 의미하는 固有어이었다. 그 이름이

濊(穢)國>鐵圓>東國>東濊>東原京

과 같이 變遷하여 왔기 때문이다. 現 尙州의 옛 이름 沙伐國의 '沙'도 '東'을 뜻하며 百濟의 古都名 所夫里와 新羅의 古都名 徐羅伐의 '所·徐' 역시 '東'을 의미한다. 斯盧國의 '斯'가 徐羅伐의 '徐'와 동일 語源으로 역시 '東'을 의

미하며 이것들은 모두 '辰'(韓)에 소급된다. 그 承繼된 正統이

辰國>辰韓>斯盧>徐羅(新羅)

와 같이 이어지므로 '辰'은 '斯 · ·徐'와 더불어 '東'의 의미인 '싀'로 해석함이 마땅한 것이다. 앞의 자료를 근거로 졸고(1987c:124-125)에서 이미 辰韓은 馬韓(거라한=西韓)의 반대편에 位置한 것으로 보고 그 의미가 '싀한'(東韓)이라 풀이하였고, 김선기(1976:325-326)도 '辰韓=사이가라;辰方=東方=사이쪽'이라 풀이한 바 있어 이 문제는 再論의 餘地가 없는 것이다. 더구나 '辰'자에 대한 借字 表記가 音借字로 보아도 앞에서 推定한 上古音 źiən(T), 中古音 dźiIn(Ch)이 *sai와 비슷하고, 訓借 表記로 보아도 '싀배'와 비슷하기 때문에 어느 쪽이든 *sai와 접근한다. 따라서 우니는 辰韓을 '싀한'으로 推定할 수 있다(졸고 1989:12-20, 81-84, 113-130, 165-184 참고).

(4) '韓'의 어원 및 어의

(A) 語源과 그 音形

지금까지 알려진 '韓'에 대한 가장 이른 記錄은

海東諸夷駒麗夫餘馯貊之屬 武王克商 皆通道焉 成王卽政而叛 王伐而服之 故肅愼氏來賀 (『尙書孔傳』 券十一周書 周官篇)

이라고 表記한 '馯'일 것으로 추정된다. 이 '馯'을『尙書孔疏』에서는

漢書有高駒麗夫餘韓 無此馯 馯卽彼韓也 音同而字異爾

와 같이 '馯'이 곧 '韓'임을 註釋하였다. 그리고『丁氏 集韻』에서도

馯河干切 音寒 東夷別種名

이라 하였으니 여기서 '馯'에 관한 反切 '河干'과 '馯'을 寫音한 '寒'을 中國 古代音으로 推讀하면

	上古音	中古音	俗訓·音
河	ɣâ(T)	ɦɑø(東)	ᄀᆞᄅᆞᆷ하(『光州千字文』·『訓蒙字會』)
	g'â(K)	ɣ̂ɑ (K)	하슈하(『新增類合』)
	ga(Ch)	ɣa(Ch)	
干	kân(T)		
	kân(K)	kan(K)	
	kan(Ch)	kan(Ch)	
寒	ɣân(T)	ɦɑn(東)	ᄎᆞᆯ한(『光州千字文』·『訓蒙字會』)
	g'ɑ̂n(K)	ɣ̂ɑn(K)	
	gan(Ch)	ɣɑn(Ch)	

와 같이 *ɣɑn(혹은 *gan)이다. 그러면 다음에 '馯'과 '韓'에 대한 中國 古代音을 찾아보도록 하자.

	上古音	中古音	俗訓·音
馯	g'ɑ̂n(K)	ɣ̂ɑn(K)	
	gɑn(Ch)	ɣɑn(Ch)	
韓	g'ɑ̂n(K)	ɣ̂ɑn(K)	나라한(『光州千字文』)
	gɑn(Ch)	ɣɑn(Ch)	

위와 같이 그 推定音이 '馯=韓=*g'ɑ̂n～*ɣ̂ɑn(혹은 *gɑn～*ɣɑn)'으로 정확히 同一하다. 따라서 古代 中國人이 우리의 옛 말을 처음에는 '馯'자로 寫音表記한 것이고 보다 後期에 同音異字인 '韓'字로 表音한 것이라 하겠다. '馯'과 '韓'의 先後 關係에서 '韓'이 보다 後代 文獻인 『後漢書』「韓傳」(東夷列傳 第 75)에

韓有三種 一日馬韓 二日辰韓 三日弁辰云云

과 같이 비롯되기 때문이다. 여기서『滿洲源流考』(卷 2)의

三韓統名辰國 自漢初已見

이란 記事를 믿는다면, 그리고 다음 各 文獻의

辰蕃・辰國 (『漢書』 朝鮮傳)
辰韓者古之辰國也 (『三國志』 韓傳)
辰謂辰韓之國也 (『顔師古』 漢書註)

등과 같은 記錄을 參考한다면 그 文獻에 나타나는 年代順으로 보아 同一名이 ‘馯>韓’의 表記 變化를 경험하였다고 볼 수 있다. 그렇다면 이 ‘馯・韓’이 實在한 時期는 적어도 記錄化된 西周時代(300B.C.?)보다 이른 때로 올라가게 된다. 따라서『史記』(145~86B.C.)의 眞蕃 衆國의 ‘衆國’보다 훨씬 이른 時期의 存在로 推定할 수 있게 된다. 그러므로 ‘馯’과 ‘衆’과는 先後 關係 역시 ‘馯>衆’의 承繼 關係에 놓이는 것으로 推定할 수 있다. 여기 ‘衆’이 ‘辰’과는 無關하고, 오히려 ‘馯’(韓)과 密接한 關係가 있을 것임을 앞에서 豫見한 바이지만 이 點은 다음에서 再論할 것이다.

要컨대 ‘馯’은 同音異字 表記에 의한 ‘韓’의 前身으로 ‘衆’보다 이른 時期의 存在이었으며, ‘辰’보다는 더욱 이른 時期의 存在이었다. 그 音形은 앞에서 記述한 바를 綜合하건대 ‘*gan~*ɣan>han’정도로 推定할 수 있겠다.

(B) ‘韓’(<馯)의 意味

이제까지 대부분의 硏究者들은 ‘han’(韓)~‘kan’(干)에 대한 뜻을 ‘큰’(大)으로 풀이하여 왔다. 일찍이 金澤庄三郞(1985:161)은 ‘han’ 혹은 ‘kan’을 ‘大’의 의미로 풀이하였고, 梁柱東(1947:63) 또한 ‘韓’은 원래 ‘한’[大者]의 뜻으로 ‘干・旱’과 동일한 借字라 하였다. 이보다 이른 時期의 碩學인 李晬光도 그의

『芝峯類說』에서

我國方言 謂種蔬者爲園頭干 漁採者爲漁夫干 造泡者爲豆腐干 大抵方言以大者爲干故也

라 하여 方言으로 '干'의 意味가 '大者'임을 확인하였다. 그럴 뿐만 아니라 『三國史記』 卷 34에 있는

(a) 韓多沙郡>河東郡>河東郡
(b) 小多沙縣>嶽陽縣>嶽陽縣(上郡의 屬縣)

중에서 (a)가 (b)에 예속된 속현인 고로 (a)(b)는 姉妹關係가 있는 地名이다. 따라서 (a) '韓'은 (b)'小'의 反對개념인 '大'의 意味일 것이다. 또한 『三國史記』(卷 4 法興王 15年條의 細註)의 韓奈麻는 新羅 官職 十七官等 중 제 10위인 大奈麻에 해당하며,[4] 『日本書紀』(天武 2年)에 보이는 新羅 官職名인 韓阿湌 · 韓奈末 역시 『三國史記』 卷 38에 보이는 大阿湌 · 大奈麻에 해당함으로 '韓=大'임을 확신할 수 있게 된다. 이보다 이른 時期로 소급하여서는 『北史』 「百濟傳」에 보이는 鞬吉支의 '鞬'이 大의 뜻에 해당할 것으로 믿어진다. 古代의 地名 表記에서도

大山縣>翰山縣>鴻山縣

과 같이 '大=翰'이 확인된다. 『釋日本記』의 古爾於留久(こにおるく)의 '古爾'[koni] 또한 '大'의 意味임에 틀림없다. 이 '大'의 뜻인 固有語 '한'은

한비사ᄋᆞ리로ᄃᆡ(大雨三日)<『龍飛御天歌』 67章>
싸호ᄂᆞᆫ한쇼ᄅᆞᆯ(方鬪巨牛)<『龍飛御天歌』 8章>

---

4) 李丙燾(1980:57)의 註1에서도 '韓'은 大의 뜻인 '한'의 音借라 풀이하였다.

한여흘(大灘)< 『龍飛御天歌』 3章, 5章>

과 같이 '大 · 巨'의 뜻으로 中世國語에서도 활발히 쓰였다.[5] 그것은 現代國語에까지 이어져 '한밭(大田), 한절골(大寺洞), 한다리(大橋), 한내(大川)'와 같이 冠形語로 쓰이고 있다. 그러나 언제부터 그리 되었는지는 알 수 없지만 이 '한'이 오로지 冠形語로만 사용되었을 뿐 形容詞로 활용된 흔적은 찾아지지 않는다.[6] 『鷄林類事』의 漢了秘(祖), 漢了彌(姑)와 景德王(A.D. 757년)이 改定한 翰山(<大山) 그리고 法興王(A.D. 528) 때의 韓奈麻(=大奈麻)와 馬韓語의 鞬吉支 등을 근거로 추정할 때 적어도 三韓 時代부터 계속하여 관형어로 사용되어 왔음이 분명하다. 한편 이 '한~간'은 居西干, 我刀干, 阤鄒干 등의 '干'과 같이 역시 三韓(辰韓 · 弁韓)時代부터 語尾位置에서도 '大者'란 뜻의 接尾語로 쓰이기도 하였다. 그러나 앞에서 지적한 바와 같이 '大'의 뜻으로 쓰인 '한'은 '多 · 衆 · 群 · 諸'의 의미로 쓰인 '하다'와 같이 활용어로 쓰인 흔적이 나타나지 않음이 특이하다. 오히려 '한'(大)과 同意語인 '큰'만이 古代 및 中世國語에서부터

放多矣用屋尸慈悲也根古<禱千手觀音歌>
노ᄒᆞᄃᆡ 쁠 자비여큰고 (梁柱東 풀이)
大日黑根(큰)(鷄林類事)
大ᄂᆞᆫ 클씨라<阿彌陀經諺解 3>
져금과쿰과를서로드리샤(大小相容)< 『楞嚴經諺解』 4권 6>
킈젹도크도아니ᄒᆞ고< 『月印釋譜』 1권 26>

와 같이 활용형으로 사용되어 왔을 뿐이다.

---

5) 『頤齋遺稿』 에서의 설명을 다음에 紹介한다.
「東俗呼大爲漢爲汗爲干爲翰爲粲爲建…如呼祖父曰한아비者大父也」

6) 『龍飛御天歌』 권1의 "곶됴코 여름하ᄂᆞ니"(有灼其華 有蕡其實(2장)), "말ᄊᆞᄆᆞᆯ ᄉᆞᆯᄫᆞ리하ᄃᆡ"(獻言雖衆(13장)), "卿相이 져므니 하니"(卿相多少年(『初刊杜詩諺解』 25권29)), "할다:多(『新增類合』 上10) 등과 같이 '하다'는 蕡 · 衆 · 多(많다)의 뜻으로만 활용하였다.

이제까지 우리는 '韓·馯'의 의미를 '大'에다 고정시켜 지나칠 만큼 장황하게 기술하였다. 그러나 실상 '한'에 대하여 보다 적극적으로 사용된 다른 意味가 곧 '多'이다. 그 사용빈도가 '한'(大)보다 오히려 '한'(多)이 훨씬 높았으면서도 '한'의 뜻 중에서 '多' 아닌 '大'만이 우리의 腦裏에 남아 있음은 '大'의 뜻인 '한'은 아직도 관형어로 사용되고 있지만 '多'의 의미를 지닌 '하다'는 이미 사라졌기 때문이다. 그러나 위에서 이미 밝힌 바와 같이 通時的인 面에서 볼 때 오히려 '多'의 뜻인 '하다'가 近代國語까지 적극적으로 활용되다가 '많다'에 밀린 死語가 된 시기가 그리 먼 옛날이 아니라는 사실을 想起할 필요가 있다.

그런데 『三國史記』 卷 1에 보이는 '酒多 後云角干'에서 '干'에 대응하고 있는 '多'가 어떤 성격의 借字인가를 깊이 생각하여야 한다. '多'가 '干'과 대응하고 있으니까 '干'의 의미인 '大'만을 기준으로 '多'까지도 '大'의 뜻으로 해석하는 錯覺에 빠져서는 안 된다. '多'의 意味는 어디까지나 鄕歌의 '하나'(多奈)<廣修供養歌>로부터 中世國語의 '하ᄃᆡ(衆), 하ᄂᆞ니, 하시며, 하니, 한, 할샤, 할, 한(多)' 등에 이르기까지 '多·衆'의 뜻인 形容詞로서 활용하였기 때문이다(註6 참고). 따라서 '干'에 대응한 '多'는 訓借字가 아니라 그 활용형 중 '干'과 同一한 새김음인 '한'을 訓音借하여 表記한 것이라 하겠다. 그렇기 때문에 '多'가 '干'과 대응된다 하여 '하다'에 '大'의 뜻도 포함되어 있는 것으로 誤解해서는 안 된다. 問題는 그것이 씌어진 位置가 被修飾의 자리인가 아니면 限定語의 자리인가에 있다. 앞의 '酒多'의 경우는 분명 피수식어의 위치에 있다. 그러나 이와는 반대로 '하다'가 冠形語 '한'으로 쓰일 때는

하나한외다ᄒᆞ는病을(許多弊病)<『金剛經諺解』 上 3>
한부텨를(多佛)<『金剛經諺解』 上 73>
한어드우믈ᄢᅬ야(爍群昏而)<『圓覺經諺解』 序 3>
한行이無常이라(諸行無常)<『圓覺經諺解』 序 71>

과 같이 언제나 그 意味가 '여러, 많은, 뭇'(多, 衆, 諸, 群)이었다.

그렇다면 우리는 이제까지 '韓國'을 '큰 나라'(大國)로만 풀어 왔던 우리의

고정관념에서 벗어나 뜻풀이의 폭을 좀 더 넓혀 볼 필요가 있다. '韓'의 뜻을 '하다'(多·衆)의 관형어형 '한'으로 풀 때 '韓國'을 '여러 나라 · 많은 나라'(多國·衆國)의 의미로도 해석할 수 있기 때문이다.

실로 三韓 諸國은 古代 韓半島, 그마저 全部가 아닌 中部 以南의 협소한 領土에 散在하였던 小部族國들이었는데 그 어느 部族國에 '大國'이란 의미를 부여하여 '한나라'(韓國)라 불러 주었거나, 아니면 '大國'의 뜻으로 '한나라'라 自稱할 수 있었겠는가 하는 의문이 제기된다. 『三國遺事』 卷 1 七八國條의 細註에서

> 辰韓은 西쪽에서 54小邑이 各各 稱國하고
> 辰韓은 東쪽에서 12小邑이 各各 稱國하고
> 弁韓은 南쪽에서 12小邑이 各各 稱國하고

와 같이 여러 小邑國임을 告白한 기록으로 미루어 생각하여도 알 수 있다. 이처럼 여러 나라(78個國)가 散在하여 있었기 때문에 '여러 나라'(多國 · 衆國)란 의미로 '한나라'(韓國)라 自稱 혹은 他稱하였던 것이니 中國 古史書의 '馯'에 대한 後代의 記錄인 '衆'(國)은 그 내용을 정확히 意譯(中國語化)한 결과라 하겠다. 現在 美國은 50個의 州政府가 있다. 그리하여 美合衆國이라 한다. 여기의 '衆國'과 中國 古史書에 나타나는 '衆國'이 同一意味일 것으로 추정한다. 따라서 '衆國'이야말로 '辰韓'에 대한 同類音字의 異表記가 아니라 '韓'(<馯)에 대한 '多 · 衆'의 意味를 정확히 表現한 독특한 意譯表記로 보려 한다. 또한 中國 古史書의 記者가 '馯'(國)을 自國語로 옮길 때 '大國'이라 表記하지 않고 '衆國'이라 한 것을 보면 당시에 고유어 '한'이 '多 · 衆'의 의미로도 쓰였음을 알려주는 바라 하겠다.

2.1.2. 변한의 어원 및 어의

(1) 진한과 변한의 상관성

위에서 累說한 바와 같이 三韓의 母體는 辰國이었을 것으로 믿어진다. 辰

國(<衆國 · 馯國)이 一次的으로 辰韓과 馬韓으로 分離되고 곧 이어서 辰韓에서 弁韓이 分離 獨立된 것으로 추정할 수 있다. 이와 같은 三韓의 分派 過程에서 그 親國인 辰國을 正統으로 이은 承繼國은 辰韓이었을 것이다. 앞에서 이미 略記한 바와 같이 辰國과 辰韓은 兩者 共히 '辰'을 冠하고 있기 때문이다. 弁韓의 本名이 弁辰(혹은 弁辰韓)이기 때문에 弁韓이 辰韓에서 갈라져 나온 사실을 믿게 한다. '弁'字의 옛 새김을 '가ᄅᆞ'로 볼 때 弁辰은 '갈라진 辰韓' 곧 '가ᄅᆞ辰韓'으로 해석할 수 있다. 따라서 弁韓의 本名은 弁辰韓(갈라진 辰韓)이었을 것인데 그 명칭이 3字인 고로 辰韓과 馬韓의 2字名에 맞추기 위하여 弁辰 혹은 弁韓으로 略稱하게 된 것이라 하겠다. 三韓의 位置와 그 屬國들의 分布로 볼 때 辰韓은 北東部, 馬韓은 西南部에, 弁韓은 南部에 자리잡고 있었을 것이다.7)

三韓의 各 國名이 처음 具體的으로 登記된 『三國志』 「韓傳」을 보면 馬韓 54國만이 단독 一群으로 묶이어 있는 反面에 辰韓 12國과 弁韓 12國은 一群으로 統合하여 弁辰 24國이라 하였다. 이들 各 國名의 羅列 順序도 馬韓처럼 어느 정도 秩序가 있는 것이 아니다. 辰韓의 國名을 먼저, 弁韓의 國名을 뒤에 各各 질서 있게 배치하였거나 아니면 反對로 弁韓의 國名을 먼저, 辰韓의 國名을 뒤에 순서대로 배치하지 않고 弁·辰 24國名이 무질서하게 混記되어 있음이 특이하다. 이와 같은 무질서한 배치는 弁·辰 24國의 위치가 그렇게 질서가 없었기 때문에 현실대로 적어놓은 결과라 볼 수도 있다. 또한 辰韓이 弁韓에서 分離될 때 그렇게 무질서하게 나누었음을 암시하는 바로 받아들여질 수도 있다. 그렇기 때문에 『三國志』의 記者는 "弁辰與辰韓雜居 亦有城郭衣服居處與辰韓同"과 같이 '雜居'라 하였고, 『後漢書』의 記者도 "弁辰與辰韓雜居 城郭衣服皆同"이라하여 앞의 기록을 뒷받침하고 있다. 이와 같은 史書의 記錄이 暗示하는 바에 依據하건대 辰韓 12國과 弁韓 12國은 各 12國을 一群으로 兩分할 수 없게 部分的으로 뒤섞여 있었음을 추상할 수 있다. 어떤 사정 때문에 그리 되었는지는 알 수 없으나 辰韓에서 弁韓이 分離될 때에 어

---

7) 李丙燾(1981:266)가 주장한 바 馬韓 54國에서 10여국이 辰韓에 배치되어 辰韓23~4國, 弁韓 12國, 馬韓 43國으로 再調整하는 問題는 本攷의 續稿(II)에서 詳論하게 될 것이다.

느 한 部位에서 차례로 12國이 갈라져 나온 것이 아니라 여기저기에서 12國을 솎아낸 것 같다. 따라서 그 境界가 들쑥날쑥 맞물려 있었을 수도 있고 심하면 12國을 各各 1個 圈域으로 묶을 때에 辰韓 圈域에 弁韓의 數個國이 섞여 있었을 수도 있고 이와 反對일 수도 있었던 것 같다. 앞에서 제시한 中國 古史書의 引用文 중 '雜居'란 대목이 곧 이 사실을 정확히 표현한 바라 생각된다.

요컨대 中國 古史書가 弁韓에 대한 原名을 '弁辰'으로 나타낸 것은 弁辰韓의 略稱일 것이다. 그것은 辰韓에서 '갈라져 나온 韓'을 의미한다. 따라서 '弁辰'은 두 意味를 지니고 있다. 그 하나는 弁韓 · 辰韓의 略稱으로서의 '弁辰'이요, 다른 하나는 弁辰韓의 略稱으로서 '弁辰' 혹은 '弁韓'을 의미한다. 그러므로 우리는 前者의 경우는 '弁 · 辰(韓)'이라 사용함이 바람직하며 弁辰은 弁韓의 本稱 내지는 別稱으로 사용함이 바람직할 것이다.

(2) 변한의 어의와 그 위치

위에서 풀이한 바와 같이 弁韓의 '弁'은 '가ᄅᆞ'일 것이다. 弁韓은 弁辰韓의 준말이기 때문에 '가ᄅᆞ한' 혹은 '가ᄅᆞ식한'으로 추정할 수 있다. 그렇다면 '가ᄅᆞ'는 分離의 의미인 것이다. 弁韓에 대하여 김선기(1976:325-326)는 "卞韓=갓나라 : 馬韓에서 볼 때 東海邊에 위치하였기 때문"과 같이 卞=갓(邊)으로 해석하였으나 卞韓의 위치가 東海邊이 아니었을 것으로 추정하기 때문에 首肯할 수가 없다. 한편 李丙燾(1981:257)는 "弁辰은 弁帽(實物出土)를 쓴 辰人, 韓人이라는 뜻에서 命名된 것이라고 나는 본다."와 같이 주장하고 '弁=고깔'로 풀었다. 그러나 당시에 弁帽를 弁韓人만 쓴 것이 아니라 辰韓人도 썼던 것으로 풀이하였으니 이로 인하여 特定國에만 '弁'字를 冠하여 '弁韓'이라 命名하였다는 點이 釋然치 않다. 梁柱東(1947:63)은 "三韓은 동일한 '한'이로되 그 位置에 따라 '辰[音·신]韓'[신한=東韓], '馬韓'[마한=南韓], '弁韓'[가ᄅᆞ한=中分韓]으로 稱號된 것이다."라 하여 '弁'을 '中分'의 뜻으로 풀었다. 筆者 역시 '弁'의 새김을 '가ᄅᆞ'로 推定한다. 여기서 쓰인 '가ᄅᆞ'는 中分의 의미가 아닌 단순한 '分離' 혹은 '分割'로 보고자 한다. 앞에서 累說한 바와 같이 辰韓에서 分離되었다는 의미가 곧 이 '弁'에 담겨 있을 것이기 때문이다.

弁韓의 位置는 西南의 馬韓과 東北의 辰韓 사이인 南部에 자리 잡고 있었다. 現 洛東江을 中心으로 한 東西部와 위로는 慶北의 一部에서부터 아래로는 南海에 이르기까지 12國이 分布하였던 것으로 추정한다.

2.2. 변한·진한어사의 여러 문제

2.2.1. 진한어사의 문제

李承休의『帝王韻紀』下卷(1287)에

稱國者 馬有四十 辰有二十 弁有十二

와 같이 다르게 記錄되어 있다. 이 내용은『後漢書』에서

馬韓有五十四國, 辰韓有十二國, 弁辰亦有十二國……凡七十八國

이라고 밝힌 國數와 큰 차이가 있다. 앞의 두 기술 내용을 비교하여 보면 李承休는 72國을 주장하였으니 合計에서 6國이나 모자라며, 馬韓의 國數가 40國인 반면에 辰韓·弁韓의 것들이 각각 20國씩으로 늘어나 있다. 李承休가 어떤 根據에서 이렇게 다르게 記述하였는지 알 수 없으나 어쨌든 그가 추정한 所有國들이 中國 古文獻의 내용과 다르게 주장된 최초의 國內의 주장이라는 데 깊은 의미가 있다 하겠다. 李承休는 國名을 일일이 열거하지 않고 있어 已往에 알려진 바 辰有十二國에 馬韓에서 8個國을 떼어 합친 것인지의 與否가 의문스럽다. 그렇다 하더라도 馬韓 54國 중 8個 國을 빼면 46國이 남아야 하는데 '馬有四十'이라 하였으니 6個 國에 대한 향방이 묘연하다. 어쨌든 李丙燾(1981:266)가 再配置한 馬韓 43國, 辰韓 23國과 비교하면 李承休의 내용은 馬韓 辰韓 共히 3個國씩이 모자라는데 이것들이 앞에서 향방을 감춘 6個 國에 해당할 듯하다. 두 先見에 따라서 三韓 諸國을 再調整하면 馬韓 43(혹은 40), 辰韓 23(혹은 20), 弁韓 12가 되는데 辰韓·弁韓을 합치면 35(혹은 32)國이 된다. 여기서 馬韓과 弁·辰韓의 國數를 대비할 때 43:35(혹은

40:32)와 같은 거의 對等한 비율을 얻는다. 이는 三韓의 母體인 辰國이 一次的으로 馬韓과 辰韓으로 거의 대등하게 兩分되고 再次 辰韓에서 弁韓이 갈라져 나왔음을 짐작케 하는 근거가 될 수 있을 듯하다.

위와 같이 다시 조정한 國數를 보면 馬韓이 弁·辰韓을 合한 것보다 약간 많으나 그 領土의 크기로 보면 오히려 그와 反對이었을 것으로 추정한다. 따라서 辰韓語의 版圖 역시 從來의 通見과는 달리 그 세력이 배에 가까울 만큼 강세였던 사실로 받아들여져야 할 것이다.

馬韓語가 紀元前 3세기에 비롯된 것 같이(졸고 1987:127-130 참고) 辰韓·弁韓語 역시 300B.C.~以前부터 시작되었을 것으로 추정한다. 西周人(300B.C.~?)의 著述인 『尙書孔傳』에 '馯'이 보이며 司馬遷(145~86 B.C. ?)의 『史記』에 衆國이 나타난다. 그리고 『漢書』에도 辰國이 보이며 또한 『滿洲源流考』(卷 2)는 三韓의 統名인 辰國이 이미 漢初부터 보인다고 記述하였다. 그러다가 『後漢書』에 드디어 三韓 78國名이 具體的으로 나타난다. 紀元 25年에 後漢이 시작되었으니 비록 그 國名들을 일일이 擧名한 記錄은 좀 늦었지만 78國에 대한 存在는 보다 3세기 以上 앞섰던 것으로 추정하여도 무방할 것이다.

실로 弁韓·辰韓語가 300B.C.경부터 出發하였을 것으로 추정하는 데에 도움이 되는 또 다른 근거가 弁·辰韓의 故地에서 최근에 발굴된 遺物에 있다. 잘 알려진 바와 같이 慶尙南道 義昌郡 茶戶里 古墳에서 발굴된 弁韓의 각종 遺物은 漢代에 이미 弁韓·辰韓의 文化가 높은 水準에 있었음을 증언하는 바라 하겠다.[8)]

---

8) 周知하는 바와 같이 最近에 慶尙南道 義昌郡의 茶戶里 고분에서 발굴된 弁韓 時代의 遺物 중 漢나라의 화폐인 五銖錢은 韓族과 漢族 사이에 交易이 盛行하였던 사실을 증언하는 것이며, 특히 5점이나 되는 붓(筆)은 그 당시의 文字 生活을 대변하는 증거가 된다. 특히 그 出土品 중 五銖錢은 前漢代(206B.C.)의 銅錢으로 弁韓 時代에 이미 漢나라와의 交易이 가능하였음을 추정케 하는 증거가 된다. 또한 붓을 所有하고 있었음은 당시에 漢字를 적극적으로 받아들였던 사실을 立證하는 바라 하겠다. 그때부터 지금에 이르기까지 中國으로부터 輸入된 文字를 中國文字라 하지 않고 漢字(漢나라 文字의 준말)라 불러 왔으며, 中國文이라 부르지 않고 중국의 古文을 통틀어서 漢文이라 불러 온 까닭이 바로 그 最初의 수입이 漢나라 時代에 이루어진 緣由에 있다고 본다.

위에서 소개한 地下에서 발굴된 弁 · 辰韓의 유물로 보아 紀元前 3세기부터 찬란한 文化를 이룩하는 데 기여하여 온 弁 · 辰 兩韓의 言語는 드디어 新羅와 加羅의 興起로 말미암아 서서히 變革을 입게 된다. 그렇다고 弁 · 辰韓의 終末이 一時에 단락된 것은 결코 아니다. 弁韓 · 辰韓의 政體가 單一國의 體制가 아니었기 때문에 나라별로 하나 하나 個別的으로 滅亡한 사실을 想起하여야 한다. 弁 · 辰 兩韓이 여러 部族國으로 結合된 聯合體이었기 때문이다. 新羅의 始初는 辰韓의 1國이었던 斯盧國을 中心으로 한 6村의 結合이었으며, 加羅 역시 弁韓의 12國이 6加羅國으로 各各 再編됨에 따라서 두 나라가 한 나라로 統合되는 節次를 밟았던 사실이 그 근거가 된다.

실로 古代 韓半島에 있어서 部族國의 併合 과정은 지극히 점진적이었다. 百濟가 中部地域에 위치하였던 伯濟國에서 興起하여 隣近의 部族國을 하나씩 併合해 나감으로써 그 세력이 점점 커짐에 따라서 결국은 近肖古王代(A.D.346-375)에 이르러서야 비로소 馬韓을 完全히(?) 統合하였다. 新羅도 처음에는 6村을 結束하여 興起한 矮小한 母體(斯盧國)이었는데 그 세력이 점점 강하여짐에 따라서 점차적으로 이웃의 部族國을 하나 하나 併呑하였던 사실이 『三國史記』 등의 古文獻에서 다음과 같이 확인된다.

新羅는 脫解尼師今 때(A.D.57-79)에 居道干으로 하여금 于尸山國과 居柒山國을 併呑케 함을 始發로 이어서 婆娑尼師今 23年(A.D.102)에는 音汁伐國, 悉直谷國, 押督國을 併呑하였고[9] 同尼師今 29年(A.D.108)에는 比只國, 多伐國, 草八國을 併合하였다. 또한 伐休尼師今 2年(A.D.185)에는 召文國을 助賁尼師今 2年(A.D.231)에는 甘文小國을 同 尼師今 7年(A.D.236)에는 骨伐國을 併合하였고, 沾解尼師今 時代(A.D.247-261)에 沙伐國을 攻取하였다. 智證麻立干 13年(A.D.512)에 于山國(현 울릉도)이 歸服하였다.[10] 특히 儒禮尼師今

---

9) 『三國史記』 卷 34 地理 1의 獐山郡條에

獐山郡 祗味王時 伐取押梁(一作督) 小國云云

하여 押督國을 祗味王時에 攻取한 것처럼 記述하고 있으나 本紀에서는 祗味王 年間의 記事 중에 그런 내용이 나타나지 않고 오히려 그 父王인 婆娑尼師今 23年條에

王努 以兵伐音汁伐國 其主與衆自降 悉直押督二國王來降云云

하여 先代에 押督國을 併合한 것으로 되어 있다. 本攷에서는 本紀의 것을 取하고 地理 1의 것을 버리기로 한다.

14年(A.D.297)에 伊西古國이 金城을 來攻하였다고 記錄하고 있으니 이로 미루어 볼 때 A.D.297年까지도 未併呑國이 상당수 남아 있었음을 推想할 수 있겠다.

위에서 밝힌 新羅의 隣國併呑史를 通하여 보건대 新羅는 紀元 57(-79)年부터 지속적으로 辰韓의 여러 나라들을 併合하였던 것이다. 그러나 其他 諸國에 對하여는 併合한 사실이 記錄으로 남지 않았기 때문에 그 數가 얼마이었는지 알 수가 없다. 한편 앞에서 제시한 併合國名들이 中國 古史書에서 발견된 辰韓의 諸國名과 비교하건대 많은 差異가 드러난다. 이는 後代로 내려오면서 政體의 變革, 그 領域의 축소 확대 등 여러 가지 사정 때문에 그 原形이 몰라볼 정도로 變化한 것이라 하겠다.

위와 같은 이면적인 내막을 감안할 때 辰韓語史는 졸고(1987:127-130)에서 설정한 馬韓語史에 準하여 대략 紀元前 3세기로부터 起算하여 紀元後 3세기까지 약 6세기간으로 봄이 타당할 듯하다.

이렇게 辰韓語史를 약 6세기간으로 잡을 때 前期 3세기간은 三韓語 時代에 속하며 後期 3세기간은 新羅語와 共存한 時期에 속하게 된다. 따라서 辰韓語史는 古代國語의 時期에 있어서 그 前後가 隣國語史와 共存하는 時期가 있었음을 想定할 수 있게 된다. 辰韓語史를 新羅語史와 關聯시켜 圖示하면 다음과 같다.

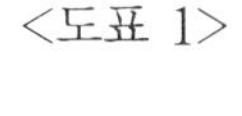
<도표 1>

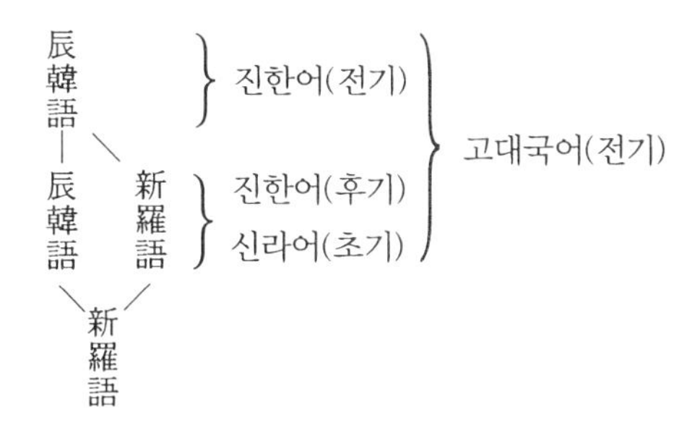

10) 이와 같이 뒤늦게 併合한 于山國(현 울릉도)의 例를 기준으로 新羅의 隣小國併合이 A.D.512年에야 끝났다고 주장할 수는 없다. 于山國의 位置가 東海中에 있었기 때문에 陸地內의 小國併合과 다른 특수 사정이 고려되어야 할 것이다.

2.2.2. 변한어사의 문제

弁韓은 辰韓에서 分離된 諸國임을 앞에서 推定하였다. 그러므로 三韓이 鼎立하던 時期에 있어서는 他 二韓의 言語史와 다를 바가 없었을 것이다. 그러나 後期에 와서는 他 二韓과 그 言語史가 判異하게 달랐을 것으로 여겨진다. 왜냐하면 馬韓은 3세기 간을 百濟와 共存하였고, 辰韓 역시 新羅와 3세기 간을 共存하였다. 그러나 弁韓은 紀元 卽後 거의 같은 時期에 12國이 2個 國씩 統合 再編됨에 따라서, 6加羅國이 成立됨으로써 弁韓語는 거의 同時에 終熄한 것으로 볼 수 있다. 그렇기 때문에 弁韓語는 加羅語와 共存할 수가 없었고, 그 變革의 과정이 '弁韓語>加羅語'와 같이 先後의 秩序를 가졌던 것으로 추정한다.

古代國語의 時代區分을 綜合하여 具體的으로 圖示하면 다음과 같다.

<도표2> 고대국어의 시대구분

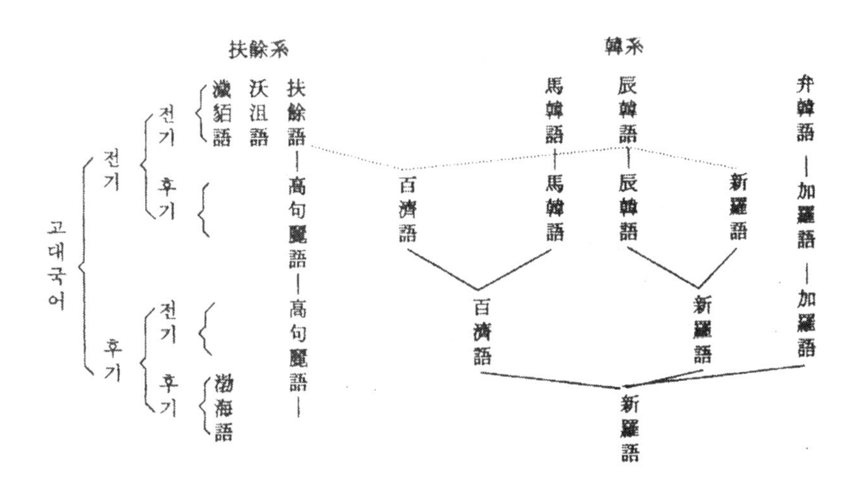

2.3. 변한 · 진한어의 특징

2.3.1. 진한의 판도

위에서 略述한 辰韓 諸國의 版圖에 대하여 再論코자 한다. 辰韓 12國을 明

示한 中國 古史書를 충실하게 믿어 온 通念에서 벗어나 李承休는 辰韓을 20個 國으로 추정하였고, 李丙燾는 23個 國으로 추정하였다. 여기 20個 國이니 혹은 23個 國이니 하는 數의 正誤 問題는 좀 더 면밀히 검토하여 볼 과제이기에 그 論議를 別稿로 미루거니와 우선 여기서 제기된 再調整의 주장만을 긍정적으로 받아들이기로 하겠다.

앞의 두 學說을 뒷받침할 수 있는 유력한 증거로 우리는 古代 接尾 地名素의 특징적인 分布를 들 수 있다. 이른바 馬韓 地名의 特色을 나타내는 接尾 地名素로써 흔히 '一卑離'를 들 수 있는데 이것이 공교롭게도 現在의 忠清·全羅 地域에만 分布하였다는 事實이 注目된다. 馬韓 國名에 대한 中國 古史書의 記錄이 아무렇게나 表記된 것이 아니라 어디서부터인가 表記의 起點을 잡아 秩序있게 적었을 것으로 가정하고, 中國 古史書에 登記된 차례대로 番號를 매긴 다음 各 地名을 配置하면 공교롭게도 1번부터 15번까지가 京畿 地域에 分布되고, 16번부터 54번까지가 忠清·全羅 地域에 分布된다(都守熙 1987c:198 참고). 그 중에서 馬韓語를 특징짓는 接尾 地名素 '一卑離'의 分布를 살펴보면

19 卑離國, 20 占卑離國, 25 監奚卑離國, 31 內卑離國, 34 辟卑離國, 41 牟盧卑離國, 47 如來卑離國, 48 楚山塗卑離國

과 같이 19번부터 48번까지인데 이것들이 忠清·全羅 地域에만 고르게 散在하여 있음이 특이하다.

馬韓 地名에서의 '一卑離'의 分布가 위와 같았을 것으로 추정함이 타당하게 보임은 이것의 承繼形인 '一夫里'의 分布가 역시 忠清·全羅 地域에만 局限되어 있기 때문이다(都守熙 1987c:181, 191-201 참고). 따라서 馬韓語(地名)의 특징에서 벗어나 있는 京畿 및 忠北 地域에 分布하였던 非'一卑離' 地名의 대부분은 辰韓語에 還元시키는 것이 타당할 것으로 생각한다.[11] 그렇

11) 李丙燾(1981:266)가 馬韓 54國 중에서 辰韓으로 再配置한 11個 國名을 열거하면 다음과 같다.
爰襄國 牟水國 桑外國 小石索國 大石索國 優休牟涿國 臣濆活國 伯濟國 速盧不斯

다면 辰韓語의 版圖는 京畿·忠北·慶北의 대부분에 긍하는 비교적 넓은 領域이었던 것으로 여겨진다. 그리고 그 國名이 辰國을 正統으로 이어받은 것처럼 言語 역시 辰國語를 正統으로 承繼한 것이라 하겠다.

2.3.2. 변한의 판도

弁韓의 彊域은 他 二韓과는 달리 辰韓 諸國 中에서 12國이 분리되어 洛東江 沿岸을 中心으로 左右에 散在하였던 部族國들이다. 紀元前까지는 내내 12國으로 存續하여 오다가 紀元後에 들어서면서 2國이 1國으로 各各 改編되어 6加羅國이 탄생하게 되었다. 따라서 辰韓과는 달리 거의 같은 時期에 弁韓 12國의 版圖가 加羅 6國의 版圖로 바뀌었다. 따라서 辰韓이나 馬韓처럼 그 領土가 점진적으로 축소되는 경험을 하지 않았기 때문에 弁韓語의 消滅은 거의 一時的이었다고 말할 수 있겠다.

2.3.3 변한어와 진한어의 관계 및 그 특징

『三國志』「魏志東夷傳」辰韓條와『後漢書』「東夷傳」弁韓辰韓條에

(A) 弁辰與辰韓雜居 亦有城郭 衣服居處與辰韓同

(B) 弁辰與辰韓雜居 城郭衣服皆同 言語風俗有異

와 같은 弁 · 辰韓語에 관하여 言及한 片鱗을 발견한다. 앞의 (A)(B)만을 근거로 하면 (A)는 弁韓語와 辰韓語가 相似한 것으로 記述하였고, (B)는 相異한 것으로 기술하고 있다. 다음에서 (A)와 (B)의 내용을 면밀히 對比하여 보면,

첫째, 弁韓人과 辰韓人이 서로 섞여서 살았다고 하였다. 이런 雜居生活은 兩韓人들의 來往에 아무런 제약도 없었음을 의미한다. 그 住居地를 任意로 移動할 수 있고, 自由自在로 往來할 수 있었다면 兩韓의 言語가 거의 同一하였기 때문에 可能하였을 것이다.

둘째, 城郭, 衣服 등이 모두 같다고 기술하고 있다. 이 사실도 兩韓語의 相

國 古離國 奴藍國

似性을 立證하는 간접적인 근거가 될 수 있다.

셋째, 그런데 (B)만이 弁韓과 辰韓의 言語, 風俗이 相異하다고 밝히고 있다. 앞의 첫째, 둘째의 근거만으로도 弁·辰韓語의 同質性을 충분히 認定할 수 있는 데도 불구하고 (B)가 (A)와는 相反되게 기술한 點을 우리는 주의 깊게 再考해볼 필요가 있다. 諸般事가 同一한데 유독 言語만이 相異하다는 것은 아무래도 납득이 안 간다. 여기서 (B)의 '有異'란 表現이 무엇인가를 보다 깊게 통찰할 필요가 있다. 記述者의 視角이 兩韓語의 方言差에 있었던 것이 아닌가 하는 의문을 가지면서 弁韓語와 辰韓語의 異同點을 古代國語의 語彙分布面에서 考察하고자 한다. 中國 古史書의 記錄은

(a) 馬韓各有長師 大者自名爲臣智<『三國志』 魏書 東夷傳>
(b) 諸小別邑各有渠師 大者名臣智<『後漢書』 辰韓>
(c) 辰王治月支國 臣智或加優呼臣雲遣支……拘邪秦支廉之號
<『三國志』 魏書 東夷傳>

와 같이 '臣智'가 三韓에서 共히 사용된 사실을 알려 준다. 또한 遣支와 秦支의 '支'도 臣智의 '智'와 同語異記일 것으로 추정된다. 이 '智'는 辰韓語를 承繼한 新羅語에

金閼智<『三國遺事』 卷 1>
儒理 一作世理智王<『三國遺事』 王曆>
居七夫智, 福登知, 覓薩智<「眞興王拓境碑」(昌寧)>

와 같이 繼承되었음을 알 수 있고, 또한 加羅語에서도

伊珍阿鼓 一云內珍朱智 道設智王 <『三國史記』 卷 34>
坐知王 銍知王 鉗知王 脫知尒叱今 <『三國遺事』 卷 2 駕洛國記>
荷知 <『日本書紀』>

와 같이 '鼓, 智, 知'로 承繼된 사실이 확인된다. 이 語彙만을 中心으로 추정한다면 弁韓語와 辰韓語의 關係는 아주 親近하였던 것으로 믿을 수 있다. 그럴 뿐만 아니라 馬韓語에서 繼承된 百濟語 鞬吉支의 '鞬', 辰韓語에서 繼承된 新羅語의 '干·監·邯·今·翰', 弁韓語에서 繼承된 加羅語의 '干·監·今'은 역시 相似性을 보인다.

이제 폭을 더 넓혀 弁韓과 辰韓의 地名을 비교 고찰하면 地名語의 構成 要素의 同質性이 다음과 같이 다분히 발견된다.

(1) 瀆盧國(弁) : 斯盧國(辰)
(2) 半路國, 樂路國, 甘路國(弁) : 戶路國(辰)
(3) 古資彌凍國, 彌離彌凍國(弁) : 難彌離彌凍國(辰)
(4) 彌離彌凍國(弁) : 難彌離彌凍國(辰)

과 같이 (1)盧 (2)路 (3)彌凍 (4)彌離 등의 地名素가 정확히 同一함을 확인한다. 특히 (4)는 '難'만 除去하면 나머지 4字가 同一하다. 이처럼 여러 國名에 대한 構成 要素의 同質性은 弁韓과 辰韓의 言語가 同系의 姉妹語임을 立證하는 바라 하겠다.12)

일찍이 筆者(1977, 1987)는 古代 韓半島의 中部地域에 分布하였던 10餘의 部族國들이 馬韓에 속하였던 것이 아니라 辰韓의 屬國이었다고 가정하고 이들 諸國 중의 1國인 伯濟國에서 百濟가 興起하였다고 주장하였다. 그렇다면 百濟의 前期語는 辰韓의 北部 諸部族國의 言語를 底層으로 形成되었다고 추정할 수 있겠다. 이와 같은 辰韓語의 흔적이 底層에 깔려 있는 百濟의 前期語

12) 弁韓 諸國 중에 辰韓의 國名인 軍彌國과 馬延國이 중복으로 나타난다. 이 사실을 단순한 混記로 看過할 것이 아니라 좀더 細心히 생각할 필요가 있다. 이 두 나라의 소속이 어느 시기엔가 變更되었기 때문에 그리 된 것이 아닌가 한다. 한 시기에는 弁韓에 속하였다가 다른 시기에는 辰韓에 속하는 등의 소속변경이 잦았던 나라였기 때문에 重出의 결과를 빚어냈던 것이라고 추정할 수도 있다. 또한『後漢書』「辰韓」條를 보면 弁韓에 속한 拘邪國을 辰韓의 1國인 것처럼 기록하고 있다. 이 모두가 弁韓·辰韓의 밀접한 關係에서 빚어진 混記라면 弁·辰 兩韓의 言語 또한 兄弟語처럼 同一하였던 것으로 추정케 한다.

와 弁韓語의 後身인 加羅語를 比較考察한 결과를 表에 담으면 다음 <도표 3>과 같다.

<도표 3> 백제전기의 언어와 가라어의 관계

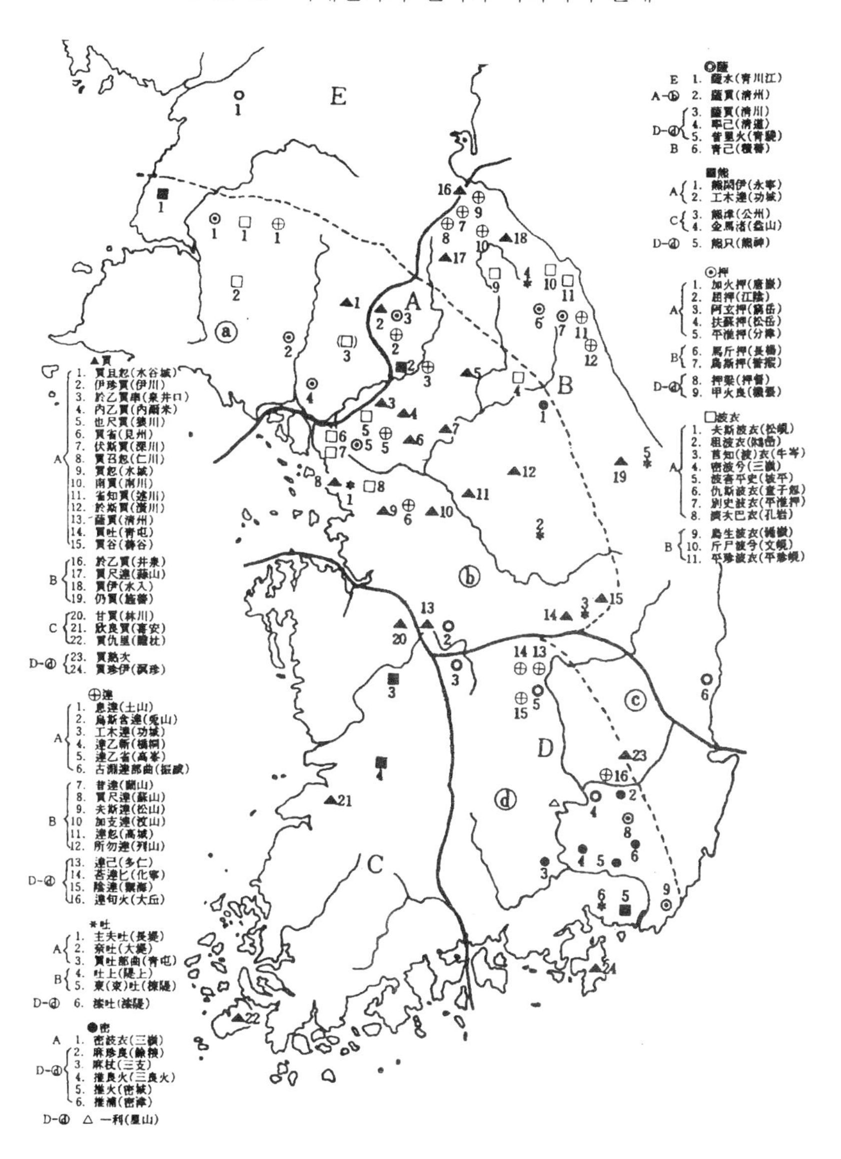

위의 圖表(3)을 면밀히 검토하여 보면 古代의 辰韓語 地域이었던 中部地域과 弁韓語 地域이었던 嶺南地域(慶北지역 一部包含)에 分布한 地名語의 特徵的 要素가 거의 同一하다. 이와 같은 相似性의 뿌리가 弁·辰 兩韓에도 박혀 있는 것이라면 前期 兩韓語가 대체적으로 같았을 것으로 추정할 수 있다. 따라서 앞에서 제시한 中國 古史書의 記錄 중 (B)의 '有異'란 表現은 方言差를 뜻하는 것으로 해석하여야 할 것이다.

2.4. 변한 · 진한의 언어 자료

위에서 弁 · 辰 兩韓語의 姉妹性을 인정하였기 때문에 그 言語 資料를 綜合하여 기술키로 하겠다. 弁 · 辰韓語 역시 語彙에 국한되는 言語 資料일 뿐인데 그나마 量的인 面에서 매우 빈약하다.

2.4.1. 인명

① 廉斯鑡 ② 蘇馬諟 ③ 謁平 ④ 朴(赫居世) ⑤ 我刀干 汝刀干 彼刀干 五刀干 留水干 留天干 神天干 五千天 神鬼干 ⑥ 阤鄒干 ⑦ 阿音夫 ⑧ 阿珍議先

『三國志』「韓傳」에 依하면 ①은 辰韓의 右渠師이었으며, 『後漢書』「韓傳」에 의하여 ② 또한 辰韓人이었음을 알 수 있다. ③은 『三國史記』 卷1에서 辰韓斯盧國의 六村長名임을 확인하며, ④ 또한 瓠가 辰韓語로 '박'(朴)이라고 설명하였다. ⑤는 弁韓語로 伽羅國 首露王을 추대한 弁韓의 九酋長名임을 『三國遺事』 駕洛國記가 말하고 있다. ⑥과 ⑦은 新羅 初期에 併呑한 音汁伐國과 骨伐國의 王이었음을 『三國史記』가 알려 준다. ⑧은 『三國遺事』 卷1이 赫居世王의 '海尺之母'라고 주석하고 있다.

2.4.2. 관직명

① 臣智 ② 臣雲 ③ 遣支 ④ 奏支 ⑤ 儉側 ⑥ 樊祇 ⑦ 殺奚 ⑧ 邑借 ⑨ 居西干

위의 官職名에서 ①~⑧은 『三國志』와 『後漢書』의 「韓傳」에 나오고, ⑨는 『三國史記』 券1에서 辰韓語라 하였다.

한편 2.4.1에서 소개한 六村長名과 九酋長名이 官職名인지 人名인지 不分明하다. 그래서 우선 여기선 人名으로 분류하였다.

2.4.3. 지명

(A) 山·川·浦名 : 閼川 瓢岩峯 兄山 茂山 伊山 花山 金山 明活山 金剛山 阿珍浦口

(B) 村名 : 楊山村 高墟村 大樹村 珍支村 加利村 高耶村

위 (A)(B) 모두가 이른바 斯盧國의 六村에 속한 地名들이다. 그리고 阿珍浦口 또한 『三國史記』 卷1이 辰韓의 地名임을 밝히고 있다. 다만 六村名에 대한 『三國史記』와 『三國遺事』의 내용을 비교하면 '村'이 『三國史記』에는 '部'로 표기되어 있고, 珍支村이 于珍部로, 高耶村이 明活部로 되어 있다.

2.4.4. 국명

(A) 辰韓 : ①己抵國 ②不斯國 ⑤勤耆國 ⑥難彌離彌凍國 ⑨冉奚國 ⑫軍彌國 ⑭如湛國 ⑯戶路國 ⑰州鮮國 ⑱馬延國 ㉓斯盧國 ㉔優由國

(B) 弁韓 : ③彌離彌凍國 ④接塗國 ⑦古資彌凍國 ⑧古淳是國 ⑩半路國 ⑪樂路國 ⑫b軍彌國 ⑬彌烏邪馬國 ⑮甘路國 ⑲拘邪國 ⑳走漕馬國 ㉑安邪國 ㉑b馬延國 ㉒瀆盧國

위에 열거한 國名 중에서 (A)의 ⑫와 (B)의 ⑫b가 중복되며 (A)의 ⑱과 (B)의 ㉑b가 중복된다. '弁辰 各有十二國'이라 하였으니 弁韓國名 중에서 重出 國名을 除去하면 그 數가 들어맞는다. 따라서 여기에선 ⑫b와 ㉑b를 버린다. 또한 앞에서 論議한 11個 國名을 馬韓 54個 國名 중에서 이리로 옮겨야 하겠지만 우선 中國 古史書의 記錄에 충실하여 辰韓 12個 國名만 취급키로 하겠다. 이 문제에 대한 보다 具體的인 論議는 續稿로 미룬다.

(C) 辰韓末期의 國名 : 于尸山國, 居柒山國, 沙伐國, 多婆那國, 音汁伐國, 押督(梁)國, 比只國, 多伐國, 草八國, 召文國, 甘文國, 骨伐國, 伊西古國, 于山國, 斯盧國

위 (C)의 여러 國名은 『三國史記』의 羅紀, 列傳, 地理志 등에 나오는 것들인데, 이것들은 新羅가 倂合하기 以前의 辰韓의 殘存 國名들이다. 記錄되지 않은 國名들이 더 있었을 것으로 추정할 때 辰韓의 殘存國名의 數는 더 많았을 것으로 추정된다.

中國 古史書의 辰韓 12個 國과 辰韓末期의 殘存國을 비교하면 서로 數爻가 다르다. 辰韓의 殘存國은 記錄으로 남긴 것들만도 15個 國이나 된다. 이와 같은 數의 差異는 辰韓에 속했던 殘存 部族國이 12個 國 以上이었음을 暗示하는 證據일 수도 있고, 아니면 辰韓 諸國이 時代 추이에 따라서 增減한 사실을 알려 주는 증거일 수도 있다. 그리고 前後의 國名을 비교하건대 그 形態가 정확히 一致하는 것은 斯盧國일 뿐이다. 역시 오랜 歷史 속에서 國名이 여러모로 變貌하였음을 力說해 준다. 이 사실은 三韓의 여러 國名에 대한 中國側의 記錄 時期가 三韓 初期에 해당할 만큼이나 아주 이른 時期이었을 것으로 추정케 한다.

2.5. 언어 자료의 推讀

처음으로 中國 古文獻에 登記된 弁・辰 兩韓의 人名, 官職名, 國名 등은 固有語이었을 것이다. 이 土着語들이 中國人의 손에 의하여 表記된 것이다. 당시에 그들이 外國語를 表記할 때에는 現地語(弁韓・辰韓語)의 발음대로 寫音하였던 것으로 믿어진다. 그렇기 때문에 弁韓・辰韓語의 表記에 借用된 漢字音을 古代音으로 推讀할 필요가 있다.

위에서 제시한 言語 資料에서 人名, 官職名, 地名은 漢字의 音借表記로 믿을 수 있는 것만 골라서 推讀하고 不確實하게 느껴지는 것들은 보류하여 둔다. 다만 24個 國에 해당하는 國名의 借用 漢字와 殘存國名만은 모두 古代音으로 推讀하고자 한다. 편의상 다음의 略號를 사용키로 하겠다.

T=Tung T'ung-ho(董同龢)	Ch=Chou Fa-kao(周法高)
K=Bernhard Karlgren(高本漢)	東=東國正韻

다만 『東國正韻』의 音은 活字 사정을 고려하여 그 表記를 위한 音聲符號를 다음과 같이 정한다.

ㄱ=k	ㄷ=t	ㅂ=p	ㅈ=c	ㆆ=ʔ	ㄹ=r	ㅸ=β
ㅋ=k'	ㅌ=t'	ㅍ=p	ㅊ=c'	ㅎ=h	ㅿ=z	ㆄ=β'
ㄲ=g	ㄸ=d	ㅃ=b	ㅉ=ʒ	ㆅ=ɦ		ㅱ=ɱ
ㆁ=ŋ	ㄴ=n	ㅁ=m	ㅅ=s	ㅇ=ø		
				ㅆ=z		

ㆍ=ʌ	ㅗ=o	ㅠ=yu	ㅚ=oy	ㆌ=yuy	ㅝ=wə	ㅞ=wəy
ㅡ=ɨ	ㅜ=u	ㆎ=ʌy	ㅟ=uy	ㅘ=wa	ㅙ=way	ㆋ=yuyəy
ㅣ=i	ㅑ=ya	ㅢ=ɨy	ㅒ=yay			
ㅏ=a	ㅕ=yə	ㅐ=ay	ㅖ=yəy			
ㅓ=ə	ㅛ=yo	ㅔ=əy	ㆉ=yoy			

2.5.1. 재구음에 의한 인명, 관직명, 지명의 推讀

古音 / 名名	上古音	中古音
廉 斯 鑡	□-si̯eg-t̂i̯əg (T)	
	gli̯am-si̯ĕg-t̂i̯əg (K)	li̯am-sie̯-tśi̯: (K)
	liam-sjieγ -tíəγ (Ch)	liæm-siɪ-tśí (Ch)
蘇 馬 諟	sâg-mwăg-ži̯eg (T)	
	so -må -di̯ĕg (K)	suo-ma'-žie̯ (K)
	saγ-mγwaγ-djieγ (Ch)	suo-mua-dźiI (Ch)
謁 平	i̯ăt-b'i̯ĕng (T)	
	·i̯ăt-b'i̯ĕng (K)	·i̯ɐt-b'i̯wɐng (K)
	·jat-bieng (Ch)	·iat-biang (Ch)
蘇 伐 都 利	sâg-b'i̯wăt-tâg-lied (T)	
	so -b'i̯wăt-to -li̯əg (K)	suo-b'i̯wɐt-tuo-lii (K)
	saγ-bjwat-taγ-liəγ (Ch)	suo-biuat-tuo-lili (Ch)
仇 禮 馬	g'i̯ŏg-lied-mwăg (T)	
	g'i̯ôg-lier-må (K)	g'i̯ə̯u-liei:-ma' (K)
	gjəw-ler-mrwaγ (Ch)	giəu-liɛi-mua (Ch)
智 伯 虎	ti̯eg-□-χâg (T)	
	ti̯eg-păk-χo (K)	t̂i̯e-pɐk-χuo: (K)
	tieγ-prak-χoγ (Ch)	tiɪ-pak-χuo (Ch)
祇 沱	t̂i̯ed-d'â (T)	
	t̂i̯ər-d'â (K)	tśi-d'â (K)
	tjier-da (Ch)	t'sili-da (Ch)
虎 珍	χâg-t̂i̯ən (T)	
	χo-□ (K)	χuo-□ (K)
	χoγ-tjian (Ch)	χuo-tśiIn (Ch)
朴(赫居世)	b'uk (T)	
	p'ŭk (K)	p'åk (K)
	brewk (Ch)	bok (Ch)
我 刀 干	ngâ-tôg-kân (T)	
	ngâ-tog-kân (K)	ngâ-tâu-kan (K)
	nga-taw-kan (Ch)	nga-tau-kan (Ch)
汝 彼 五	ńi̯ag-pi̯wa-ngâg (T)	
(刀干 刀干 刀干)	ńi̯o-pia-ngo (K)	ńźi̯wo-pjie̯:-nguo (K)
	njaγ-piwa-ngar (Ch)	ńio-piue-nguo (Ch)
留 水 干	li̯ŏg-źi̯wed-kân (T)	
	li̯ôg-śi̯wər-kân (K)	li̯ə̯u-św i:-kan (K)
	liəw-stjiwer-kan (Ch)	liəu-śiuIi-kan (Ch)

神天干	d̂ịen-t'ien-kân (T)	
	d̂ịĕn-t'ien-kân (K)	dźịĕn-t'ien-kân (K)
	zdjin-t'en-kan (Ch)	źiIn-t'ɪen-kan (Ch)
狏鄒干	□-tsug-kân (T)	
	□-□-kân (K)	
	□-tsjew-kan (Ch)	□-ṭsiuo-kan (Ch)
阿音夫	·â-·ịəm-pịwag (T)	
	â-·ịəm-pịwo (K)	·â-·ịəm-pịu (K)
	·a-·iəm-pjwaɣ (Ch)	·a-·jem-piuo (Ch)
阿珍議先	·â-t̂ịən-ngịa-siən (T)	
	â-□-ngia-siən (K	·â-□-ngjie-sien (K)
	·a-tjian-ngia-seən (Ch)	·a-tśiIn-ngie-siɛn (Ch)
臣智	jịen-tịeg (T)	
	d̂ịĕn-tịĕg (K)	sịĕn-t̂ịe (K)
	djien-tieɣ (Ch)	dźiIn-ṭiI (Ch)
臣雲	jien-ɣịwən (T)	
	d̂ịĕn-gịwən (K)	sịĕn-jịuən (K)
	djien-ɣjwən (Ch)	dźiIn-jiuən (Ch)
遣支	k'ịän-kịeg (T)	
	k'ịan-t̂ịĕg (K)	k'ịän-tśịe̜ (K)
	k'jian-tjieɣ (Ch)	k'iæn-tśiI (Ch)
秦支	dźịen-k̂ịeg (T)	
	dźịĕn-t̂ịĕg (K)	dźịĕn-tśie̜ (K)
	dzjien-tjieɣ (Ch)	dziIn-tśiI (Ch)
儉側	g'ịém-tsək (T)	
	g'lịam-tsịək (K)	g'iäm-tṣịək (K)
	giam-tsiək (Ch)	giam-tṣiek (Ch)
樊祇	b'ịwăn-g'ịeg (T)	
	b'iwăn-g'ịĕg (K)	b'ịwɐn-gjIe̜ (K)
	bjwan-gjieɣ (Ch)	biuan-giI (Ch)
邑借	·ịəp-tsịăk (T)	
	·ịəp-tsịăk (K)	·ịəp-tsịak (K)
	·iəp-tsjiak (Ch)	·iəp-tsiæk (Ch)
居西干	kịag-sied-kân (T)	
	kịo-siər-kân (K)	kịwo-siei-kân (K)
	kjaɣ-ser-kan (Ch)	kiô-siɛi-kan (Ch)
于尸(山)	ɣịwag-x̂ịed (T)	
	gịwo-śịər (K)	jiu-ŝi (K)
	ɣjwaɣ-·st̂jier (Ch)	jiuo-śiIi (Ch)
居柒(山)	kịag-□ (T)	
	kịo-□ (K)	kịwo-□ (K)
	kjaɣ-□ (Ch)	kiô-□ (Ch)

沙 伐	sa-b'i̯wăt (T) sa-b'i̯wăt (K) sra-bjwat (Ch)	ṣa-b'i̯wɐt (K) ṣa-biuat (Ch)
多 婆 那	tâ-pwâ-nâ (T) tâ-pwâ-nâr (K) tâ-pwa-na (Ch)	tâ-puâ-nâ (K) ta-pua-na (Ch)
音 汁 伐	·i̯əm-ẑi̯əp-b'i̯wăt (T) i̯əm-□-b'i̯wăt (K) ·iəm-djiəp-bjwat (Ch)	·jem-dźiIp-biuat (C
押 督(梁)	□-tok (T) ·ap-tôuk (K) ·ɣap-təwk (Ch)	·ap-tuok (K) ·ap-tuok (Ch)
比 只	b'i̯ed-k'i̯eg (T) b'i̯ər-□ (K) bjier-tśiI (Ch)	b'ji-□ (K) biIi-tśiI (Ch)
多 伐	tâ-b'i̯wăt (T) tâ-b'i̯wăt (K) tâ-bjwat (Ch)	tá-b'i̯wɐt (K) ta-biuat (Ch)
草 八	t'sôg-pet (T) t'sôg-pwăt (K) t'səw-pret (Ch)	t'sâu:-pwăt (K) t'sau-pæt (Ch)
召 文	□-mi̯wən (T) ḍi̯og-mi̯wən (K) diaw-mljwən (Ch)	ẑiäu-mi̯uən (K) dźiæu-miuən (Ch)
甘 文	kâm-mi̯wə̆n (T) kâm-mi̯wən (K) kam-mIjwən (Ch)	kâm-mi̯uən (K) kam-miuən (Ch)
骨 伐	kwə̆t-b'i̯wăt (T) kwət-b'i̯wăt (K) kwət-bjwat (Ch)	kuət-b'i̯wɐt (K) kuət-biuat (Ch)
伊 西 古	i̯ed-sied-kâg (T) ·i̯ɛr-siər-ko (K) ier-ser-kaɣ (Ch)	·i-siei-kuo: (K) ·iei-siei-kuo (Ch)
斯 盧	si̯eg-lâg (T) si̯ĕg-lo (K) sjieɣ-laɣ (Ch)	sie̯-luo (K) siI-luo (Ch)

2.5.2. 변한・진한 국명의 재구음에 의한 推讀

弁辰國名	表記字	推定音		
		上古	中古	東國正韻
戶路	戶[1]	γâg(T)		:ɦoϕ
		g'o(K)	γuo:(K)	
		gaγ(Ch)	γuo(Ch)	
冉奚	奚[1]	γieg(T)		:ɦyəyϕ
		g'ieg(K)	γiei(K)	ɦyəyϕ
		geγ(Ch)	γiɛi(Ch)	
勤耆	耆[1]	g'i̯ed(T)		giϕ
		g'i̯ɛr(K)	g'ji(K)	·ziϕ
		gier(Ch)	giei(Ch)	
勤耆	勤[1]	g'i̯ən(T)		gin
		g'i̯ən(Ch)	g'ien(Ch)	
		giən(Ch)	gien(Ch)	
己柢	己[1]	ki̯əg(T)		:kiyϕ
		ki̯əg(K)	kji:(K)	·kiyϕ
		kiəγ(Ch)	ki(Ch)	
軍彌	軍[1]	ki̯wĕn(T)		kun
		ki̯wən(K)	ki̯uən(K)	
		kjwən(Ch)	kiuən(Ch)	
甘路	甘[1]	kâm(T)		kam
		kâm(K)	kâm(K)	ɦam
		kam(Ch)	kam(Ch)	
古資彌凍	古[2]	kâg(T)		:koϕ
古淳是		ko(K)	kuo:(K)	
		kaγ(Ch)	kuo(Ch)	
拘邪	拘[1]	kûg(T)		:kuŋ
		ku(K)	kə̯u:(K)	
		kəw(Ch)	kəu(Ch)	
樂奴	樂[1]	ngɔg(T)		·ŋak
		nglŏg(K)	ngau-(K)	·ŋyoŋ
		ngraw(Ch)	ngau(Ch)	ryoŋ
彌難離彌凍	難[1]	nân(T)		nan :naϕ
		nân(K)	nân(K)	·nan
		nan(Ch)	nan(Ch)	naϕ
樂奴	奴[1]	nâg(T)		noϕ
		no(K)	nuo(K)	
		naγ(Ch)	nuo(Ch)	

馬　延	延³	di̯än(T)		:φyən
馬　延		di̯an(K)	i̯än(K)	·φyən
		rian(Ch)	iæn(Ch)	
優　中	中¹	ti̯ong(T)		·tyuŋ
		ti̯ông(K)	t̂i̯ung(K)	·dyuŋ
		tiəwng(Ch)	ţiung(Ch)	
古淳是	淳¹	·źi̯wən(T)		·cyun
		d̂i̯wən(K)	źi̯ ĕn(K)	cyun
		djiwən(Ch)	d̂źiuɪn(Ch)	zyun
古淳是	是¹	źi̯eg(T)		:ziφ
		d̯ieg(K)	źie:(K)	
		djieγ(Ch)	dz'iɪ(Ch)	
州　鮮	州¹	t̂i̯ŏg(T)		cyuŋ
		t̂i̯ŏg(K)	t'si̯ə̯u(K)	
		tjəwγ(Ch)	t'siəu(Ch)	
走漕馬	走¹	tsûg(T)		·cuŋ
		tsu(K)	tsə̯u:(K)	:cuŋ
		tsew(Ch)	tsəu(Ch)	
如　湛	如¹	ńi̯ag(T)		zyəφ
		ńi̯o(K)	ńźi̯wo(K)	·zyəφ
		njaγ(Ch)	ńio(Ch)	
已　柢	柢¹	tied(T)		tyəyφ
		tiər(K)	tiei:(K)	·tyəyφ
		ter(Ch)	tiɛi(Ch)	:tyəyφ
彌離彌凍	凍³	tûng(T)		toŋ
難彌離凍		tung(K)	tung-(K)	·toŋ
古資彌凍		tewng(Ch)	tung(Ch)	
接　塗	塗¹	□(T)		
		d'o(K)	d'uo(K)	doφ
		daγ(Ch)	duo(Ch)	·doφ daφ
瀆　盧	瀆¹	d'ûk(T)		·dok
		d'uk(K)	d'uk(K)	·duŋ
		dewk(Ch)	duk(Ch)	
優　由	由¹	di̯ŏg(T)		φyuŋ
		di̯ôg(K)	i̯ə̯u(K)	
		riəw(Ch)	iəu(Ch)	
如　湛	湛¹	têm(T)		φim ·cim tam
		təm(K)	tə̣m(K)	dim :dam ·dam
		təm(Ch)	təm(Ch)	dim cyəm

馬 延(屬辰王)		må(K)	ma(K)		
走 漕 馬		mrwaγ(Ch)	mua(Ch)		
馬 延					
半 路	半[1]	pwân(T)		·pan	
		pwân(K)	puân-(K)	·p'an]	
		pwan(Ch)	puan(Ch)		
不 斯	不[1]	pi̯wĕg(T)		·pok ·ŋər?	
		pi̯ŭg(K)	pi̯e̯u(K)	·pur? puŋ	
		pjwəγ(Ch)	piəu(Ch)	:puŋ puϕ	
不 斯	斯[3]	si̯eg(T)		sʌϕ	
斯 盧		si̯ĕg(K)	sie(K)	soϕ	
		sjieγ(Ch)	siɪ(Ch)		
州 鮮	鮮[1]	si̯än(T)		·hən	
		si̯an(K)	si̯än(K)	syən	
		sjian(Ch)	siæn(Ch)	:syən	
彌烏邪馬	邪[3]	zi̯ăg(T)		zyaϕ	
接 塗	接[1]	tsi̯ap(T)		·cʻap ·cyəp	
		tsi̯ap(K)	tsi̯äp(K)	·sap ·ʒyəp	
		tsjiap(Ch)	tsiæp(Ch)		
古資彌凍	資[1]	tsi̯ed(T)		cʌϕ	
		tsi̯ər(K)	tsi(K)		
		tsjier(Ch)	tsiɪi(Ch)		
走 漕 馬	漕[1]	dźôg(T)		ʒoŋ	
		dźôg(K)	dźâu(K)		
		dzəw(Ch)	dzau(C)		
瀆 盧	盧[2]	lâg(T)		roϕ	
斯 盧		lo(K)	luo(K)	ryəϕ	
		laγ(Ch)	luo(Ch)		
半 路	路[3]	lâg(T)		·rak	
甘 路		glâg(K)	luo-(K)	·roϕ	
戶 路		laγ(Ch)	luo(Ch)		
彌離彌凍	離[2]	li̯a(T)		t'iϕ ·ryəyϕ	
難彌離彌凍		lia(K)	ljie̯(K)	riϕ	
		lia(Ch)	liɪ(Ch)	·riϕ	
彌離彌凍	彌[8]	mi̯ăr(K)	mjie̯:(K)	miϕ	彌[2]
難彌離彌凍		mjier(Ch)	miɪ(Ch)	:miϕ	
古資彌凍					
軍彌(屬辰王)					
彌烏邪馬					
軍 彌					
彌烏邪馬	馬[4]	mwăg(T)		:maϕ	馬[1]

狗 邪		zi̯å(K)	i̯a(K)	ϕyaϕ
安 邪		γraγ(Ch)	ia(Ch)	zyəϕ
彌烏邪馬	烏[1]	·âg(T)		ʔoϕ
		·o(K)	·uo(K)	
		·aγ(Ch)	·uo(Ch)	
安 邪	安[1]	·ân (T)		ʔan
		·ân (K)	·ân (K)	
		·an (Ch)	·an (Ch)	
優 由	優[1]	·i̯ŏg(T)		ʔuŋ
		·i̯ôg(K)	·i̯ə̯u(K)	
		·jəw(Ch)	·iəu(Ch)	
冉 奚	冉[1]			:zyəm

2.6. 변한 · 진한어의 음운 체계

위에서 제시한 資料는 한 言語를 再構하는 데 있어서 매우 부족한 量이다. 이처럼 적은 량의 資料만으로 당시의 音韻을 체계 있게 再構한다는 것은 거의 不可能한 일일지 모른다. 그러나 마주치게 될 모험 때문에 제기된 문제의 試圖마저 포기할 필요는 없는 것이다.

弁 · 辰韓의 여러 國名은 古代 中國人이 漢字로 表記한 地名들이다. 그들이 表記할 때에 前記 兩韓의 國名에 대한 現地人의 土着語音을 당시의 漢字音을 가지고 寫音하였던 것으로 믿어진다. 그러면 어느 時代의 漢字音으로 記錄한 것일까 하는 點이 문제이다. 졸고(1988:21-220에서 詳論한 바와 같이 弁 · 辰韓 여러 國名은 兩漢 時代(206B.C.-A.D.220)에 기록되었을 것으로 推定한다. 錢玄同(1921:2-3)은 漢字音韻史의 時代 區分을 제1기부터 제6기까지 6期로 나누는데 그 중 제1기(周 · 奏時代 1100B.C.-300B.C.)와 제2기(兩漢 時代 200B.C.-A.D.200)가 上古音에 해당한다. 弁 · 辰韓 時代는 兩漢 時代에 해당함으로 앞에서 제시한 資料 중 中國 側 古史書의 記錄은 上古音을 택하여 推讀함이 온당할 것이다. 『三國史記』 등 國內의 古史書에서 뽑은 資料는 그 記錄 年代가 보다 後代의 것으로 보고 中古音(魏晋 時代 A.D.300-A.D.600)을 택하여 推讀하고자 한다.

2.6.1. 자음 체계

우선 五音(牙舌脣齒喉半舌半齒)의 順序에 따라서 音聲을 分類하면 <다음 表1>과 같다. 여기선 Karlgren(高本漢)과 Chou Fa-Kao(周法高)의 再構音을 중심으로 表를 만들기로 하겠다.

다음 <表 1>을 근거로 하여 發音位置와 發音方法에 따라서 分類하면 <다음 表 2>가 된다.

<표 1> 변·진한어의 인명·관직명·지명 표기 자음의 오음 분류

牙 音	見 k	溪 k'	羣 g	羣 g'	疑 ng
高	居干骨 狗己軍甘古	遣	雲于	奚勤耆 戶仇儉祇	五樂 我讓
周	居干骨 狗己軍甘古	遣	奚戶耆勤 儉祇仇		五樂 我讓
舌頭音	端 t	透 t'	定 d	定 d'	泥 n
高	都智多刀督 柢凍湛中祇	鐵天	淳是由延	神瀆提塗	難奴那
周	都智多珍刀督 支柢凍湛中州祇	鐵天	汁沱提 塗是瀆淳		難奴那 如汝
舌上音	知 t̂ 〔ţ〕	徹 t̂' 〔ţ'〕	澄 d̂' d		娘 ń ȵ
高	支 州		沱		如汝
周					
脣 音	幫 p	滂 p'	並 b' b		明 m
高	半不彼伯 夫婆八	朴	平伐樊比		文馬彌
周	半不彼伯 夫婆八		平伐樊朴比		文馬彌
齒頭音	精 ts	淸 ts'	從 dz' dz	心 s	邪 z
高	走借接資 側	草	秦漕	蘇先西斯 尸沙鮮水	召邪
周	走借接資 鄒側	只草	秦漕召	蘇先西斯 尸沙鮮水	
正齒音 二 等	照莊 ţs	穿初 ţs'	壯崇 ḑz' dz		審生 ş
高					
周					
正齒音 三 等	照章 ts'	穿昌 t's'	牀船 d'z' z'	審 書 ś	禪 ź dź
高				水	
周					

喉 音	曉 χ	匣 γ	影	喩 以 o	喩云 j' γ
高	虎	戶	烏優安		
周	虎	于雲邪 戶	烏優安		

半舌音	來 l	半 齒 音	日/ńźń
高	禮留路利路離盧	高	
周	禮廉留路利延由盧路離	周	

<표 2> 발음 방법과 발음 위치에 의한 분류

發音部位		上部	上唇	上齒	齒	前齒齦	後齒齦	齦顎間	齦顎間	硬顎	軟硬顎間	軟顎	
		下部	下唇		舌尖			舌尖及面	舌面		舌根		喉
發音方法		簡稱	雙唇音	齒唇音	齒音		齒上音	顎齦音	顎 音	舌面音	舌根音	小舌音	
塞音	清	純	p		t			t̂			k		·(?)
		送氣	p'		t'						k'		
	濁	純	b		d			d̂			g		
		送氣	b'		d'							g'	
塞擦音	清						ts						
							ṭs'						
	濁						dz						
							ḍz'						
鼻音	濁		m		n				ń		ng		
邊音					l								
浪音													
摩擦音	清						s		ś				χ
	濁						z						γ

『東國正韻』에 의한 弁·辰韓語 子音의 推讀音을 分類하면 <다음 表 3>과 같다. 해당음의 表記가 없을 경우에는 그것 앞에 ×를 表示한다.

<표 3> 초성 체계

牙音	舌音	脣音	齒音	喉音	半舌	半齒
ᅌ[ŋ]	ㄴ[n]	ㅁ[m]		ㅇ[ø]	ㄹ[r]	ㅿ[z]
ㄱ[k]	ㄷ[t]	ㅂ[p]	ㅈ[c]			
×ㅋ[k′]	ㅌ[t′]	×ㅍ[p′]	×ㅊ[c′]			
ㄲ[g]	ㄸ[d]	ㅃ[b]	ㅉ[ʒ]	ㆆ[ʔ]		
			ㅅ[s]	×ㅎ[h]		
			ㅆ[z]	ㆅ[ɦ]		

위의 <表 2>와 <表 3>은 k-k′-g : k-k′-g-g′와 같이 3항적 상관속과 4항적 상관속의 차이가 있을 뿐이다.

위 <表 2>에서 우리는 顎齦音과 顎音(舌面音)을 近似音에 의한 同音表記로 보고 이것들을 여기서 조정할 필요가 있다. 우리 國語에서 우리가 /č/의 音係를 [ʦ]로 표기하는 것에 맞추어 파찰음 [ʦ] [ʦ′] [dz] [dz′] [tś] [dź] 등을 /č/ /č′/ /ʒ/ /ʒ′/로 추정하여도 좋을 것이다. 또한 [s] [ś]를 /s/로 통합하여 마찰음의 체계를 /s/ /z/로 추정할 수 있을 것이다. 이 마찰음들은 中世國語를 토대로 추정하면 齒音계열에 해당할 것이다. 그리고 顎齦音 [t] [d]는 /t/ /d/에 統合할 수 있을 것으로 믿어지며 [ń]이 과연 */r/로 存在하였던가 의심스럽다. 喉音 [ʔ] [ɦ]와 軟口蓋音 [x] [ɣ]가 나타나는데 이것들이 古代國語(前期)에서 /ʔ/ /ɦ/와 /x/ /ɣ/로 分類되는 存在이었던지 아니면 /ʔ/ /h/ /ɦ‘/로 통합이 가능한 것들이었는지가 의문스럽다.

위에서 우리가 분석 기술한 내용은 弁·辰韓語의 子音 體系에 대하여 [+voiced]와 [+aspirate]를 徵標로 하는 매우 복잡한 相關性 對立의 정보를 제공한다. 이 珍貴한 정보는 原始國語에 대한 音韻 體系의 再構에 있어서 同系語로 추정하는 여러 言語와의 比較 硏究를 통하여 얻은 結論보다는 信憑性이 더 있어 보인다. 여기서 分析 記述한 結果는 實證的인 資料에서 나온 것이기 때문이다. 따라서 위의 <表 1, 2>를 根據로 弁·辰韓語의 子音 體系를 다음과 같은 相關束으로 표시할 수 있을 것이다.

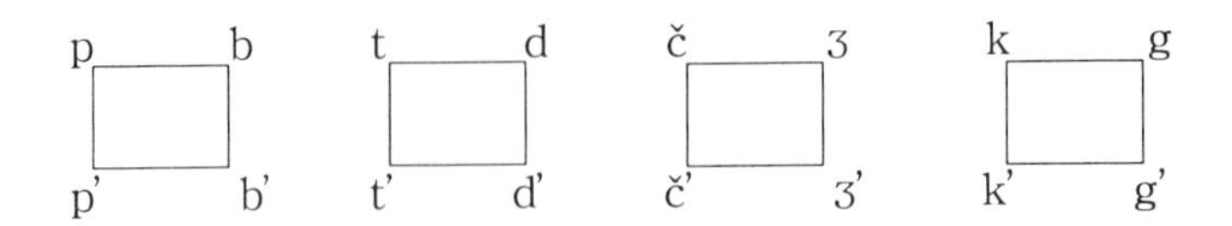

韓國語의 계통을 Altai語族에 속한 것으로 전제할 때 위의 子音 體系를 Altai共通 祖語의 子音 體系와 비교하여 볼 필요가 있다. 지난날 여러 Altai 語學者에 依하여 再構된 Altai공통 조어의 폐쇄・마찰음의 체계는

p	t	č	k
b	d	ʒ	g

와 같이 [+voiced]를 징표로 하는 2항적 대립 체계이었다. 이러한 有聲 資質이 原始國語에서 쓰이고 있었음을 金完鎭(1957)이 論議한 바 있다. 위의 추정 체계와 비교할 때 筆者가 앞에서 再構한 弁・辰韓語의 子音 體系는 [+aspirate]가 추가됨으로 因한 4項的 相關束의 체계가 된다. 바꾸어 말하면 弁・辰韓語에서 有氣性을 除去하면 곧 Altai共通 祖語의 子音 體系로 돌아가는 재미있는 사실을 확인한다. 여기서 筆者는 古代國語의 有氣性이 原始國語와 古代國語(前期)의 交替期에 生成發達한 것으로 推定한다. 따라서 어떤 言語的 상황으로 因하여 原始國語의 子音體系에 有氣性이 발생하여 無聲性 : 有聲性의 2項的 相關對立이

와 같이 4項的 對立으로 變化한 것이라고 추정한다. 따라서 原始國語>古代國語(前期)의 關係를 구체적으로 표시하면

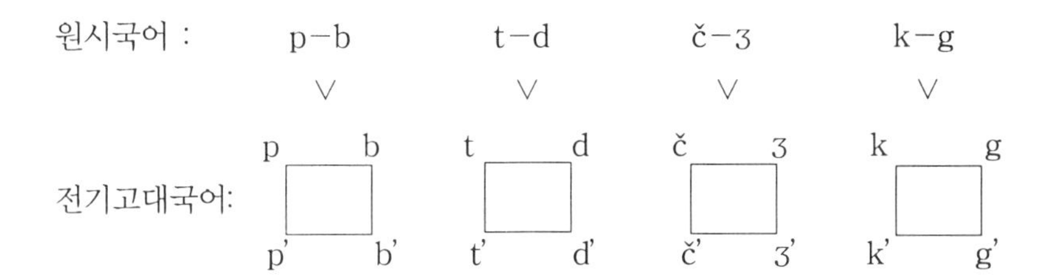

와 같이 발달 과정이 작성된다. 前期 古代國語의 어느 時期에 발생한 有氣性이 점점 强化되자 相對的으로 有聲性은 弱化되어 드디어 [+voiced]가 소실됨에 따라서 결국은

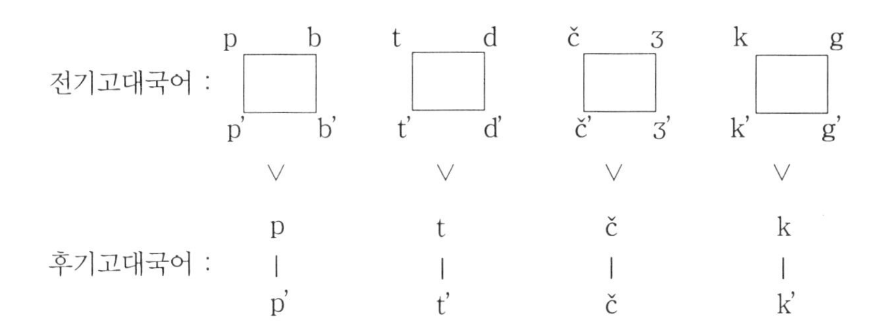

와 같이 [−voiced] : [+voiced] : [+aspirate] > [−voiced] : ø : [+aspirate]의 2項 相關束으로 단순화한 것이라 하겠다. 音韻史에 있어서 이러한 體系的 變化는 흔히 경험하는 사실로 알려져 있는데 가령 Jean Fourquet(1956)가 게르만어의 자음추이(The Germanic Shifts)에 대한 음운론적인 설명을 위하여 설정한 다음과 같은 중간 단계가 좋은 一例라 할 것이다.

인 구 어	중 간 단계	게 르 만 어
p t k k^w	ph th kh k^wh	f þ *x* x^w
bh dh gh g^wh	ß ð *r* r^w	b d g g^w(Gothic)
b d g g^w	b d g g^w	p t k k^w

Fourquet가 印歐語에서 German어를 導出하기 위하여 가상한 중간단계처럼 우리의 國語史에 있어서도 原始國語로부터 前期古代國語에 이르는 동안의 어느 시기에 어떤 言語變化의 要因으로 有聲性과 有氣性이 交替한 단계가 있었던 것으로 추상할 수 있다. 中國語 역시 古代에서는 有聲性을 가진 子音體系이었으나 宋代에 와서 그 징표를 잃었던 것이라고 金完鎭(1957:69 補註1)이 주장한 바 있다. 後期中世國語의 末期에 國語의 子音體系가 경음성 징표를 더 가지게 된 사실도 古代에 있어서의 同一事實의 경험을 설명하는 데 많은 도움이 된다.

이제까지 논의한 바를 근거로 弁・辰韓語의 子音 體系를 再構하면 다음과 같이 綜合된다.

(A) 자음 체계

1. 초성 체계

(1) 폐쇄음·파찰음 체계

/p/	/t/	/ts/	/k/
/p'/	/t'/	/ts'/	/k'/
/b/	/d/	/dz/	/g/
/b'/	/d'/	/dz'/	/g'/

(2) 마찰음 체계

		/s/	/x/
		/z/	/ɣ/

(3) 통비음 체계

/m/	/n/	/ɲ/(?)	/ŋ/

(4) 유음 체계

/l/

/r/

(5) 반자음 체계

/j/　　　/w/

2. 종성 체계

위에서 推讀한 弁 · 辰韓의 言語 資料를 중심으로 音節 末音을 음성의 틀에 담으면 다음 <表 4>와 같다.

<표 4>

發音部位 / 發音方法		上部	上脣 上齒	齒 前齒齦 齒顎間	齦顎間	齦顎間 硬顎	軟硬顎間 軟間	
		下部	下脣	舌尖	舌尖及面		舌根	喉
		簡稱	雙脣音 齒脣音	齒音 齒上音	顎齦音	顎音 舌面音	舌根音 小舌音	
塞音	淸	純	p 汁押邑 接	t 謁伐八骨			k 朴側督 伯瀆借	
		送氣						
	濁	純		d 禮水西耆 柢賁			g 刀奚鞮鑪 支不智祇已	
		送氣						
塞擦音								
鼻音	濁		m 儉音甘 湛	n 遣顨安臣干 文秦難半軍先			ng 平凍中淳	
邊音	濁							
浪音				r 西尸彌祇水				
摩擦音	淸							
	濁						γ 馬盧古不 夫奚斯	

『東國正韻』으로 推讀한 弁 · 辰韓語의 終聲 體系는 다음과 같다.

<표 5>

牙音	舌音	脣音	齒音	喉音	半舌音	半齒音
ㄱ[k]		ㅂ[p]		ㆆ[ʔ]		
ㆁ[ŋ]	ㄴ[n]	ㅁ[m]				
		ㅱ[m]				
					ㄹ[r]	

위 <表 4, 5>를 종합하면 다음과 같다.

p	t	k	ʔ
	d	g	
m	n	ŋ	
	r	ɣ	

위 것들 중에서 'd g ɣ ʔ'가 과연 終聲으로 存在하였던가의 문제는 좀 더 깊이 考究하여야 할 앞으로의 과제이다.

2.6.2. 모음 체계

위에서 推讀한 資料를 中心으로 母音을 分類하면 다음과 같다.

/j/ : liam(廉) giən(勤) kiəɣ(己) rian(延) bieng(平) biuat(伐) liei(禮) gier(耆)

/e/ : geɣ(奚) ter(抵) tewng(凍) tsew(走) siei(西)

/ə/ : kəw(狗) riəw(由) təm(湛) tsiək(側)

/a/ : da(沱) ta(多) nan(難) ·an(安) kam(甘) na(那) tau(刀) ·ap(押) naɣ(奴) ·a(阿)

/u/ : ku(拘) tung(凍) d′uk(瀆) tsu(走) tuo(都) χuo(虎) tau(刀) pua(婆) biuat(伐)

/o/ : ko(古) no(奴) d'o(塗) lo(盧) ·o(烏) piuo(夫) tuok(督) tsiuo(鄒) χuo(虎) tuo(都) nguo(五)

위 資料를 바탕으로 前期 古代國語의 母音 體系를 다음과 같이 再構할 수 있다.

```
i           u
e     ə     o
      a
```

『東國正韻』으로 推讀한 資料를 中心으로 母音을 분류하면 다음과 같다.

•/ʌ/ : cʌø(資) sʌø(斯)

ㅡ/ɨ/ : gɨn(勤) øɨm(湛) ·kɨβø(己)

ㅣ/i/ : :ziø(是) riø(離) miø(彌) giø(耆)

ㅗ/o/ : ko(古) no(奴) toŋ(涷) doø(塗) dok(瀆) ·roø(盧) ʒoɱ(漕) :ɦo(戸) ˀoø(烏)

ㅏ/a/ : kam(甘) nan(難) ·maø(馬) ˀan(安) ·pan(半) ·ŋak(樂) ·c'ap(接) zyaø(邪)

ㅜ/u/ : kun(軍) :kuɱ(狗) ·cuɱ(走) ˀuɱ(優) ·purˀ(不) ·tyuŋ(中) cyuɱ(州) øyuɱ(由)

ㅓ/ə/ : ·hən(鮮) zyəø(如) tyəyø(柢) ·øyən(延) :zyəm(冄)

여기서 우리는 다시 ʌ와 ɨ를 추가할 수 있게 된다. 그런데 karlgren이 再構한 中古音에서는

·ȋɐt-b'ȋwɐng(謁平) suo-b'ȋwɐt(蘇伐) t̂ȋe-pɐk-xuo:(智伯虎)

와 같이 ɐ가 발견되기 때문에 /ʌ/의 存在를 추정할 수도 있겠으나, 본고는

中古音을 기본으로 하지 않았기 때문에 어디까지나 참고로 할 뿐이다. 그리하여 ( )에 넣어서 모두를 종합하면 前期 古代國語의 잠정적인 母音 體系는 다음과 같이 정리할 수 있겠다.

i	(ɨ)	u
e	ə	o
	a	(ʌ)

2.7. 변한·진한 지명어의 구조

弁·辰 24個 國名과 그 殘存 國名들에 대한 形態素 分析에 앞서는 作業으로 우선 各 地名語의 構造부터 파악하기로 하겠다. 옛 地名의 表記에 借用된 漢字가 音節 文字이기 때문에 地名들이 대체적으로 음절 단위로 表記되었을 것이라 믿는다. 우선 음절수에 의하여 分類하면 다음의 (A)(B)(C)(D)와 같다.

(A) 2음절 지명

① 已柢 ② 不斯 ③ 接塗 ④ 勤耆 ⑤ 冉奚 ⑥ 樂路 ⑦ 軍彌 ⑧ 如湛
⑨ 甘路 ⑩ 戶路 ⑪ 州鮮 ⑫ 馬延 ⑬ 狗邪 ⑭ 安邪 ⑮ 瀆盧 ⑯ 斯盧
⑰ 優中 ⑱ 于尸 ⑲ 居柒 ⑳ 沙伐 ㉑ 押督 ㉒ 比只 ㉓ 多伐 ㉔ 草八
㉕ 召文 ㉖ 甘文 ㉗ 斯盧

(B) 3음절 지명

㉘ 古淳是 ㉙ 走漕馬 ㉚ 多婆那 ㉛ 音汁伐 ㉜ 伊西古

(C) 4음절 지명

㉝ 彌離彌凍　　㉞ 古資彌凍　　㉟ 彌烏邪馬

(D) 5음절 지명
㊱ 難彌離彌凍

위와 같이 총 36個 地名 중 27個 地名이 2음절 형이다. 여기서 (C)(D)를 ㉝彌離+彌凍 ㉞古資+彌凍 ㉟彌烏+邪馬 ㊱難+彌離+彌凍와 같이 分析할 수 있기 때문에 2음절 형은 더욱 증가될 가능성이 있다. 이에 대한 보다 자세한 論議는 續稿로 미루려 한다.

2.8. 변한・진한 지명어의 지명(形態)소

위에서 분석한 바와 같이 弁韓・辰韓 地名語의 기본 단위는 2음절 語形이었다. 이 기본형들은 모두 地名素의 분석이 가능할 것이다. 다음에서 지명소 분석을 시도하여 보기로 하겠다.

2.8.1. 접두 지명소

(1) '斯-'[siə̆g], '沙-'[sa] 지명소
⑯은 ㉗과 같이 동일한 모습으로 殘存하였다. 이것은 다른 殘存 國名인 ⑳의 '沙-'와 더불어 '東'의 뜻을 지닌 固有語 *sʌy로 추정된다.

(2) '押-'[·ap] 지명소
이것은 中部 地域에 分布하였던 前期 百濟語의 地名 중에서 平淮押, 扶蘇押, 屈於押, 阿珍押, 加火押 등의 '押'에 해당할 것으로 믿는다.

(3) '樂-'[nglŏg], '甘-'[kâm], '戶-'[g'o] 지명소
이것들은 다음에서 분석하게 될 '-路'와 결합되어 있기 때문에 各各을 지명소로 분리할 수 있다. 특히 '甘-'은 ㉖의 甘文이 있기 때문에 더욱 확실하다.

(4) '多-'[tâ]~[han] 지명소

㉓多伐, ㉚多婆那에서 '多-'를 1個 지명소로 분석할 수 있다. 여기서 만일 ㉚의 '-婆-'가 ㉓의 '-伐'과 같은 의미의 異字 表記形이라면 더욱 확실하여진다. 그리고 이 ' 多-'는 'han'으로 訓讀하여야 할 可能性도 있어 보인다.

2.8.2 접미 지명소

(1) '-路'[glãg] 지명소

이것은 ⑥⑨⑩에서 중복으로 接尾되어 나타난다. 아마도 다음에서 논의할 '-盧'와 동일 地名素의 異表記가 아닌가 한다.

(2) '-盧'[lo], '-那'[nâr] 지명소

이것은 承繼 地名에서 흔히 '羅, 奴, 內'로 대응되는 지명소인데 그 의미는 '土, 壤'으로 추정할 수 있다.

(3) '-伐'[biwet], '-八'[pwât], '-婆'[pwâ] 지명소

⑳㉓㉗㉛의 '伐'과 ㉔의 '八' 그리고 ㉚의 '婆'는 後繼 地名에서 '火, 弗, 伐'로 대응되는 지명소임이 틀림없을 것이다.

本項에 관한 보다 깊은 論議는 續稿로 미룬다.

3. 결론

지금까지 論議하여 온 내용을 간추려 그 要旨를 적으면 다음과 같다.

'弁韓 · 辰韓'에 대한 뜻은 다음과 같이 추정할 수 있다.

(1) 辰韓의 屬國이었던 斯盧國의 '斯'가 徐羅伐의 '徐'와 同源語로 東을 의미하며 이것들은 辰韓의 '辰'에 소급될 것으로 볼 수 있다. 그 繼承된 來歷이

辰國>辰韓>斯盧>徐羅伐(新羅)

와 같이 이어지므로 '辰'은 '斯·徐'와 더불어 東의 뜻인 'ᄉᆡ'로 해석함이 마땅한 것이라 하겠다. 따라서 辰韓은 馬韓(거라한=西韓)의 반대편에 위치한 東國인 고로 'ᄉᆡ한'(東韓)이라 풀이할 수 있다.

(2) 弁韓은 辰韓에서 分離 獨立한 諸國(12개국)의 總稱이다. 弁韓의 原名은 弁辰韓이었는데 줄여서 弁辰 혹은 弁韓이라 불러 왔다. 이렇게 略稱하게 된 理由는 아마도 他 二韓이 馬韓, 辰韓과 같이 2字名으로 呼稱되기 때문에 이에 맞추기 위해서였을 것이다. 그러면 그 原名이 他 二韓의 국명보다 길었던 까닭은 무엇이었을까. 弁辰(혹은 弁辰韓)은 辰國이 一次로 辰韓과 馬韓으로 等分되고나서 再次 辰韓에서 갈라져 나왔기 때문에 그 의미를 나타내려고 辰韓에 '弁'을 冠하여 命名한 名稱이라서 3字名이 된 것이라 하겠다. 그렇다면 弁韓(<弁辰韓)은 辰韓에서 '갈라져 나온 韓'이란 뜻으로 '가ᄅᆞ한'이라 해석함이 마땅하다고 본다.

(3) '韓'의 뜻을 '大'로만 풀이하여 온 見解와는 달리 그 뜻풀이의 폭을 넓히어 고찰하면 '韓'에 '多'의 뜻도 있음을 확인할 수 있다. 古代 中國人이 韓國(<馯國)을 衆國으로 表記한 '衆'을 意譯으로 보고 '韓'의 意味를 '多, 衆, 諸, 群'으로 풀이할 때 韓國은 '여러 나라'(多國, 衆國)로 해석함이 타당할 것으로 본다.

실로 古代 韓半島의 협소한 中部 以南 地域에 78個의 部族國이 散在하였던 것인데 이런 현실에서 大國이란 의미의 呼稱보다는 오히려 '衆國, 多國'이란 의미의 칭호가 더욱 적합하였을 것이기 때문에 韓國을 '여러 나라'(多國)란 뜻으로 풀이함이 온당할 것이다.

弁韓·辰韓語가 대략 紀元前 300年에 起源하였을 것으로 추정하고 馬韓語와 더불어 그 前半期를 대략 300年間으로 잠정하였다. 일반적인 생각처럼 辰韓이 新羅의 建國과 同時에 一時的으로 亡한 것이 아니다. 辰韓은 거의 3世紀 동안이나 新羅와 共存하면서 서서히 쇠잔하였던 것이다. 그렇기 때문에 辰韓語史를 대략 600年間으로 설정하여도 무방할 것이다. 이 경우는 馬韓語史와 거의 같은 來歷으로 볼 수 있다. 그러나 弁韓語史는 他 二韓語史와 다른 길을 中途에서부터 걸었다. 弁韓은 加羅에 의하여 점진적으로 倂呑된 것이 아니라 2國이 1加羅國으로 倂合하는 데서 마무리되는 一時的 變革의 終末이었기 때문이다. 따라서 弁韓語史는 紀元 前後에 그 歷史의 幕을 내린 셈이다.

以上의 내용을 근거로 古代國語의 時代區分을 前期와 後期로 나눌 수 있겠고, 앞의 前期를 다시 ⓐ前期와 ⓑ後期로 區分하면 ⓐ에는 扶餘系의 扶餘語, 沃沮語, 濊貊語 등과 韓系의 辰韓語, 弁韓語, 馬韓語가 속하게 된다. 高句麗語, 百濟語, 馬韓語, 辰韓語, 新羅語, 加羅語는 ⓑ에 속하였던 것으로 보려 한다.

弁韓·辰韓語의 特徵은 기층면에서 馬韓語와 동일하였던 것으로 추정한다. 基本 語彙의 比較에서 同質性이 매우 짙게 확인되기 때문이다. 그럴 뿐만 아니라 일반 語彙의 비교에서도 古代 韓半島 특히 中部 以南地域에 分布하였던 단어들이 同質性을 나타내는 특징이 두드러지게 확인된다. 이 問題에 대한 보다 깊은 논의는 別稿로 미루려 한다.

弁韓·辰韓語의 子音 體系는 [+voiced]와 [+aspirate]가 交替하는 時期의 過渡 體系였던 것으로 보인다. 그 발달 과정을 圖示하면 다음과 같다.

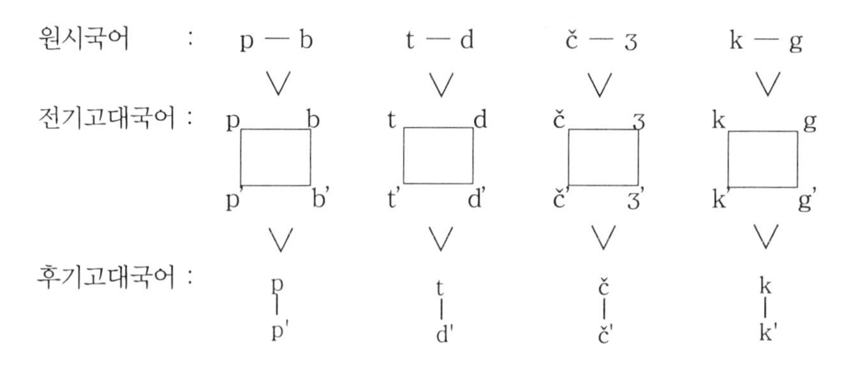

弁韓·辰韓 地名語의 母音 體系는 다음과 같았을 것으로 추정한다.

I	(ɨ)	u
e	ə	o
	a	(ʌ)

弁韓 · 辰韓 地名語의 構造는 2음절이 기본 단위이었던 것으로 추정할 수 있다. 地名語의 지명소를 분석한 결과에서 接頭 地名素와 接尾 地名素를 찾을 수 있다.

Ⅶ. 마한어 연구

1. 서론

국어사 연구에 있어서 馬韓語에 관한 새로운 인식은 비교적 늦은 시기에 비롯된다. 이 언어에 대한 그 동안의 관심은 대체적으로 國語系統論에 고착되어 있었고, 이른바 고대국어의 前段階, 즉 夫餘系와 韓系로 나누는 分派 단계에서 韓系를 대표하는 한 언어로 지목되었을 뿐이다.

마한어를 전기 고대국어로 상정하여 놓고 새로운 각도에서 논의하기 시작한 것은 도수희(1980:5~46)이었으며 이어서 유창균(1982:123~155)이 이 문제를 본격적으로 논의하였을 뿐이다. 그럴만한 까닭이 있었겠지만, 실로 국어학계의 연구가 지나칠 만큼 三國語 중 특히 신라어에만 집중되어 고구려어와 백제어에 관한 관심은 상대적으로 등한하였던 것만은 사실이다. 이보다 더욱 관심밖에 버려진 존재가 三韓語이었다고 하여도 과언이 아닐 것이다. 그러나 國語史에서 三韓語는 필히 연구되어야 할 막중한 비중을 갖고 있다. 三國이 승계하기 직전 단계의 역사성과 三韓이 남긴 言語 資料가 三國 중 고구려, 백제가 남긴 것에 버금갈 만큼이나 보존되어 있다는 사실을 가볍게 여길 수 없기 때문이다.

천만다행으로 中國史書에 남겨진 馬韓 54國名과 弁辰 24國名 및 人名・官職名 등은 국어사의 연구에 있어서 소급할 수 있는 첫 단계의 언어 자료이다. 이 귀중한 자료가 중국인의 손에 의하여 기록된 탓으로 그리되었는지는 모르겠으나, 어쨌든 고대사 연구에서는 소중하게 다루어진 자료들이 국어사적인 면에서는 오히려 거의 외면 당해온 사실이 지극히 의아스럽다. 그러나 이 三韓의 언어자료는 三國이전 국어의 모습을 어렴풋이나마 窺知할 수 있도록 공헌한다. 이 공헌은 국어사의 시대구분에 있어서 고대국어의 上限 時期를 삼국시대에서 삼한시대로 한 시기를 올려준다. 그리하여 古代를 前期와 後期

로 兩分할 수 있는 토대가 된다.

지금까지 고대국어의 시기를 夫餘系(北方系)와 韓系(南方系)의 언어를 포함한 삼국어(고구려어·백제어·신라어)의 시기까지로 잡는 이기문(1961)의 견해와 알타이어족에서 우리 어족이 분파하여 하나의 독립된 언어를 구성하는 시기부터 신라 말기까지로 잡는 김형규(1975)의 견해가 공존하여 왔다. 필자는 이 두 견해에 동의하지 않는다. 필자는 고대국어 시기의 始發을 韓系語와 夫餘系語의 分岐點부터로 잡고 그 시기의 기점을 대략 기원전 300년경으로 잡는다. 그리하여 삼한어의 시기를 前期로 설정하고 그 이후부터 신라 말기까지를 後期로 설정하였다. 다음 2.2의 '馬韓語史의 제문제'에 관한 자세한 설명을 읽으면 필자의 주장을 충분히 이해할 수 있을 것이다.

이런 여러 문제를 위하여 도수희(1989:5~45)에서 마한어에 대한 고찰을 부분적으로 행한 일이 있다. 三韓 중 馬韓을 택한 것은 일차적으로 백제어와 깊은 관계가 있기 때문이었지만 부차적으로는 三韓의 78개 國名(엄격히 말해서 부족명) 중 2/3가 넘는 54개의 국명이 마한어이기 때문에 우선적으로 다루어져야 한다고 믿었기 때문이기도 하다.[1)]

馬韓語에 대한 필자의 보다 이른 관심은 백제어의 기원 문제를 다룬 도수희(1977:20~24)에서 소박하게 언급되었다. 따라서 이 연구는 앞서 두 연구(도수희 1977, 1980)에 이어지는 것으로 궁극적인 목적은 馬韓 地名의 연구를 통하여 전기 고대국어를 再構하려는 데에 있다.

---

1) 三韓의 위치 문제에 대한 史學系의 견해는 대체적으로 두 說로 대립되어 있다. 하나는 馬韓의 영역을 경기・충청・전라지방, 辰韓의 영역을 낙동강의 동쪽 경상도 지방, 弁韓의 영역을 낙동강의 서남쪽 경상도 지방으로 추정하는 종래의 일반적인 說이요, 다른 하나는 馬韓을 安城川 이남의 충정・전라도 지방으로, 辰韓을 禮成江 이남의 경기 지방과 嶺西의 강원 지방으로, 弁韓을 嶺南 지방으로 추정하는 說(이병도 1976:256~259)이다. 여기서 뒤의 학설을 따른다면 馬韓 54국이 어느 정도 줄어들 가능성이 있지만 이와 같은 차이가 본고의 논지에 큰 영향을 미치는 바는 아니므로 편의상 전자를 따르기로 한다.

2. 본론

2.1. '마한'의 語意

梁柱東(1968:63)은 三韓의 이름을

馬韓=마한(南韓), 辰韓=ᄉᆡ한(東韓), 弁韓=가ᄅᆞ한(中分韓)

과 같이 馬韓을 '남쪽에 위치한 韓'이란 뜻으로 풀이하였다.2)

김선기(1976:325~326)에서는

馬韓=마리가라; 馬=頭=마리
辰韓=사이가라; 辰方=東方=사이쪽
卞韓=갓가라 ; 馬韓에서 볼 때 東海邊에 위치하였기 때문

와 같이 풀이하였으니 '馬韓'을 '馬=마리, 韓=가라'로 푼 셈이다.3)

그런데 『삼국사기』의 朴赫居世 39년조에 보면 '馬韓王=西韓王'과 같은 기록이 있어 '馬:西'의 대응을 보인다.4) 여기서 우리가 '馬'와 대응하고 있는 '西'에 대한 고유어가 무엇인가를 찾으면 된다. 이 문제는 이미 都守熙(1985:34~43)에서 비교적 자상하게 논의하였기 때문에 여기서 재론하지 않고 그 논문

---

2) 梁柱東(1968:63)의 주장은 다음과 같다.
「三韓은 동일한 '韓'이로되 그 위치에 따라 '辰[音 'ᄉᆡ'신]韓' [신한=東韓], '馬韓'[마한=南韓], '弁韓'[가ᄅᆞ한=中分韓]으로 稱號된 것이다. 원래 '한'이라 自稱하는 北方民이 半島로 南遷함에 미쳐 '韓'이 우선 '南·東' 兩韓으로 갈려 '馬韓·辰韓'이 되고 '辰韓'에서 分岐된 '韓'이 '弁韓'['弁' 訓 '가ᄅᆞ'] 또는 '弁辰[가ᄅᆞ신]이 된 것이니……」

3) 김선기(1976:326)에서 다음과 같이 주장하였다.
「세 가라는 <마리가라>(馬韓) <사이가라>(辰韓) <갓가라>(卞韓)를 가리킨 것이요, 옛날 이두식으로 적은 것은 <馬韓, 辰韓, 卞韓>이 된 것이다.」

4) 三十九年 馬韓王薨 或說上日 西韓王前辰我使 今當其喪征之 其國不足平也 <『三國史記』 권 1 始祖 赫居世條>

에 맡기려 하며 다만 그 결론의 내용만 다음에 요약한다. 그 졸고(1985)는 현재에 와서는 사용되지 않는 '西'에 대한 百濟語가 '*kər ~*kəra(>kar)'이었을 것으로 추정하였다. 그렇다면 馬韓은 '*kərahan'(西韓-西方에 위치한 韓)이며 이렇게 풀이하여야 그 위치의 안배로 보아 梁柱東이 풀이한 '辰韓=싀한'과 東西가 부합되어

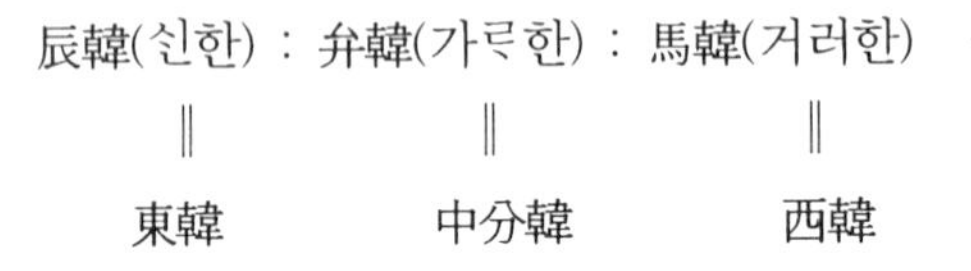

과 같이 합리적인 해석이 된다. 그럴 뿐만 아니라 '馬'를 音借字로 풀면 '辰=싄' '辯=가ᄅᆞ'와 같이 訓借字로 푸는 것과 상치된다. 가능한 한 같은 범주 안에 있는 어휘들이니까 借字法까지도 '辰'과 '辯'을 새김으로 풀면 '馬'도 새김으로 푸는 것이 순리일 것이다. 여기에다 '馬'에 대한 고유훈이 '걸'이었음을 주장한 논고가 있다. 일찍이 박은용(1971)이 윷놀이의 '걸'이 곧 이 '馬'에 해당함을 논증한 바 있고, 필자(1985)도 앞에서 소개한 논문에서 '馬'와 '西'가 백제 지명에서 빈번히 대응됨을 논증하였다. 따라서 馬韓은 곧 '西쪽에 位置한 韓'이란 뜻으로 '거라한'(西韓)이라 결론짓게 된다. 이 결론을 믿게 하는 보충 자료가 또 있다. 『後漢書』 東夷列傳(韓傳)이 밝힌

> 馬韓在西, 有五十四國……辰韓在東, 亦十有二國,……弁辰在辰韓在南, 亦十有二國云云

과 같은 기록 내용이 馬韓은 西에, 辰韓은 東에, 弁辰은 南에 위치하고 있었음을 증언하기 때문이다.

그러나 馬韓이 蓋馬韓과 乾馬國[5]의 後身으로 앞의 두 어휘에서 첫째 字인

5) 百濟者 其先蓋馬韓之屬國 夫餘之別種 <『周書』>
百濟之國者 其先蓋馬韓之屬國也 出自夫餘王東明之後 <『北史』>

'蓋'와 '乾'이 생략된 것이라면[6] 그 語源이 다르게 파악되어야 하고, 그 語形의 분석에 따라 語意가 달리 파악될 수도 있다. 사실 그럴 개연성이 없는 것도 아니다. 대체적으로 馬韓의 立都地가 백제의 金馬渚郡(現 全北 益山)이었을 것으로 추정하는가 하면 한편 廣州의 京安으로 추정키도 한다.[7] 그 立都地(혹은 都邑地)가 한반도의 어느 곳이었든 간에 馬韓과 관계됨직한 명칭으로는 馬韓 54國名 중에서 '乾馬國, 監奚卑離國'을 들 수 있겠고, 그것은 中國史書의 蓋馬韓에 比定할 수 있다. 앞의 監奚卑離國은 백제의 古莫夫里로 이어지며 나아가서 現 洪城의 金馬面으로 이어진 것으로 추정된다. 그리고 『魏志』 東沃沮傳에서 東沃沮의 위치를 '在高句麗蓋馬大山之東'으로 설정한 것으로 보아 지명 '蓋馬'는 고대 한반도의 남북 전역에 산재해 있지 않았나 하는 의심을 자아낸다(都守熙 1974, 1979 참고). 그리하여 '金馬=蓋馬=乾馬=古莫'의 등식을 만들 수 있고 이렇게 2音節을 單一 形態素로 볼 때 金馬는 *koma로 '大·巨·熊·北'의 의미를 지니고 '韓'에 接頭한 形態素로 추정할 수 있게 된다.

그러나 첫째 자가 생략되지 않은 것으로 본다면 이 어휘는 다른 각도로의 분석도 가능하다. 가령 馬韓=乾馬의 추정을 가정할 때

乾=韓=干=邯=翰=韃=玄(새김)

과 같이 異字에 의한 同音表記로 볼 수도 있으니 그것은

(a) 乾馬>馬乾>馬韓

(b) 馬韓>韓馬>乾馬~蓋馬>金馬

---

6) 李丙燾(1981: 257)에서 다음과 같이 주장하였다.
「馬韓은 族名 내지 地名에 의한 「蓋馬韓」「고마韓」의 略稱인 듯하며 또 「弁辰」「弁韓」은 弁帽(實物出土)를 쓴 辰人, 韓人이라는 뜻에서 命名된 것이라고 나는 본다.」

7) 準王이 南來하여 韓地에 立國한 지역에 대한 견해가 두 학설로 대립된다.
① 金馬說; 李承休(『帝王韻紀』), 丁茶山(『我邦疆域考』), 金貞培(『韓國史研究』 13, 1976) 등의 주장.
② 廣州京安說; 李丙燾(1981: 251)의 주장.

와 같이 형태소의 도치로 인한 변화 과정을 경험한 것으로 추정할 수도 있다.[8] 그렇다면 여기 接頭한 '乾~蓋~韓~金'은 '大'의 뜻을 가진 접두 형태소로 볼 수 있다. 그리고 '馬'는 저 위에서 설명한 바와 같이 *kara(西)의 의미로 풀면 된다. 결과는 乾+馬+國(韓+馬+國, 金+馬+國, 蓋+馬+國)와 같이 3형태소로 분석이 가능하여 乾馬國은 '大西國'이란 의미일 수도 있다.

여기서 '乾・韓・金・蓋'가 접두 형태소로 올 수 있음은 馬韓語에 소급될 수 있는 왕칭어 鞬吉支가 '鞬+吉+支'로 분석될 수 있고, 이 '鞬'이 위 것들과 동일한 성질의 접두 형태소라 추정되기 때문이다.

요컨대 馬韓은 乾馬國・蓋馬國 등과의 비교에서

첫째; 접두 형태소가 생략된 것으로 추정하여 '蓋馬韓>Ø馬韓'과 같이 변화한 것으로 보고 그 原初形이 蓋馬韓=乾馬國=金馬國일 것으로 가정하여 蓋馬・乾馬・金馬를 동일어로 보고 그 어의를 *kɨn(>큰(大))으로 풀이할 수 있다.

둘째; 처음부터 접두 형태소가 없었던 것으로 보고 馬韓이 乾馬의 置換 변형으로 추정하여 韓馬로 원상 복귀시켜 馬韓國=乾馬國=韓馬國으로 추정하고 3개 형태소로 분석하여 乾馬國(大西國)으로 볼 수도 있다.

셋째; 馬韓이 乾馬國・蓋馬國과는 아무런 관계도 없는 것으로 보고 馬韓을 *karahan(西韓)으로 추정할 수 있다.

와 같은 세 가지의 가설을 세울 수 있다.

2.2. 마한어사의 여러 문제

三韓 중 馬韓의 영토가 가장 廣域이었음은 그 領內에 분포하였던 54國名이 증명한다.[9]

---

8) 우리는 『三國史記』 地理 2에서 이런 도치 변형을 흔하게 발견한다.
臨津縣 本高句麗津臨城 景德王改名今因之
井泉郡 本高句麗川井郡 景德王改名今湧州
臨道縣 本高句麗道臨縣 景德王改名今因之 등

9) ① 李承休(1287)의 『帝王韻紀』 下권에 다음과 같이 적혀 있다.
稱國者 馬有四十辰有二十并有十二
② 李丙燾(1981: 266)는 馬韓 54국 중 11국은 辰韓의 것으로 주장하였다.

『三國志』魏志 東夷傳에

> 辰韓在馬韓之東 其耆老傳世而自言 古之亡人避秦役 來適韓國 馬韓割其東界地與之

라 기록하고 있어 馬韓이 東部의 영토를 떼어 주어 辰韓을 건국케 한 사실이 드러난다. 이 근거로 미루어 볼 때 馬韓의 영토가 他 2韓보다 넓었던 사실을 알 수 있다. 그럴 뿐만 아니라 그 역사도 삼한 중 馬韓이 가장 길었다. 이 사실을 우리는 馬韓의 역사가 백제의 近肖古王代(A.D. 346~475)까지 존속되었다는 사학자들의 주장에서 확인할 수 있다. 그럼에도 불구하고 그 동안의 馬韓에 대한 보편적인 지식은 기원전 18년에 백제가 건국하면서 馬韓이 패망한 것으로 착각한 誤解이었다. 이 착각으로 인하여 馬韓語史도 백제가 건국하기 이전까지의 언어사로 국한시키는 잘못을 거듭하여 왔을 뿐이다.

그러나 馬韓史의 종말은 보다 신중히 再考할 필요가 있다. 만일 馬韓의 政體가 단일 국가이었다면 일시에 멸망한 것으로 추정할 수도 있다. 그러나 54개의 部族國으로 결속된 연합체이었다는 사실을 유의하여야 한다. 古代의 한반도에 있어서의 부족국의 분포가 대체적으로 그러하였던 것으로 생각된다. 이는 신라가 가라를 통합하기 前 段階에서 이웃하여 있던 군소 부족국을 점차적으로 併呑한 사실이 증명한다. 좀 더 구체적으로 말하자면 신라는 婆娑尼師今 29년(A.D. 108)에 比只國, 多伐國, 草八國 등을 쳐서 통합하였고, 同王代에 悉直國이 항복하였다. 그리고 祇摩尼師今代에 押梁小國을 攻取하였다. 助賁尼師今 2년(231년)에 甘文國을 통합하였고, 7년(236년)에는 骨伐國을 併合하였다. 沾解尼師今(247~261) 때에 沙伐國을 取合하였고, 伐休尼師今 2년(185)에 召文國을 공략한 일이 있다. 智證麻立干 13년(512년)에 于山國이 歸服하였다.

「즉 첫머리의 爰襄國을 비롯하여 牟水國·桑外國·小石索國·大石索國·優休牟涿國·臣濆活國·伯濟國·速盧不斯國·古離國·奴藍國 등의 11國은 모두 辰韓의 諸部落으로 推定된다.」
그러나 본고는 원전에 충실하여 54국명을 그대로 馬韓語로 일단 가정키로 한다.

이상과 같이 신라는 점진적으로 이웃 부족국을 병합하였고 결국은 加羅諸國을 하나 하나 攻取하여 최종 단계에서 大加耶가 스스로 굴복하게 만든 것이다. 신라에게 併呑되기 이전의 六加耶도 실은 그 전 단계의 群小部族을 六國으로 통합하는 과정이 있었다.

馬韓 54國도 결코 동시에 멸망하지 않았다. 신라가 가까운 部族國부터 점차적으로 병탄한 것과 비슷한 방법으로 백제에 근접한 부족국을 북부에서부터 서서히 정복하게 되었을 것이다. 거리 관계로 그 통합이 용이치 않았던 耽羅國(濟州島)이 文周王 2년(476)까지도 健在하였다는 사실로 미루어 보아도 그렇게 추정할 수 있는 것이다. 전술한 내용을 근거로 필자 또한 近肖古王 24년(369)경에 백제가 馬韓의 故地를 거의 병합하게 되었다는 사학계의 주장을 수용하여 이를 토대로 마한어사를 기술하려고 한다.

한편 馬韓의 始發期에 대한 문제가 남아 있다. 오랜 동안 馬韓에 관한 국사학계의 연구가 꾸준히 지속되어 왔으면서도 유독 그 始發에 대한 문제만은 별다른 결론이 없이 거의 유보상태로 미루어 두고 있다. 따라서 우리는 국사학자들이 어림잡은 시기를 중심으로 대개 어느 시기쯤일 것이라고 추정하는 정도로 만족할 수밖에 없다. 가령 韓國史年表(震檀學會 1959)와 東洋年表(이현종 1971)는 108 B.C.년에 衛滿朝鮮이 망하고 107 B.C.부터 58 B.C.까지는 공백으로 비워 놓고 있으며 57 B.C.에야 신라가 건국하는 것으로 되어 있다. 그러니까 三韓의 역사는 그 國名만 馬韓·弁韓·辰韓으로 남아 있을 뿐 그 연표에 대하여는 일언반구의 언급이나 논의가 없다. 이와 같은 국사학계의 무관심은 고대사의 구체적인 연표에 의거하여 연구되어야 할 인접분야의 進展에 막대한 지장을 준다. 비전공자로서 자기분야 이외의 분야까지 본의 아니게 접근하여 힘에 겨운 문제까지 거칠게 다루고 넘어야 하는 고통을 받게 되기 때문이다.

어쨌든 馬韓의 역사는 백제가 건국된 시기(18 B.C.)보다 훨씬 이른 때로 소급될 것은 의문의 여지가 없을 것이다. 『三國史記』 및 『三國遺事』의 저자가 三韓에 대한 구체적인 기술을 하지 않은 이유가 있다면 기술을 뒷받침할 史料가 전해지지 않았던가 아니면 檀君을 중심으로 그 맥을 이어 온 쪽에 역점을 두었기 때문에 그리되었다고 할 수 있을 것이다. 실로 馬韓의 역사가 언제 비롯되었는지는 알 수 없으나 추정컨대 한반도의 북부와 南滿洲 일대에 이른바 夫餘族의 各派가 분포하였던 시기에 남부에 자리 잡고 있던 세력이 韓系의 諸族이었을 것이라면 馬韓史도 기원전 3세기경부터 起算할 수 있을 것으로 추정한다.[10] 그 6세기 중 절반은 백제의 건국 이전에 해당하고 그 절반은 百濟史의 前期와 竝存한 시기에 해당할 수 있을 것이다. 따라서 馬韓은 백제와는 아무런 관계가 없었던 前期와 백제와 대치 상태를 유지하여 온 後期로 나눌 수 있는 것이다.

韓에 대한 가장 이른 기록은 西周(300 B.C.~) 사람의 저술인 『尙書孔傳』에

海東諸夷駒麗扶餘馯貊之屬 或王克商 皆通道焉

라 기록한 '馯'으로부터 비롯된다. 이 '馯'에 대하여 『尙書孔疏』는

漢書有高駒麗扶餘 無此馯 馯卽彼韓也 音同而字異爾

와 같이 '馯=韓'이라 주석하였고 『丁氏集韻』에서는

馯河干切 音寒 東夷別種名

이라 하였으니 '韓'의 존재가 적어도 기원전 300년 이전으로 올라간다. 그리고 司馬遷(145~86 B.C.)의 『史記』(朝鮮列傳 第55)에도

傳子至孫右渠 所誘漢亡人滋多 又未嘗入見 眞番旁衆國欲上書見天子 又擁閼不通

10) 三韓의 명칭이 대개 前漢末期(기원전 1세기)로부터 馬韓・辰韓・弁韓과 같이 구별되기 시작한 것으로 보아 馬韓의 출발은 보다 1세기여 앞당겨 성립한 것으로 볼 수 있다. 그리고 기원전 2세기경에 衛滿에게 쫓기어 바다로 南來 망명한 準王의 세력이 馬韓 卽 金馬(現 益山)를 점거하여 스스로 韓王이라 하였다는 『三國史記』의 내용으로 미루어 그렇게 추정해도 좋을 것이다.

과 같은 기록이 있다. 위 '衆國'이 유창균(1982:123~124)의 주장대로 '辰國'의 異表記로 인정된다면 三韓의 근원을 '辰國'으로 추정할 수 있다.[11] 이 기록만을 중심으로 생각하여도 그 기원이 줄잡아 漢代(206 B.C.~)까지 소급하게 된다. 그리고 三韓의 地名이 구체적으로 밝혀진 것은 『後漢書』 東夷列傳 제 75의

> 韓有三種 一日馬韓 二日辰韓 三日弁辰 馬韓在西 有五十四國…辰韓在東 十有二國…弁辰在辰韓之南 亦十有二國…凡七十八國

으로부터이다. 기원 25년에 後漢이 시작되었으니 위 78國名이 漢代 前期에 이미 기록되었음을 인정하여도 무방할 듯하다.

위에서 추정한 바와 같이 馬韓史를 약 6세기 동안으로 잡을 때 前半 3세기는 衛滿朝鮮의 말기와 그 패망 후 1세기 동안에 존재하였던 기간이고, 後半 3세기는 백제와 공존하였던 기간이라 할 수 있다. 따라서 馬韓語史는 고대국어의 시기에 있어서 그 前・後期가 이웃의 先後國과 겹치는 것으로 파악된다. 古代 韓半島와 南滿洲 일대에 분포하였던 언어의 관계를 圖示하면 다음 표와 같다. 신라의 통일에서 고구려는 백제의 前期語 지역과 濊貊語 지역만 신라에 양보하였을 뿐 고구려의 본토는 그대로 渤海가 繼承하였기 때문에 그 後繼語를 渤海語로 暫定한다.

---

11) 『後漢書』 東夷列傳(제 75)은 三韓에 대하여 '東西而海爲限 皆古之辰國也'라 하여 辰國이 三韓의 根源임을 증언하고 있기 때문이다. 그리고 『滿洲原流考』 권 2에서도 '三韓統名辰國 自漢初己見'이라 하였다.

고대국어의 시대구분

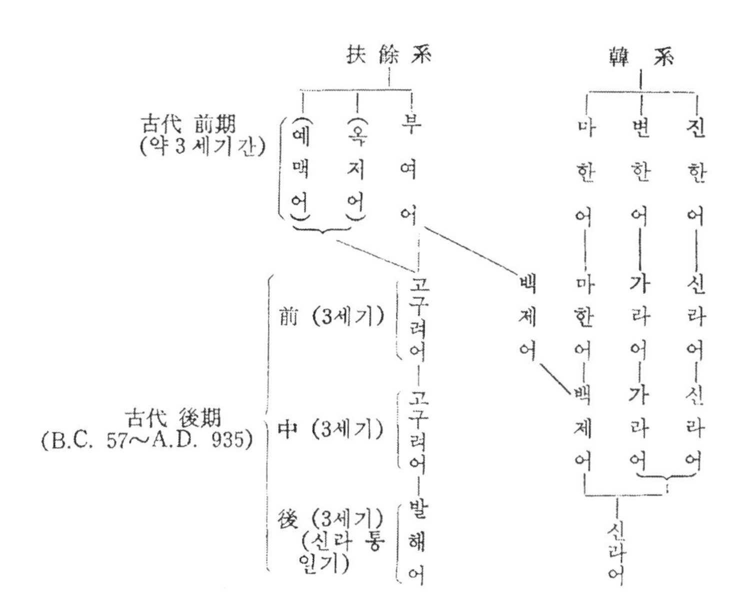

2.3. 마한어의 특징

馬韓語의 특징을 규명하는 데 있어서 가장 자주 인용되는 자료가 『周書』(異域傳 百濟條)의 기록인

王姓夫餘氏 號於羅瑕 民呼爲鞬吉支 夏言竝王也 妻號於陸 夏言妃也

의 내용인데 여기서 於羅瑕는 支配族의 언어 곧 夫餘系語이며 鞬吉支는 피지배족의 언어 곧 馬韓語(백제 이전의 토착어)이었을 것으로 추정하여 왔다. 그러나 위 어휘들을 면밀히 분석하여 보면 근원적으로 동일 형태소가 함유되어 있음을 알 수 있다. 우선 앞의 두 어휘를 '鞬+吉支'(A)와 '於羅+瑕'(B)로 분석할 때 (A)의 접두 형태소와 (B)의 접미 형태소의 비교에서 相似性을 확인하게 된다. 이 (A)(B)의 것들은 고구려어의 '加'와 신라어의 '干 · 邯 · 翰 ·

今'과 加羅語의 '干・監・今(阿叱干・阿干・宗正監・尼師今)과의 비교에서도 相似性을 확인한다. 또한 古朝鮮의 右渠王(衛滿의 孫子)의 '右渠' 역시 '瑕: 渠: 加'와 같은 대응이 가능할 것으로 보인다. 이 '渠'는 보다 後代의 기록인 '渠帥・加優・遣支'의 '渠・加・遣'과도 깊은 관계가 있을 듯이 보인다. 그 위치가 語頭와 語末에 있음이 다를 뿐이기 때문이다. 그럴 뿐만 아니라 馬韓語의 승계어로 추정되는 백제의 토착어 鞬吉支의 '吉支'는 고조선의 王稱號이었던 '箕子, 箕準'과 비교됨직도 하다. 가령 中國史書의 내용에서

(a) 馬韓各有長帥 大者自名爲臣智<『三國志 魏書』 東夷傳>
(b) 諸小別邑 各有渠帥 大者名臣智<『後漢書』 辰韓條>
(c) 臣智或加優呼臣雲遣支報……拘邪秦支廉之號<『後漢書』 辰韓條>

와 같이 '長帥・渠帥・加優・遣支'를 발견한다. 여기서 長帥의 '長'을 석차로 보아 '*kɨr~*kɨ' 정도로 추정하면, 그리고 加優의 '優'가 'su>øu'와 같이 어두 자음이 탈락한 것으로 보면 모두가

箕子≒箕準≒渠帥≒遣支≒加優(두음탈락)≒長(새김)帥(≒는 相似 부호)

와 같이 서로 닮은꼴을 하고 있기 때문이다.[12] 또한 '吉支'의 '支'는 앞의 서로 닮은 예(△표시) 밖에도 馬韓語의 '臣智, 秦支'와 닮은꼴이고, 고구려의 재상 호칭인 莫離支의 '支'와도 일치한다. 이 '支'는 신라어에서도

金閼智<『三國遺事』 卷 1>
儒理 一作世里智王<『三國遺事』 王曆>
居七夫智, 福登知, 覓薩智<「眞興王柘境碑」(昌寧)>
助富利智干(新羅使者)<『日本書紀』神功紀>

---

12) 崔南善(1943:6~7)에서 '箕子'에 대한 해석을 다음과 같이 하였다.
「그 君主는 「ᄀᆡᄋᆞ지」(箕子)라 닐커르니 「ᄀᆞᄋᆞ지」는 日子를 意味하는 말이얏다. 中略 「ᄀᆡᄋᆞ지」朝鮮은 後에 箕子朝鮮이라고 訛傳하야 다시 一千餘年을 지내니…….」

등과 같이 '智 · 知'가 사용되었고, 加羅語에서도

伊珍阿鼓 一云內珍朱智道設智王<『삼국사기』 권 34>
坐知王 銍知王 鉗知王 脫知爾叱今<『삼국유사』 권2「駕洛國記」>

와 같이 '鼓 · 智 · 知'가 쓰인 實例가 발견된다. 그렇다면 이른바 고대 한반도에 있어서 北方系의 언어와 南方系의 언어가 이 두 종류의 예(加=瑕 : 干 · 今 · 邯 · 翰 · 鞬 등, 支 : 智 · 知 · 鼓 등)만을 중심으로 생각할 때, 종래의 주장대로 그렇게 서로의 계통을 다르게 분리할 만큼 相異하였던가 하는 의심을 품게 한다.

馬韓 54國名 중에는 '-卑離'(>-夫里)를 접미한 지명이 8개나 나타난다.[13] 예를 다음에 열거하여 본다(숫자는 馬韓 54國의 나열순서 번호이다).

[19]卑離國, [20]占卑離國, [25]監奚卑離國, [31]內卑離國, [34]辟卑離國, [41]牟盧卑離國,
[47]如來卑離國, [48]楚山塗卑離國,

그러나 이에 정확히 대응되는 語形이 弁辰 24國名에서는 발견되지 않는다. 다만 彌離彌凍과 難彌離凍의 '彌離'가 '卑離'와 어떤 관계가 없을까 의심하여 봄직하다. 그러나 '-卑離'는 접미의 위치를 벗어나서는 造語에 참여한 일이 거의 없기 때문에 語頭와 語中의 위치에 존재할 수 있었던 '彌離'를 '卑離'와 동질적인 형태소로 보는 데는 의심의 여지가 있다. 한편 이 '-卑離'(>-夫里)와 관계가 있을 것으로 믿어지는 *-pir(火, 弗, 伐)형이 加羅語와 新羅語에서 다수 발견된다(도수희 1987:67 참고). 다만 古所夫里郡 <『三國史記』 권 1 婆娑尼師今 14年條> 1예가 新羅 地名에서 발견되지만 이것은 기록상의 착오

13) 古離國<*古卑離國, 咨離牟盧國<*咨卑離牟盧國, 卑彌國<*卑離國 혹은 卑離彌國, 一離國<*一卑離國, 不離國<*不卑離國, 楚離國<*楚卑離國
과 같이 *표의 再構形이 표기 과정에서의 탈자나 혹은 다른 이유로 '<'표 왼편의 형으로 변형된 것이라 추측된다. 단지 *卑離國과 *卑離彌國의 추정은 '-卑離'가 대체적으로 語頭에 오지 않기 때문에 그 가능성이 매우 희박하다 하겠다.

이든지 아니면 백제에서 유입된 것으로 보아야 할 것이다(註 13 참고). 여기서 특기할 것은 '-卑離'의 분포가 앞에서 제시한 예와 같이 馬韓 54國의 배열 순서에서 19번째부터 20,25,31,34,41,47,48번째까지 주로 충청・전라 지역에서만 散在하여 있었던 사실이다. 이 '-卑離'는 백제어의 '-夫里'로 정확히 이어지며 이 '-夫里'의 축약형이 加羅語에 침투되어 '-火'(블)이 되고 이것이 다시 신라어로 옮아가 '-火～伐'이 된 것이라 하겠다(도수희 1987:180~181, 282, 370 참고)[14]

그러나 '地・壤'의 뜻인 '盧'는 고루 분포되어 있다. 馬韓語에서 우리는 '速盧・牟盧・拘盧・駟盧・萬盧・莫盧・捷盧・冉路'와 같이 '盧・路'를 발견하는데 弁辰語에서도 '瀆盧・斯盧・半路・甘路・戸路・樂奴'와 같이 '盧・路・奴'가 발견된다. 이 '盧・路・奴'는 고구려의 五部族名인 '桂婁部・絕奴部・順奴部・灌奴部・涓奴部(『後漢書』 魏志)의 '婁・奴'와도 거의 일치한다. 이것들은 그 造語에 참여한 위치가 어말에 접미되어 있음이 동일하다. 위와 같은 相似形의 형태소와 비슷한 造語法을 반영한 예를 다음에 더 열거할 수 있다.

가령 (A)馬韓語의 '-奚'(古奚, 感奚, 拘奚, 監奚)와 (B)弁辰語의 '-奚'(冉奚)가 同形으로 同位置에 존재한다는 사실이다. 그리고 (A)의 '狗-'(狗盧, 狗素, 狗奚)와 (B)의 '狗-'(狗邪)가 접두 형태소로 나타난다. (A)의 '古-'(古誕者, 古離, 古奚, 古蒲, 古臘)와 (B)의 '古-(古資彌凍, 古淳是)가 역시 접두 형태소로 나타난다. 또한 (A)의 '不斯'(不斯濆邪, 速盧不斯)가 어두와 어말에 두루 쓰이었고, (B)의 '不斯'는 단독형으로 쓰이기도 하였다. (A)의 '優休'(優休牟涿)와 (B)의 '優由', (A)의 '駟盧'와 (B)의 '斯盧'는 동일어의 異表記가 아니었던가 한다.

---

14) 물론 弁辰 24國名에 '-卑離'가 나타나지 않는다는 사실이 弁辰語에서의 '-卑離'의 존재를 부정할 절대적인 근거가 될 수는 없다. 다만 弁辰 地域에서의 유일한 예로 '古所夫里'(婆娑尼師今二十四年)가 발견되나 이것은 백제어 -夫里(<-卑離)의 침투로 봄이 옳을 것이다. 만일 '-夫里'형이 신라와 가라 지역에 고루 분포하여 있었다면 그것이 백제어의 침투가 아닌 先代語에서 承繼된 것으로 보고 弁辰語에 그 前次形이 존재하였을 것으로 추정할 수도 있을 것이다. 그런데 문제는 '-夫里'의 축약형으로 보이는 '-伐, -火, -弗'만이 분포되어 있기 때문에 다른 생각은 할 수 없게 한다.

위와 같이 三韓語는 서로가 相似하였을 것으로 믿게 한다. 그럼에도 불구하고 중국의 史書는

(A) 其言語不與馬韓同<『三國志』魏志 東夷傳 辰韓條>

(B) 弁辰與辰韓雜居 亦有城郭 衣服居處與辰韓同 言語法俗相似

<上同 弁韓條>

(C) 弁辰與辰韓雜居 城郭衣服皆同 言語風俗有異

<『後漢書』東夷傳 弁韓·辰韓條>

와 같이 전하였다. 위 (A)와 (B)의 비교에서는 馬韓語와 弁韓語는 相異한 것으로 기술하고 있으며 辰韓語와 弁韓語는 相似한 것으로 설명하고 있다. 그러나 (B)와 (C)의 비교에서는 弁韓語와 辰韓語가 相異한 것으로 기술하였다. (B)와 (C)의 대비에서 弁韓人과 辰韓人이 서로 섞여서 거주하였다고 하였고, 城郭・衣服 등 모두가 같다고 기술하여 놓고 유독 言語만은 서로가 달랐다고 (C)만이 설명하였다. 모든 것이 같은데 언어만이 다르다는 것은 납득이 안 간다. 앞에서 地名의 語形 비교, 地名素의 분포, 造語法의 비교에서 우리는 三韓語가 상호 친근하였던 사실을 확인하였기 때문에 위 (A) (B) (C)에서 사용한 '不同이니', '相異이니' 한 표현은 아마도 方言差를 강조한 것이 아닌가 싶다.

또 하나의 문제는 加羅語의 성격인데 弁韓語의 承繼로 지목되어 온 加羅語가 百濟語(前期)와 相似性(어휘비교에서)을 간직하고 있어 오히려 그 계통이 夫餘系가 아닌가 의심하면서 필자는 문화 교류에 의한 백제어의 침투로 봄이 보다 타당성이 있어 보인다고 주장한 바 있다(도수희 1987:332~340). 필자의 그와 같은 앞선 추정(도수희 1987:332~340)이 옳았다는 생각이 든다. 앞에서 행한 官職名의 비교와 地名의 비교에서 얻은 결론이 三韓語의 계통이 基層面에서 동일하였을 것으로 뒷받침하여 주기 때문이다.[15]

---

15) 도수희(1987c:332~340)에서 내린 결론은 다음과 같다.
「이처럼 이질적인 언어의 특징이 두 갈래로 분류되는데, 둘 중 어느 것이 기층어이고 어느 것이 침투된 언어인지를 현재의 필자로서는 명백히 분간할 수가 없다.

2.4. 마한어의 자료

馬韓語의 자료는 어휘에 국한되는데 그 수가 적은 편이다.

2.4.1. 인명

周勤(勒)<『三國史記』 권 23>
孟召<『三國史記』 권 1>

2.4.2. 관직명(왕칭호)

加優 渠帥 鞬吉支 儉側 遣支 不例 我奚 臣智 踧支 秦支 樊秖 邑借

2.4.3. 지명

馬韓 慕韓 金馬山 覆岩城<『三國史記』, 『三國遺事』>

2.4.4. 국명

1爰(愛)襄國 2牟水國 3桑外國 4小石索國 5大石索國 6優休牟涿國 7臣濆活(沽)國 8伯(百)濟國 9 速盧不斯國 10日華國 11古誕者國 12古離國 13怒(奴)藍國 14月(目)支國 15咨(治)離牟盧國 16素謂乾國 17古헤國 18莫盧國 19卑離國 20占離卑(卑離)國 21臣釁國 22支侵國 23拘盧國 24卑彌國 25監奚卑離國 26古蒲國 27致利鞠國 28冉路國 29兒林國 30駟盧國 31內卑離國 32感奚國 33萬盧國 34辟卑離國 35臼斯烏旦國 36一離國 37不彌(離)國 38支(友)半國 39拘素國 40捷(楗)盧國 41牟盧卑離國 42臣蘇塗國 43莫盧國 44古臘國 45臨素半國 46臣雲新國 47如

따라서 보다 깊은 연구를 위하여 후일로 미루어 둘 수밖에 없지만, 그런대로 여기서 성급한 예측을 한다면 가라어의 지역이 남부이고 그 선대의 언어가 변한어일 가능성을 전제로 할 때, 본바탕은 한계를 벗어날 수 없지 않겠느냐는 점이 강조될 수 있으리라 믿는다.」

來卑離國 48楚山塗卑離國 49一難國 50拘奚國 51不雲國 52不斯濆邪國 53爰池國 54 乾馬國 55楚離國<『三國志』魏書 東夷傳>

위 자료 중에서 1爰:愛 7活:沽 14月:目 15咨:治 38支:友 40捷: 棲 등은 字形相似로 인한 誤記이거나 誤刻이었을 것이다. 그리고 8伯:百 13怒: 奴는 同音異字 表記形이라 보면 된다. 물론 이 두 경우를 놓고 우리는 어느 것이 原形인지 판별하기가 어렵지만 그 기록이 장구한 세월을 지내오는 동안 '磨滅・誤記・誤刻・脫字' 등의 수난을 겪음이 숙명적임은 동서고금을 통하여 흔하게 경험하는 일이다(도수희 1987: 613~622 참고). 앞의 異表記形 중 여기서 판별할 수 없는 異字表記에 대한 문제는 지명소끼리의 비교와 後繼 地名인 百濟 地名(後期)과의 비교에서 어느 정도 파악이 되리라 믿는다. 우선 편의상 여기서는『三國志』魏書 東夷傳 제30에 기록된 내용을 기본으로 삼고 이것에 대한 異表記字는 ( ) 안에 넣는다.

2.5. 언어 자료의 음독

한국의 고유어에 대한 최초의 기록으로 볼 수 있는 人名・官職名・地名은 중국인에 의하여 표기되었다. 그렇기 때문에 거의가 현지어(馬韓語)의 발음을 그대로 轉寫하였을 것이다. 따라서 우리는 馬韓語의 표기에 사용된 한자부터 중국의 古代音으로 推讀할 필요가 있다. 편의상 다음의 略號를 사용키로 한다.

T=Tung T'ung-ho(董同龢)	Ch=Chou Fa-kao(周法高)
K=Bernhard Karlgren(高本漢)	T.P.=Ting Pang-Sin(丁邦新)
漢=漢代漢字韻母	東=東國正韻

그러나『東國正韻』의 음운은 活字 사정 때문에 그 표기를 위한 음성부호를 다음과 같이 별도로 정한다.

ㄱ=k	ㄷ=t	ㅂ=p	ㅈ=c	ㆆ=ʔ	ㄹ=r	ㅸ=β
ㅋ=k‘	ㅌ=t’	ㅍ=p‘	ㅊ=c‘	ㅎ=h	ㅿ=z	ㅹ=β‘
ㄲ=g	ㄸ=d	ㅃ=b	ㅉ=ʒ	ㆅ=ɦ		ㅱ=ɱ
ㆁ=ŋ	ㄴ=n	ㅁ=m	ㅅ=s	ㅇ=Ø		
			ㅆ=z			
·=ʌ	ㅗ=o	ㅠ=yu	ㅚ=oy	ㆌ=yuy	ㅝ=wə	ㅞ=wəy
ㅡ=ɨ	ㅜ=u	ㆎ=ʌy	ㅟ=uy	ㅘ=wa	ㅙ=way	ㆋ=yuyəy
ㅣ=i	ㅑ=ya	ㅢ=ɨy	ㅒ=yay			
ㅏ=a	ㅕ=yə	ㅐ=ay	ㅖ=yəy			
ㅓ=ə	ㅛ=yo	ㅔ=əy	ㆉ=yoy			

2.5.1. 마한 관직명의 재구음에 의한 推讀

古音 / 官職名	上古音	中古音
加 優	ka—·i̯ŏg(T) ka—·i̯og(K) ka—·yəw(Ch)	 ka—·i̯ə̯w(K) ka—·jəw(Ch)
渠 帥	g’i̯ag—swəd g’i̯o—sliwəd gjaɚ—sliwər	 g’i̯wo—ṣwi— gio—ṣiul(T)
鞬 吉 支	ki̯ăn—kiet—ki̯eg(T) ki̯ăn—ki̯ět—ti̯ěg(K) kjan—kjiet—tjíeɚ(Ch)	 ki̯ɐn(kien)—ki̯ět—tśie(K) kian—kiɪt—tśiɪ(Ch)
儉 側	ǵi̯ém—tsək(T) ǵliam—tṣi̯ək(K) giam—tsiək(Ch)	—cɨk(東) g’iäm—tśiek(K) giam—tṣiek(Ch)
遣 支	k’i̯än—ki̯eg(T) k’i̯an—t̂i̯eg(K) k’jian—tjieɚ(Ch)	—ciϕ(東) k’i̯än—tśi̯e(K) k’iæn—tśiɪ(Ch)
箕 準	ki̯əg—t̂i̯wan(T) k’i̯əg—tńi̯wən(K) kiəɚ—tjiwan(Ch)	 kji—tśi̯uěn:(K) ki—tśiurn(Ch)

不 例	pi̯wḙg—liäd(T) pi̯ŭg—li̯ad(K) pjwaə—liaə(Ch)	 pi̯ə̯uc(pi̯əu)—li̯äi(K) piəu—liæi(Ch)
殺 奚	säd—əieg(T) săd—ǵieg(K) sriar—geə(Ch)	 ṣăi—əiei(K) ṣɛi—əiɛi(Ch)
臣 智	ji̯en—ti̯eg(T) d̂i̯ĕn—ti̯ĕg(K) djien—tieə(Ch)	 ɛiĕn—t̂i̯e(K) d'ziın—ṭiı(Ch)
踧 支	tsi̯ok—t̂i̯eǵ(T) tsi̯ôk—t̂i̯ĕg(K) tsjəwk—tjieə(Ch)	 tsi̯uk—tśi̯ə̯(K) tsiuk—tśiː(Ch)
秦 支	b'i̯wăn—(T) b'i̯wăn—(K) bjwan—(Ch)	b'i̯wɐn—(K) biuan—(Ch)
樊 秖	b'i̯wăn—T b'i̯wăn—(K) bjwan—(Ch)	 b'i̯wɐn—(K) biuan—(Ch)
邑 借	·i̯əp—tsi̯ăk(T) ·i̯əp—tsi̯ăk(K) ·iəp—tsjiak(Ch)	ʔɨp— ·i̯əp—tsi̯a— ·iəp—tsiæk

2.5.2. 마한국명의 지명소 분석과 재구음에 의한 推讀

古音 / 地名	上古音	中古音
爰 襄	ɣi̯wăn+si̯ang(T) gi̯wăn+sni̯ang(K) ɣjwan+sjang(Ch) —jan+—jang(T.P. 漢)	ŋwən+syaŋ(東) jiwɐn+si̯ang(K) jiuan+siang(Ch)
牟 水	mi̯ŏg+xi̯wəd(T) mi̯ôg+śi̯wər(K) mjəw+st'jiwer(Ch) —jəg'+—jiəg(T.P. 漢)	muŋ+:syuɸ(東) mi̯əu+świː(K) mi̯əu+śiuri(Ch)
桑 外	sâng—zi̯ăk(ngwâd)(T) sâng—dzi̯ăk(ngwâd)(K) sang—rjiak(ngwaə)(Ch) —ang—ngad/nguad(T.P. 漢)	saŋ—·ŋoyø(東) sâng—zi̯äk(K) sang—ziæk(Ch)

小 石 索	si̯ɔg+□—sâk(săk)(T) si̯og+di̯ăk—sâk(săk)(K) sjiaw+djiak—sak(srak)(Ch) —iogʷ/—jagʷ+—jiak+—ak/—rak(T.P. 漢)	:syoŋ+·zyək—·sʌyk(東) si̯äu:+ʑ́i̯äk—sâk(ʂɐk)(K) siæu+dʑ́iæk—sak(sak)(Ch)
大 石 索	d'âd+□—sâk(săk)(T) d'âd(t'âd)+d̂i̯ăk—sâk(K) dar(t'ar)+djiak—sak(srak)(Ch) □+—jiak+—ak/—rak(T.P. 漢)	·t'ayø+·zyək—sʌyk(東) d'âi—(t'âi—)+ʑ́i̯äk—sâk(ʂbk)(K) dai(t'ai)+dʑ́iæk—sak(śak)(Ch)
優 休 牟 涿	·i̯ŏg—xi̯ŏg+mi̯ŏg+tuk(T) ·i̯ôg—xi̯ôg+mi̯ŏg+tŭk(K) ·jəw—xjəw+mjəw+trewk(Ch) —jogʷ+—jəgʷ+mjəg+—rakʷ/—ruk(T.P. 漢)	ʔuŋ—hyuŋ+mum+□(東) ·i̯ə̯u+xjĕu+mi̯ə̯u+t̂âk(K) ·iəu—xiəu+miəu+ək(Ch)
臣 濆 活	ji̯en+p'wən(bi̯wə̆n)+kwât(γwât)(T) djĕn+□(b'i̯'wən)+kwât(kuât)(K) djien+p'wən(bjwən)+kwa(gwat)(Ch) —jiən+—jən+—uat/—tat(T.P. 漢)	zin+p'on+·kwarʔ(東) ʑ́i̯ĕn+□(b'i̯uən)+□ dʑ́iın+p'uən(biuən)+kuat(γuat)
伯 濟	□+tsied(T) pĕk+tsiər(tsi̯ər)(K) prak+tsər(tsər)(Ch) —rak+—ie—ied (T.P. 漢)	·pʌyk+:cyəyø(東) pɐk+tsiei:(tsiei—)(K) kak+tsizi(tsiɛi)(Ch)
速 盧 不 斯	sûk+lâg+piwe̯g+si̯eg(T) suk+lo+pi̯ŭg+si̯ĕg(K) sewk+laγ+pjwəγ+sjieγ(Ch) —uk+—ag+—jogʷ+—jei/—jiei(T.P. 漢)	·sok+roø+·pok+sʌø(東) suk+luo+pi̯ə̯u(pi̯əu:)+sie̯(K) suk+luo+piəu+siı(Ch)
日 華	ńi̯et—χwăg(γwăg)(T) ńi̯ĕt—g'wå(K) njiet—xrwaγ(grwaγ)(Ch) —jiət+—aï/—ra(T.P. 漢)	·zirʔ—k'wayø)東) ńʑ́i̯ĕt—γwa(γwa—)(K) ńiıt—xua(γua) (Ch)
古 誕 者	kâg+d'ân—t̂i̯ăg(T) ko+d'ân—t̂i̯å(K) kaγ+dan—tjiaγ(Ch) —ag+—an+—ja(T.P. 漢)	:koø+·dan—□(東) kuo:+d'ân—ts'i̯a: (K) kuo+dan—t'sia(Ch)
古 離	kâg+li̯a(T) ko+lia(K)	:koø+t'iø(東) kuo:+ljie̯(ljie̯—)(K)

	kaγ+lia(Ch) —ag+—jiei(T.P.漢)	kuo+liɪ(Ch)
怒　藍	nâg—lâm(T) no—glâm(K) naγ—laːn(Ch) —ag+—am(T.P. 漢)	ːnoø—ram nuoː(nuo—)—lâm(K) nuo—lam(Ch)
月(目)　支	ngi̯wât+t̂i̯eg(T) ngiwăt+tiĕg(K) ngiwat+tśiɪ(Ch) (目)—uk+—jiei(T.P. 漢)	·ˀwərˀ+cio(東) ngi̯wɛt+tśi̯ḙ(K) ngiuat∼t'siɪ(Ch)
咨離牟盧	tsi̯ed—li̯a+mi̯og+lâg(T) tsi̯ər—lia+mi̯og+lo(K) tsjier—lia+mjəw+laγ(Ch) —jəg+—jiei+mjəg+—ag(T.P. 漢)	cʌø—t'io+mum+roø(東) tsi—ljiḙ(ljiḙ—)+mi̯əu+luo(K) tsiɪ—liɪ+miəu+luo(Ch)
素謂乾	sâg+γi̯wə̆d—kân(g'i̯an)(T) so+gi̯wəd—kân(g'i̯an)(K) saγ+γjwər—kan(gian(Ch) —ag+—jəd+—an(T.P. 漢)	·soø+·ŋuyø—kan(東) suo+jwḙi—kân(g'i̯än)(K) suo+jiuəi—kan(gian)(Ch)
古　奚	kâg+γieg(T) ko+g'ieg(K) kaγ+geγ(Ch) —ag+—iei(T.P. 漢)	ːkoø+□(東) kuoː+γiei(K) kuo+γiɛi(Ch)
莫　盧	mwâg+lâg(T) mâg(măk)+lo(K) mwaγ(mwak)(mrwak)+laγ(Ch) —ak+—ag(T.P. 漢)	·mʌyk+roø(東) muo(mâk)(mɛk)+luo(Kh) muo(muak)+luo(Ch)
卑　離	pi̯eg—li̯a(T) pi̯ĕg—lia(K) pjieγ—lia(Ch) —jiəd+—jiei(T.P. 漢)	piø—t'iø(東) pjiḙ(ljiḙ—)(K) piɪ—liɪ(Ch)
占離卑	t̂iɐm(ti̯ɐm)+li̯a—pi̯eg(T) t̂i̯am+lia—pi̯ĕg(K) tjiam(tiam)+lia(liʌ)—pjieγ(Ch) —jam+—jiei+—jied(T.P. 漢)	cyəm+t'iø—piø(東) t'si̯äm+ljiḙ—pjiḙ(K) ts'iæm(tiæm)+liɪ—piɪ(Ch)
臣　釁	ji̯en+□ (T) d̂i̯ĕn+□ (K) djien+□ (Ch) —jiən+—jən(T.P. 漢)	zin+·hin(東) ɛi̯ĕn+□ (K) d'ziɪn+□ (Ch)

支 侵	t̂ieg+ts'i̯əm(T) t̂i̯ĕg+ts'i̯əm(K) ·ts'iɪ+ts'jiəm(Ch) —jiei+—jem(T.P. 漢)	ciφ+c'im(東) t'sie̯+ts'i̯əm(K) t'siɪ+ts'iɪm(Ch)
狗 盧	kûg+lâg(T) ku+lo(K) kəw+laγ(Ch) —uag/—juag+—ag(T.P. 漢)	:kuŋ+roø(東) kə̯u:+luo(K) kəu+luo(Ch)
卑 彌	pi̯eg+□ (T) pi̯ĕg+mi̯ăr(K) pjieγ+mjier(Ch) —jiəd+—jar(T.P. 漢)	piφ+miφ(東) pjie+mjie:(mjie)(K) piɪ+miɪ(Ch)
監 奚 卑 離	kam+γieg+pi̯eg—li̯a(T) klam+g'ieg+pi̯ĕg—lia(K) kram+geγ+pjieγ—lia(Ch) —ram+—iei+—jiəd+—jiei(T.P. 漢)	kam+ɦyəyφ+piφ—t'iφ(東) kam(kam—)+γiei+pjie—ljie(K) kam+γiɛi+piɪ—liɪ(Ch)
古 離	kâg+b'wâg(T) ko+b'wo(K) kaγ+bwaə(Ch) —ag+—jiei(T.P. 漢)	:koφ+boφ(東) kuo:+b'uo(K) kuo+buo(Ch)
致 利 鞠	ti̯ed—lied—ki̯ok(k'i̯ok)(g'i̯ok)(T) □—li̯ed—k'i̯ok(K) tier—lier—kjəwk(k'jəwk)(gjəwk)(Ch) □+—jiəg+—jək(T.P. 漢)	·tiφ—·riφ—·kuk(東) lji—ki̯uk—□ (K) tiɪi—kiuk(k'iuk)(giuk)(Ch)
冉 路	ńi̯ɐm+lâg(T) ńi̯am+glâg(K) njiam+laγ(Ch) —jam+—ag(T.P. 漢)	:zyəm+·rak(東) □+luo(K) □+luo(Ch)
兒 林	gni̯eg—li̯əm(T) ńi̯ĕg—gli̯əm(K) ·njieγ—liəm(Ch) —jei+—jəm(T.P 漢)	ziφ—rim(東) n'źie—li̯əm(K) n'iɪ—liɪm(Ch)
駟 盧	si̯ed+lâg(T) si̯ed+lo(K) sjier+laγ(Ch) —jiəi+—ag(T.P. 漢)	·sirˀ+roφ(東) si—+luo(K) siɪi+luo(Ch)

內 卑 離	nwəd(nwəb)+pi̯eg—li̯a(T) nwəd(nwəb)(nəp)+pi̯ĕg—lia(K) nwər(nəp)+pjieγ—lia(Ch) —əd/—əi+—jiəd+—jiei(T.P. 漢)	·zyuyəyϕ+piϕ—t'iϕ(東) nuâi—(nâp)+pjie—ljie(K) nuəi(nəp)+piɪ—liɪ(Ch)
感 奚	kəm+γieg(T) kəm+g'ieg(K) kəm+geγ(Ch) —əm+—iei(T.P. 漢)	꞉kam+꞉ɦyəyϕ(東) kâm꞉+γiei(K) kəm+γiεi(Ch)
萬 盧	ki̯wag(γi̯wag)+lâg(T) ki̯wo+lo(K) kjwaγ(γjwaγ)+laγ(Ch) —jan+—ag(T.P. 漢)	·men+roϕ(東) ki̯u꞉+luo(K) kiuo(jiuo)+luo(Ch)
辟 卑 離	pi̯ek(b'i̯ek)+pi̯eg—li̯a(T) pi̯ĕk(b'i̯ĕk)(b'iek)+pi̯ĕg—lia(K) pjiek(bjiek)(bek)—pjieγ—lia(Ch) —jiak+—jiəd+—jiei(T.P. 漢)	·pʌyk+piϕ—t'iϕ(東) pi̯äk(b'i̯äk)(b'iek)+pji̯e̯—lji̯e̯(K) piæk(biæk)(biεk)+piɪ—liɪ(Ch)
臼 斯 烏 旦	g'i̯ŏg+si̯eg+·âg—tân(T) g'i̯ôg+si̯ĕg+·o—tân(K) gjəw+sjieγ+·aγ—tan(Ch) —jogʷ+—jei/—jiei+—ag+—an (T.P. 漢)	꞉guŋ+sʌϕ+ˀoϕ—zin(東) g'i̯əu꞉+sie̯(sie̯—)+·uo—tân-(K) giəu+siɪ+·uo—tan(Ch)
一 離	·i̯et+li̯a(T) ·i̯et+lia(K) ·jiet+lia(Ch) —jiət+—jiei(T.P. 漢)	·ˀirˀ+t'iϕ(東) ·i̯ĕt+lji̯ĕ(ljie—)(K) iɪt+liɪ(Ch)
不 彌	pi̯wə̌g+☐ (T) pi̯ŭg+mi̯ar(K) pjwəγ+mjie(Ch) —jogʷ+—jar(T.P. 漢)	·pok+miϕ(東) pi̯əu(pi̯əu꞉)+mjie̯꞉(K) piəu+miɪ(Ch)
支 半	t̂ieg+pwân(T) t̂i̯ĕg+pwân-(K) ·t̂s'iɪ+pwan(Ch) —jiei+—uan(T.P. 漢)	ciϕ+·pan(東) t'sie̯+puân-(K) t'siɪ+puan(Ch)
狗 素	kôg+sâg(T) ku+so(K) kəw+saγ(Ch) —uag/—juag+—ag(T.P. 漢)	꞉kum+·soϕ(東) kəu꞉+suo—(K) kəu+suo(Ch)

牟盧卑離	miŏg+lâg+pi̯eg—li̯a(T) mi̯ŏg+g+lo+pi̯ĕg—lia(K) mjəw+laγ+pjieγ—lia(Ch) —jəg'+—ag+—jied+—i(T.P.漢)	muŋ+roφ+piφ—t'iφ(東) mi̯əu+luo+pjie—ljie(ljie—)(K) miəu+luo+piɪ—ljɪ(Ch)
臣蘇塗	ji̯en+sâg+□(T) d̂i̯ĕn+so+d'o(K) djien+saγ+daγ(Ch) —jiən+—ag+—ag(T.P. 漢)	zin+soφ+doφ(東) ʑi̯ĕn+suo+d'uo(K) d'ziɪn+suo+duo(Ch)
莫盧	mwâg+lâg(T) mâg+lo(K) mwaγ+laγ(Ch) —ak+—ag(T.P. 漢)	·mʌyk+roφ(東) muo+luo(K) muo+luo(Ch)
古臘	kâg+lâp(T) ko+lâp(K) kaγ+lap(Ch) —ag+—ap(T.P. 漢)	:koφ+·rap(東) kuo:+lâp(K) kuo+lap(Ch)
臨素半	li̯əmi(li̯əm)+sâg+pwân(T) bli̯əm+so+pwân(K) liəm+saγ+pwan(Ch) —jəm+—ag+—jəm(T.P. 漢)	rim+·soφ+·pan(東) li̯əm+suo+puân-(K) liɪm+suo+puan(Ch)
臣雲新	ji̯en+γi̯wə̆n+si̯ĕn(T) di̯ĕn+gi̯wən+si̯ĕn(K) djien+γjwən+sjien(Ch) —jiən+—jən+—jiən(T.P. 漢)	zin+ŋun+sin(東) ʑi̯ĕn+ji̯uən+si̯ĕn(K) d'ziɪn+jiuən+siɪn(Ch)
如來卑離	ńiag(n'i̯ag)—ləg+pi̯eg—li̯a(T) ńi̯o—ləg+pi̯ĕg—lia(K) njaγ—leγ+pjieγ—lia(Ch) —jag+—əg+—jiəd+—jiei(T.P. 漢)	zyəφ—riφ+piφ—t'iφ(東) n'z'i̯wo—lậi+pjie̯—ljie̯(ljie̯-)(K) n'io—ləi+piɪ—liɪ(Ch)
楚山塗卑離	ts'ag+sän, □+pi̯eg—li̯a(T) tṣ'i̯o+săn, d'o+pi̯ĕg—lia(K) ts'iaγ+srian, daγ+pjieγ(Ch) —jag+—γən+—jag+—jiəd+—jiej(T.P. 漢)	·c'oφ+san, doφ+piφ—t'iφ(東) tṣ'iwo:+ṣăn, d'uo+(pjie)—ljie (ljie-)(K) tṣ'io+ṣæn, duo+piɪ—liɪ(Ch)
一難	·i̯et+nân(T) ·i̯ĕt+nân(K) ·jiet+nan(Ch) —jiət+—an(T.P. 漢)	·ʔirʔ+nan(東) ·i̯ĕt+nân(nân-)(K) ''iɪt+nan(Ch)

狗　奚	kûg+γieg(T) ku+g'ieg(K) kəw+geγ(Ch) —uag+—iei(T.P. 漢)	:kuŋ+:ɦiyəyϕ(東) kə̯u:+γiei(K) kəu+γiəi(Ch)
不　雲	pi̯wəg+γi̯wən(T) pi̯ŭg+gi̯wən(K) pjwən+γjwən(Ch) —jogʷ+—jən(T.P. 漢)	·pou+ŋun(東) pi̯ə̯u(pi̯ə̯u:)+ji̯uən(K) piəu+jiuən(Ch)
不 斯 濆 邪	pi̯wəg+si̯eg+p'wən(b'i̯wən)+ zi̯ăg(giăg) (T) pi̯ŭg+si̯ĕg+b'i̯wən+zi̯å(dzi̯å) (dzi̯o) (K) pjwəγ+sjieγ+p'wən(bjwən)+ γraγ(γrjiaγ)(γrjaγ)(Ch) —jogʷ+—jei/—jiei+—jən+—ja (T.P. 漢)	·pok+sʌϕ+p'on+zyaϕ(東) pi̯ə̯u(pi̯əu:)(pi̯əu·)+sie(sie·)+ b'i̯uən+i̯a(zi̯a)(zi̯a)(zi̯o) (K) piəu+siɪ+biuən+ia(zia)(zio)(Ch)
爰　池	γi̯wăn+d'i̯a(T) gi̯wăn+d'ia(K) γjwan+dia(Ch) —jan+—jar/—jei(T.P. 漢)	ŋwən+d̂iϕ(東) jiwbn+d'ie(K) jiwan+d̥iɪ(Ch)
乾　馬	kân(g'i̯an)—mwăg(T) kân(g'i̯an)—må(K) kan(gian)—mrwaγ(Ch) —an+—ra(T.P. 漢)	kan—:maϕ(東) kân(g'i̯ân)—ma'(K) kan(gian)—mua(Ch)
楚　離	ts'ag+li̯a(T) ts'i̯o+lia(K) ts'iaγ+lia(Ch) —jag+—jiei(T.P. 漢)	:c'oϕ+t'iϕ(東) ts'i̯wo:+ljie(ljie·) (K) ts'io+liɪ(Ch)

2.6. 마한어의 음운 체계

위에서 소개한 한정된 자료만으로 당시의 음운 체계를 재구한다는 것은 매우 위험한 일일지도 모른다. 그러나 마주서게 될지도 모를 모험을 앞세워 제기된 문제에 대한 해결의 시도마저 포기한다는 것도 연구자의 바른 태도가 아니다. 다소의 모험을 각오하고 최선책이 아니면 차선책을 택할 수도 있는 것이기에 감히 馬韓語(前期 古代國語)의 음운 체계의 재구를 시도하려는 것이다.

마한 54國名은 중국인이 한자로 표기한 지명들이다. 앞에서 이미 언급한 바와 같이 漢나라 때에 마한의 국명(엄격히 말하여 부족지명)을 당시의 중국인이 현지인의 발음을 한자음으로 寫音한 것으로 추정된다.[16] 그렇다면 우리는 中國史書에 등장하는 마한의 54국명과 인명・관직명 등을 기록 당시의 한자음으로 抽讀하여야 할 것이다. 그 推讀을 위에서 완료하였다.

錢玄同(1921 : 2-3)은 한자음운사의 변천을 다음과 같이 시대 구분하였다.[17]

제1기 : 기원전 11세기～기원전 3세기(周, 秦)
제2기 : 기원전 2세기～기원후 2세기(兩漢)
제3기 : 기원후 3세기～6세기(魏晋南北朝)
제4기 : 기원전 7세기～13세기(隋唐宋)
제5기 : 기원전 14세기～19세기(元明淸)
제6기 : 20세기～(현대)

위와 같이 일반적으로 제1기～제3기를 上古期로 보고 있다.[18] 마한 지명

16) 일반적으로 어떤 목적 때문에 외국어를 자국문자(혹은 차용문자)로 기록할 때에는 현지어(토착어)를 그대로 寫音하는 표기 방법을 택하는 경향이 있었다. 『鷄林類事』(1103~1104)의 335어휘가 대부분 宋代의 中國字音으로 寫音된 점이나, 『朝鮮館譯語』(1408~?)의 표기 현상 역시 동일하였던 점이 그 좋은 예이다. 또한 『龍飛御天歌』(1445)의 註釋에 나오는 女眞語의 인명・지명 등이 한자음이나 한글로 寫音되었던 사실이나 『日本書紀』(720)에 나타나는 백제의 왕명・인명・지명・관직명 등이 한자음으로 寫音되었던 사실이 추가될 수 있다.

17) 羅常培(1956 : 7～12)도 전체를 6기로 나누었다. 그 내용은
제1기 : 周, 秦古音(기원전 11세기～기원전 3세기)
제2기 : 兩漢古音(기원전 2세기～기원후 2세기)
제3기 : 魏, 晋, 南北朝(切韻前期)(기원후 3세기～6세기)
와 같이 錢玄同의 구분과 동일하다.

18) 張世祿(1930 : 1)은
① 古音 : 周, 秦, 兩漢 시대의 음운
② 今音 : 魏, 晋, 唐, 宋의 음운
③ 開音 : 元, 明이후의 현대음

은 위 시대 구분에서 제2기(기원전 2세기~기원후 2세기)에 해당하는 兩漢 시대에 기록되었을 것으로 추정한다. 실로 중국에서 지명은 夏(2205 B.C.)·殷(1706 B.C.)代부터 발견된다.[19] 그러나 지명이 체계있게 나타나기 시작한 시기는 秦始皇 26년(221 B.C.)부터이다. 진시황은 6개국을 통일한 후에 비로소 전국을 36郡으로 구분하고 郡名을 확정하게 된다.[20] 이와 거의 비슷한 시기에 三韓의 78개 國名(地名)이 조리정연하게 등재된 것이다. 우리의 古史書가 아닌 타국의 古史書에 우리의 고대 지명이 거의 완벽하리만큼 체계적으로 기재된 사실은 三韓文化의 높은 수준을 漢나라 혹은 그 이전부터 중국인들이 깊이 인식하였기 때문이라고 추정할 수 있다. 따라서 필자는 그 국명들이 창출하였던 三韓文化가 자랑스러울 만큼 高水準에 도달하였을 것으로 확신하여 왔다. 三韓 시대의 지명을 근거로 한 이와 같은 필자의 추정은 결코 허황되지 않았던 사실임이 드디어 확인되었으니 쾌재가 아닐 수 없다.

잘 알려진 바와 같이 최근에 경상남도 義昌郡의 茶戸里 고분에서 발굴된 三韓(弁韓) 시대의 유물 중 漢나라의 화폐인 五銖錢은 韓族과 漢族 사이에

와 같이 나누었는데 여기서 ①이 上古音에 해당하며 ①을 전후기로 나눈다면 兩漢 시대의 음운이 곧 후기가 되며 錢玄同의 제 2기에 해당하는 것이다.

19) 王恢(1978 : 629)는 다음과 같이 기술하고 있다.
禹貢所稱九州 : 詳拙著「禹貢釋地」. (商務)
冀州, 孔傳(下同) : 三面臨河. 濟, 河惟兗州, 東南據濟, 西北距河. 海, 岱惟青州, 東北據海, 西南距岱. 海, 岱及淮惟徐　州, 東至海, 北至岱, 南及淮. 淮, 海惟揚州, 北據淮, 南距海, 荊及衡陽惟荊州, 北據荊山, 南及衡山之陽. 荊, 河惟豫州, 西南至荊山, 北距河水. 華陽, 黑水惟梁州, 東據華山之南, 西距黑水. 黑水, 西河惟雍州. 西距黑水, 東據河.
近人以爲戰國時人就戰國疆域情勢之一種構想 ; 當然顧及前古情勢, 如「沿於江海遠於會」, 不云「通於邗達於淮」. 而其據山川自然形勢以畫州域, 影響後世志地地書及地方行政區畫最爲深遠. 九州之名, 自漢武采用, 歷代仍之, 至今不改.

20) 王恢(1978 : 742)에서 참고한 내용을 다음에 옮긴다.
始皇最大之業績, 是廢封建爲郡縣, 確立中國之版圖.
郡縣之制, 蓋萌芽於春秋. 縣名之始起, 緣於諸侯之兼并; 縣卽統治覇縻之義, 始見於史記秦本紀武公十年 前六八八 伐邽,　冀戎而縣之. 郡亦起於秦晉, 以所得戎狄地遠, 使吏守其土而撫其民, 故日「郡」; 同時因應邊防軍事之需要, 厚集實力, 遂以郡統　縣, 故又爲衆邑之長. 黃歇言於楚王日 :「淮北邊齊, 其事急, 請以爲郡便.」春申君傳 而始見於左僖九年 前六五一 晉公子夷吾對　秦公子摯日 ;「君實有郡縣.」演進於戰國, 至始皇而確爲定制.

교역이 성행하였던 사실을 증명하는 것이다. 특히 5점에 달하는 붓(筆)은 그 당시 벌써 붓으로 文字(漢字)생활을 영위한 사실을 증언하는 것이다. 그 고분의 출토품 중 특히 五銖錢은 前漢代(206 B.C.)의 동전으로 三韓 시대에 이미 漢文化의 적극적인 수입을 대변하는 것이며, 붓의 발견은 漢字를 적극적으로 수용하였던 사실을 입증하는 바라 하겠다. 그 이후로 현재까지 중국으로부터 수입된 문자를 중국 문자라 하지 않고 漢字(漢나라 文字의 준말)라 불러 왔으며, 中國文이라 부르지 않고 옛날의 중국 문장을 통틀어서 漢文이라 불러온 까닭이 바로 그 최초의 수입이 漢나라 시대에 이루어졌기 때문이라 믿는다. 따라서 위 3.2의 抽讀音 중 中古音 보다는 上古音을 기준으로 하여 前期 古代國語(馬韓語)의 음운을 再構하여야 보다 타당성이 있을 것으로 생각한다. 그리고 특수한 경우를 제외하고는 馬韓 地名의 기록방식이 대체적으로 音借表記한 것으로 보아도 무방할 것이다. 다만 위에서 제시한 관직명과 54國名만으로 한정된 기록자료가 과연 馬韓語의 음운체계 재구에 어느 정도의 만족을 줄 수 있을지는 의문이다. 그렇기 때문에 위에서 제시한 자료를 중심으로라는 제약속에서 불만족한 작업이 진행될 수밖에 없음을 미리 밝혀 둔다.

위와 같은 취지에서 일찍이 필자(1980:8~25)는 馬韓 54國名에 차용된 한자를 중국의 上古音으로 推讀하고 그 추독음을 분류한 일이 있다. 이제 다시 앞서 시도한 음성 분류를 재검토하고 이것을 토대로 위의 언어자료 중 3.2.1~3.2.2와 같이 한자음을 보충하여 음성을 분류키로 한다.

2.6.1. 자음 체계

우선 五音(牙舌脣齒喉半舌半齒)의 순서로 음성을 분류하여 표를 작성하면 다음의 <표 1>과 같다. 여기서는 편의상 高本漢(Karlgren)과 周法高(Chu-Fa-Kao)의 再構音을 중심으로 작성키로 한다.

<표 1> 마한어의 지명표기 자음의 오음 분류

·牙　音	見 k	溪 k'	羣 g	羣 g'	疑 ng
高	活乾萬監感 狗古加鞬吉	箕 鞠 遣	奚雲臼華藍 謂 林 路	奚 渠 儉	月
周	活乾萬監感 狗古加鞬吉箕	鞠 遣	奚渠儉	臼 華 奚	月
舌 頭 音	端 t	透 t'	定 d'(d)		泥 n
高	致 涿 旦 知		大誕池塗臣石		怒內難
周	致涿旦占者 知　準		大誕池塗臣石		
舌 上 音	知 t̂(t)	徹 t̂(t')	澄 d̂'(d)		娘 ń(n)
高	占 者 支 準		石　臣		
周					
脣　音	幫 p	滂 p'	並 b'(b)		明 m
高	半不辟卑伯		蒲　濱		牟莫馬彌
周	半不辟卑伯		蒲　濱		牟莫馬彌
齒 頭 音	精 ts	淸 ts'	從 dz'(dz)	心 s	邪 z
高	咨 濟 側 借　　䠞		捷 秦 外	蘇新山小索斯冀桑 駟素速我	邪
周	咨　濟	楚	捷　秦	蘇新山小索斯冀桑 駟素速我	
正齒音二等	照莊 ts	穿初 ts'	牀崇 ḍz'(dz)		審生 ṣ
高		楚			
周					
正齒音三等	照章 t's	穿昌 t's'	牀船 d'z'(z')	審　書 ś	禪 ź(dź)
高	侵		捷	水	
周	侵　支				
喉　音	曉 χ	匣 γ	影 •	喩 以 o	喩云 jγ
高	休		烏優一邑		
周	休	奚雲謂邪外	烏兒水優一邑		
半 舌 音	來 l		半　齒　音		日 ńź(ń)
性	臘來盧離臨利例		高		日 胄 兒 如
周	臘來藍林利離臨路盧例		周		

※ 高와 周의 대비에서 相異한 부호는 周의 것을 (　)에 넣는다.

앞의 五音系에 의한 음성분류를 근거로 또 다시 발음위치와 발음방법에 의하여 분류하면 다음 <표 2>와 같다

<표 2> 발음방법과 발음위치에 의한 분류

發音方法 \ 發音部位		上部	上脣	上齒	齒	前齒齦	後齒齦	齦顎間	齦顎間	硬顎	軟硬顎間	軟顎	
		下部	下脣		舌尖			舌尖及面	舌面		舌根		喉
		簡稱	雙脣音	齒脣音	齒音		齒上音	顎齦音	顎音	舌面音	舌根音	小舌音	
塞音	清	純	p			t		t̂			k		·(?)
		送氣	p'			t'					k'		
	濁	純	b		d			d̂			g		o
		送氣	b'		d'						g		
塞擦音	清						ts		ṭs'				
							ṭs'						
	濁						dz		dź				
							ḍz'						
鼻音	濁		m		n				ń		ng		
邊音	濁				l								
浪音	濁												
摩擦音	清						s		ś		χ		
	濁						z				γ		

東國正韻에 의한 馬韓語의 解讀결과는 다음 <표 3>과 같은 分類를 보인다.

<표 3> 자음체계(초성)

牙音	舌音	脣音	齒音	喉音	半舌	半齒
ㆁ[ŋ]	ㄴ[n]	ㅁ[m]		ㅇ[ø]	ㄹ[r]	ㅿ[z]
ㄱ[k]	ㄷ[t]	ㅂ[p]	ㅈ[č]			
ㅋ[k′]	ㅌ[t′]	ㅍ[p′]	ㅊ[č′]			
ㄲ[g]	ㄸ[d]	ㅃ[b]	ㅉ[ʒ]	ㆆ[ʔ]		
			ㅅ[s]	ㅎ[h]		
			ㅆ[z]	ㆅ[ɦ]		

위 <표 2>와 <표 3>을 비교하여 보면 폐쇄・파찰음 계열에서 유성음 계열의 無氣性만 다를 뿐이다. 즉 k-k'-g와 k-k'-g-g'의 3항적 상관대립과 4항적 상관대립의 차이가 있을 뿐이다.

위 <표 2>에서 우리는 顎齦音과 顎音(舌面音)을 異國言語의 표기에서 빚어진 近似値의 표기현상으로 보고 이것들을 조정할 필요가 있다. 즉 오늘날 č의 음가를 [ts]와 같이 표시하는 것에 대비하여 [ts][ts'][dz][dz'][tś][dź] 등의 파찰음을 /č/ /č'/ /ʒ/ /ʒ'/와 같이 추정할 수 있다. 그리고 [s][ś]를 /s/로 통합하여 마찰음 계열을 /s/ /z/로 추정할 수 있다. /s/ /z/는 중세국어의 음운체계를 토대로 추정하면 齒音(경구개음)에 해당할 것으로 보인다. 그리고 顎齦音 ť, ď는 /t/ /d/에 통합할 수 있으리라 생각하며 ń가 과연 */ŋ/와 같은 구개음으로 존재하였던 것인지 의문스럽다. 喉音으로 [ʔ][ɦ]이 나타나며 연구개음으로 [*x*][*r*]가 나타나는데 이것들이 전기 고대국어에서 /ʔ/ /ɦ/와 /*x*/ /*r*/로 분류되었던 것인가 아니면 /ʔ/ /h/ /ɦ/로 통합할 수 있는 존재이었던 것인가 의문으로 남는다.

위에서 진행한 馬韓語의 실증자료에 대한 분석 내용은 우리들에게 馬韓語의 子音(폐쇄・마찰) 체계에 대하여 有聲性(+voiced)과 有氣性(+aspirate)을 징표로 하는 매우 복잡한 상관성 대립의 정보를 제공한다. 이 귀중한 정보는 원시국어 혹은 이른바 후기 고대국어(麗・濟・羅의 삼국어) 이전의 국어에 대한 음운체계의 재구에 있어서 同系語로써 추정하는 여러 언어와의 비교연구를 통하여 얻은 결론보다는 훨씬 신빙성이 있다고 본다. 위에서 제시한 결과는 어디까지나 실증적인 표기자료를 토대로 한 분석결과이기 때문이다. 따라서 우리는 위 <표 1, 2>를 근거로 馬韓語의 자음체계를 다음과 같은 相關束으로 묶을 수 있게 된다.

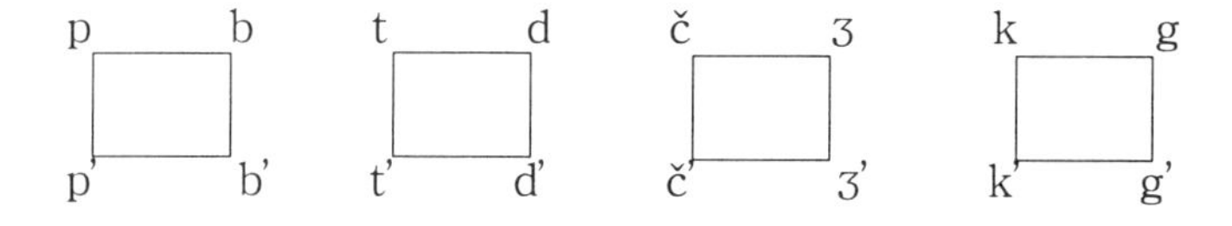

그러면 필자가 분석하여 얻은 이 4항적 相關束의 자음체계는 종래에 주장

하여 온 학설과의 異同關係가 어떤 것인가를 살펴보기로 하겠다.

이기문(1961:52)은 고대국어의 폐쇄·마찰음 체계를

p	t	č	k
p^h	t^h	$č^h$	k^h

와 같이 無氣音 계열과 有氣音 계열의 상관적 대립을 이루고 있었던 것으로 추정하였고, 박병채(1971:311)는

牙音	舌音	脣音	齒音	喉音
/k/ŋ/	/t/n[r(l)]/	/p/m/	/c//s/	/ʔ//h/

와 같이 고대국어의 자음 체계를 單線體系이었던 것으로 추정하였다. 그리고 조규태(1986 : 73~74)는 고대국어의 자음체계를

파열음	*p	*t	*k
마찰음		*s	
비음	*m	*n	*ŋ
류음		*r	
바모음		*j	

와 같이 추정하였다.

여기서 우리는 국어사의 시대구분에 있어서 '고대국어의 시기'에 대한 문제를 먼저 논의할 필요가 있다. 박병채(1971)는 고대국어의 시기에 대한 구체적인 기술을 하지 않았다. 아마도 이기문(1961)이 설정한 기간을 그대로 인정하고 따른 듯하다. 그리하여 중세국어의 前段階로서 주로 삼국 시대의 언어를 일컬은 것으로 추측되며 이 구분은 필자가 설정한 후기 고대국어에 해당한다. 한편 김형규(1975:7)는 Altai語에서 分派된 시대부터 신라 말까지를 고대로 보았으며, 조규태(1986:3)는 배달겨레가 시작된 때부터 신라가 멸

망한 때까지 사용된 국어를 고대국어로 보았다. 이렇게 수천 년이 될지도 모를 장구한 기간의 언어를 고대국어로 규정하여 놓고 조규태(1986)가 고대국어의 음운 재구를 위하여 채택한 실질적인 언어자료는 거의가 『三國史記』(地理1-4)에 등기된 지명 자료이니 사실상 후기 고대국어의 언어 자료를 가지고 三韓 시대와 그 이전까지를 논의한 셈이다.

위에서 언급한 바와 같이 종래에 설정한 고대국어의 시기를 필자의 시대 구분과 비교할 때 전기와 후기의 차이밖에 없다. 이렇게 전・후기로 이어지는 기간인데도 불구하고 필자가 재구한 전기 고대국어의 자음 체계와 위에서 소개한 세 가지의 후기 고대국어의 자음체계가 외견상으로 지나치게 相異하다는 사실이다. 여기서 한국어의 계통을 Altai어족에 속한 것으로 전제할 때 Altai공통어의 자음체계와 비교하여 볼 필요가 있다. 그 동안 몇몇의 Altai어학자에 의하여 재구된 Altai공통어의 폐쇄・마찰음의 체계는

p	t	č	k
b	d	ʒ	g

와 같은 有聲性을 징표로 하는 상관적 대립체계이다. 이와 같은 유성자질이 원시국어에 존재하고 있었음을 일찍이 김완진(1957)이 논증한 바 있다.[21] 이 추정과 비교할 때 필자가 위에서 재구한 馬韓語의 자음체계는 有氣性이 추가됨으로 인한 4항적 상관 대립의 체계가 된다. 말하자면 馬韓語의 자음체계에서 有氣性을 消去하면 곧 Altai공통어의 자음체계로 돌아가게 되는 흥미로운 사실을 발견한다. 그리하여 우리는 有氣性이 원시국어와 전기 고대국어의 교체기에 생성하기 시작하여 그 이후에 발달한 것으로 추정할 수 있다. 따라서 어떤 언어 상황 때문에 원시국어의 자음체계에 有氣性이 발생하여 無聲性 : 有聲性의 2項的 상관대립이

21) 김완진(1957:69)에서 다음을 옮겨 참고토록 하겠다.
「이 사실은 문헌이 증언해 주지 못하는 原始國語의 단계에 Sonorité를 상관징표로 하는 자음 대립의 계열이 존재하였음을 말하는 것이라 믿는다.」

p → p'   t → t'   č → č'   k → k'

b → b'   d → d'   ʒ → ʒ'   g → g'

와 같이 4항적 상관대립으로 변화한 것으로 추정한다. 그리하여 원시국어 > 전기 고대국어의 관계를 표시하면

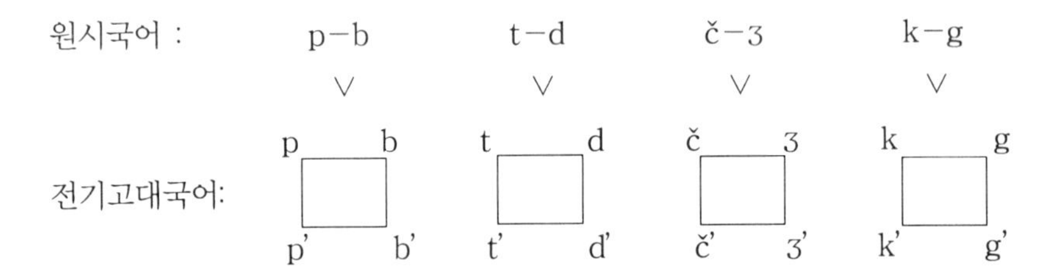

와 같이 그 발달 단계가 정리된다. 전기 고대국어의 어느 시기부터 생성되기 시작한 有氣性의 강화에 따른 有聲性의 상대적 약화로 드디어 有聲性의 徵表가 상실됨에 따라서 결국은

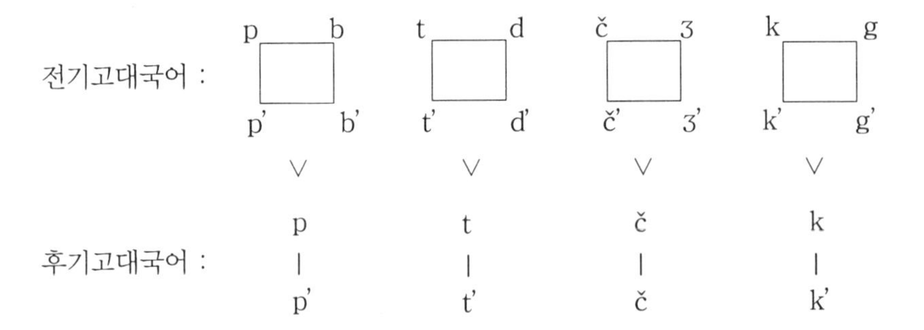

와 같이 無聲性:有聲性:有氣性>無聲性:Ø:有氣性의 2항대립으로 단순화한 것이라 하겠다. 이러한 음운의 체계적 변화현상은 언어에 따라 간혹 경험하는 범언어적 사실로 알려져 있다. 가령 Jean Fourquet(1959)는 게르만어의 자음 추이(The Germanic Consonant Shifts)에 대한 음운론적인 설명을 위하여 다음과 같은 중간 단계를 설정하였다.[22]

인구어	중간단계	게르만어
p t k k^w	ph th kh k^wh	f p x x^w
bh dh gh g^wh	ß ð r r^w	b d g g^w(Gothic)
b d g g^w	b d g g^w	p t k k^w

위 표의 '인구어'에서 '게르만어'를 도출하기 위하여 Fourquet가 가정한 중간단계처럼 우리의 국어사도 원시국어에서 전기 고대국어에 이르는 긴 동안의 어느 시기에 언어변화의 어떤 요인으로 말미암아 상관대립의 징표인 有聲性과 有氣性이 교체하였던 사실을 추정할 수 있다.[23] 중국어 역시 고대에

22) Fourquet(1956)는 게르만어의 자음 추이에 관한 음운론적인 설명을 위한 구조틀을 만들어 다음과 같이 제시하였다.

구조틀 1: *Indo-European*

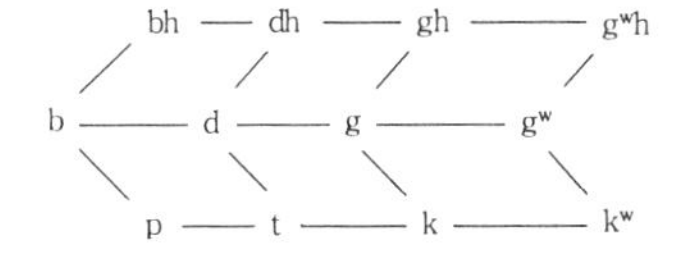

구조틀 2: *Pre-Germanic*

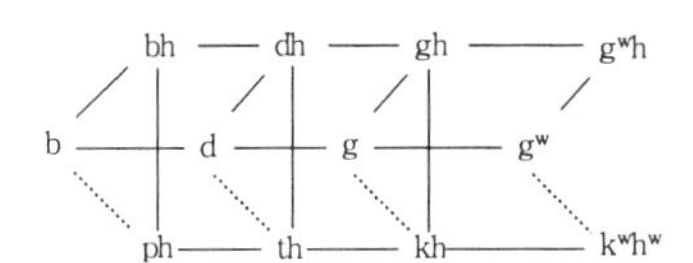

구조틀 3: *Proto-Germanic*

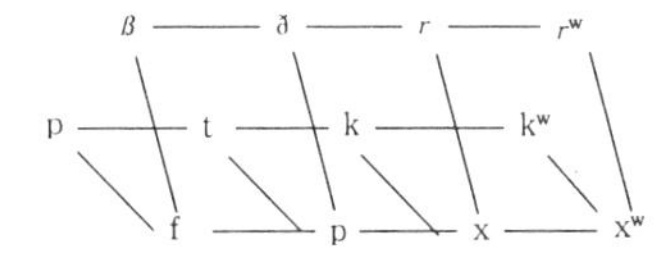

구조틀 4: *Primitive-Germanic*

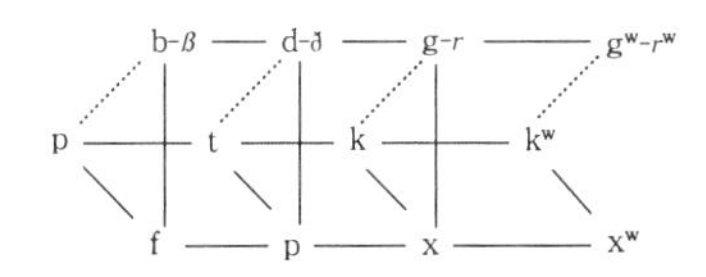

23) 金完鎭(1957:69~70)에서 주장한 견해를 인용한다.

「국어에서 sonorité를 相關徵表로 하는 對立이 Aspiration을 相關徵表로 하는 대립으로 代替되었다. 이 경우에 喪失된 것은 정확히 말하여 音韻으로서의 有聲音이 아니라 有聲子音과 無聲子音 間의 區別이다. 이에 Parallel하게 蒙古語에서도 sonorité에 依한 對立이 漸次 세력을 잃어가고 있다. 이는 國語의 子音體系가 겪은 現象과 甚히 類似하나 時間上으로는 懸隔한 差異가 있다. 」

李基文(1957;179)에서도 비슷한 見解를 펴고 있다.

「子音의 對應에 있어서 가장 흥미 깊은 것은 한국어의 閉鎖音(破擦音 포함)이 3系列을 가지고 있는데도 그 중의 平音이 알타이祖語의 2系列(*p, *t, *č, *k-, *b, *d, *ʒ, *g)에 原則的으로 대응한다는 사실이다. 이것은 한국어에서 알타이祖語의 2系列의 合流가 일어났음과, 有氣音과 된소리의 2系列은 副次的으로 발달했음을

는 有聲性의 상관대립을 가진 자음체계이었으나 대개 宋代쯤에 이르러 그 차이를 잃었다(金完鎭 1957:69 補註1 참고). 중세국어의 전기・후기의 교체기에 국어 자음체계가 경음성을 더 가지게 된 사실도 고대에 있어서 자음체계의 변화가 있었던 사실을 설명하는데 있어서 간접적인 증거가 된다.

위에서 제시한 <표 1 ,2, 3>을 근거로 馬韓語의 자음체계를 재구하면 다음과 같이 정리될 수 있다.

1, 자음 체계

(1) 초성체계

① 폐쇄・마찰음 체계

/p t ts k/
/p' t' ts' k'/
/b d dz g/
/b' d' dz' g'/

② 마찰음 체계

/ s *x* /
/ z *r* /

③ 통비음 체계

/m n ɲ(?) ŋ /

④ 류음 체계

/ l /
/ r /

推想케 한다. 國語史에 있어서의 有氣音과 된소리의 발달은 이 방면의 연구에서 어느 정도 밝혀진 바 있다. 」

⑤ 반자음 체계

/ j w /

(2) 종성 체계

위에서 推讀한 마한지명의 음성 자료에서 음절 말음을 음성틀에 담으면 다음 <표 4>와 같다.

<표 4>

發音部位 / 發音方法		上部	上脣 上齒	齒 前齒齦 齒顎間	齦顎間	齦顎間 硬顎	軟硬顎間 軟間	
		下部	下脣	舌尖	舌尖及面		舌根	喉
		簡稱	雙脣音 齒脣音	齒音 齒上音	顎齦音	顎音 舌面音	舌根音 小舌音	
塞音	清	純	p 捷 臘 邑	t 活月--吉日			k 鞠 涿 石 辟 伯索蓮外借	
		送氣						
	濁	純		d 謂大內例我駟			g 曰 奚 古 莫 支不智牟小	
		送氣						
塞擦音								
鼻音	濁		m 監 感 侵 臨 藍 林	n 奚雲乾旦臣新 誕難半濆山			ng 桑 襄	
邊音	濁							
浪音	濁			r 謂彌杳濟離				
摩擦音	清			駟內				
	濁						γ 華 盧 古 者 怒素奚卑斯	

『東國正韻』의 古音으로 추독한 馬韓 지명어의 終聲 體系는 다음과 같다.

<표 5>

牙音	舌音	脣音	齒音	喉音	半舌	半齒
ㄱ[k]		ㅂ[p]		ㆆ[ʔ]		
	ㄴ[n]	ㅁ[m]				
		ㅱ[ɱ]				
					ㄹ[r]	

위 <표 4, 5>의 내용을 종합하면 다음과 같이 정리된다.

p	t	k	ʔ
	d	g	
m	n	ŋ	
	r	ɣ	

2.6.2. 모음 체계

俞昌均(1982:123~155)이 馬韓 地名을 중심으로 추정한 再構音을 토대로 하여 모음을 분류하면 다음과 같다.

/a/ : kam(監) gan(漢, 爰) nar(襄, 如) nan(難) nam(冉) dar(者, 池, 大) ta(占) tsa(捷, 楚) tsar(濟) ram(藍) man(萬) sa(桑, 素) san(山) pa(伯)

/ə/ : kə-(古, 拘, 臼) kər(古, 鞠, 嬰, 活) kən(乾) kəm(感) nə(怒) nər(日, 內) tə(到) tək(涿, 塗) tər(烏) tən(旦, 石, 誕) tsəm(侵) rə(路, 臘, 來) rəm(林) mə(馬) mər(莫) bər(濆, 外) sə(素, 駟, 蘇) sək(索) ər(一)

/ə̌/ : gə̌r(奚) rə̌m(臨) mə̌r(牟) bə̌r(不, 謂, 卑, 浦, 辟, 半, 濆) sə̌(斯) sə̌r(水, 臣, 沓) ə̌n(雲)

/u/ : ku(休) su(速) ru(盧) mu-(目) u(優)

/i/ : ki(支) gi(奚) ni(兒) ri(離, 利)

위에서 분류한 모음 중에서 ə와 ə̌를 동일 모음의 異表記에 해당할 것으로 추정한다면 모음 체계는 다음과 같이 4모음체계가 된다.

i u

ə

a

丁邦新(1975)의 再構音(漢代音)을 갖고 추독한 모음을 主로 하여 분류하고 아울러 高本漢(K) 董同龢(T) 周法高(Ch)의 재구음에 의한 推讀音을 필요에 따라서 보충자료로 이용하여 분류하면 다음과 같다.

/i/ : lei(濟, 奚) jiei(離, 支) jei(兒, 斯, 池) jieg(水) iogʷ(小) jiak(石) jiət(日) əi(內)

/e/: jei(濟, 奚) jiei(離, 支) jei(兒, 斯, 池)

《보충자료》 ⇒ 支 : t̂ i̯eg(T) tiĕg(K) 奚:rieg(T) g'ieg(K) geð(Ch) 卑:Pi̯eg(T) pi̯ĕg(K) pjier(Ch) 利:lied(T) lier(Ch) 駟:si̯ed(T) sjier(Ch) si̯ed(T) 辟: pi̯다(T) pi̯ĕk(K) pjiek(Ch) 斯:si̯eg(T) si̯ĕg(K) sjieɚ(Ch) 一: · i̯et(T·K) · jiet(Ch) 臣:ji̯en(T) di̯ĕn(K) djien(Ch) 新:si̯en(T) si̯ĕn(K) sjien(Ch)

/ə/ : jəg(牟, 咨) jəgʷ(休) jək(鞠) jən(濆, 釁) jəd(謂) jəm(林, 臨, 半, 雲) əd(內) əm(感) əg(來) ɤən(山) tsək(側)

/a/ : ak(索, 莫) ag(盧,怒,古,素,路,烏,蘇,塗) ap(臘) at(活) ang(桑) an(誕,乾,難,旦) ka(加) ngad(外) ra(華馬) ram(監)

/u/ : ruk(涿) uat(濆) uk(速, 目)

/o/ : iogʷ(小) jogʷ(優,不,臼)

《보충자료》 ⇒ 盧 : lo 古: ko 怒: no 素: so 烏:·o 塗: d'o(K)

위 재구음을 토대로 전기 고대국어의 모음 체계를 다음과 같이 再構할 수 있게 된다.

i		u
e	ə	o
	a	

이 6모음 체계는 G.J. Ramstedt가 再構한 Altai諸語의 모음 체계와 對比할 때 차이가 있다. 대비를 위하여 그의 모음 체계를 다음에 제시한다.

Ursprachlich …………………	a	o	u	y	ä	ö	ü	i
Türkisch ………………………	a	o	u	y	ä,e	ö	ü,i	i
Mongolisch ……………………	a	o	u	i	e	ö	ü	i
Tungusisch ……………………	a	o,u	u	i,e	e	u	u,i	i
Koreanisch ……………………	a	o,a	o	i	e	u	i	c

여기서 국내의 연구자들이 재구한 고대국어의 모음 체계를 대비하면 다음과 같다.

박병채(1971:323-35) ………	i	ü	ə	ä	ï	u	ɐ	a
김완진(1971:67) ………………	i	ü	ö	ə	ï	u	o	a
이기문(1972:16) ………………	i	ü	ö	ä	ï	u	ɔ	a
김동소(1981:136-7) …………	i	ü	ö	ä	ï	u	o	a
김방한(1983:150-4) …………	i	ü	ö	e	ï	u	o	ɑ
조규태(1986:88) ………………	i	ü	ö	ä	ï	u	o	a

그러면 東國正韻으로 推讀한 音을 중심으로 모음을 분류하여 보자.

· /ʌ/ : aʌø(斯) cʌø(咨)
ㅣ /i/ : diø(池) tiø(致) zin(臣) ciø(支) piø(卑) miø(彌) sin(新) cîm(侵) rim(林) ·riø(利) riø(離) rim(臨) zirʔ(日)
ㅏ /a/ : kan(乾) kam(監,感) dan(誕) nan(難) mak(莫) ·pan(半) ·maø(馬)

san(山) saŋ(桑) · c'ap(捷) ram(藍) rap(臘)

ㅓ /ə/ : · mən(萬)

ㅗ /o/ : koø(古) doø(塗) noø(怒) boø(蒲) soø(蘇素) c'oø(조) · roø(路) ʔoø(烏) roø(盧)

ㅜ /u/ : ŋun(雲) guŋ(臼) · kuk(鞠) kuŋ(狗) bun(濆) purʔ(不)

여기서 우리는 위 6모음 체계에 /ʌ/를 추가할 수 있게 된다. 그러나 이 /ʌ/의 추가는 불안한 존재일 수도 있다. 그렇기 때문에 ( )안에 넣어 그 신빙도의 희박성을 표시한다. 그리하여 필자가 재구한 전기 고대국어의 잠정적 모음 체계는 6(7?)모음 체계가 되겠다.

i		u
e	ə	o
	a	(ʌ)

2.7. 마한 지명어의 구조

馬韓의 54개 국명이 어떻게 구성된 지명어인가를 파악하려면 먼저 각 지명에 참여한 지명소를 분석하여야 할 것이다. 그런데 각 지명어를 구성하고 있는 지명소가 어떤 것인가를 이해한다는 것은 몇몇 접미 지명소를 제외하고는 지극히 어려운 문제이다. 대부분의 지명소들이 繼承地名에 본래의 모습을 거의 그대로 반영하고 있지 않기 때문이다. 그리하여 우선 지명소의 분석에 앞서는 선행 작업으로 표기한자의 수에 따라서 분류할 필요가 있다. 마한 지명어를 표기한 漢字가 음절문자이기 때문에 마한 지명어의 表記者가 음절 단위로 표기하였을 것이라 믿기 때문이다. 모든 지명어에 접미되어 있는 '國'은 제외하고 나머지 부분만 글자 수에 따라서 분류하면 다음의 Ⓐ Ⓑ Ⓒ Ⓓ와 같다.

Ⓐ 2자 지명어(34개)

①奚襄 ②牟水 ③桑外 ④伯濟 ⑤日華 ⑥古離 ⑦怒藍 ⑧月支 ⑨古奚 ⑩莫盧 ⑪卑離 ⑫臣釁 ⑬支侵 ⑭狗盧 ⑮卑彌 ⑯古蒲 ⑰冉路 ⑱兒林 ⑲駟盧 ⑳感奚 ㉑萬盧 ㉒一離 ㉓不彌 ㉔支半 ㉕狗素 ㉖捷盧 ㉗莫盧 ㉘古臘 ㉙一難 ㉚狗奚 ㉛不雲 ㉜爰池 ㉝乾馬 ㉞楚離

Ⓑ 3자 지명어(12개)
㉟小石索 ㊱大石索 ㊲臣濆活 ㊳臣蘇塗 ㊴臣雲新 ㊵古誕者 ㊶素謂乾 ㊷致利鞠 ㊸臨素半 ㊹占離卑 ㊺內卑離 ㊻辟卑離

Ⓒ 4자 지명어(8개)
㊼優休牟涿 ㊽咨離牟盧 ㊾牟盧卑離 ㊿速盧不斯 51如來卑離 52監奚卑離 53臼斯烏旦 54不斯濆邪

Ⓓ 5자 지명어(1개)
55楚山塗卑離

위와 같이 馬韓 54개 국명 중 34개 국명이 2음절이다. 그리고 8개 국명이 4음절이다. 이 8개에 해당하는 것들이 優休+牟涿 速盧+不斯 咨離+牟盧 監奚+卑離 牟盧 +卑離 如來+卑離 臼斯+烏旦 不斯+濆邪 등인데 그 중에서 '-卑離>夫里)'가 분리될 수 있다. 이 지명소는 어말에 일반적으로 위치하지만 때로는 독립히여 쓰일 경우도 있기 때문이다. '卑離國'이 어기로 독립하여 쓰인 그 1例이다. '牟盧' 또한 '卑離'와의 결합에 의거하여 '咨離'와 분리될 수 있으며 '不斯' 또한 어두와 어말에 위치함으로 분리가 가능하다. 나머지 둘도 이와 같은 구조의 복합어로 보면 될 것이다. 따라서 2음절로 된 지명어를 다음과 같이 추가할 수 있게 된다.

優休 牟涿 速盧 不斯 咨離 牟盧 監奚 如來 臼斯 烏旦 濆邪

여기에다 Ⓑ의 小+石索 大+石索의 '石索'을 더 추가할 수 있다. 따라서 마한 54국명 중 2음절을 기본으로 한 지명은 44개가 된다. Ⓑ의 나머지 10개 중에서 占+離卑(占卑離의 誤?) 內+卑離 辟+卑離 등 3개 지명이 단음절이며 臣濆活 古誕者 素謂乾 致利鞠 臣蘇塗 臨素半 臣雲新 등 7개 지명만이 3음절 지명으로 남게 되는데 여기서 '臣-'을 접두 지명소로 본다면 濆活, 蘇塗, 雲新 3개 지명 또한 2음절의 구조에 귀속하게 된다. 따라서 이것들(6개 지명)을 추가하면 2음절을 기본으로 하는 지명의 수는 모두 50개가 된다. 결국 의문으로 남는 지명은 古誕者 素謂乾 致利鞠 臨素半 楚山塗(卑離) 등 5개 지명인데 이것들도 위 2음절 구조에 의거하여 분석될 가능성을 지닌 3음절 지명임을 추상하기에 어렵지 않은 존재들이다.

위에서 우리가 각 지명을 표기 한자의 수에 따라 분류한 결과 거의가 2字地名形이 기본단위임을 알게 되었다. 그런데 공교롭게도 중국의 지명에 대한 고대 기록을 『史記』에서 찾아 보면

秦王政立二十六年 初并天下 爲三十六郡 號爲始皇帝 始皇帝五十一年而崩 (『史記』秦始皇本紀 第五)

二十六年 分天下以爲三十六郡 郡置守尉監<『史記』 秦始皇本紀 第六>

[集解] 駰案三十六郡者：

三川 河東 南陽 南郡 九江 鄣郡 會稽 潁川 碭郡 泗水 薛郡 東郡 琅邪 齊郡 上谷 漁陽 右北平 遼西 遼東 代郡 鉅鹿 邯鄲 上黨 太原 雲中 九原 鴈門 上郡 隨西 北地 漢中 巴郡 蜀郡 黔中 長沙 內史

와 같이 기원전 221년에 秦始皇帝가 전국을 36郡으로 分定하고 命名한 지명들의 대부분(36 중 25)이 2字名인 것과 닮아 있다. 앞에서 일차 언급한 바와 같이 前漢 시대에 이미 韓·漢 두 나라 사이에 문물이 적극적으로 교류되었던 사실을 감안할 때 三韓의 국명이 漢書에 기록으로 남을 수 있었던 것은 당연한 일로 믿어진다. 혹시 三韓의 지명이 秦나라 以前부터 형성되어 온 중국식 지명의 영향을 받은 것은 아닌지 의심스럽다. 그리하여 앞에서 이미 "마한의 지명을 漢代人이 聽取한대로 漢字의 音節借방법으로 轉寫하였을 것이다"고 추정한 내용에 한 가닥의 의문부를 찍게 된다. 적극적이든 소극적이

든 부분적이든 간에 중국식 지명의 영향을 받았을 개연성을 排除할 수 없기 때문이다. 이 문제에 대하여서는 보다 깊이 있게 살펴 볼 기회를 따로 마련하여야 할 것이다. 특히 三韓의 지명을 승계하였을 것으로 믿을 수 있는 百濟·加羅·新羅의 지명어 구조를 보다 정밀하게 분석한 뒤에 그 결과를 비교하여 보면 그 사정이 통시적으로 파악될 것이라 믿는다.

2.8. 마한 지명어의 지명소

위에서 논의한 바와 같이 마한 지명어의 기본 단위는 2음절 어형이었다. 이 기본 어형들은 또 다시 지명소의 분석이 가능할 것이다. 위에서 제시한 자료를 중심으로 다음에서 지명소 분석을 시도하여 보기로 하겠다.24)

2.8.1. 접두 지명소

(1) '古-' [kâg], '感-'[kəm], '監-'[kam] 지명소

㊵古+誕者 ⑥古+卑離 ⑨古+奚 ⑯古+蒲 ㉘古+臘 ⑳感+奚 ㊷監+奚+卑離

다음 5.2.2.(1)에서 분석되는 '-奚'에 의하여 ⑨의 분석이 가능하며, ⑥은 傳來 과정에서 '卑'자가 탈락된 것으로 보아 또한 분석의 가능성이 있는 것으로 본다면 어두에 동일한 '古'를 가진 ⑯,㉘,㊵의 분석도 가능케 된다. ⑨의 분석에 따라서 ⑳과 ㊷도 가능하다.

여기 '古-'는 弁辰 地名의 '古資彌凍, 古淳是'와 같은 어두에서의 '古-' 2例를 추가할 수 있다.

(2) '狗-' [kûg] 지명소

---

24) 지명소의 음성 표기는 董同龢가 재구한 上古音으로 한다.

⑭狗+盧 ㉕狗+素 ㉚狗+奚

(1)에서의 '-奚'의 분석이 가능하였고 또한 (7)에서의 '-盧'의 분석이 가능하기 때문에 '狗-'가 접두 지명소일 가능성이 매우 짙다. 이 '狗-'는 弁辰 地名에서 '狗邪'와 같은 어두의 '狗-' 1예를 추가할 수 있다.

(3) '爰-' [riwăn] 지명소

①奚+襄 ㉜爰+池(아마도 爰는 자형상사로 인한 奚의 誤인 듯)

'奚'자의 중복으로 지명소 '奚, 襄, 池'를 분석할 수 있을 것 같다. 특히 '襄'은 백제의 前期地名 중에서 '內, 那, 惱, 嫎, 奴'와 先後의 관계가 있을 듯하다. 이것은 '壤'과 통용되었던 것으로 믿어지는데, '仍斤內>槐壤, 今勿奴>黑壤, 骨衣奴>荒壤' 등이 그 좋은 예들이다. 兪昌均(1982:126)은 이 '襄'을 '內, 那, 惱, 砮, 奴' 등의 前身으로 보고 'nar'로 풀이하였다.

(4) '臣-' [Jien] 지명소

⑫臣+釁 ㊲臣+濆活 ㊳臣+蘇塗 ㊴臣+雲新

㊳의 '蘇塗'가 다음 5.2.2.(4)에서 논의한 바와 같이 분리가 가능하기 때문에 '臣-'이 접두 지명소일 가능성을 보인다. ㊳을 기반으로 하여 ㊲과 ㊴가 '臣-'을 접두 지명소로 분석할 수 있게 되며 ⑫ 또한 분석이 가능하게 된다.

(5) '伯-'[pǎk] 지명소

④는 伯濟>百濟와 같이 변천된 것으로 추정함이 국사학계의 공론인 듯하다. 그런데 '百'의 옛 새김은 '온'임으로 '百濟'를 '온제'로 읽을 수 있겠고, 나아가 '온제(百濟)=溫祚'와 같은 등식을 얻는다(도수희 1972 : 147). 따라서

'伯'이 지명소임을 의심할 여지가 없을 것 같다.

(6) '小-'[siog]와 '大-'[d'âd] 지명소

㉟小+石索 ㊱大+石索

大小의 규모로 보아 ㊱이 親村이며 ㉟는 이에 대한 子村인 듯한데 어쨌든 일차적으로 위와 같이 분석될 수 있을 듯하다. 물론 여기 '小'와 '大'가 漢字語의 개념을 지니고 있을 경우에 한하여서만 그렇게 생각할 수 있는 것이다. 俞昌均(1982:128)에서처럼 위 '小, 大'를 음차자로 보게 되면 親・子의 관계에서 멀어질 수밖에 없다. 그러나 어쨌든 '小'와 '大'가 공히 접두 지명소일 가능성을 배제할 수는 없는 것이다.

(7) '莫-'[mwâg] 지명소

⑩, ㉗莫+盧 ⑭狗+盧 ⑲駟+盧 ㉑萬+盧 ㉖捷+盧 ㊾牟+盧(卑離)
㊿速+盧(不斯)

위 예들과 같이 '盧'와 분리될 수 있을 것으로 추정된다. 따라서 '莫-'은 접두 지명소일 가능성을 지니고 있다.

(8) '駟-'[sied], '萬-'[mian], '捷-'[dziép], '牟-'[miŏg], '速-'[sûk] 지명소

(7)에서 분석한 결과에 따라서 우리는 (8)의 접두 지명소들을 추정할 수 있게 된다.

(9) '不-'[piwəg] 지명소

㉔不+彌 ㊿速+盧+不+斯 (54)不+斯+濆邪 ㉛不+雲

여기서 우리가 행한 ㉓,㉛의 분석은 매우 타당성이 있을 듯하다. 왜냐하면 ⑮卑+彌와 ㊴臣+雲+新과 같이 지명소의 분석이 가능하였기 때문이다. ㊿은 4개의 형태소로 분석되기 때문에 지명소의 수가 과다한 느낌을 갖게 한다. 따라서 '不斯'를 1개 지명소로 볼 것인지 아니면 2개로 보아야 할 것인지는 의문으로 남겨 둘 수밖에 없다.

(10) '楚-'[ʦ'ag] 지명소

㉞楚+離 ㊿楚+山+塗+卑離

위 예에서 중복으로 나타나는 '楚'를 지명소로 상정할 수 있겠고, 특히 ⑯은 지명소 과다로 인한 재분리의 가능성을 배제할 수 없기 때문에 '楚+山'과 '塗+卑離'로 나누어야 할 것 같다. 그러면 '塗'가 하나의 지명소일 가능성도 찾아야 위의 주장이 더욱 견고해 질 것이다. 이 점에 대하여는 다음 5.2.2.(4)에서 재론하게 될 것이다.

2.8.2. 접미 지명소

(1) '-奚'[ɣieg] 지명소

⑨古+奚 ⑳感+奚 ㉚狗+奚 ㊿監+奚+卑離

위 5.2.1.(1)에서 ⑨와 같은 분석이 가능하였음으로 같은 어말 위치에 있는 ⑳,㉚,㊿의 경우도 하나의 지명소로 볼 수 있을 것이다.

(2) '-盧'[lag] 지명소

⑩莫+盧 ⑭狗+盧 ⑰冉+路(?) ⑲駟+盧 ㉑萬+盧 ㉖捷+盧 ㉗莫+盧 ㊽咨離+牟+盧 ㊾牟+盧+卑離 ㊿速+盧+不斯

위 예들 중에서 ⑰이 문제이다. 다음에서 우선 '路'와 '盧'의 古代音을 비교해 보도록 하겠다.

	上古	中古		上古	中古
路	lâg(T)		盧	lâg(T)	
	glâg(K)	luo(K)		lo(K)	luo(K)
	laɣ(Ch)	luo(Ch)		laɣ(Ch)	luo(Ch)

와 같이 거의 동일하기 때문이다. 어느 1字만으로도 그 표기가 가능하였을 터인데 굳이 복잡하게 異字를 사용한 이유를 알 수 없다. 이와 같은 사실은 弁辰 地名에서 盧:路=2:3으로 더욱 적극성을 보인다.

또한 우리가 '牟盧'를 두 지명소의 합성으로 볼 것이냐 아니면 단일 지명소로 볼 것이냐의 문제이다. 이 문제는 '牟+水' '牟+涿'과 같은 다른 예가 또 있기 때문에 그 가능성을 부정할 수 없다. 그리고 ㊽,㊾,㊿이 3개 지명소를 나타내기 때문에 문제될 것 같지만 실상 '徐+羅+伐'과 같은 예가 있기 때문에 문제될 것이 없다. 三韓이 고루 사용하였던 이 '盧'는 '地' 혹은 '壤'을 의미하는 지명소로 후대의 기록으로는 '那・羅'로 표기되었다.

(3) '-卑離'[pieg-lia] 지명소

⑪X+卑離 ㊹占+卑離 ㊺內+卑離 ㊻辟+卑離 ㊾牟盧+卑離 51如來+卑離 52監奚+卑離 56楚山塗+卑離

위 ⑥ '古離'와 ㉒ '一離'가 '古+卑離-' '一+卑離'의 생략(또는 脫字)형이 아닐까 하는 의심이 든다. 왜냐하면 ㊹ '占-', ㊺ '內-', ㊻ '辟-' 와 같이 접두 지명소가 3개나 있을 뿐만 아니라 '-卑離'의 末字와 일치하는 '離'가 末字로 2개나 나타나기 때문이다. 더구나 이 '-卑離'의 후계 지명소로 지목되는 백제어의 접미 지명소 '-夫里'가

所夫里(夫餘), 古良夫里(靑正縣), 古眇(古沙)夫里(古阜郡), 夫夫里(澮尾縣), 未冬夫里(玄雄縣), 半奈夫里(潘南縣), 毛良夫里(高敞郡), 仁(竹樹,尔陵)夫里(陵城郡), 波夫里(富里縣), 古莫夫里(古馬彌知?), 古所夫里(?)

와 같이 10예나 나타나기 때문에 '-卑離'와 '-夫里'가 數的으로 거의 들어맞는 것이다. 또한 그 지명소가 單一字인 점을 비교하더라도 ㊹ '占-', ㊺ '內-', ㊻ '辟-', ⑥ '古-'(?), ㉒ '一-' 와 같이 5개 예인데 백제 지명에서는 '所-, 夫-, 仁-, 波-' 등 4개 예를 발견하여 서로 엇비슷함을 보인다. 여기에 塗卑離(楚山+塗卑離 처럼 분리를 인정한다면) 1예를 더 추가한다면 결국 6(馬韓):4(百濟)가 되는데 후대로 내려오면서 약간의 변경을 감안할 때 이 정도의 차이는 그리 큰 문제가 아닐 것이다.

나머지는 ⑪ 'X'와 ⑮ '-卑彌'에 관한 문제이다. 마한 지명이 모두 '-卑離' 앞에 접두 지명소를 가지고 있을 뿐만 아니라 이것들의 後繼地名으로 알려진 백제의 '-夫里' 지명 앞에도 반드시 접두 지명소가 있기 때문이다. 그렇기 때문에 우리는 X가 零지명소가 아닌 어떤 형태(單字 혹은 複字)를 가졌던 것인데 기록 과정에서 漏記된 것이라 추정하는 것이다. 그리고 ⑮ '卑彌'가 있기 때문에 잘못된 것으로 볼 수가 없게 된다.

여기까지의 논거에 의하여 馬韓 지명어의 '-卑離'를 접미 지명소로 재구하게 된다.

(4) '-塗'[d'o] 지명소

㊳臣+蘇+塗 ㊻楚山+塗+卑離

李丙燾(1959:303~305)는 『魏志』(韓傳) 馬韓條의

國邑各立一人 主祭天神 各之天郡 又諸國名有別邑 各之爲蘇塗 立大木縣(懸) 鈴鼓 事鬼神 諸亡逃至其中 皆不還之 好作賊 其立蘇塗之義 有似浮屠 而所行善惡有異

와 같은 기록에 의하여 '蘇塗'를 '솟터'의 音譯이라 해독하였다. 그리고 이 기사에 나온 '蘇塗'를 '臣蘇塗'에 결부시켰다. 이 '蘇塗'에 대한 一說이 또 있으니 그것은 곧 '솟대'(立木)인 것이다. 어쨌든 그것이 '솟터'이든 '솟대'이든 간에 '塗'를 하나의 지명소로 추정하고 있음은 兩者가 동일한 것이다. 위 두 견해를 援用할 경우에 '塗'를 1개 지명소로 추정할 수 있는 것이다.

3. 결론

지금까지 논의하여 온 내용을 다음에 요약하여 결론으로 삼는다.

'馬韓'의 語意는 다음과 같은 3가지의 가설을 세울 수 있다.

첫째; 그 原初形이 蓋馬韓=乾馬韓=金馬韓일 것으로 추정하였다. 그리하여 '蓋馬・乾馬・金馬'를 동일어의 異表記로 보고 그 어의를 *kɨn(<큰(大))으로 풀이하였다.

둘째; 馬韓이 '乾馬>馬乾>馬韓'과 같이 置換變化를 일으킨 것으로 추정하였다. 다시 원초형으로 복원하면 '韓馬=乾馬'가 된다. 따라서 '韓馬'(乾馬)의 어의를 '大'로 추정할 수 있게 된다.

셋째; 馬韓이 乾馬・蓋馬와는 관계없는 별개의 語辭로 보고 그것을 *kara han(馬韓=西韓)으로 풀이하였다.

이제까지 국어사의 시대구분에 있어서 고대국어의 기간은 지나칠 만큼 막연한 기간의 설정이었다. 학자에 따라서 고대국어의 기원을 삼국시대(麗・濟・羅) 초기로부터 잡기도 하였고, 또는 그 以前의 어느 시기까지인지 조차 밝히지 아니하고 거의 無期限의 설정을 하기도 하였다.

그러나 본고에서는 중세국어와 근세국어에서 전기와 후기를 설정한 兩分體系를 고대국어에도 적용하였다. 그리하여 고대국어사의 시기를 전기와 후기로 나누고 三韓時代(약 3세기 이상)의 국어를 전기에 해당하는 것으로 보았다. 그런데 여기 후기 고대국어의 기간은 천년에 가깝다. 그리하여 후기를 다시 3기로 나누어 전 3세기를 高句麗語・百濟語・馬韓語・加羅語・新羅語의 시대에 배당하였고, 중 3세기는 전 3세기의 국어 중에서 馬韓語만이 제거

된 국어시대로 설정하였다. 그리고 후 3세기의 국어는 신라어(통일)・발해어의 시대로 배당하였다. 특히 고대국어의 말기에 渤海語를 둠은 그것이 고구려어의 후신일 것으로 확신하기 때문이다.

馬韓語의 특징은 기층면에서 弁韓・辰韓語와 동일하였던 것으로 파악하였다. 그리고 어휘의 수준에서 비교하여 보면 고대의 한반도에 분포하였던 언어들이 동질성을 나타내는 점이 많았다는 사실을 발견하였다. 이 문제에 대하여는 별고로 논의하게 될 것이다.

馬韓語의 자음 체계는 有聲性과 有氣性이 교체하는 시기의 과도 체계로 추정하였다. 그 前・後의 발달 단계를 도시하면 다음과 같다.

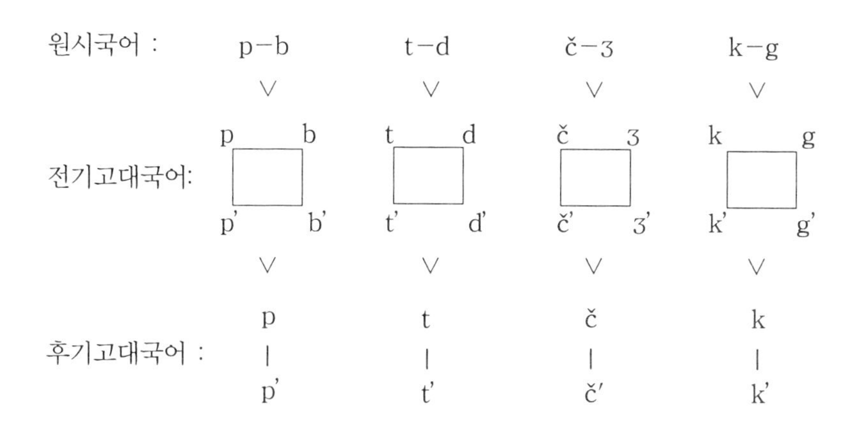

馬韓語의 모음 체계는 6~7모음 체계이었던 것으로 추정하였다.

i		u
e	ə	o
	a	(ʌ)

馬韓 地名語의 구조는 2音節이 기본 단위이었던 것으로 추정하였다. 이와 같이 2음절 구조의 지명들은 接頭 地名素와 接尾 地名素로 구성되어 있었다.

다음 2개 항은 이 글에서 논의하지 못한 餘題로 남는다. 후일에 별고의 작업이 이루어질 것이다.

(1) 분석한 각 지명소의 의미를 파악하여야 할 문제이다. 이 문제가 선결되어야 지명어의 의미를 파악하게 될 것이다.

(2) 승계한 백제 지명과의 관계를 규명하여야 할 문제이다. 先後의 관계가 밝혀지면 馬韓 54國의 原位置를 찾아서 배치할 수 있을 것으로 믿기 때문이다.

Ⅷ. 마한어에 관한 연구(속)

1. 서론

마한어가 진한어 · 변한어와 더불어 한국어사에 있어서 매우 중요한 자리를 차지하고 있음은 두말할 나위도 없다. 여기 삼한어는 78개의 국명(엄격히 말해서 지명어)와 수삼의 관직명을 표기어로 전하여 주기 때문에 우리들로 하여금 실증자료에 의한 최초단계의 국어사 연구를 가능케 한다.

그럼에도 불구하고 국어사학계가 너무나 오랜 동안 삼한어에 관한 연구를 외면해 왔다. 다행히 최근에 와서야 이 방면에 적극적인 관심이 일기 시작하여 드디어 1980년대 초에 이르러서 마한어에 관한 개척적인 연구가 비롯되었다고 말할 수 있다.

전기 고대국어 중의 한 언어로 마한어를 놓고 여러 각도에서 논의하기 시작한 것은 도수희(1977, 1980)이었으며, 이어서 유창균(1982)이 마한의 고지명에 나타나는 한자음을 재구하였고, 이어서 도수희(1987, 1988, 1990)의 보다 본격적인 논의가 발표되었다.

그럴만한 까닭이 있었겠지만 실로 국어사학계의 관심이 지나칠 만큼 신라어에만 치중되어 고구려어와 백제어에 관한 관심은 상대적으로 빈곤하였던 것만은 사실이다. 이보다 더욱 관심 밖에 버려진 존재가 삼한어이었다고 하여도 과언은 아닐 것이다. 그러나 국어사에서 삼한어는 필히 연구되어야 할 막중한 비중을 간직하고 있다. 삼국이 승계하기 직전 단계로서의 역사성과 삼한이 남긴 언어재가 삼국 중 고구려, 백제가 남긴 것에 버금갈 만큼이나 확보된다는 사실을 경시할 수 없기 때문이다.

다행스럽게도 중국사서에 남겨진 마한 54국명과 변진 24국명 및 인명 · 관직명 등은 국어사의 연구에 있어서 소급할 수 있는 첫 단계의 언어자료이다. 이 귀중한 자료가 중국인의 손에 의하여 기록된 탓으로 소홀히 여겨졌는지 모르겠으나, 어쨌든 한국 고대사 연구에서는 적극적으로 다루어진 자료들이 국어사적인 면에서는 오히려 거의 외면당해 온 사실이 지극히 의아스럽다. 그러나 이 삼한의 언어재는 삼국 이전의 국어의 모습을 어렴풋이나마 규지할 수 있도록 공헌하며 국어사의 시대구분에 있어서 고대국어의 출발기를 삼국시대에서 삼한시대로 한 시기를 끌어 올린다. 그리하여 고대를 전기와 후기로 양분할 수 있도록 뒷받침한다.(후술 참고)

앞의 제문제를 풀기 위하여 일차적으로 마한어에 대하여 도수희(1980)에서 시론한 바 있고, 도수희(1987, 1988)에서 이를 재론하였다. 변한·진한어를 제쳐놓고 먼저 마한어를 택하였던 이유는 그것이 백제어 연구와 불가분의 관계가 있었기 때문이며, 나아가서 삼한 중에서 마한이 2/3가 넘는 다수의 국명을 보유하고 있기 때문이었다.

따라서 본고는 마한어에 대한 필자의 선행연구에 승계되는 것으로 역시 궁극적인 목적은 마한 54국명을 중심으로 한 제문제와 그 자체에 대한 연구를 통하여 전기 고대국어를 재구하려는 데에 있다.

2. 마한어의 기원 문제

마한어가 어디에서 기원한 것인가를 밝히려면 우선 우리 국어의 계통문제부터 논의하지 않을 수 없다. 주지하는 바와 같이 원시국어의 기원이 북방계일 것으로 추정한 나머지 국어의 계통을 알타이어족에서 찾았던 경험을 우리는 그리 멀지 않은 지난일로 기억한다. 한 때에 이 문제에 거의 확답인 것처럼 풍미하던 국어의 알타이어족설은 그동안 끊임없이 제기된 의문으로 말미암아 오늘날에 와서는 몰라 보게 퇴색되어 있는 듯하다. 오히려 여러 측면에서 야기되는 의문으로 말미암아 국어의 계통을 밝히는 과제가 다시 원점으로 회귀하는 듯한 느낌마저 들 정도로 재론되고 있다. 그런데 이와 때를 맞추어 제기되는 문제가 국어의 남방기원설이다. 이 남방기원설은 우리의 이웃 언어인 일본어의 기원설에서 적건 많건 영향을 받았기 때문이라고 말할 수 있다.

흔히들 고대에 있어서 남만주와 한반도에 분포된 언어들 중에 주류를 이

룬 두 언어가 있었음을 추정한다. 그 하나는 북부의 부여계어이고, 다른 하나는 남부의 한계어이다. 국어사학계는 이 통설을 거의 이의가 없이 묵시적으로 수용하고 있는 듯하다. 그리고 이 두 지파의 언어가 그 직전 단계에서 하나로 통합되는 언어를 공통조어로 보기 때문에 부여계어와 한계어는 형제간의 친족성을 갖는다고 풀이할 수 있다. 그러나 과연 한계어가 부어계어와 자매어로서 바로 그 직전 단계의 동일한 조어에서 기원한 것인가는 재고의 여지가 많은 듯하다. 다음에 열거하는 여러 가지 의문들이 재고할 기회를 부여한다. 먼저 부여계어와 한계어가 동일 조어에서 분파된 두 지파어일 것으로 추정한 학설을 다음에서 소개하고 필자의 견해를 펴 나가기로 하겠다.

필자는 일찍이 도수희(1990:45)에서 국어사의 시대 구분을 다음과 같이 하였다.

<도표 1> 고대한국어의 시대구분

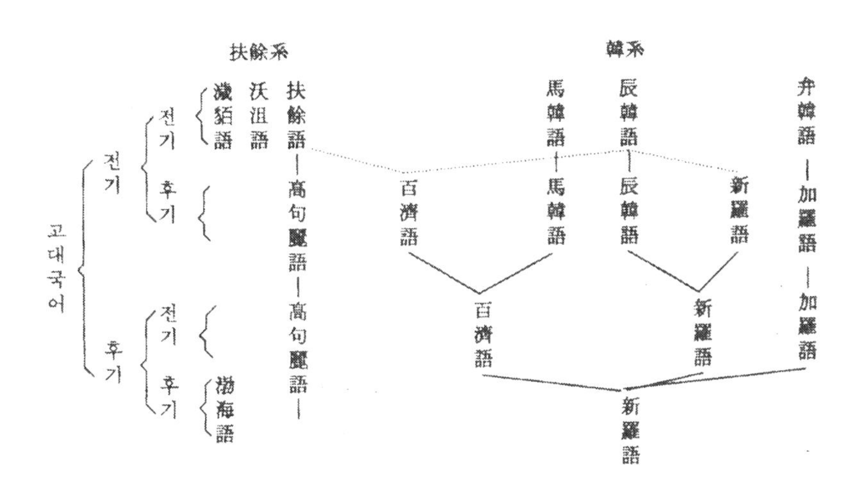

여기서 제기되는 문제는 부여계와 한계가 어느 언어에 소급하느냐에 있다. Poppe(9165:147)에서 다음과 같이 원시한국어를 츄바시・튀르크・몽골・만주・퉁구스 공통어와 동렬에 자리하는 것으로 보았다. 그리고 그 직전단계를 Altai 공통어에 연결시키고 있다.

<도표 2>

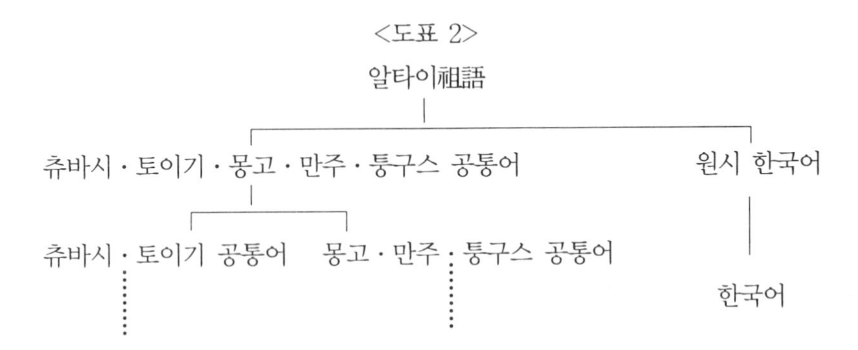

이기문(1971:91)은 (도표2)의 원시한국어에 부여 · 한 공통어를 대체시켜 다음과 같이 도시하였다.

<도표 3>

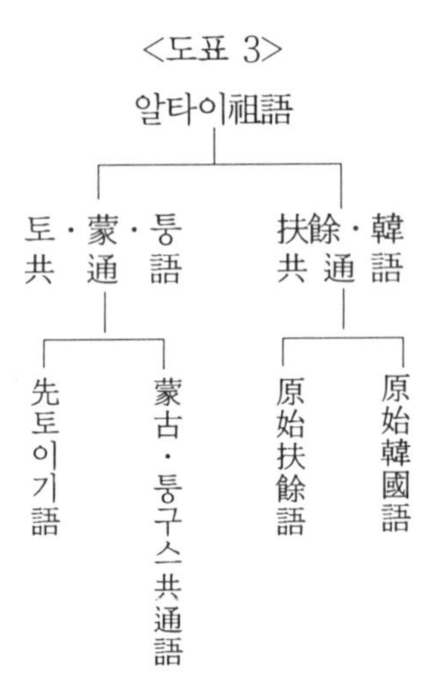

앞의 두 계통도를 비교하여 볼 때 (도표 3)은 (도표 2)에서 원시한국어의 부분을 구체화한 것이니 결국 그 이전 단계의 소급 언어는 (도표 2)와 마찬가지로 Altai 조어라는 의미로 받아들여질 수 있다.

이숭녕(1971:329)에서도 북방계의 부여어와 남방계의 한어로 나누고 이 두 계통의 언어가 직전 단계에서 원시국어에 통합되는 것으로 보았다. 이숭녕(1971)에서 주장한 부여계와 한계의 언어관계를 도시하면 다음과 같다.

<도표 4>

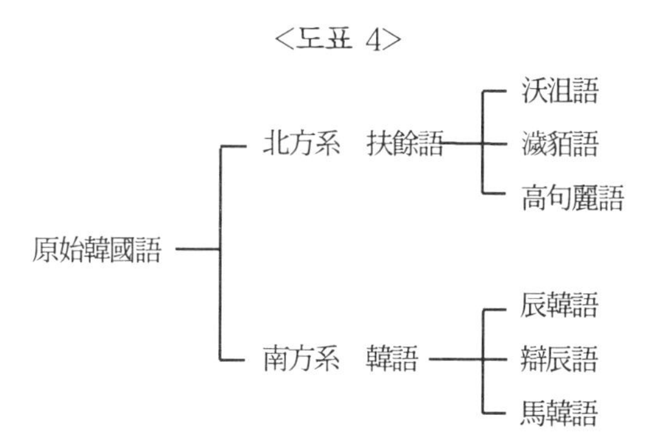

이숭녕(1971:330)은 앞의 (도표 4)를 전제하고 두 계통의 언어가 한반도에 유입한 경로를 당음과 같이 도시하였다.

<도표 5>

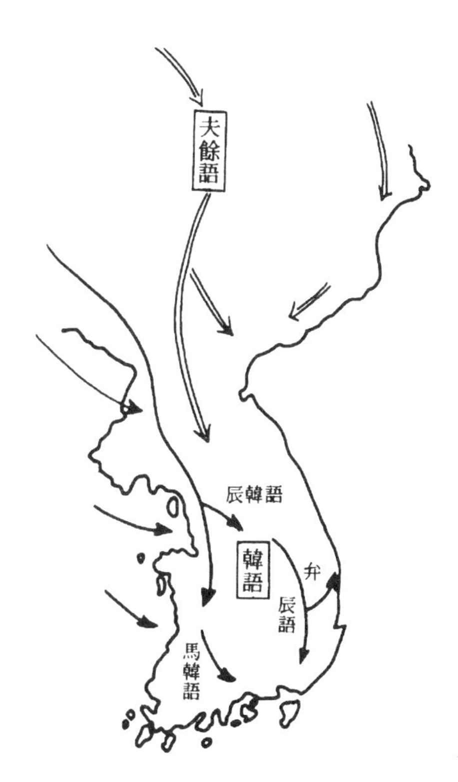

이상에서 소개한 학설들은 부여계・한계의 계통을 북방계 즉 Altai어족에 두고 있다. 특히 이숭녕(1971:330)의 (도표 5)에서 우리는 부여계의 화살표와 한계의 그것이 약간 다른 방향(하나는 북방, 하나는 서북방)에서 한반도로 진입하고 있음을 확인하지만 모두가 북방인 것만은 틀림없는 사실이다.

필자는 국어의 계통이 Altai어족의 단일 계통일 것이란 지배적 생각에서 벗어나 또 다른 가능성을 찾아내는 데 목표를 두고자 한다. 다시 말하자면 북방기원과 남방기원의 복수기원일 가능성을 탐색하려는 데 본장의 목적이 있는 것이다.

2.1 한계어의 남방기원 문제

비록 언어외적인 추정 사실이라서 증거력이 부족하기는 하지만 그러나 민속적인 내용과 자연환경의 증거는 남방기원설을 주장하는 데 일조가 되지 않을 수 없다.

2.1.1. 卵生神話의 분포

김재붕(1971:42-43)에서 주장한 바와 같이 자바섬의 북방에서 비롯되어 말레이지아의 동쪽을 지나 대만해협을 거쳐 곧바로 김해의 앞바다를 향하여 들어오는 海流가 있다. 이 해류는 김해의 앞바다에서 동남해안과 울릉도의 사이를 경유하여 원산, 신포만을 거쳐 북상하여 화태(樺太)와 북해도에 도달한다고 힌다. 이 헤류를 이른바 대마해류(對馬海流)라고 한다. 이 해류가 경유하는 인근 지역에 난생신화가 분포하여 있다. 그러나 이 해류가 흐르지 않는 지역에는 난생신화가 존재하지 않는다.

고조선의 단군신화와 진한의 6촌장 신화가 天孫下降神話라면 신라 朴씨계의 朴赫居世神話, 昔씨계의 昔脫解神話, 金씨계의 金閼智神話는 난생신화에 해당한다. 또한 「가락국기」에도 여섯 개의 黃金알에서 수로왕을 비롯한 6가야왕이 탄생한 난생신화가 있다. 이 모두가 앞에서 말한 해류가 경유하는 내륙지역이라는 점을 유의할 때 남방에서 비롯된 해류와 난생신화가 무관하지 않음을 고려하게 된다. 이 해류를 타고 민족이 이동하기는 아주 쉬운 것이기 때문에 난생신화의 사건들이 모두 남방에서 온 민족에 의하여서만 생성될 수 있다는 추정이 가능하다. 이 난생신화는 북쪽에서 내려온 천손하강신화와 대립한다. 이른바 단군신화를 비롯하여 진한의 사로국의 六村長의 시조가 탄생한 신화가 곧 천손하강신화에 해당하기 때문이다. 그리고 「가락국기」(삼국유사 권2)에 나오는 九干(九酋長)의 시조들에 대한 신화가 비록 구체적으로 소개되어 있진 않지만 사로국의 육촌장에 대한 신화를 생각하면 이에 유추하여 九干의 시조에 관한 천손하강신화를 추정할 수 있다. 그렇다면 특이하게 천손하강신화와 난생신화가 겹치는 이중구조의 양상을 보인다. 한편 고구려에도 두 가지의 신화가 겹쳐진 양상을 보이는 것으로 추정할 수 있다. 朱蒙의 아버지는 天帝子이니 천손하강의 탄생으로 볼 수 있으며, 주몽은 어머니 柳花가 낳은 알에서 태어났기 때문에 난생신화에 해당한다고 볼 수 있다. 그런데 魏志와 廣開土大王碑文은 주몽이 北扶餘에서 태어난 것으로 적혀 있고, 「삼국사기」와 「삼국유사」에는 東扶餘에서 출생한 것으로 되어 있다. 이 두 기록 중 어느 것을 택할 것인가? 해류의 북상지역과 난생신화를 결부시켜 생각한다면 당연히 東海之濱의 동부여가 보다 타당성이 있어 보인다.

그러면 여기서 우리는 고대 한반도에 분포한 이중구조의 신화가 어떤 先後의 질서를 가지는가를 살펴볼 필요가 있다. 이것은 그 신화를 만든 민족과 그 민족의 언어를 추적하는 데 길잡이가 될 수 있기 때문이다.

공교롭게도 고구려, 신라, 가라를 망라하여 천손하강신화가 먼저 발생한 뒤에 비로소 난생신화가 발생하였다. 단군신화를 염두에 둘 때 단연코 천손하강신화가 먼저이며 그 분포 역시 북에서 비롯되어 점점 동부와 남부로 확산된 것이라 하겠다. 보다 후대에 발생한 난생신화는 남에서 시작하여 북으로 북진한 것으로 볼 수 있다.[1)]

---

1) 김재붕(1971:41)에 다음의 결론이 있다.

단군신화와 가라신화를 비교해 보면 북에서는 천손하강신화가 현저하고 남에서는 난생신화가 현저하다고 할 수 있다. 그러나 신라신화로 보아 천손하강신화와 난생신화가 중층이 되어 천손하강신화가 고층이 되고 난생신화가 신층이 되어 있다. 이것을 편의상 한국신화의 이원중층성이라고 할 수 있겠는데 천손하강신화의 분포역은 전국적이라고 할 수 있고, 난생신화의 분포역은 구역적이라고 할 수 있다. 그리고 그 구역은 지금의 김해평야, 경주분지 그리고 함흥평야로 보아야 할 이상과 같은 이중구조의 신화를 통하여 우리는 우리 국어의 기원 역시 남북으로 갈라지는 이중 기원의 가능성을 예측할 수 있는 것이다.

2.1.2. 稻 · 棉 · 蠶桑농업의 유입 근원지

중국의 옛문헌에 적혀 있는

馬韓 ... 其人土着種稻 知作綿布 (魏略)
馬韓 ... 其民土着種植 知蠶桑 作綿布(魏志 韓傳)
弁辰 ... 土地肥美 宜種五穀及稻 曉蠶桑 作縑布 (魏志 韓傳)

등과 같은 내용에 의하여 삼한에 벼농사와 누에치는 농업이 성행하였음을 알 수 있고 또한 絹織 등의 수공업이 발달하였음을 알 수 있다. 한반도 남부의 벼농사는 특히 김해의 貝塚에서 출토된 쌀더미(米塊)에 의하여 더욱 확실한 증거를 얻게 된다. 그런데 여기서의 문제는 이 벼농사가 어디서 유입하였느냐에 있다. 이 稻作에 관한 전래의 경로를 이병도(1981:285)는 대륙방면에서 북방사회를 거쳐 왔던 것이 아닌가 추정하였지만 필자는 오히려 남방에서 직접 북진하여 직수입의 경로로 전래된 것이 아닌가 추찰하고자 한다. 아니면 이른바 非漢族系의 남방민족이 살던 양자강 이남의 지나를 경유하여 삼한에 유입한 것으로 볼 수도 있다. 그 어느 쪽이든 남방민족의 북상유입이란 점을 강조할 수 있게 된다. 앞에서 제시한 남방기원의 난생신화의 분포와 이 분포를 가능케한 대마해류를 연상할 수 있기 때문이다. 역시 「魏志」 韓傳에

東沃沮 其土地肥美 背山向海宜五穀... 又有互鑑米其中

이라 하여 東沃沮에도 벼농사가 있었으며 또한 同書에

東濊有蠶桑, 東濊作棉

것이다. 결국 난생신화의 분포역은 황해와 남해연안은 물론 내륙지방에는 없고 반도의 동남단의 김해에서 동남안으로 편재해 있다. 이것은 특히 유의할 점이다.

이라 적혀 있는 내용을 보면 난생신화가 분포한 대마해류의 유역이란 점을 결부시켜 그렇게 판단할 수 있게 한다. 따라서 우리는 남방의 문화가 이미 삼한시대에 변한과 진한에 먼저 유입하고 다음으로 해류의 북상을 따라서 옥저·예·동부여에 北進 분포하고, 변·진한으로부터 西進하여 마한지역까지 유포된 것이라 하겠다. 그리고 Levin, B.(1980:168)에서 기원전 4세기 이래로 삼한의 이주민들이 벼(稻)와 금속문화를 島嶼國(일본)에 가져 왔다고 추정한 주장을 일단 주목하게 된다.(도수희 1989:241-244)

2.1.3. 阿踰陀國 공주 許黃玉의 南方 渡來

「삼국유사」 권2에 실려 있는 「가락국기」에 수로왕비인 허황옥에 대한 기사가 비교적 자세히 적혀 있다. 그 내용 중에서 본고와 관계있는 부분만 옮겨 놓고 부분적으로 나누어 검토하기로 한다.

허황옥에 관한 이야기의 줄거리는 대략 다음과 같다.

> 建武 24년(A.D.48년) 7월 27일에 九干은 조회때에 수로왕께 간청하기를 「신들의 처녀 중 가장 아리따운 규수를 간택하여 황녀로 삼아 주십사」하였다. 그러나 왕은 「나는 하늘에서 내려온 몸이라서 왕비도 역시 하늘이 내려 주실 것이니 경들은 걱정 말라」하고 留天干을 서울의 남쪽에 있는 望山島에 보내어 기다리게 하고, 神鬼干으로 하여금 乘岾에 망을 보게 하니 그 때 문득 바다 서남쪽으로부터 돛단배가 바람을 타고 북쪽으로 항하여 왔다.
>
> 때를 맞추어 왕이 몸소 재상(九干)을 거느리고 거동하여 대궐 서남쪽 60보되는 산기슭에 장막을 치고 왕후(허황옥 공주)를 맞기로 하였다. 왕후는 別浦津에 배를 대고 상륙하여 높은 곳에서 쉬며 비단치마를 벗어서 산령께 제사를 드렸다.
>
> 왕후가 데리고 온 무리는 申輔·趙匡과 그들의 처 慕貞·慕良 등 20여인이었고, 휴대하고 온 것들은 금수능라와 금은주옥 등 다량이었다.
>
> 왕후가 점점 가까이로 오매 왕은 나가 맞아 추관으로 들어갔다. 왕후를 수행 보좌한 신하와 그 밖의 무리들은 계하에서 왕을 뵙고 물러 가서 자게 하고 왕후가 가져 온 금은보화와 필단능라는 군사들이 지키게 하였다.

침소에 들어서 왕후가 왕께 조용히 아뢰기를 「신첩은 본래 아유타국의 공주로서 성은 허씨요, 이름은 황옥으로 나이는 16세입니다. 신첩이 본국에 있었던 금년 5월 중에 부왕과 모후께서 신첩에게 말씀하시기를 "우리들이 어제 꿈에 황천상제를 뵈었는데 상제께서 말씀하시기를 '가락국왕 수로가 아직 훌륭한 배필을 맞이하지 못하였으니 너의 딸(공주)로 짝을 짓게 하라'고 명하신 뒤에 도로 승천하셨는데! 그 꿈을 깨고 나서도 그 말씀이 귓전에 남아 있어서 너를 가락국으로 보낸다."고 하셨습니다. 그리하여 용안을 우러러 뵙게 되었습니다.

수로왕은 이 말을 듣고 왕후를 기쁘게 맞이하여 합환하고, 하루 낮 이틀 저녁을 지내고 8월 초하룻날 왕후와 환궁하였다.

왕후가 타고 온 배에는 사공과 선부가 15명이나 있었다. 그들에게 각각 찹쌀 열섬과 베 30필씩을 주어 본국으로 돌려 보냈다.

이른바 허황옥 왕후에 관한 「삼국유사」(가락국기)의 기록은 수로왕의 神話와 더불어 하나의 神話나 설화로 보아 넘길 것이 아니라 이종기(1977), 김진우(1983: 159-168), 이강옥(1987)에서 주장한 것처럼 실화로 받아들여 이를 세심히 검토하여 보도록 하겠다.[2)]

(가) 허황옥 공주가 타고 온 배가

忽自海之西南隅 掛緋帆 張茜旗 而指乎北 .... 王然之 率有司動蹕 從闕下西南六十步許地

---

2) 이강옥(1987:144)에 다음의 견해가 있다.
許黃玉이 阿踰陀국으로부터 해로로 가야에 도착하여 수로와 결혼을 했다는 기록은 사실성이 희박한 것으로 간주되어 왔으나 李鍾琦(1977)의 「駕洛國 探査」에 의해 어느 정도 그 사실성이 입증되었다고 하겠다. 이종기는 허황옥이 수로와 만나 합궁한 뒤 입궁하기까지의 과정을 현존 지명 및 지형, 유적을 통하여 추적하고, 허황옥이 아유타국에서 왔던 실재인물이란 사실을 입증하기 위하여 수로왕릉과 그 관련 유적에서 아유타국의 흔적을 찾아내고 있다. 그 대표적인 것으로 「駕洛太祖王陵重修紀念碑」의 螭首에 새겨진 紋章, 수로왕릉의 「納陵」正門에 있는 裝飾板의 무늬들이 모두 이국적인 것인데 그와 유사한 것이 인도 아요오디아(아유타국 소재지)지역의 무늬 장식에서 발견된다는 점을 들고 있다.

와 같이 서남쪽으로부터 북쪽으로 온 사실을 중시하여야 한다. 이보다 좀 이르게 수로왕이 류천간과 신귀간으로 하여금 가서 영접하게 한 망산도 역시 京南에 위치한 섬이었다. 따라서 허황옥 공주는 가락국의 서울 김해의 정남에 위치한 섬에 도착하였고, 서남쪽에서 북쪽으로 항해하여 왔으니 그의 본국인 아유타국은 가락국의 남방 어디엔가 있어야 한다.

(나) 허황옥 공주가 도착한 일시는 건무 24년 戊申(A.D.48)의 7월 27일이다. 그런데 그녀는 도착일에 수로왕과 합궁한 후 2박 1일을 지내고(兩過淸宵一經白晝) 8월 1일에 환궁하였다(八月一日 廻鑾)[3]

그러면 허황옥 공주가 본국에서 출발한 시기는 언제인가. 그녀의 부모가 꿈을 꾼 시기인 금년 5월 중일 것이다. 그러니까 허황옥은 출발시기인 5월의 어느날부터 도착시기인 7월말까지 거의 두 달 반 동안 항해하여 온 셈이다. 그 항해가 두 달 반이나 소요되는 거리는 그녀의 본국이 이웃인 중국이나 일본이 아님을 증언한다. 그 배가 북쪽으로 왔다 하였고 또한 서남쪽에서 왔다고도 하였으니 남방 혹은 서남방의 먼 거리에 그녀의 본국이 있음을 확신하게 된다.

(다) 허황옥 공주가 항해한 시기가 5월부터 7월이라는 데서 실행의 가능성을 확인할 수 있다. 이른바 매년 6월~9월 사이에 배가 동북쪽으로 항해하기에 알맞은 순항풍(일명 상업풍 trade wind)이 불기 때문이다. 이 바람을 타고 상인들이 왕래하였다고 한다. 또한 이런 순풍에다가 앞에서 제시한 해류가 서남에서 동북으로 흐르니 하황옥 공주 일행의 유입은 현실적으로 가능할 수 있었던 것으로 보려 한다.

(라) 허황옥 공주는 혈혈단신으로 온 것이 아니라 신보와 조광이란 두 보

---

3) 만일 기록 내용대로 8월 1일임에 틀림없다면 이 날짜에서 합궁 후 지낸 2박 1일을 빼면 7월 29일이 되기 때문에 허황옥 공주가 도착한 일자는 7월 29일이어야 한다. 그렇다면 유천간과 신귀간이 망산도에서 기다리기 시작한 7월 27일부터 하루나 이틀 후에 도착한 셈이다.

좌 신하와 그들의 아내 모정과 모량을 위시한 식솔 20여인을 거느리고 온 일족의 이주집단이었다. 그리고 배에 싣고 온 물자가 남방산인 금수능라를 비롯한 금은주옥 등 다량이었다는 점이다. 공주를 북쪽에 있는 가락국에 보내면서 보내어야 할 예물과 인적 구성을 현실에 알맞게 갖추고 있다는 점이 실감나게 한다. 여기서 우리가 가상할 일은 왜 하필이면 공주를 가락극으로 보냈느냐는 데 있다. 사전 지식이 없이 막연히 그리로 보내지는 않았을 것이라 믿는다. 보다 일찍이 북진을 돕는 이른바 대마해류와 순풍(6월부터 9월까지)에 돛을 달고 상인들이 비교적 무난하게 남북을 왕래하였기 때문에 남쪽의 여러나라에 잘 알려져 있었던 나라가 삼한이요 그 뒤를 이은 가락국이 아니었나 한다.

「가락국기」는 다시 허황옥 공주를 보좌하며 항해하여 온 인적 구성이 두 신하와 그들의 아내를 비롯한 20여인이라고 하였다. 그런데 「공주가 타고 온 배에 사공(선부)이 15명이나 있었는데 그들에게 각각 찹쌀 열섬과 베 30필씩을 주어 본국으로 돌려 보냈다」 하였으니 이도 국가와 국가 간의 오갈 수 있는 갖추어진 예의로서 실현성 있는 내용이다. 여기서 되돌려 보낸 15명을 빼면 앞에서 열거한 허황옥 공주, 신하 신보・조광, 그 아내인 모정・모량을 제외한 시녀 5명이 있었음을 추적하게 된다. 이러한 인적 구성은 허황옥 공주가 실재적 인물이었음을 믿는데 뒷받침이 되어 준다.

위의 허황옥 이야기에 나오는 어휘들이 다음과 같이 남방계언어와 친근하게 풀이된다는 사실에 유의할 필요가 있다.

(가) 아유타국 : 허황옥 공주의 모국인 아유타(Ayutha)는 Hindi의 서사시(Hindi epic poem)인 Ramayana에 나오는 Ayodhya市에 해당할 것으로 추정하였다 (Chin-W Kim 1983). Ayodhya는 태양신 Manu가 창건한 Suriya왕조의 도시였다. 이 도시는 Ganges강의 지류인 Sarayu강 양안에 자리잡고 있었다. Hindu詩의 투철한 상상력이 그 도시를 '요정의 나라'(仙境 fairyland)로 묘사하였다. 이 도시는 서기 20년에 Kushana군에게 함락당하자 많은 시민이 태국으로 이민하여 Bangkok의 북쪽 50마일 지점에 지금 Ayuttaya라고 불리는 신도시를 건설하였다. 허황옥 공주가 바로 이 Ayuttya로부터 도래한 것

이 아닌가 추찰하여 본다.

(나) 김진우(1983:164-)에서 'sura'는 범어(sanskrit)로 'god, king'을 의미하며, 'suwarna'는 'gold'를 의미한다고 해석하였다. 그런데 suro왕의 어형이 'sura'와 거의 동일하며 수로왕이 golden egg(금란)에서 탄생한 점에 유의할 필요가 있다. 그리고 허황옥은 중국 발음으로 hsuü huang-yü인데 이것 역시 'goddes, queen'을 의미하는 범어 ishwari와 비슷하게 접근되는 어형이라고 풀이하였다.

한편 종래에 가라어의 이질성을 역설하는 유일한 자료로 삼국사기 권 44의

旃檀梁城門名 加羅語謂門爲梁 (斯多含傳)

에서 '梁'을 訓音借字로 보고 이것을 'dol'로 읽어 부여계어가 침투한 것으로 추정하였다. 그리고 이 'dol'(門)이 고대일본어에 차용된 것으로 추정함이 일반적인 통견이었다. 그러나 김진우(1983:165)는 산스크리트어로 'gate, door'를 의미하는 단어 'dwar'를 가라어 'dol'과 대응시켜 동일계임을 논증하였다.

(다) 앞의 추정을 가능케 하는 몇 가지 증거를 다음에 열거키로 한다.

① 두 마리의 물고기가 절하는 모양과 해바라기의 모양의 태양을 담은 왕표지(royal insignia)
② 지금 招仙台고 부르는 바위 표면에 새긴 가락국 제 2대 居登王의 6m 길이의 초상
③ 본래 허황옥 공주가 도착한 것을 기념하기 위하여 창건된 명월사의 유지에서 발견된 한쌍의 뱀이 옆구리를 감고 있는 부처의 초상

④「三國史記」卷 41 列傳 第 1에

金庾信 王京人也 十二世祖首露 不知何許人也(金庾信傳 上)

라 하였으니 수로왕은 과연 어디서 온 인물인가. 이 수수께끼를 풀기 위하여 우리는 「가락국기」의 내용을 세심히 검토할 필요가 있다.

a. 수로왕이 즉위한 후 2년에 신답평에 도읍을 정하면서 「비록 좁은 땅이지만 지상이 수이하여 16라한의 주지가 될 만하고 칠성의 주지가 모두 맞는 복지라고 한 내용 중 불교적 용어에 유의할 것.(二年 癸卯春正月 王若日 朕欲定置京都 仍駕幸假宮之南新畓坪 四望山嶽 顧左右日 此地狹小如蓼葉 然而秀異 可爲十六羅漢住地 何況自一成三 自三成七 七聖住地 固合于是 托土開彊終然允藏歟(三國遺事 卷二 가락국기)

b. 앞에서 소개한 '뱀이 옆구리를 두른 부처'(a snaked buddha)는 일찍이 한국에 소개된 중국 불교 계통의 것이 아니었다. 인도에서 직접 들어온 것으로 보인다. 그리고 수로왕과의 기예 경쟁에서 패배한 탈해가

此盖聖人惡殺之仁而然乎

라 토로한 대목에서 살생을 꺼려한 불교사상을 발견하게 된다. 삼국유사의 금관성 婆娑석탑은 인도의 돌로 만든 것이다. 본래는 금관성 호계사에 있던 것을 허왕후릉 곁으로 옮겨 놓았다. 이 석탑에 쓰인 돌의 비중과 석질 그리고 색깔이 인도산 특유의 돌임을 1978년에 인도학자들이 현지에서 감정하였다. 특히 이 석탑명에 접두한 파사는 범어로서 '파[bha] + 사[sa]'와 같이 읽히며 '일체의 지혜가 현증한 뜻'이다. 이 bhasa는 불교의 '바사세계'에 해당하는 용어이며 그것은 중국을 거치지 않고 직접 들어온 것으로 믿어진다.(김영태 1987:43-44) 「삼국유사」 권2 「가락국기」에

元暇二十八年 卽位 明年爲世祖許黃玉王后 奉資冥福於初與世祖合御之地 創寺日 王后寺 (銍知王條)

와 같이 A.D. 452(원가 29)년에 수로왕과 왕후의 명복을 빌기 위하여 왕후사

를 지었다.

앞에서 제시한 16라한을 비롯하여 칠성주지, 뱀이 옆구리를 감고 있는 부처상, 聖人惡殺之仁, 파사석탑, 왕후사 등은 가락국 초기에 인도의 불교가 전래하였음을 입증하는 바로 이제까지 한반도에 최초로 불교가 전해진 것으로 주지된 고구려 소수림왕 2년(A.D. 372)보다 훨씬 빠른 시기(수로왕 때)임을 주장할 수 있게 한다.

이상에서 열거한 증거들은 수로왕 역시 불교국인 남방에서 온 것이란 추정을 가능케 한다. 더욱이

> 忽有琓夏國含達王之夫人姙娠 彌月生卵 化爲人 名曰脫解 從海而來 身長三尺 頭圍一尺... 云云

와 같이 완하국 함달왕의 부인이 낳은 알에서 태어난 탈해가 바닷길로 가락국에 찾아와 나라를 빼앗으려 한 사건에서 이 경쟁자인 난생신화의 탈해가 '바닷길'로 왔다면 그의 출처도 남국인 것이다. 따라서 보다 일찍이 수로왕이 남방에서 온 사실을 연상하는 데 방증이 될 수 있다.

c. 九干이 조회 때 수로왕에게 왕비간택을 간청하였을 때 수로왕이

> 王曰 朕降于玆天命也 配朕而作后 亦天之命 卿等無慮 遂命留天干押輕舟持駿馬 到望山島立待

와 같이 아유타국 공주가 올 것을 예견하였고, 류천간 등을 남쪽에 있는 망산도에 가서 立待케 한 것은 그가 남방출신이었기 때문에 남방에서 허공주가 온다는 것을 미리 알고 있었다는 증거가 된다. 그리고 허황옥 공주가 가락국에 도착한 뒤 왕비로 맞아들이는 과정에서부터 수로왕과의 대화가 자유롭게 소통될 수 있었던 것도 서로가 동일언어권의 출신이었기 때문이란 점을 강조할 수 있다.

d. 「삼국유사」 권2 「가락국기」에 적혀 있는

① 其地侍從媵臣二員 名日申輔・趙匡 其妻二人號慕貞・慕良
② 王妃泉府卿申輔女慕貞 生太子麻品 (居登王條)
③ 王妃宗正監趙匡孫女好仇 生太子居叱彌 (麻品王條)

와 같은 내용에 의거하건대 수로왕은 허황옥 공주를 수행한 신보에게 천부경이란 벼슬을, 조광에게는 종정감이란 벼슬을 주었다. 그리고 신보의 딸은 제 2대 거등왕의 왕비가 되었고, 조광의 손녀는 제 3대 마품왕의 왕비가 되었다. 이와 같은 국혼의 내막은 가락국의 지배족이 남래이주족이었을 가능성을 시사하는 단서가 되기 때문에 마치 온조・비류가 남하하여 왔듯이 수로 역시 남방에서 들어온 지배족의 시조로 볼 수 있는 것이다.[4)]

(라) 앞에서 논의한 내용을 근거로 우리는 한반도의 남방에서 어떤 언어족이 북진하여 도래하였을 가능성을 충분히 포착한 셈이다. 여기서 수로왕과 허황옥 왕비의 집단이 보다 이른 시기에 한반도 중남부에 분포하여 있었던 언어족과 동계일 것인가 아니면 도래한 이후에 토착어에 대한 지배족의 언어(superstratum)인가의 의문이 제기되지만 어쨌든 양자 공히 남방에서 온 것만은 틀림없는 사실이라면 이런 가능성은 수로왕과 허황옥 이전에도 역시 가능하였을 것으로 볼 때 보다 이른 시기의 삼한어도 남방계일 것이 확실시된다.

2.2. 남방 북방의 복수 기원 문제

지금까지 필자는 한계어의 남방기원설을 주장할 수 있는 근거를 바탕으로

4) 도수희(1987:331-332)에서 신보의 아내와 거등왕비의 이름이 동일한 데 대하여 다음과 같이 추론하였다.
「가락국에서는 신하의 아내를 왕비로 맞아들였던지, 아니면 딸의 이름을 어머니의 이름과 같이 불렀던지의 둘 중의 하나일 수밖에 없다.」

여러 각도에서 논의하였다. 그렇다면 한계어는 남방의 어느 언어와 친족관계가 있는 것인가. 大野晋(1970:138)은 고대 일본어에서 비알타이어적인 요소를 인체의 부분명칭에서 찾았다. 그리고 이것들이 한국어와 반(semi)체계적으로 다음과 같이 대응하고 있음을 역설하였다.

중세한국어	고대일본어	
pae (腹)	para	‘belly’
chyŏt (乳)	cici(titi)	‘breast’
aguri (口)[5]	kuti	‘mouth’
hŏri (腰)	kösi	‘waist’
poji (陰部)	pötö	‘vulva’

특히 그는 일본어 puka 'lungs'와 한국어 puhwa(부화)를 대응시키고, 역시 이것이 뉴질랜드의 Maori에서 puka, 스마트라의 Mentawai에서 bagga, 뉴기니아에서 poka, 필리핀의 visaya 섬에서 baga 등과 같이 대응됨을 지적하였다. 또한 그는 개음절(open syllables)의 음운론적 구조, 존대법체계, 성조체계, 수사의 의미체계 등이 비알타이어적인 언어요소라고 지적하였다. 그리고 대부분의 Altai어계 언어와는 달리 고대 한국어, 현대 일본어, 폴리네시아 언어들이 개음절적(open syllabic)이라는 점이다.[6] 이른바 경어법 체계는 알타이계 언어에서는 약한 편인데 유독 한국어와 일본어에서 적극적이며 이 체계가 Ponapean어, Thai어 등에도 존재하고 있음이 확인되었다. 한국어와 일본어가 가지고 있는 성조체계 역시 비알타이어적인 자질로 Vietnam어,

5) ‘aguri’=‘kuti’는 한국어의 ‘아구리’를 ‘아+구리’로 분석할 수 있을 때에 가능하다. 그러나 일본어에 동의어로 ‘aku’가 있으니 오히려 ‘aguri=agu’로 대응시킴이 더운 타당할 것이다. 한국어에 ‘akari’(<aku+ari), ‘akuchɛŋi’(<aku+chaŋi), ‘akami’(<aku+ami)와 같이 일본어의 aku에 해당하는 aku가 있기 때문이다. 오히려 전기 백제어의 ‘口’를 의미하는 ‘holci’(忽次), koci(古次)가 완벽하게 일본어의 ‘kuti’에 대응이 된다고 봄이 옳을 것이다.

6) 都守熙(1987 : 1~26)에서 (A)*CVCV>*CVyV>*CVV>CVy>CV규칙과 (B)*CVCV>*CVCø>*CVC규칙을 논의하였다. 여기 (A)의＊CVCV形と(B)の＊CVCV형과 (B)의 *CVCV형은 본래 동일한 개음절이었을 것으로 추정한다.

Thai어, Mon Khmer어 등 동남아시아 언어들에서 발견된다. 이러한 비알타이어적 요소를 우리는 다음에서 더 추가할 수 있다.

중세한국어	고대일본어	
syŏm(島)	sima	'island'
pat(畑)	pata	'field'
pata(海)	wata	'sea'
mom(身)	mu	'body'
nat(鎌)	nata	'sickle'
yŏrŏ(諸)	yörö	'many'

등의 어휘들 또한 알타이어군에서 발견되지 않는다고 한다. 수사체계에 있어서도 백제 전기어와 고대일본어 사이에서

백제어	일본어	
mil(三)	mi	'three'
$uc^{h}a$(五)	its	'five'
nanɨn(七)	nana	'seven'
tŏk(十)	töw	'ten'

와 같이 대응하였는데 현대 한국어의 수사체계와는 전연 다르다. 그리고 위 수사체계 중에서 nanɨn만 퉁구스어계의 nadan(女眞語)과 대응할 뿐 나머지는 알타이어계의 어느 언어와도 대응되지 않는다. 다만 on(百) 'hundred'と cɨmɨn(千) 'thousand' 만이 토이기어와 퉁구스어에 대응할 뿐이다.

이상에서 논의한 언어상황과 저 앞에서 논의한 언어외적인 사실들을 종합할 때 우리는 한계어의 기원을 남방에서 찾을 수도 있을 듯하다. 다만 앞에서 제시한 비알타이어적인 언어현상들이 남방으로부터의 친족관계가 아니면 차용관계인가의 문제만 남았을 뿐 동남아로부터 고대 한반도의 삼한지역으로 어떤 언어가 북진하여 왔을 것으로 추정하는 데는 반대하지 않아도 좋

을 듯싶다.

그러면 남방에서 한반도 중남부에 전해온 언어는 어느 계통의 것인가. 말레오-포리네시아계의 言語인가 아니면 이 두 계통의 언어도 아닌 다른 언어인가. 만일 그것이 차용어의 관계라면 여러 언어에서 복합적으로 차용될 가능성이 있겠지만 그렇지 않다면 어느 한 계통의 언어일 터인데 그 친족관계의 언어가 곧 드라비디아어계일 가능성이 있어 보인다. 앞에서 우리가 추정한 수로왕과 허황옥황후의 도래를 염두에 둘 때 이보다 훨씬 이른 시기에 같은 곳으로부터 동일한 방법으로 이주하여 온 선주족이 있었을 가능성이 있기 때문이다. 인도의 전 지역에 선주하였던 드라비다어족이 B.C.1,000년경에 인도-유럽어족에 속한 인도-이란어족(Aryans)의 침입으로 북부에서 남부로 밀려나게 되었고, 일부는 말레시아로 일부는 동남아시아의 여러 섬으로 분산되었다. 이런 분산의 와중에서 일부가 바다를 건너서 한반도에 도래하였다고 Hulbert는 주장하였다.7) 이 주장을 논증하기 위하여 Hulbert(1905)는 Tamil어와 한국어를 어휘적, 형태적 면에서 비교하였는데 그 일부만 다음에 소개한다.

	한국어	Tamil어	
(A)	n, ni	ni	'you'
	na	na	'I'
	kwi	kevi	'ear'
	namu	namu	'wood, tree'
	pi	pey	'rain'
	khal	kadi	'knife'
	tol-	tiru	'turn'
	mək-	meyk	'eat, food'
	tat-	satt	'shut'

7) Dravidian어는 인도의 남부와 Sri Lanka(ceylon)와 Pakistan 등지에서 사용하고 있는 말로서 그 대표적인 어족으로 Telug어, Kanuda어, Malyala어, Tamil어 등 이다.

o-	wo	'come'
cuk-	chak	'die'

(B)Korean : sa- 'to live' +am(suffix)=salam 'human, person'
Tamil : nil 'to stand' +am(suffix)=nilam 'ground'
K : khal kajigo(knife-having) 'with a knife'
T : kadi kandu (knife-having) 'with a knife'

등을 비롯하여 격표지, 시제표지, 지시대명사, 수사 등의 상사성을 제시하였다.

이와 같은 외적 비교에 의하여 판명된 유사성이 체계적(내적) 비교를 통하여 추출되는 유사성만큼 신빙도가 높은 것이 아니다. 그러나 그것이 인구어를 비롯한 다른 계통의 언어와의 비교에서는 찾을 수 없는 유사성이기 때문에 비록 불안전한 비교 결과라 할지라도 그런대로 우리는 그의 주장에 유의하게 된다.

그러면 드라비디아어족은 어느 계통의 언어족이었던가. Burrow(1943), Bouda(1953), Sebeok(1945), Tyler(1968) 등은 드라비디아어족이 Ural어의 계통이라고 추정하였다. 한편 Meile(1949), Menges(1964, 1969) 등은 드라비디아어족이 Altai어족과 친족관계가 있을 것으로 시론키도 하였다. 여기서 우리가 드라비디아어를 Ural어계에 속한 것으로 가정하고[8], 한국어에 대한 종래의 Altai어족설을 아울러 일단 수용한다면 다음과 같은 <도표 6>이 그려질 수 있다.

---

8) Caedwel(1856), Burrow(1943), Sebeok(1945), Bouda(1953), Tyler(1968) 등에서 드라비디아어와 Ural어의 친족관계가 논의되었고, Meile(1949), Menges(1964, 1969) 등에서는 Altai어와의 친족관계가 논의되었다.

<도표 6>

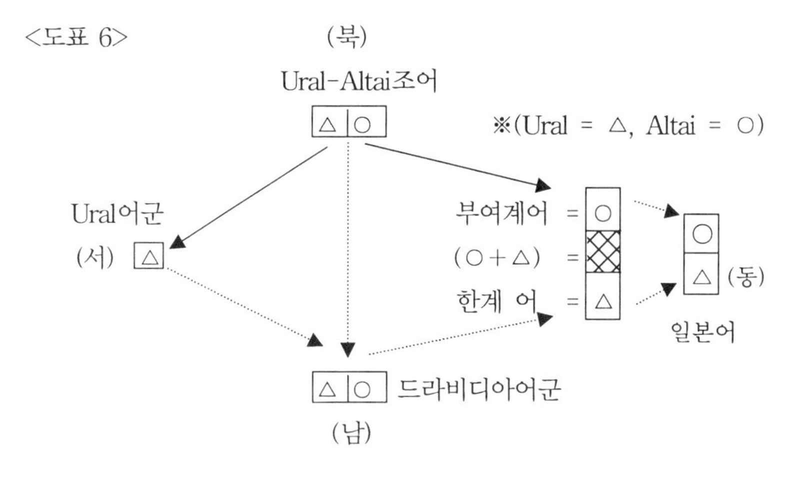

처음은 Ural-Altai어족에서 출발한 두 어군이 하나는 극동으로, 다른 하나는 극서로 각각 행진하여 일단 정착하였고, 다시 극서의 Ural어족 중의 일군이 남진하여 인도에 정착한 뒤에 인구어족(Aryans)의 침략으로 인도 남부로 밀리는 수난기에 일부가 다시 동북으로 도래하여 한반도 중남부에 정착한 언어족이 한계어족이라고 추정할 수 있다. 따라서 고대 한반도의 언어상황은 남만주 일대와 한반도 북부에는 이른바 Altai어계의 부여계어가 분포하였고, 중남부에는 Ural어계(또는 Altai어계)의 드라비디아어가 남방을 경유하여 다시 극동의 삼한 지역으로 북진하였다고 추정할 있다. 그것이 아니라면 Altai어계의 한 언어족이 중앙 아시아를 통하여 직행 남진한 후 장구한 세월에 걸쳐 定住하여 상호간에 아주 소원하여진 먼 후대에 고대 한반도의 남부로 북진 도래한 것으로 가정할 수도 있는 것이다.

3. 마한어의 판도와 마한어사

3.1. 마한의 판도

3.1.1. 옛 문헌에 의한 추정 판도

이승휴(1287)의 『제왕운기』 권하에

稱國者 馬有四十 辰有二十 弁有十二

와 같이 기술되어 있다. 이 내용은 『後漢書』(東夷傳韓博)에서

馬韓有五十四國, 辰韓有十二國, 弁辰亦有十二國……凡七八國

이라고 밝힌 나라수와 큰 차이가 있다. 앞의 두 기술 내용을 비교하여 보면 이승휴는 72국을 주장하였으니 합계에서 중국측 사서의 78국에 비하여 6국이나 모자라며, 마한의 나라수가 40국인 반면에 진한의 것들이 20국으로 늘어나 있다. 이승휴가 어떤 근거에서 이렇게 다르게 기술하였는지 알 수 없으나 어쨌든 이는 삼한의 소유국들이 중국 고문헌의 내용과 다르게 기록된 최초의 국내의 주장이라는 데 깊은 의미가 있다. 이승휴는 국명을 일일이 열거하지 않고 이왕에 알려진 바 '辰有十二國'에 마한에서 8개국을 떼어 합친 것인지의 여부가 의문스럽다. 그렇다 하더라도 마한 54국 중 8개국을 빼면 46국이 남아야 하는데 '馬有四十'이라 하였으니 6개국에 대한 향방이 묘연하다. 어쨌든 이병도(1981:266)가 재배치한 마한 43국, 진한 23국과 비교하면 이승휴의 내용은 마한 진한 공히 3개국씩이 모자라는데 이것들이 앞에서 향방을 감춘 6개국에 해당할 듯하다. 두 선견에 따라서 삼한 제국을 재조정하면 마한 43(혹은 40), 진한 23(혹은 20), 변한 12가 되는데 진한·변한을 합치면 35(혹은 32)국이 된다. 여기서 마한과 변·진한의 나라수를 대비할 때 43:35(혹은 40:32)와 같은 거의 대등한 비율을 얻는다. 이는 삼한의 모체인 '진국'이 일차적으로 마한과 진한으로 거의 대등하게 양분되고 재차 진한에서 변

한이 갈라져 나왔음을 짐작케 하는 근거가 될 수 있을 듯하다(도수희 1990:41-42 참고).

위와 같이 다시 조정한 나라 수를 보면 마한이 변·진한을 합한 것보다 약간 많으나 그 영토의 크기로 보면 오히려 그와 반대이어었을 것으로 추정한다. 따라서 진한어의 판도 역시 종래의 통견과는 달리 그 세력이 배에 가까울 만큼 강세였던 사실로 받아들여져야 할 것이다.

삼한의 위치 문제에 대한 사학계의 견해는 대체적으로 두 설로 대립되어 있다. 하나는 마한의 영역을 경기·충청·전라지방, 진한의 영역을 낙동강의 동쪽 경상도 지방, 변한의 영역을 낙동강의 서남쪽 경상도 지방으로 추정하는 종래의 설이요, 다른 하나는 마한을 안성천 이남의 충청·전라도 지방으로, 진한을 예성강 이남의 경기 지방과 영서의 강원 지방으로, 변한을 영남 지방으로 추정하는 설(이병도, 1959:277~278)이다. 또한 이병도(1981:266)는 마한 54국 중에서 그 첫째번 국명인 「爰襄國」을 비롯하여 「牟水國」·「桑外國」·「小石索國」·「大石索國」·「優休牟 涿國」·「臣 濆活國」·「伯濟國」·「速盧不斯國」·「古離國」·「奴藍國」 등의 11국은 모두 진한의 제부족으로 추정된다고 하였다.

3.1.2. 지명어에 의한 추정 판도

이른바 마한어의 지명어미 '-卑離'를 승계한 것으로 추정하는 백제어의 지명어미 '-夫里'가 어떻게 분포되어 있나를 다음 <도표 7>에서 살펴보면 역시 그 분포가 충청·전라지역으로 국한되어 있음을 확인할 수 있다. 그런 반면에 '-忽'이 분포되어 있는 중부지역의 어휘요소들이 변한(>가라)지역에 분포되어 있는 이채로운 현상은 다음 <도표 8>에서 확인할 수 있다. 이와 같은 지명어의 특이한 분포사실은 삼한의 위치와 마한의 판도를 추정하는 데 일조가 될 것으로 믿는다.

<도표 7>

●忽 · 骨 ▲伐 △火 ■夫里 ○不確實

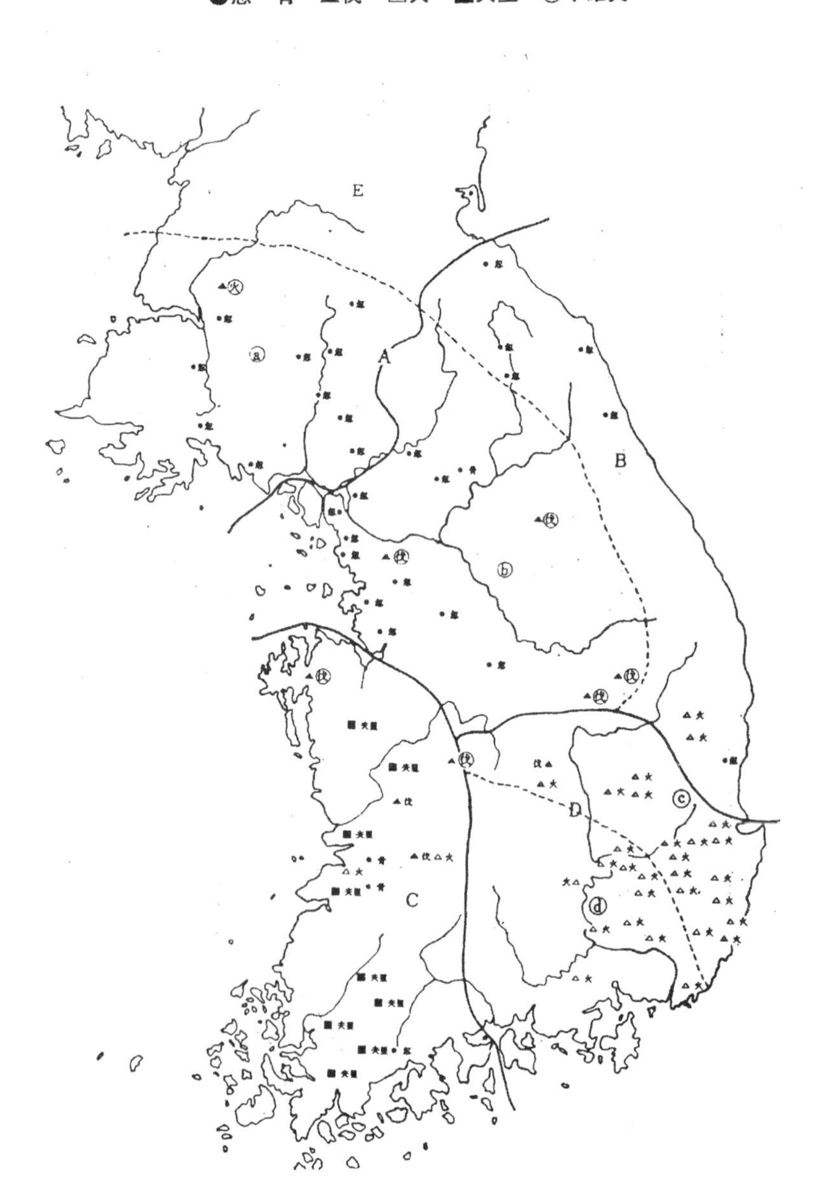

<도표 8>

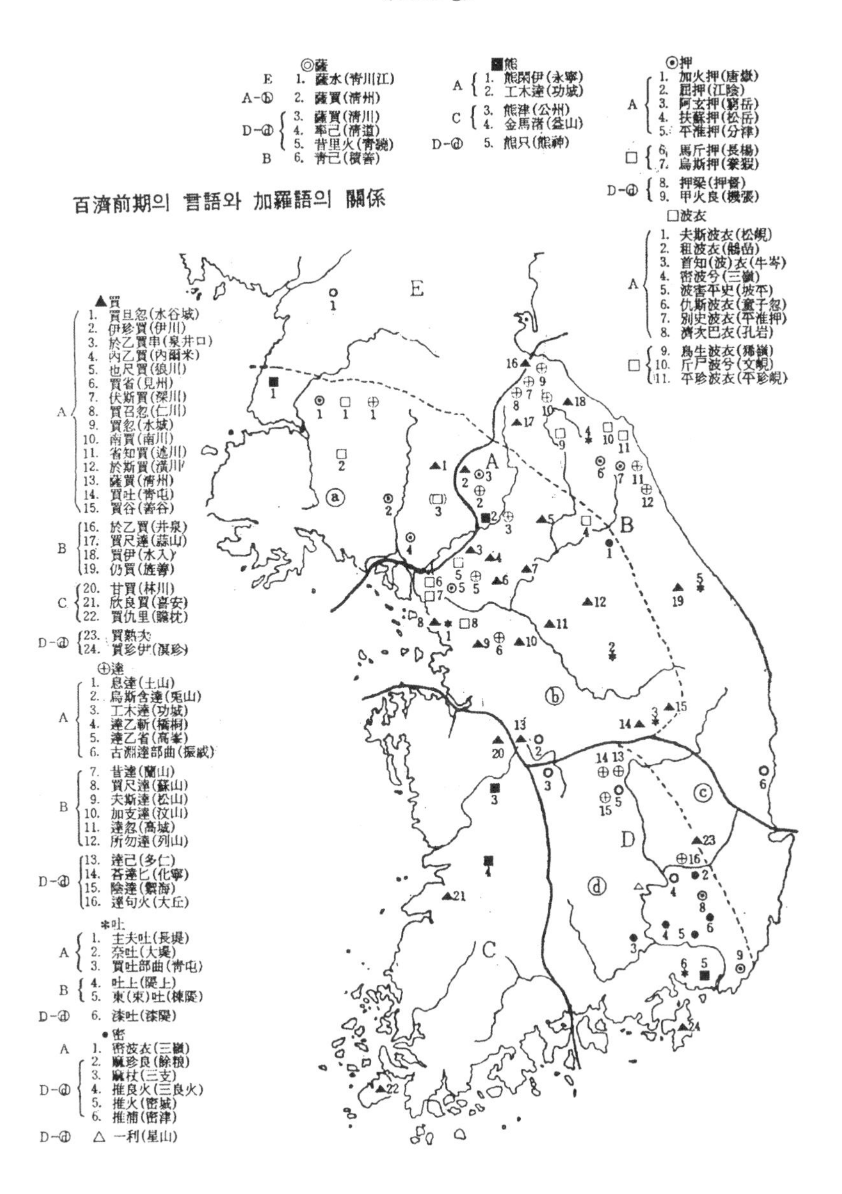
百濟前期의 言語와 加羅語의 關係
◎薩
E 1. 薩水(靑川江)
A-ⓑ 2. 薩買(淸州)
D-ⓓ 3. 薩買(淸川)
4. 率己(淸道)
5. 昔里火(靑驍)
B 6. 靑己(積善)
■熊
A 1. 熊閑伊(永寧)
2. 工木達(功城)
C 3. 熊津(公州)
4. 金馬渚(益山)
D-ⓓ 5. 熊只(熊神)
⊙押
A 1. 加火押(唐嶽)
2. 屈押(江陰)
3. 阿玄押(窮岳)
4. 扶蘇押(松岳)
5. 平淮押(分津)
□ 6. 馬斤押(長楊)
7. 烏斯押(豢猳)
D-ⓓ 8. 押梁(押督)
9. 甲火良(機張)
□波衣
A 1. 夫斯波衣(松峴)
2. 租波衣(鵂嵒)
3. 首知(波)衣(牛岑)
4. 密波兮(三嶺)
5. 波害平史(坡平)
6. 仇斯波衣(童子忽)
7. 別史波衣(平淮押)
8. 濟次巴衣(孔岩)
□ 9. 鳥生波衣(猪嶺)
10. 斤尸波兮(文峴)
11. 平珍波衣(平珍峴)
▲買
A 1. 買旦忽(水谷城)
2. 伊珍買(伊川)
3. 於乙買串(泉井口)
4. 內乙買(內爾米)
5. 也尸買(狼川)
6. 買省(見州)
7. 伏斯買(深川)
8. 買召忽(仁川)
9. 買忽(水城)
10. 南買(南川)
11. 省知買(述川)
12. 於斯買(橫川)
13. 薩買(淸州)
14. 買吐(靑屯)
15. 買谷(善谷)
B 16. 於乙買(井泉)
17. 買尸達(蒜山)
18. 買伊(水入)
19. 仍買(旌善)
C 20. 甘買(林川)
21. 欣良買(喜安)
22. 買仇里(臨杞)
D-ⓓ 23. 買熟次
24. 買珍伊(溟珍)
⊕達
A 1. 息達(土山)
2. 烏斯含達(兎山)
3. 工木達(功城)
4. 達乙斬(橋桐)
5. 達乙省(高峯)
6. 古淵達部曲(振威)
B 7. 昔達(蘭山)
8. 買尸達(蒜山)
9. 夫斯達(松山)
10. 加支達(汶山)
11. 達忽(高城)
12. 所勿達(列山)
D-ⓓ 13. 達己(多仁)
14. 吞達匕(化寧)
15. 陰達(熊海)
16. 達句火(大丘)
*吐
A 1. 主夫吐(長堤)
2. 奈吐(大堤)
3. 買吐部曲(靑屯)
B 4. 吐上(隄上)
5. 東(束)吐(棟隄)
D-ⓓ 6. 漆吐(漆隄)
●密
A 1. 密波衣(三嶺)
D-ⓓ 2. 巘珍良(餘粮)
3. 巘枝(三支)
4. 推良火(三良火)
5. 推火(密城)
6. 推浦(密津)
D-ⓓ △ 一利(星山)
E
A
B
C
D
ⓐ
ⓑ
ⓒ
ⓓ

3.2. 마한어사와 고대국어의 시대구분

3.2.1. 마한어사에 대하여

삼한 중에서 그 역사가 가장 길었던 나라가 마한이었다. 이 사실을 우리는 '마한이 백제의 근초고왕 때(서기 346~375)까지 존속하였다'는 사가들의 주장에서 확인할 수 있다. 그럼에도 불구하고 대부분의 지식인들은 기원전 18년에 마한이 패망하자 그 자리에 곧이어서 백제가 건국한 것처럼 착각하고 있다. 마한사에 대한 이러한 오해는 마한어사 역시 백제가 성립하기 이전까지의 언어사로 국한시키는 연쇄적인 착각에 빠지게 만들었다.

그러나 마한사의 종말은 보다 신중히 재고할 필요가 있다. 만일 마한의 정체가 단일국가이었다면 일시에 멸망한 것으로 추정할 수도 있다. 그러나 54(혹은 43)개의 부족국으로 결속된 연합체이었다는 사실을 유의하여야 한다. 고대의 한반도에 있어서의 부족국의 분포가 대체적으로 그러하였던 것으로 생각된다. 이는 신라가 가라를 통합하기 전단계에서 이웃하여 있던 군소 부족국을 점차적으로 병탐한 사실이 증명한다. 좀더 구체적으로 기술한다면 신라는 탈해이사금 때(A.D. 57-79)에 거도간으로 하여금 '우시산국'과 '거칠산국'을 병탄케 함을 시작으로 이어서 파사니사금 29년(A.D. 108)에 '비지국, 다벌국, 초팔국'을 쳐서 통합하였고, 동왕대에 '실직국'이 항복하였다. 그리고 지마니사금대(112~133)에 '압량소국'을 공취하였다. 조분니사금 2년(231년)에 '감문국'을 통합하였고, 7년(236년)에는 '골벌국'을 병합하였다. 첨해니사금(247~261) 때에 '사벌국'을 취합하였고, 벌휴니사금 2년(185)에 '소문국'을 공략한 일이 있다. 지증마립간 13년(512)에 '우산국'이 귀복하였다.

이상과 같이 신라는 점진적으로 이웃 부족국을 병합하였고 결국은 가라제국을 하나하나 공취하여 최종 단계에서 대가야가 스스로 굴복하게 만든 것이다. 신라에게 병탐되기 이전의 6가야도 실은 전단계의 군소부족을 6국으로 통합하는 과정이 있었을 것으로 믿어진다.

마한 54(혹은 43)국도 결코 하루 아침에 멸망하지 않았다. 신라가 가까운 부족국부터 점차적으로 병탐한 것과 비슷한 방법으로 백제에 근접한 부족국을 북부에서부터 서서히 정복하게 되었을 것이다. 거리 관계로 그 통합이 용이치 않았던 탐라국(제주도)이 문주왕 2년(476)까지도 건재하였다는 사실로 미루어 보아도 그렇게 추정할 수 있는 것이다. 전술한 내용을 근거로 필자 역시 근초고왕 24년(369)경에 백제가 마한의 옛땅을 모두 점령하였다는 사가의 주장에 동의하는 것이다.

실로 마한의 역사가 언제 비롯되었는지 정확히는 알 수 없으나 앞에서 추정한 바와 같이 한반도의 북부와 남만주 일대에 이른바 부여족의 각파가 판도를 이루던 시기에 남부에 자리잡고 있던 세력이 한계의 제족이었을 것이라면 마한사도 기원전 3세기경부터 기산할 수 있을 것이다. 그 6세기여 중 절반은 백제의 건국 이전에 해당하고 그 절반은 백제사의 전기와 병존한 시기에 해당할 수 있을 것이다. 따라서 마한은 백제와는 아무런 관계가 없었던 전기와 백제와 대치 상태를 유지하여 온 후기로 나눌 수 있는 것이다.

3.2.2. 고대국어의 시대구분과 마한어의 위치

앞에서 추정한 바와 같이 마한사를 약 6세기 간으로 잡을 때 전기 3세기간은 위만조선의 말기와 그 패망 후 1세기간에 존재하였던 기간이고, 후기 3세기간은 백제와 공존하였던 기간이라 할 수 있다. 따라서 마한어사는 고대국어의 시기에 있어서 그 전기가 이웃의 선후국과 겹치는 것으로 파악된다. 고대 한반도와 남만주 일대에 분포하였던 언어의 관계를 도시하면 위 2장의 <도표 1>과 같다. 신라의 통일에서 고구려는 백제의 전기지역어와 예맥어 지역만 신라에 양보하였을 뿐 고구려의 본토는 그대로 발해가 승계하였기 때문에 그 후계어를 발해어로 잠정한다.

4. 마한 지명의 구조와 그 분포

4.1. 마한 지명의 구조와 그 특징

마한 지명에서 모든 지명에 접미되어 있는 '國'을 제거하고 나머지 부분만 글자(음절)수에 따라서 분류하면 다음과 같다.

(A) 2자 지명(34개)

① 奚襄 ② 牟水 ③ 桑外 ④ 伯濟 ⑤ 日華 ⑥ 古離
⑦ 怒藍 ⑧ 月支 ⑨ 古奚 ⑩ 莫盧 ⑪ 卑離 ⑫ 巨釁
⑬ 支侵 ⑭ 狗盧 ⑮ 卑彌 ⑯ 古蒲 ⑰ 冉路 ⑱ 兒林
⑲ 駟盧 ⑳ 感奚 ㉑ 萬盧 ㉒ 一離 ㉓ 不彌 ㉔ 支半
㉕ 狗素 ㉖ 捷盧 ㉗ 莫盧 ㉘ 古臘 ㉙ 一離 ㉚ 狗奚
㉛ 不雲 ㉜ 爰池 ㉝ 乾馬 ㉞ 楚離

(B) 3자 지명(12개)

㉟ 小石奚 ㊱ 大石奚 ㊲ 臣濆活 ㊳ 臣蘇塗 ㊴ 臣雲新
㊵ 古誕者 ㊶ 素謂乾 ㊷ 致利鞠 ㊸ 臨素半 ㊹ 占離卑
㊺ 內卑離 ㊻ 辟卑離

(C) 4자 지명(8개)

㊼ 優休牟涿 ㊽ 咨離牟盧 ㊾ 牟盧卑離 ㊿ 速盧不斯
51 如來卑離 52 監奚卑離 53 臼斯烏旦 54 不斯濆邪

(D) 5자 지명(1개)

55 楚山塗卑離

위에서 제시한 바와 같이 전체 54(55)개 지명 중 34개의 지명이 2자 지명이다. 이는 전체의 63%에 해당한다. 그리고 3자 지명이 12개로 약 22%에 해당하고, 4자 지명이 8개로 약 15%에 해당한다. 따라서 마한 지명의 기본 구조는 2자(혹은 2음절)단위이었다고 말할 수 있다. 그런데 공교롭게도 중국의 지명에 대한 고대기록을 『史記』에서 찾아보면

> 秦王政立十六年 初竝天下 爲三十六郡 號爲始皇帝 始皇帝五十一年而崩(史記秦 本記 第五)
>
> 二十六年 分天下以爲三十六郡 郡置守尉監(史記 秦始皇帝 本記 第六)

〔集解〕秦三十六郡者 :

三川 河東 南陽 九江 鄣郡 會稽 潁川 碭郡 泗水 薛郡 東郡 琅邪 上谷 漁陽 右北平 遼西 遼東 代郡 鉅鹿 邯鄲 上黨 太原 雲中 九原 鴈門 上郡 隴西 北地 漢中 巴郡 蜀郡 黔中 長沙 內史

와 같이 기원전 221년에 진시황제가 전국을 36군으로 분정하고 명명한 지명들의 대부분(36 중 25)이 2자명인 것과 닮아 있다.

마한 지명 중 34개의 2자명과 앞의 진나라 지명을 대조한 결과 동일명이 발견되지는 않지만 그 기본단위의 구조가 중국의 고지명과 동일하다는 점에서 혹시 진(秦) 이전부터 형성되어 온 중국식 지명법의 영향을 많던 적던 삼한에서 받지 않았던가 의심하여 본다.

일찍이 마한 지명을 이어받은 백제 지명(전・후기)과 마한 지명을 비교하여 보면 오히려 3자명이 마한 지명보다 훨씬 많이 발견된다. 다음에서 「삼국사기」 지리4(고구려, 백제지명)를 중심으로 그 내용을 살펴보기로 한다. 도수희(1980)에서 백제의 전기지명(이른바 지리4의 고구려의 지명)으로 추정한 121개의 지명 중 73개가 3자명(혹은 4자명)이며 나머지 48개가 중국식 2자명이다. 그리고 백제 후기의 147개 지명 중 64개가 3자명이다. 그러나 「삼국사기」 지리4에 나타나는 중국식 2자명들은 신라 경덕왕(16년, 757)이 중국식 2자명으로 획일적인 개정을 병행하기 이전의 삼국시대에 이미 때때로 개정된 것으로 볼 수 있다. 가령 '熊津・白江'은 백제시대에 이미 중국식으로 표기된 지명들이다. 그러나 이것들은 어디까지나 표기지명일 뿐이었지 실질적인 호칭은 '웅진・백강'이 아니었다. 백제인들이 부른 호칭은 '고마ᄂᆞᄅᆞ'와 '사비ᄀᆞᄅᆞᆷ'이었던 것이다. 「용비어천가」의 지명주석을 비롯하여 최근에 이르기까지 중국식 표기지명들이 현실적으로는 고유명으로 호칭되어 온 사실을 우리는 우리의 지명사에서 확인할 수 있다. 지명어가 어휘 중에서 그 고유성이 가장 강인함을 감안할 때에 이른 시기로 소급할수록 그 고유성은 완벽하게 지켜졌을 것으로 추정한다.

그렇다면 삼국시대 이전의 삼한시대에는 더욱더 순수한 고유지명만이 존재하였을 것으로 추정할 수 있는데 앞에서 제시한 마한 지명의 구조는 우리의 예상을 뒤엎는다. 오히려 중국식 2자명의 수가 압도하기 때문이다. 고대에 있어서 삼한과 漢나라 사이의 문물교류가 매우 활발하였던 내막을 경남 의창군 다호리의 고분에서 발굴된 여러가지 유물들이 증언하고 있음은 이미 잘 알려진 사실이다. 漢나라 혹은 그 이전부터 밀려 온 선진문화와 함께 지명의 명명법(혹은 표기법)이 묻어 들어온 것이나 아닌지 의심하여 본다.

4.2. 마한 지명의 분포

이른바 마한 54국의 위치를 어떻게 추정할 것인가의 문제를 풀기 위하여 우리는 우선 다음의 두 기준부터 세워야 이 기준에 의하여 분포의 윤곽을 대충 어림잡을 수 있을 것 같다.

우선 우리는「삼국지」위서에 기록된 마한 지명의 순서에 깊은 관심을 갖자는 것이다. 그것은 무질서하게 적힌 것이 아니라 어디서부터인가 비롯하여 차례로 적어 나갔을 것이기 때문이다. 그러나 아직은 북에서 남으로인지, 아니면 동에서 서로인지 분간할 수 없다. 우리는 이 난제에 대한 실마리를 다음에서 얻을 수 있을 것이다.

첫째 : 잘 알려진 바와 같이 백제 지명어미 '-夫里'의 전신은 '-卑離'이다. 그런데 이 '-卑離'를 접미한 지명들이 공교롭게도 마한 54국명 중 열아홉번째부터 시작하여 그 이후에 산재해 있다는 사실이다. 이 사실을 기준으로 전체적인 위치를 추정할 때 1爰襄~18莫盧는 보다 북부에 위치하였던 것이고, 19(卑) 卑離~55楚離는 중부와 남부에 위치하였던 것으로 볼 수 있을 것이다. 백제의 沙羅(沙尸良)에 해당할 '駟盧'의 순서가 30번째에 위치하고 있으며, 역시 백제의 碧骨(혹은 波夫里)에 해당할 　夫里의 순서가 34번째에 있다. 이들 '-卑離'를 '-夫里'의 분포에 맞추어 보면 그 윤곽이 더욱 분명히 드러날 것이다.

둘째 : 북부에 분포하였던 1-18까지의 위치는 우선 그 기준지를 '伯濟'로 잡으면 될 것이다. 왜냐하면 '伯濟 = 百濟'라고 추정할 수 있는 고로, 그리고 이 '伯濟'의 순번이 거의 중앙에 해당하는 8번째인 고로 이 '伯濟'를 동서남북으로 위요하여 기타 지명(1-7, 9-18)이 분포되었을 가능성이 짙은 것이다.

여기서 이병도(1959), 정인보(1946)에서 고증한 마한 54국의 위치와 그 이후의 승계지명의 추정내용을 지도에 배치하면 졸저(1987:199~200)의 <도표 Ⅰ>(정인보) · <도표 Ⅱ>(이병도)와 같다.

먼저 위 <도표 Ⅰ>을 점검하여 보면 그 배열순서가 매우 무질서함을 발견하게 된다. 즉 먼저 원전에 기록되어 있는 순서에 따라 1~20까지의 분포를 <도표 Ⅰ>에서 찾아보면 1,2,3,8,10,13,14만이 경기권에 있고, 4,5,6,11,12,19,20은 전북에, 7,9,18은 전남에 산재해 있다는 사실에 직면한다. 더더구나 26,37은 변진지역에까지 산재되어 있는 것이다. 그러나 앞에서 이미 전제한 바와 같이 원전의 기록이 이렇게 무질서한 배열을 기록한 것이 아니었을 것이므로 <도표 Ⅰ>이 보이는 추정위치는 일차적으로 부정을 면키 어려울 것이다.

그러나 <도표 Ⅱ>는 우리에게 매우 고무적인 분포를 보이고 있다. 즉 미상으로 처리한 10,11,16,17,18을 제외한 1~15까지가 경기권에 분포되어 있고, 나머지 지명은 충청 · 전라지역에 분포되어 있음을 본다. 여기서 우리가 <도표 Ⅰ>과 <도표 Ⅱ>를 비교할 때 일별하여 <도표 Ⅱ>가 보다 합리적인 순서를 보안다고 할 것이다. 그러나 <도표 Ⅱ>도 19번 이후의 지명분포는 역시 다소의 무질서한 느낌을 우리에게 준다. 왜냐하면 수순에 의한 어떤 group을 만들 수 없기 때문이다.

여기서 우리는 마한 지명의 형태상 특징에 의거한 분포 group을 가상할 필요가 있다. 우선 동일한 접미어를 가진 형태끼리 분류해 보도록 하겠다.

	a	b	c	d	
A군 : '-盧' =	(9)(15)	(18)(23)	(30)(33)	(40)(41)(43)	<9개 지명>

	e	f	
B군 : '-卑離' =	(19)	(44)(45)(46)(49)(51)(52)(55)	<8개 지명>

여기 A군에서 우리는 a, b, c, d와 같은 하위 인접 group을 상정할 수 있겠고, B군에서는 (19)만이 아주 먼곳에 유배되어 있을 뿐이고 f가 보이는 바와 같이 상접한 분포를 보이고 있는 것이다. 한편 A군은 (10)에서부터 거의 전

역에 확산되어 있음이 특이한데 반하여 B군은 (19)만을 예외로 한다면 중부 이하에서 시작하여 질서정연하게 배채되었음을 인지하게 된다.

이상에서 밝힌 바와 같이 마한 54국의 위치 추정은 일차적으로 원전의 기록순을 일단 위치순으로 보고 이 기록순을 기준으로 하여 A군과 B군의 자리를 찾아야 할 것이다. 그리고 '伯濟'를 기준으로 한 (1)~(20)까지의 위치를 추정하면 마한 54국의 2/3는 그 위치가 상정될 수 있을 것이다.

5. 어휘의 분포와 그 특징

5.1. '-卑離'의 분포와 그 후계형

마한의 지명 어미 중에서 가장 독특한 것이 바로 이 '-卑離'이다. 우선 '-卑離'를 접미한 지명을 다음에 열거하면

⑪ X+卑離　㊹ 占+卑離　㊺ 內+卑離　㊻ 辟+卑離　㊾ 牟盧+卑離
(51) 如來+卑離　(52) 監奚+卑離　(55) 楚山塗+卑離

와 같이 8개명이다. 그런데 제시한 마한 지명 중 2자명에서 (6)古離 (22)一離 34楚離의 '離'가 만일 표기 혹은 전승과정에서 '卑'를 빠뜨린 축약형이라면 그 원형을 '古卑離 一卑離 楚卑離'로 복원할 수 있기 때문에 3개의 '-卑離'어미 지명을 더 추가할 수 있게 된다. 그럴 가능성을 우리는 두 측면에서 찾아낼 수 있다.

첫째 : 마한 지명의 2자명 중에서 (11)卑離가 선행어소를 잃은 듯하며, 3자명에서 (44)占卑離 (45)內卑離 (46)僻卑離 등의 선행 어소가 모두 1자(1음절)이기 때문에 (44)占- (45)內- (46)僻-과 더불어 (6)古- (22)一- (34)楚-가 지명어의 구조상 가능하기 때문이라고 본다. 더구나 '-卑離'의 후계형으로 나타난 백제의 지명어미 '-夫里'가

所夫里(扶餘郡)、古良夫里(青正縣)、古眇(古沙)夫里(古阜郡)、夫夫里(澮尾縣)、未冬夫里(玄雄縣)、半奈夫里(潘南縣)、毛良夫里(高敞郡)、仁夫里(竹樹、爾陵夫里)(陵城郡)、波夫里 (富里縣)、古莫夫里(古馬彌知縣)

와 같이 10예나 잔존하였기 때문에 선후의 수가 거의 동일한 점에 유의할 필요가 있다.

둘째 : 백제의 지명어미 '-夫里'가 오로지 마한의 옛터전이었던 충청・전라 지역에만 분포되어 있음은 <도표 ㅊ>에서 확인할 수 있다. 따라서 그 전신인 '-卑離'의 분포 역시 동일한 지역에 국한하여 있었던 사실을 우리는 확신할 수 있다. 그러나 이 '-卑離'가 경기 지역에 분포한 지명(마한 혹은 진한)과 이른바 변한・진한 24국명에서는 전혀 발견되지 않는다. 그럼에도 불구하고 '-夫里'와 밀접한 관계가 있는 '-火'(혹은 伐)이 대체적으로 낙동강의 동쪽에서부터 본래의 신라지역에 분포하고 있음을 역시 <도표 Ⅰ>에서 확인할 수 있다.

그러면 여기서 '-卑離 > -夫里'와 '火'의 관계를 따져보기로 하겠다.

이숭녕(1971:336)에서는 '火'형 : '夫里'형에서 '火'형을 '夫里'형의 전차형으로 보았다. 이렇게 보는 근거를 중세국어와 방언에 많이 나타나는 '털-터리, 부형-부형이, 그력-그려기, 굼벙-굼벙이'와 같은 어간 + 이(접미사)의 어형 확대에서 찾았다. 그러나 다음의 몇 이유에서 필자는 이 주장에 선뜻 동의할 수 없게 된다.

첫째 : 한국어의 어휘발달은 확대와 축소의 두 길을 걸었음을 도수희(1984:49-56)에서 '백제어의 두 음운변화 규칙'을 통하여 다음과 같이 논증하였다.

(1) *nari(川)>naøi>nai>nay>nɛy>nɛ

(2) *mori(山)>moøi>moi>moy>mÖy>mÖ

(3) *mari(水)>maøi>mai>may>mɛy>mɛ

(4) *nuri(世)>nuøi>nui>nuy>nüy>nü

(5) *hɨri(白)>hɨøi>hɨi>hɨy

(6) *pʌri(腹)>pʌøi>pʌi>pay>pɛ

(7) *ori(瓜)>oøi>oi>oy>Öy>Ö

(8) *turi(後)>tuøi>tui>tuy>tüy>tü

(1)~(8)을 근거로 음운변화 규칙 r>ø/V－V를 설정할 수 있다.

(1) *mʌri(宗)>mʌrø>mʌr

(2) *puri(原)>purø>pur~pər

(3) *muri(衆)>murø>mur

(4) *tari(高、山)>tarø>tar

(5) *tani(谷)>tani>tan

(6) *siri(谷)>sirø>sir

(7) *kori(洞)>korø>kor

(8) *mɨri(水)>mɨrø>mur

(1)~(8)을 근거로 음운변화 규칙 V>ø/－# 을 추정할 수 있다.

둘째 : 만일 '火'형의 전차형이 'pVr'형으로 나타났다면 한번쯤 재고하여 볼 만하나 공교롭게도 변한·진한의 지명에서는 '火'형의 전신이 발견되지 않는다. 그런 반면에 '夫里'형의 전신은 나타나는데 바로 그 전차형이 'pVr'형이 아닌 'pVrV'형 즉 'piri'란 점이다. 이는 삼한시대에 있어서의 이 단어가 개음절어 즉 *pVrV이었음을 확신케 한다. 그렇다면 여기서 우리가 내릴 수 있는 결론은

'卑離 > 夫里 > 火'

와 같이 통시적으로 그 어형이 축소될 수는 있어도

'火 > 夫里 > 卑離'

와 같이 그 확대 행위가 결코 역행될 수 없다고 추정할 수 밖에 없는 것이라 하겠다.

셋째 : 백제가 성왕 16년(A.D.538)에 수도를 공주에서 부여로 옮기기 전의 그 곳의 지명은 '所夫里'이었다. 이 '所夫里'가 지금도 정확히 그대로 쓰이고 있다. 구 부여박물관 바로 앞 마을이 아직까지도 '所夫里'로 불리고 있기 때문이다. 이는 공주의 '곰나루'를 아직도 그곳 노인들이 보편적으로 '고마나루'라 부르는 사실과 일치한다. 따라서 '火'형은 '고마 > 곰'과 같이 축소된 것이다.

한편 고구려 지역과 백제 지역(A.D.475년 까지의 경기도 광주를 중심한 지역)에 분포하였던 '忽'형도 (<도표 7> 참고) 그 전차형은 'kVrV~hVrV'와 같은 개음절(2음절)의 어형이었던 것으로 추정한다. 여기서 우리는 중국사서에 기록된 다음의 내용을 깊이 음미하여 볼 필요가 있다.

溝 婁者句麗名城也 <「위서」 동이전>
溝 婁者句麗城名也 <「북사」 고구려조>

고구려어의 '구루'와 만주어의 'guru, golo, holo'를 근거로 '忽'도 기원적으로는 2음절 단어가 말모음의 탈락으로 인하여 그 어형이 단음절로 축소된 것이라 하겠다.

이제까지의 논의를 근거로 *pVrV어형의 발달 경로를 표로 보이면 다음과 같다.

*pvRv
- 夫餘系
  - holo (滿洲)
  - ḣol
  - kuru (高句麗) > kol / kul (高麗) > kol / kul (李朝 以後) / ol, ul (k탈락)
- *V = vowel
- 韓系
  - puri(弁韓) > pul(新羅) > pəl~βil(麗末李初) > ul(울) / pəl(벌)
  - puri(馬韓) > puri(百濟) > pul / puri > βil / βuri / puri [麗末李初] > ul / > uri / > puri

그런데 이 '-卑里'가 변한·진한의 24국명에는 나타나지 않는다. 진한 24국 중의 한 나라이었던 斯盧國도 斯盧伐國이 아니었음에 유의할 필요가 있다. 신라어의 지명어미로 흔하게 쓰인 '伐'(弗, 火)은 '斯盧'(斯羅, 尸羅)가 徐伐로 바뀐 뒤에 접미된 것이 '徐羅伐' 또는 '徐伐'이었으니 그 생성연대가 상당히 뒤진다고 볼 수 있다. 앞에서 이미 언급한 바와 같이 백제 지역에는 '-夫里'(<-卑離)로 계승되고, 한편으로는 말모음이 탈락하여 '-夫里>-伐'로 변한 어형이 가라와 신라 지역에 전파한 것으로 보려 한다. 따라서 '-卑離'는 오직 마한어에서만 사용한 독특한 존재라 하겠다. 그리고 부여계어에서 사용한 '溝漊' 또한 홀로 승계된 독특한 지명어미인데 여기서 '卑離 : 溝漊'의 대응이 흥미롭다. '溝漊'는 城을 뜻하며 '卑離'는 野(또는 坪原)를 뜻하기 때문에 이것들의 대응은 부여계어와 한계어가 이질적인 사이로 꽤 먼 것처럼 느끼게 한다.

부여계어의 '溝漊'는 고구려의 '忽'로 변화하였는데 그것의 의미는 城이었다. 왜냐하면 나타나는 모든 '忽'이 城 에 대응하기 때문이다. 『삼국사기』 권 35, 37의 고구려 지명록에 나타나는 총 24개의 '忽'이 '買召忽~彌鄒忽'만 城과의 대응기록이 없을 뿐 나머지는 모두 城으로 대응 표기되어 있으며 『삼국사기』 권 35, 37의 말미부에 등재된 압록수 이북 지역의 지명에 나타나는 18개의 '忽'도 어김없이 城으로 대응 표기되어 있다. 이 '忽'은 백제어로는

悅己>悅城, 結己>潔城, 奴斯只>儒城(『삼국사기』 권 36, 37)

와 같이 '己(只) : 城'으로 대응한다. 도수희(1987:87~98)에서 城에 대응하는 '己'를

*kuru~*kuri>kuøi>kuy>kɨy(城)

와 같이 발달한 것으로 추정 풀이하였다. 그렇기 때문에 『용비어천가』에 나타나는 가막골(加莫洞), 답상골(答相谷) 등이 '골 : 洞, 谷'으로 대응한다 해서 이를 근거로 하여 고구려어 또는 그 이전까지도 '忽'(<溝漊)의 의미로 소급한

다고 보아서는 안 된다. '谷'의 뜻을 나타내는 어휘가 '買旦忽>水谷城, 德頓忽>十谷城'과 같이 '旦, 頓 : 谷'으로 대응하는 *tan(谷)을 발견하기 때문이다.

따라서 '溝漊'와 '卑離'의 관계는 어두에서 'k(h) : p'의 대응을 보이는 동일계통의 동의어가 아니라 처음부터 뜻이 같지 않았던 별개의 어휘로 추정할 수 있으며 이와 같은 이질적인 지명어미가 일단 남북의 언어차를 알려주는 증거라 할 수 있겠다.

5.2. '-盧'의 분포와 그 후계형

마한 54국명 중에서 '盧'는

速盧不斯 咨離牟盧 狗盧 駟盧 萬盧 牟盧卑離 莫盧 捷盧

등과 같이 8개가 나타난다. 이 '盧'는 변한・진한 24국명 중에도 '瀆盧 斯盧'와 같은 2개가 나타난다. 그리고 마한 국명의 冉路와 변한・진한 국명의 半路 甘路 戶路의 '路'를 '盧'의 이표기형으로 본다면 그 수효는 더욱 증가될 수 있다. '路'와 '盧'가 동일한 상고음 lag(중고음 luo)이기 때문이다. 우리는 이 '盧'가 삼한의 전 지역에 고루 분포하였던 비교적 보편성이 있는 지명어미이었다는데 주목하고자 한다. 이 '盧'는 마한의 '駟盧>沙羅~沙尸良'과 진한의 '斯盧>斯羅~徐羅'와 같이 '羅'로 이어지며, 이 '羅'는 '加羅(駕洛), 加羅忽(水城), 河西羅(溟州)'와 같이 남부에서 중부에 이르기까지 고루 분포하여 있었다.

그런데 이 '羅'에 대응하는 어형이

於斯內(斧壤) 骨衣奴(荒壤) 仍伐奴(穀壤) 仍斤內(槐壤) 金惱(休壤)

등과 같이 중부지역의 고지명에 '內, 奴, 惱'로 대응되어 있으며 그 뜻은 壤이다. 『위지』와 『후한서』의 고구려 5부족명에서도

北部=絕奴部 東部=順奴部 南部=灌奴部 西部=涓奴部

와 같이 壤의 뜻인 '奴'를 발견한다. 도수희(1992:23~24)에서 논의한 바와 같이 고구려의 왕호 중에서도

故國川王~國壤王 東川王~東襄王 中川王~中壤王 西川王~西壤王 美川王~好壤王

과 같은 '川 : 壤'의 대응을 발견한다. 여기 '襄'을 '壤'의 약자표기로 본다면 고대에서 '土, 川'에 대한 고유어형이 동음어이었던 것으로 파악케 한다. 백제 지명의 '加知乃'(市津)와 신라 인명의 '素那~金川, 沈那~煌川'에서도 '乃, 那 : 川'의 대응이 확인된다.

'壤, 土'를 의미하는 '羅'와 '內, 奴, 惱'가 고대 한반도 전 지역에 분포하여 있었던 바 '羅'형이 중부지역의 북단까지 북상하여 있었는가 하면 '奴'형이 변진 지역의 '樂奴國'에서 발견되며 신라어 '思惱, 尸惱'에서도 '惱'가 발견된다. 이 모두가 어두에서 'r:n'의 대응을 보이는데 유의할 필요가 있다. 고대 한반도의 북부 지역에 분포하였던 어두 'n-'형이 퉁구스어(>여진어)의 na(土壤)와 일치하니 부여계어의 특징을 나타내는 것이라 볼 수 있다.

5.3. '駟'의 분포와 그 후계형

마한의 지명어 '駟盧'는 백제의 지명어 '沙羅'(또는沙尸)로 이어진다. 이는 마치 진한의 지명어 '斯盧'가 '斯羅'(또는徐羅)로 이어짐과 동일한 현상이다. 그리고 여기 '斯, 沙, 徐'는 '所夫里'(또는 泗沘)와 '沙伐國'(>沙伐州>上州>尙州)의 '所, 泗, 沙'와 동일 어형이다. 도수희(1989:12~20, 165~184)에서 '駟, 斯, 徐, 沙, 泗'를 *say로 추독하였고, 그 의미는 '新, 東'이라 논증하였다.

그런데 고대 한반도의 중부의 동북부에 위치하였던 '濊國'이 '鐵圓, 鐵城, 東州, 東國'과 같이 다양하게 표기되었다. 여기 '濊'의 고대음이 *səy~*syəy이었을 것으로 추정할 때 역시 '鐵'의 옛 새김이 *soy이었으니 예맥어로도 '東'의 뜻으로 *sɤy를 사용하였을 가능성이 짙은 것이다.

고구려어에서도 '東'의 뜻으로 쓰인 두 예가 발견된다.

① 三日東部 一名左部 卽順奴部也(「후한서」)
② 史忽>似城(「삼국사기」 권37)

위 ① ②는 고구려가 남침하여 그 영토가 중부 지역까지 확대하기 이전의 언어사실이기 때문에 더욱 우리의 주목을 끈다.

요컨대 '東'의 뜻인 *sɐy가 삼한어의 지역은 물론 부여계어 지역에까지 고루 확산되어 일반적으로 사용된 흔적이 남아 있음이 특이하다.

5.4. '吉支, 臣智'의 분포와 그 후계형

중국의 옛 문헌이 관직명인 '臣智'가 마한과 진한에 고루 분포하여 있었던 사실을 알려 준다. 이 '臣智'의 '智'는 진한어의 후계어인 신라어에 '世里智, 朴閼智, 金閼智' 등과 같이 보편적으로 사용되었다. 그리고 가라어에서도 '坐知王, 道設智王' 등과 같이 일반적으로 쓰인 사실이 확인된다. 여기서 만일 마한의 관직명인 '秦支'의 '支'를 '智'와 동일한 것으로 본다면 마한어 鞬吉支의 '支'에 연결될 가능성이 있다. 그런데 이 '支'는 고구려의 관직명인 '莫離支'의 '支'에 다시 연결될 가능성이 있다. 그렇다면 이 '智, 支' 또한 고대 한반도 전 지역에서 사용한 셈인데 그 분포가 북부에서 약한 것으로 본다면 고구려어의 '支'는 한계어의 침투이었을 것으로 추정할 수 있다.

여기서 '鞬吉支'를 '鞬+吉+支'로 분석한다면 '吉支'는 고조선어인 '箕子'에까지 소급될 가능성이 있다. 『광주천자문』에 '王'의 새김이 '긔즈'이고, 『일본서기』에 '鞬吉支'의 주음이 'コニキシ'로 달려 있을 뿐만 아니라 『고사기』에도 阿直支를 阿知吉師라 하고 王仁을 和爾吉師라 하였으니 '吉支'는 보다 이른 시기로는 '箕子, 箕準'에 소급하고, 보다 후대로는 '吉師, 긔즈'에 이어졌다고 볼 수 있다.

6. 결론

지금까지 논의하여 온 내용을 간추리면 다음과 같다.

한국어의 계통을 밝히는 데 있어서 종래의 지배적인 학설은 대체적으로 알타이어의 계통설이었으며 따라서 북방기원설에 치우쳐 있었다.

그러나 본고는 남방기원설도 결코 배제할 수 없는 가능성이 있음을 역설하였다. 남방에서 동북방으로 흐르는 이른바 대마해류를 타고 민족의 이동이 손쉽게 이루어질 수 있음을 추정하였다. 이런 자연해류는 6월부터 9월 사이에 이 해류를 따라서 부는 순풍(trade wind)이 있어서 민족(혹은 상인들)의 이동을 더욱 적극적으로 돕는다. 이와 같은 자연현상에 따라서 분포한 신화가 이른바 남방계통의 난생신화인데 이 난생신화가 일차 삼한 지역 중 진한과 변한지역에 분포하였다. 그리고 나서 동해안을 타고 북상하여 예맥·옥저·동부여에 분포하였다. 삼한 지역 중에서 진한 변한 지역에 먼저 분포되고 이어서 그 문화가 마한 지역에 확산되었던 것으로 추정할 수 있다. 아울러서 벼농사, 누에치기, 토기문화와 문신 등 남방문화가 역시 삼한 지역에 적극적으로 분포되었던 사실이 확인됨도 남방으로부터 민족이 이동하여 왔을 가능성을 시사하는 바라 하겠다.

앞에서 제시한 몇 가지 가능성을 토대로 「가락국기」의 김수로왕과 허황옥 왕비의 본향이 남방에 실존하였던 아유타국이었으며, 그것은 현재 태국의 방콕의 북방에 위치하고 있는 Ayuttaya의 전신이었던 것으로 추정하였다.

만일 기원 직후에 시차적으로 김수로왕과 그 왕비가 남방에서 유입하여 온 실제적인 인물이라면 이보다 몇 세기 전에도 민족이 이동하여 올 가능성이 있는 것이다. 이렇게 한계의 여러 언어족이 방방에서 유입하여 한반도의 남부에 선주하였을 것으로 보려는 것이다.

여기서 특기할 일은 공교롭게도 앞의 여러 가지 이유를 토대로 비록 어휘적인 차원이지만 알타이어적인 요소가 아닌 어휘들이 어느 정도 체계적으로 한계어에 나타나며 이 비알타이어적인 어휘들이 고대 일본어에서 발견된다는 사실이다. 이 사실은 삼한 지역과 동일 문화권역에 있었던 일본 지역으로 한계의 문화와 언어가 전파하여 간 것으로 추측할 수 있다. 또한 이 한계어의 어휘적인 특징이 의외로 한반도의 거의 전역에 확산되어 있다는 점이다. 물론 이른바 부여계어를 대표하는 지명어미 '忽'이 한반도의 중부지역에까지 하강하여 있고, 卑離(>夫里 혹은 伐(火, 弗)로 특징지어지는 한계어의 지명어미가 충남 전남북 그리고 경남북에 분포되어 있어서 이것들만을 중심으로 생각하면 종래의 주장대로 중부 이북이 부여계어 지역이요, 그 이남이 한계어 지역으로 추정할 수도 있다.

그러나 관직명에서 보편적으로 쓰인 干, 加, 韃, 瑕의 분포, 莫離, 麻立의 분포, 箕子, 吉支, 箕準의 분포가 한반도 전역에 고루 분포하여 있었다는 사실을 유의할 필요가 있다. 더구나 삼한의 중기이자 삼국의 초기어에 해당하는 신라, 고구려의 왕명에서 '새볼ㄱ(東明), 볼ㄱ뉘(赫居世=弗矩內), 누리볼ㄱ(儒理明王), 누리(儒理,弩礼)'와 같은 동일한 어휘들을 발견한다.

앞에서 제시한 내용들을 근거로 하여 숙고할 때 고대 한반도에는 기원을 달리하는 두 계통의 언어가 혼효되어 있었던 것처럼 보인다. 그 하나는 북방계의 부여어이고, 다른 하나는 남방계의 한계어라 할 수 있을 것이다. 이 두 계통의 언어가 언뜻 보기에는 서로 소원한 관계에 있는 것 같지만 보다 이른 시기에는 Ural-Altai 조어에 소급될 가능성마저 배제할 수 없다는 점을 부언할 수 있다.

IX. 馬韓語に關する硏究(續)

1. 序論

馬韓語が辰韓・辯韓語と共に韓國史において、大變重要は位置を占めていることは言うまでもない。なぜなら、所謂三韓語は78の國名(嚴密に言うと地名語)と若干の官職名を表記語として傳えてくれるものであり、その實證史料によって初期段階の韓國語史の硏究が可能になるからである。

にもかかわらず韓國語史學界は非常に長い間、三韓語の硏究に無關心であった。しかし、最近になってこの方面にも關心がもたれるようになり、1980年代初期になってようやく馬韓語の開拓的な硏究が始まった。

前期古代韓國語の一つの言語として馬韓語をもって多角度からの論議を始めたのは都守熙(1977、1980)であり、次に兪昌均(1982)が馬韓語の古地名に現れる漢字音を再構した。そして引き續き都守熙(1987・1988・1990)による、より本格的な論考が發表されるようになった。

それまでの國語史學界の關心は新羅語のみに集中しており、高句麗語・百濟語に對する關心は少なかった。そしてそれらよりも更に關心を持たれなかったのが三韓語であったと言っても過言ではない。それにはそれ相應の理由があるのであろうが、しかし、國語史において三韓語は必ず硏究されなければならないものである。三韓が三國に繼承されるまでの歷史性と三韓が殘した言語的材料が、三國のうち高句麗と百濟が殘した言語的材料に次ぐほどに確保されるものであるということを輕視するわけにはいかないからである。

中國の史書に殘された馬韓54國名と辯辰24國名、及び人名・官職名等は國語史の硏究において遡ることのできる一番古い言語史料である。この貴重な史料が中國人の手によって登載されたために粗末な扱いをされてきたかもしれないが、韓國の古代史硏究においては積極的に利用されてきた史料である。その史料が國語史的な面ではほとんど無視されてきたという事實が不思議でならない。しかしこの三韓の言語的材料は三國以前の國語の形をいくらかは想定するのに役立つものであるだろうし、國語史の時代區分における古代國語の始發期を三國時代から三韓時代を一つの時期とするものである。そしてまた古代を前期と後期に兩分する正當性を與えるものである。

前述の諸問題を解くために、都守熙(1980)が初めて馬韓語に對する論議をし、更に都守熙(1987・1988)にて再論した。辯韓・辰韓語より先んじて馬韓語を考察した理由は、それが百濟語と不可分の關係であり、また、三韓の中で馬韓が3分の2を越える多數の國名を保有していたためである。從って本稿は、馬韓後に對する筆者の先行硏究を引き續くものであり、その究極的な目的は馬韓の54國名を中心に諸問題とそれ自體に對する硏究を通して前期古代韓國語を再構することにある。

2. 馬韓語の起源の問題

馬韓語の起源がどこにあるのかを明らかにするには、まず、國語の系統から論議しなければならない。周知のとおり、原始國語の起源を北方系であると推定し、國語の系統をウラル・アルタイ語族に求めたのはそれほど遠い過去のことではない。一時は國語のウラル・アルタイ語族說が正說のように世間を風靡した。しかし、それに對する後を絶たぬ疑問から今日では褪色している。そしてむしろそれらのいろいろな側面からの疑問により、國語の系統を明らかにする課題がまた原點にもどったとさえ感じられるほどである。ところでこれと時期を同じくして繼起的に提起されてきたのが南方起源說である。この南方起源說は隣國の言語である日本語の複數起源說に多少影響を受けたからといえよう。

しばしば我々は古代の南滿州と朝鮮半島に分布した言語の中に、その主流を成す言語が二つあったと考える。一つは北部の扶餘系語であり、もう一つは南部の韓系語である。國語史學界はこの通說を異議なく黙認し、受容しているようだ。そしてこの二つの支派の言語はその直前の言語が共通の祖語であるために扶餘系語と韓系語は親族性をもっているという見解で解くこともできる。しかし韓系語が扶餘系語と姉妹語で、その直前段階の同一祖語に起源しているかどうかは、次に擧げる諸疑問のため、再度考慮されなければならないようである。では先ず同一祖語から分派した言語が扶餘系語と韓系語であると推定した學說を紹介し、それから筆者の見解を述べることにする。

筆者は以前、都守熙(1990：45)にて國語史(古代國語史)の時代區分を次のようにした。

<圖表 1> 古代韓國語の時代區分

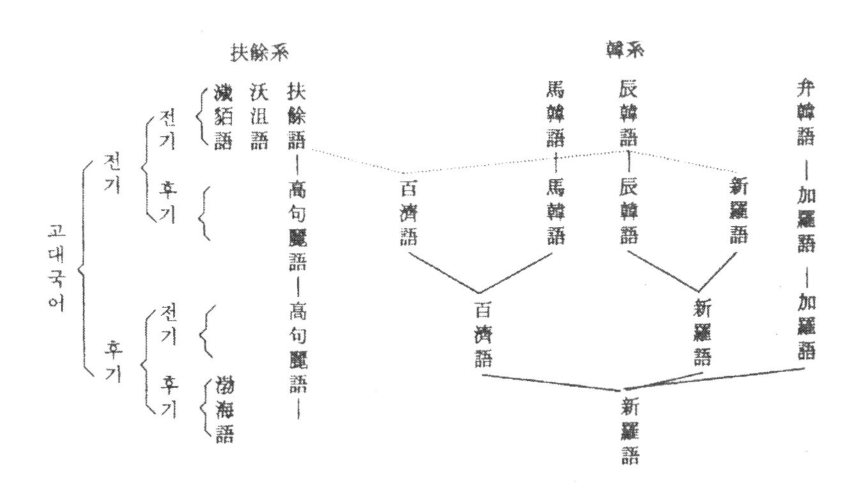

ここで提起される問題は扶餘系と韓系をどの言語に遡及するのかということにある。Poppe(1965：147)は次のように原始韓國語をチュヴァシュ・トルコ・モンゴル・ツングース共通語と同系列のものとみた。そしてその直前の段階をアルタイ共通語に關連付けている。

<圖表 2>

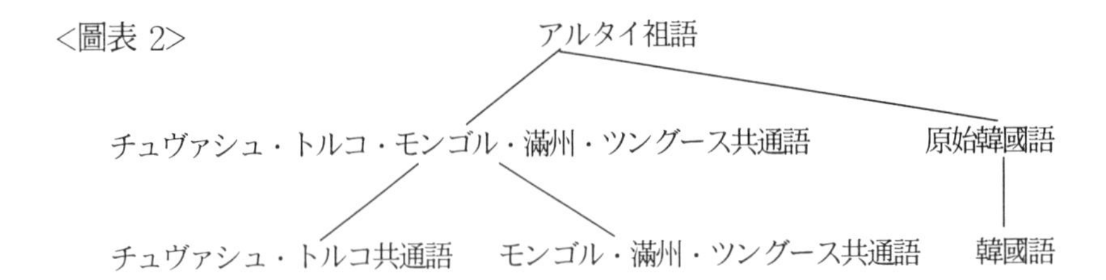

李基文(1971：91)は圖表２の原始韓國語を扶餘・韓共通語として次のように圖示した。

<圖表 3>

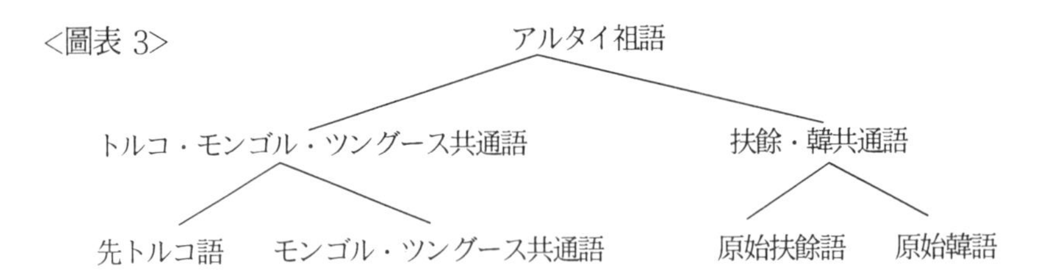

上記の二つの系統圖を比較してみると、圖表 3は圖表 2の原始韓國語の部分を具體化したものなので、結局それ以前に遡及した言語は圖表２のようにアルタイ祖語ということになる。

李崇寧(1971：329)も北方系の扶餘語と南方系の韓語に分け、この二系統の言語はその直前の段階では原始韓國語に統合されるものであるとした。李崇寧(1971)が主張した扶餘系と韓系の言語關係を圖示すると次のようになる。

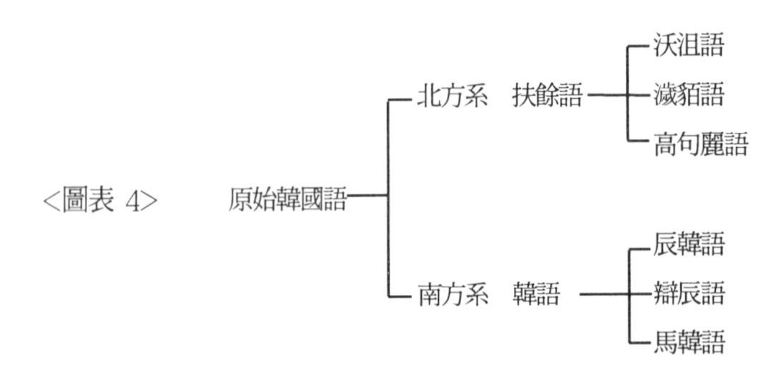

李崇寧(1971：330)は圖表4を前提に、二つの系統の言語が朝鮮半島に流入した經路を次のように圖示した。

<圖表 5>

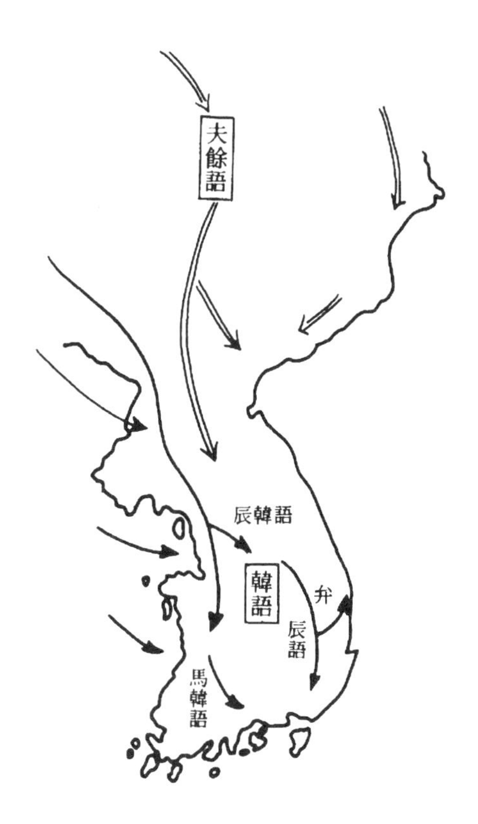

以上紹介した學說は扶餘系韓系の系統を北方系であるアルタイ語族だとしている。特に李崇寧(1971：330)の圖表5から扶餘系の矢印と韓系のそれとが少し違う方向(一つは北方、もう一つは西北方)から朝鮮半島に入ってきていることが分かるが、二つとも北方からであることは間違いない事實である。

筆者は國語の系統がアルタイ語族の單一系統であるという支配的な考えから脫して、別の可能性を見出すことに力を注ごうと思う。つまり、北方起源と南方起源の複數起源である可能性を探索するつもりである。

2.1. 韓系語の南方起源の問題

言語外の推定的な事柄であるから不十分ではあるが、民俗的な内容と自然現象から見出される證據は、南方起源說を主張するのに非常に役に立つ。

2.1.1. 卵生神話の分布

金在鵬(1971：42-43)が主張したように、ジャワ島の北方から始まってマレーシアの東側を過ぎて臺灣海峽を通って金海の前に流れてくる海流がある。この海流は金海の前からジャワ東南海岸と鬱陵島の間を經由して元山、新浦灣を北上して樺太・北海道に至る。所謂、對馬海流である。この海流が經由する近隣地域には卵生神話が分布している。しかし、この海流が流れていない地域には卵生神話は存在しない。

古朝鮮の檀君神話と辰韓の六村長神話が天孫降臨神話であるなら、朴氏系の朴赫居世神話、昔氏系の昔脫解神話、金氏系の金閼智神話等は、卵生神話に該當する。また『加洛國記』にも6つの黃金の卵から首露王を始めとした六加耶の王が誕生した卵生神話がある。これらの卵生神話が前述した對馬海流の流れる內陸地域であるという點を留意するとき、南方から流れてくる海流と卵生神話が無關係ではないと思われる。この海流に乘って民族が移動することは簡單なことなので、卵生神話に關する事柄がすべて南方から來た民族によって生成されたという推定が可能である。この卵生神話は北方から下ってきた天孫降臨神話と對立する。なぜなら、檀君神話を初め、辰韓の斯盧國の六村長の始祖が誕生した神話が天孫降臨神話に該當するからである。そして『加洛國記』(三國遺事 卷2)に出てくる九干(九酋長)の始祖に對する神話が、詳しく紹介されてはいないが斯盧國の六村長に關する神話から類推すると、九干の始祖に關する天孫降臨神話を推定することができる。そうならば天孫降臨神話と卵生神話が重なる二重構造の樣相を呈することになる。また高句麗も二つの神話が重なる樣相を見せている。朱蒙の父が天帝子なので天孫降臨による誕生と考えられ、朱蒙は柳花が産んだ卵から出たので卵生神話に該當するものと見られる。ところで、『魏志』と『廣開土大王碑文』は朱蒙が北扶餘で生まれたと記しているが、『三國史記』と『三國遺事』には東扶餘で出生したことになっている。この二つの記錄のうちどちらを選ぶべきなのか。海流の北上地域と卵生神話の分布を結びつけて考えると當然、東海之濱の東扶餘がより妥當性があるようである。

では、ここでその神話を創った民族とその民族の言語を推定する絲口を探るために、古代朝鮮半島に分布した二重構造の神話がどのような前後關係であったかを考えてみることにする。あいにく高句麗、新羅、加羅のすべてが天孫降臨神話が先に發生し、それから卵生神話が發生した。檀君神話を念頭におくと、天孫降臨神話が先で、その分布も北から始まって徐々に東部と南部に擴散したと思われる。より後代に發生した卵生神話は南で始まって北進したものと思われる。[1] 以上のような二重構造の神話を通じて我々は韓國語の起源が南北に分かれる二重起源である可能性を豫測できる。

2.1.2. 稻・棉・蠶桑農業の流入の根源地

中國の古文獻に記されている、

馬韓・・・其人土着種稻　知作綿布(魏略)
馬韓・・・其民土着種植　知蠶桑　作綿布(魏志　韓傳)
辯辰・・・土地肥美　宜種五穀及稻　曉蠶桑　作縑布(魏志　韓傳)

等のような內容から三韓で稻作と養蠶が盛んであったことがわかる。ま

1) 金在鵬(1971：41)に次の結論がある。
檀君神話と加羅神話を比較してみると北は天孫降臨神話が、南は卵生神話が顯著だと言える。しかし新羅神話からみて、天孫降臨神話と卵生神話が重層し天孫降臨神話が高層、卵生神話が下層になっている。これを便宜上、韓國神話の二元重層性と言っているが、天孫降臨神話の分布は全國的であり、卵生神話の分布は區域的といえる。そしてその區域は現在の金海平野、慶州盆地そして咸興平野と見るべきだ。結局、卵生神話の分布地域は黃海と南海沿岸は勿論、內陸地方にはなく、半島の東南端の金海から東海岸にかけて偏在している。これは特に留意すべきことである。

た、絹織等の手工業が發達していたこともうかがえる。特に、金海の貝塚から出土した米塊は更に強く、朝鮮半島の南部で稲作が行われていたことを證明するものである。ところで、ここでの問題は稲作がどこから流入したかである。この稲作に關する傳來の經路を李丙燾(1981:285)は大陸方面から北方社會を經て來たのではないかと假定したが、筆者はむしろ、南方から直接北進して直輸入の經路を經て傳來したのではないかと推察しようと思う。あるいは、所謂、非漢族系の南方民族が住んでいた揚子江以南の支那を經由して三韓に流入したものとみることもできる。いずれにしても南方民族の北上流入という點を强調することができる。前述部分で提示した南方起源の卵生神話の分布とその分布を可能にした對馬海流を連想することができるからである。又、『魏志』韓傳に、

東沃沮　其土地肥美　背山向海宜五穀・・・又有互蠻米其中

と東沃沮でも稲作が行われたことが書かれている。また、同書に、

東濊有蠶桑 東濊作棉

と記されている內容を見ると、卵生神話が分布した對馬海流の流域であるということからそのように判斷できる。従って、南方文化が三韓時代に辯韓と辰韓に先ず流入し、次に海流の北上によって沃沮・濊・東扶餘に北進して分布した。また辯韓・辰韓から西進して馬韓にも流布したと考えられる。それで紀元前4世紀以來、三韓の移住民たちが稲作と金屬文化を日本へ傳えたと推定したLevin B.(1980：168) の主張に注目すべきである。(都守熙1989：241～244參考)

2.1.3. 阿踰陀國公主許黃玉の南方渡來

1)『三國遺事』卷2に載っている「加洛國記」の中に、首露王の妃であった許黃玉に對する記事が比較的詳しく記されている。その內容のうち本稿

と關係のある部分だけを引用して検討してみようと思う。

許黄玉に關する話のあらすじを簡單に示すと、次のとおりである。

建武24年(A.D.48年)7月27日に九干は朝會の時、首露王に懇請して、「下臣たちの娘の中で一番美しい閨秀を妃にください」とお願いした。しかし王は「私は天から降りた身なので、王妃もまた天が授けてくださるはずだからあなたたちは心配するな」と言い、留天干を京の南にある望山島に行かせて待たせ、神鬼干には乘岾で望ませると海の西南側から帆船が風に乘って北上して來た。時を合わせて王が自ら宰相(九干)を率いて擧動し、大闕の西南方60歩の山の麓に帳幕を張って王妃(許黄玉姫)を迎えることにした。王妃は別浦津に船をつないで上陸し、高いところで休みながら絹の服を脱いで山靈を祭った。

王妃が率いてきた一行は申輔・趙匡と彼らの妻である慕貞・慕良等の20餘人であり、携帶して來たたものは錦繡綾羅と金銀珠玉等、大量であった。

王妃が近付いて來ると王は進み出て迎え、秋館に入った。王妃を遂行補佐した臣下とその他の一行は階下で王に謁見し、その場を退いて二人を休ませ、王妃の持産物である金銀寶貨と疋緞綾羅は軍士に守らせた。

寢所に入って王妃が王に靜かに申し上げるに、「臣妾は本來、阿踰陀國の姫として姓は許氏、名は黄玉、年は十六でございます。臣妾が本國にいた今年の五月、父である王と母である后が臣妾にのたもふに、“私たちは昨夜の夢で黄天上帝にお目にかかったが、上帝曰く、‘加洛國王首露がまだ立派な配偶者を得ていないのであなたたちの娘(姫)を花嫁に送れ’と命じて昇天なさったが、その夢から覺めてもその聲が耳の奥に殘っているので、あなたを加洛國に送るつもりだ”とおっしゃいました。それで王様のお顔を仰ぎ見ることになりました。」

首露王はその言葉を聞いて王妃を喜んで迎え入れ固めの盃を交わし、一晝二夜を過ごして8月1日に王妃と還宮された。

王妃が乘ってきた船には沙工と船夫が15人もいた。彼らにそれぞれ、もち米10俵と布30疋ずつをあげて本國に歸らせた。

所謂、許黃玉妃に關する『三國遺事』(『加洛國記』)の記錄は首露王の神話と併せて一つの神話か說話ととらえるのではなく、李鍾琦(1977)、金鎭宇(1983:159~168)、李康玉(1987)が主張したように實話として受け入れ、これを細心に檢討しようと思う。2)

(가) 許黃玉姬が乘って來た船が、

忽自海之西南隅　掛緋帆　張茜旗　而指乎北・・・　王然之　率有司動蹕從闕下西南六十步許地

のように西南の方から北の方へ來た事實を重視しなければならない。これより少し早く首露王が留天干と神鬼干をして迎接させた望山島もやはり京南に位置した島であった。從って許黃玉姬は加洛國の都、金海の眞南に位置した島に到着しており、またそれが西南の方から北の方への航海であったわけであるから、彼女の本國である阿踰陀國は加洛國の南方のどこかになければならない。

(나) 許黃玉姬が到着したのは建武二四年戊申(A.D.48)の七月二七日である。ところが彼女は到着の日に首露王と合宮した後、一泊二日を過ごして(兩過淸宵　一經白晝)八月一日に還宮した。(八月一日　廻鑾) 3)

---

2) 李康玉(1987：144)に次のような見解がある。

許黃玉が阿踰陀國から海路、加耶に到着して首露と結婚したという記錄は事實性が希薄なものとみなされてきたが、李鍾琦(1977)の「駕洛國探査」によってある程度その事實性が立證されたと言える。李鍾琦は許黃玉が首露に會って夫婦の契りを交わした後、入宮するまでの過程を現存する地名及び、地形、遺跡を通じて追跡し、許黃玉が阿踰陀國から來たという實在人物だという事實を立證するために、首露王陵とその關連遺跡から阿踰陀國の痕跡を探し出している。その代表的なものとして「駕洛太祖王陵重修紀念碑」の螭首に刻まれている紋章、首露王陵の「納陵」正門にある裝飾板の紋樣などがあるが、それらのすべてが異國的なものであり、それらと類似したものがインドのアヨオデイア(阿踰陀國所在地)地域の紋樣裝飾から發見されるという點を擧げている。

では、許黃玉姬が本國を出發した時期はいつなのだろうか。彼女の兩親が夢を見た時期である、當年五月であろう。つまり許黃玉姬は出發時期である五月のある日から到着時期である七月末までの約二ヶ月半の間、航海して來たわけである。航海に二ヶ月半も所要したことは彼女の本國が隣の中國や日本ではないことを證言している。その船は北の方に向って來たとも、また西南から來たとも言われているので南方または西南方の遠い所に彼女の母國があると確信できる。

(다) 許黃玉姬が航海した時期が5月から7月だということに實行の可能性を確認することができる。なぜなら毎年6月~9月の間に船が東北の方に航海するのに都合のよい順風が(一名貿易風 trade wind)が吹くためである。この順航風に乘って商人たちが往來したという。また、このような順風に乘って前述した海流が西南から東北に流れるので、許黃玉姬一行の流入は現實に可能であったものと思われる。

(라) 許黃玉姬は一人で來たのではなく、申輔と趙匡という二人の補佐官と彼らの妻である慕貞と慕良を初めとした20餘人を率いた一族の移住集團であった。そして船に載せて來た物資は南方産の錦繡綾羅をはじめとする多量の金銀珠玉等であった。姬を北方にある加洛國に送るとき持たせるべき禮物と從わせる人的構成が現實に合うように備わっているという點に實感がわく。我々がここで考えることはなぜ王女を加洛國に行かせたかということである。豫備知識なしに行かせるということはなかったと思われる。早くから對馬海流と順風(6月から9月まで)に帆をかけて商人が比較的簡單に南北を往來したので、南方の諸國によく知られていたのが三韓と、それに引き續く加洛國だったのではないかと思う。

---

3) もし、記錄の內容どおり8月1日であることに間違いないならこの日に契りを結んだ後、過ごした2泊1日を差し引くと7月29日になるので許黃玉姬が到着した日は7月29日でなければならない。そうならば留天干と神鬼干が望山島で待ち始めた7月29日から1日か2日後に到着したことになる。

「加洛國記」はまた、許黃玉王女を補佐し航海して來た人的構成が二人の臣下と彼らの妻等の20餘人であるとしている。そして王女が乘って來た船の沙工(船夫)が15人もいたので、彼らにもち米十俵と布三十疋ずつを與えて本國に歸らせたことになっている。これも國家間の禮儀正しい交流で、實現可能な內容である。前述した許黃玉王女、臣下の申輔・趙匡そしてその妻たちである慕貞・慕良を除外し本國に歸らせた15人を引いても、まだ侍女5人がいたことが推測される。このような人的構成は許黃玉王女が實在人物であったことを十分に裏付けてくれるものである。

2) 上記の許黃玉の話に出てくる語彙が次のように南方系言語と近い關係であることを 說明できる事實に留意する必要がある。

(가) 阿踰陀國：許黃玉王女の母國である阿踰陀(Ayutha)はHindiの敍事詩(Hindi epicpoem)であるRamayanaに出てくるAyodhya市に該當するものと推定した(Chin-W Kim 1983)。Ayodhyaは太陽神 Manuが創建したSuriya王朝の都市であった。この都市はGanges川の支流であるSarayu川の兩岸に位置していた。Hindu詩の透徹な想像力がその都市を'妖精の國'(仙境 fairy land)と描寫した。この都市は西紀20年にKushana軍に陷落されるや、多くの市民がタイに移民しBangkokの北方50マイル地點に、現在Ayuttayaと呼ばれている新都市を建設した。許黃玉王女はまさにこのAyuttayaから渡來したのではないかと思われる。

(나) 金鎭宇(1983：164～165)で'sura'は梵語(sanskrit)で'god',king'を意味しており'suwarna'は'gold'を意味したと解釋した。ところでsuro王の語形が'sura'とほとんど同一であり、首露王がgolden egg(金卵)から誕生したことに留意する必要がある。そして許黃玉は中國の發音で hsü huang-yü であるが、これもやはり'goddes, queen'を意味する梵語 ishwariと似ている語形であると說明した。

一方從來の加羅語の異質性を逆說する唯一の史料として『三國史記』の卷

44の、

旃檀梁城門名 加羅語謂門爲梁 (斯多含傳)

から'梁'を訓音借字と考え、これを'dol'と讀んで扶餘系語が浸透したものと推定した。そしてこの'dol'(門)が古代日本語に借用されたものと推定するのが一般的な見方であった。しかし金鎭宇(1983：165)はサンスクリット語で'gate, door'を意味する單語'dwar'を加洛(加羅)語'dol'に對應させて同一系であることを論證した。筆者(1984、1989)はこの'dol'を初めとする多くの語彙要素が、後に提示する圖表8のように百濟の前期語と同質性を見せており、この同質性が古代日本語にまで浸透していることを論述した。ならばこの同質性が扶餘系語に屬するものなのか、それとも韓系語に屬するものなのか、あるいは他の第3の言語系統に屬するものか。この問題に關しては次の章で論ずることにする。

(다) 次に前述の推定を可能にするいくつかの證據を擧げてみることにする。

① 2匹の魚が向かい合ってお辭儀をする樣子と、ひまわりの模樣の太陽を盛った王の表紙(royal insignia)
② 現在、招仙臺と呼ばれている岩の表面に刻まれた加洛國第2代居登王の、長さ6mの肖像
③ 本來、許黄玉王女が到着したことを記念するために創建された明月寺の遺跡から發見された一對の蛇が絡んでいる佛の肖像
④『三國史記』の卷41列傳第1に、

金庾信 王京人也 十二世祖首露 不知何許人也(金庾信傳 上)

とあるが、首露王は果たしてどこから來た人物なのだろうか。この謎を解

くには「加洛國記」の內容を詳細に檢討する必要がある。

(a) 首露王の卽位から二年後に新畓坪に都邑を定めて″狹い土地ではあるが地形が16羅漢の主地になるに値するものであり、七星の主地が全て向かい合っている福地”という內容の中で佛教的用語に留意すること。

> 二年癸卯春正月　王若曰　朕欲定置京都　仍駕幸假宮之南新沓坪　四望山嶽　顧左右曰　此地狹　小如蓼葉　然而秀異　可爲十六羅漢住地　何況自一成三・自三成七　七聖住地・固合于是　托土開彊　終然允藏歟(『三國遺事』 卷2　加洛國記)

(b) 前述の(다)③で紹介した″蛇が脇を絡んでいる佛陀”(a snaked buddha)はいち早く韓國に紹介された中國の佛教系統のものではなく、インドから直接入ってきたものと思われる。そして首露王との技藝競爭に敗北した脫解が、

> 此盖聖人惡殺之仁而然乎

と吐露したところから殺生を嫌う佛教思想を發見する。『三國遺事』の金冠城婆娑石塔はインドの石で築かれたものである。本來は金冠城虎溪寺にあったものを許王后陵のそばに移した。この石塔に使われた石の比重と石質、そして色がインド產特有の石であることを1978年にインドの學者たちが現地で鑑定した。特にこの石塔名にある婆娑は梵語で″婆「bha」＋娑「sa」”のように分析され″一體の知惠が顯證した意味”である。このbhasaは佛教の″婆娑世界”に相當する用語であり、それは中國を經ずに直接入ってきたものと思われる。(金永泰1987：43～44)。『三國遺事』卷12「加洛國記」に、

> 元暇二十八年　卽位　明年爲世祖許黃玉王后　奉資冥福於初與世祖合御之地　創寺曰王后寺(銍知王條)

のようにA.D.452(元暇29)年に首露王と王后の冥福を祈って王后寺が建てられた。

前述した16羅漢を始めとして七星主地、蛇が脇を絡んでいる佛像、聖人惡殺之仁、婆娑石塔、王后寺等は加洛國の初期にインドの佛敎が傳來したことを立證するものであり、これまで朝鮮半島に最初に佛敎が傳えられたとして知られている高句麗小獸林王2年(A.D.372)よりはるかに早い時期(首露王の時)であるといえる。

以上、列擧した證據は首露王もやはり佛敎國である南方から來たという推定を可能にするものである。更に、

> 忽有琓夏國含達王之夫人妊娠 禰月生卵 化爲人 名曰脫解 從海而來 身長三尺頭圍一尺 ・・・云云

のように琓夏國含達王の夫人が産んだ卵から生まれた脫解が海路、加洛國に來て國を奪おうとした事件から、脫解の出生も南國であるであろう。このことはより早く首露王が南方から來た事實をを傍證するものである。

(c) 九干が朝會で首露王に王妃揀擇を懇請した時、首露王が、

> 王曰 朕降于玆天命也 配朕而作后 亦天之命 卿等無慮 遂命留天干押輕舟・持駿馬 到望山島立待

のように阿踰陀國の王女が來ることを豫見し、留天干等を南方にある望山島に行って立待させたことはそれが南方出身であったために南方から許王女が來たということを豫め知っていたという證據になる。そして許黃玉王女が加洛國に到着した後、王妃として迎えられた過程から首露王との意思の疎通が自由にできたことも互いに同一言語圏の出身であったためだという點を强調することができる。

(d)「三國遺事」卷2「加洛國記」に記されている、

① 其地待從媵臣二員 名曰申輔・趙匡 其妻二人號慕貞・慕良

② 王妃泉府卿申輔女慕貞　生太子麻品(居登王條)
③ 王妃宗正監趙匡孫女好仇　生太子居叱彌(麻品王條)

のような內容に依據するが首露王は許黃玉王女に隨行した申輔に泉府卿という位を、趙匡には宗正監という位を與えた。そして申輔の娘は第二代の居登王の王妃になり、趙匡の孫娘は第三代の麻品王の王妃になった。このような國婚の內幕は加洛國の支配族が南方から來た移住族であった可能性を見せているので溫祚・沸流が南下して支配族になったように、首露もやはり南方から入って來た支配族の始祖とみることができる。[4)]

(라) 前述した內容を根據に、朝鮮半島の南方からある言語族が北進し渡來した可能性が十分に考えられる。ここで考慮してみることは首露王と許黃玉王妃の集團がより早い時期に朝鮮半島の中南部に分布していた言語族と同系か、そうでなければ渡來後、土着語に對する支配族の言語(superstratum)であるかの疑問が提起されるが、二人とも南方から來たことが眞實ならば、そのようなことは首露王と許黃玉以前にも可能であったかもしれない。そう考えると、より早い時期の三韓語も南方系であった可能性を排除することはできなくなる。

2.2. 南方・北方の複數起源の問題

今まで筆者は韓系語の南方起源を主張する根據をもとにいろいろな角度から論議をした。では、韓系語はどの言語と親族關係があるのだろうか。大野晋(1970:138)は古代日本語から非アルタイ語的な要素を人體の部分名稱から探した。そしてこれらが韓國語と半(semi)體系的に次のように對應して

4) 都守熙(1987：331～332)は、申輔の妻と居登王妃の名前が同じであることについて次のように推論した。
「駕洛國では臣下の妻を王妃に迎えたか、それとも娘の名前を母親の名前と同じように呼んだかの二つのうちの一つであるに違いない。

いることを力說した。

中世韓國語	古代日本語	
pae (腹)	para	'belly'
chyŏt (乳)	cici(titi)	'breast'
aguri (口) 5)	kuti	'mouth'
hŏri (腰)	kösi	'waist'
poji (陰部)	pötö	'vulva'

特に大野氏は日本語 puka 'lungs'と韓國語 puhwa(부화)を對應させ、これがニュージーランドのmaoriではpuka、スマトラのMentawaiではbagga、ニューギニアではpoka、フィリピンのvisaya島ではbagaなどのように對應することを指摘した。また、大野氏は開音節(opensyllables)の音韻論的構造、尊敬法體系、聲調體系、數詞の意味體系等が非アルタイ語的な言語要素と指摘した。大部分のアルタイ系言語とは違い古代韓國語、現代日本語、ポリネシアの言語が開音節的(open syllabic)である。6) 所謂、敬語法體系はアルタイ系言語では消極的であるのに韓國語と日本語では積極的であるこの體系が、ponapean語、Thai語等にも存在していることが確認されている。韓國語と日本語がもっている聲調體系もやはり非アルタイ語的な資質であり、Vietnam語、Thai語、Mon Khmer語等東南アジアの言語からも發見される。このような非アルタイ語的な要素を我々は次のように付け加えることができる。

---

5) 'aguri'='kuti'は韓國語の'아구리'を'아+구리'と分析することができるときのみ可能である。しかし日本語に同義語で'aku'があるので'aguri'='agu'と對應させることがもっと妥當であろう。韓國語に'akari'(<aku＋ari)、'akuchɛŋi'(<aku＋chaŋi)、'akami'(<aku＋ami)のように日本語のakuに該當するakuがあるからである。かえって前期百濟語の'口'を意味する'holci' (忽次)、koci(古次)がより完璧に日本語の'kuti'に對應するものとみるのが正しいであろう。

6) 都守熙(1987b：1～26)で(A)*CVCV>*CVyV>*CVV>CVy>CV規則と(B)*CVCV>*CVCø>*CVC規則を論議した。ここで(A)の＊CVCV形と(B)の*CVCV形は本來、同一の開音節であったと推定する。

中世韓國語	古代日本語	
syŏm(島)	sima	‘island’
pat(畑)	pata	‘field’
pata(海)	wata	‘sea’
mom(身)	mu	‘body’
nat(鎌)	nata	‘sickle’
yŏrŏ(諸)	yörö	‘many’

等の語彙もやはりアルタイ語群から發見されないという。數詞體系においても百濟の前期語と古代日本語間では、

百濟語	日本語	
$uc^{h}a$(五)	its	‘five’
mil(三)	mi	‘three’
nanɨn(七)	nana	‘seven’
tŏk(十)	töw	‘ten’

のように對應するが、現代韓國語の數詞體系とは全然違う。上記の數詞體系のうちnanɨnだけがツングース語系のnadan(女眞語)と對應するのみで、殘りはアルタイ語系のどの言語とも對應しない。ただon(全) ‘hundred’とcɨmɨn(千) ‘thousand’ だけがトルコ語とツングース語に對應するのみである。

このような言語狀況と前述の言語外的な事實を併せて考えると、我々は韓系語の起源を南方から探すこともできるようだ。ただし、前に提示した非アルタイ語的な言語現狀が南方からの親族關係であるか、それとも借用關係であるかの問題は殘る。しかし、東南アジアから古代朝鮮半島の三韓地域にある言語が北進して來たことを推定するのに反對する必要はないであろう。

では、南方から朝鮮半島中南部に傳わった言語はどの系統のものであるのだろうか。マレー・ポリネシア系の言語であるのか、それともドラビダ系の言語であるのか。あるいはこの二つの系統の言語ではない別の言語なのだろうか。もしそれが借用語の關係ならばいろいろな言語から複合的に借用される可能性があるが、そうでないとしたら一つの系統の言語であることになるがその親族關係の言語がまさにドラビダ語系である可能性があるように見える。先に推定した首露王と許黃玉皇后の到來を念頭に置く時、これよりはるかに早い時期に同じ所から同一の方法で移住して來た先住族がいた可能性があるためだ。インドの全地域に先住したドラビダ語族がB.C.1,000年頃にインドヨーロッパ語族に屬するインドーイラン語族(Aryans)の進入で北方から南部に押し出され、一部はマレーシアに一部は東南アジアの諸島に分散した。このような分散の渦中、一部は海を越えて朝鮮半島に到來したとHulbertは主張した。7) この主張を論證するためにHulbert(1905)はTamil語と韓國語を語彙的、形態的、そして類型的な面から比較したが、その一部を次に紹介する。

	韓國語	タミール語	
(A)	n, ni	ni	‘you’
	na	na	‘I’
	kwi	kevi	‘ear’
	namu	namu	‘wood, tree’
	pi	pey	‘rain’
	khal	kadi	‘knife’
	tol-	tiru	‘turn’
	mək-	meyk	‘eat, food’
	tat-	satt	‘shut’

7) Dravidian語はインドの南部、スリランカそしてパキスタン等で使用されている言語で、その語族には代表的なものとしてTelug語、Kanuda語、Malyala語そしてTamil語等がある。

o-	wo	'come'
cuk-	chak	'die'

(B)Korean : salー 'to live' +am(suffix)=salam 'human, person'
Tamil : nil 'to stand'+am(suffix)=nilam 'ground'
K : khal kajigo(knife-having) 'with a knife'
T : kadi kandu (knife-having) 'with a knife'

等を始めとして格表示、時制表示、指示代名詞、數詞等の相似性を提示した。

このような外的比較によって判明した類似性が體系的(内的)比較を通して抽出されるという類似性ほど信憑度が高いものはない。しかしそれがインドヨーロッパ語を初めとした他の系統の言語との比較からはほとんど探し出すことのできない類似性であるために、たとえ不完全な比較の結果であったとしても、そのまま我々はHulbertの主張に留意することになる。

ではドラビダ語族はどの系統の言語族であったのだろうか。Burrow(1943), Bouda(1953)、Sebeok(1945)、Tyler(1968)などはドラビダ語族がウラル語の系統であると推定した。一方、Meile(1949)、Menges(1964、1969)などはドラビダ語族がアルタイ語族と親族關係があると試論もした。ここで我々がドラビダ語をウラル語系に屬すものとして假定し、[8] 韓國語に對する從來のアルタイ語族説を一端、受容すれば、次のような圖表(6)が描かれることになる。

8) Caedwel(1856), Burrow(1943), Sebeok(1945), Bouda(1953), Tyler(1968)等ではドラビダ語とウラル語の親族關係が論議され、Meile(1949), Menges(1964, 1969)等ではアルタイ語との 親族關係が論議された。

<圖表 6>

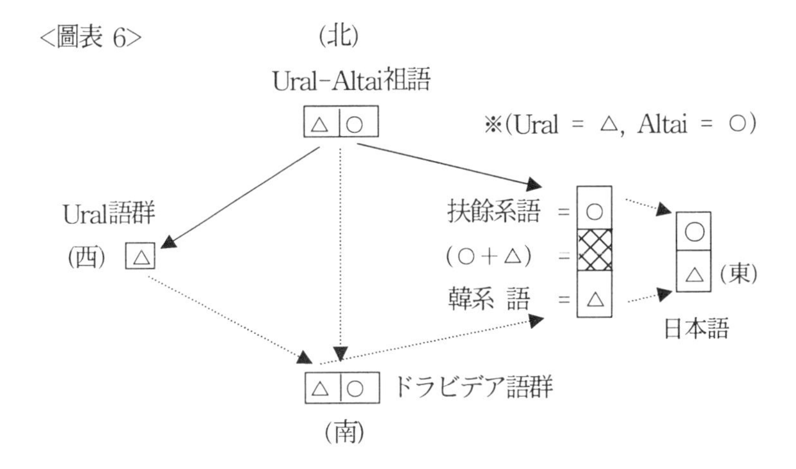

最初はウラル・アルタイ語族から出發した二つの語群が一つは極東に、もう一つは極西にそれぞれ行進して一端、定着し、再び極西のウラル語族の中の一群が南進してインドに定着した後、インド・ヨーロッパ語族(Aryans)の侵略によってインド南部に押し出されながら一部が再び東北に到來して朝鮮半島南部に定着したものが韓系語であると推定できるであろう。從って古代朝鮮半島の言語狀況は南滿州一帶と朝鮮半島北部には所謂アルタイ語系の扶餘系語が分布しており、中・南部にはウラル語系(またはアルタイ語系) のドラビダ語が南方を經由して再び極東の三韓地域に北進したと推定することができる。そうでなければアルタイ語系の一つの語族が中央アジアを通ってまっすぐに南進したあと長い歲月にわたり定住して互いに大變疎遠になった後代に古代朝鮮半島南部に北進到來したものと假定することができるであろう。

3. 馬韓語の版圖と馬韓語史

3.1. 馬韓の版圖

3.1.1. 古文獻による推定版圖

李承休(A.D.1287)の「帝王韻紀」卷下に、

稱國者　馬有四十　辰有二十　辯有十二

のように記述されている。この內容は「後漢書」(東夷傳 韓傳)に、

馬韓有五十四國　辰韓有十二國　辯辰亦有十二國・・・・凡七八國　伯濟是其一國焉

とされている國の數と大きな差がある。前の二つの記述內容を比較してみると、이승휴の主張は72ヶ國であり中國側史書の78ヶ國に比べて6ヶ國も足りない。そして馬韓の國數が40ヶ國であるのに對して辰韓のものは20ヶ國に增えている。なぜ李承休がこのように違う記述をしたのかその根據は分からないが、ともかくこれは三韓の所有國が中國古文獻の內容と違った記錄になっている最初の國內の主張であるという點に大きな意味がある。李承休は國名をいちいち列擧せずに、すでに知られていた‘辰有十二國’に馬韓から8ヶ國を拔いて合わせたのではないかということが疑問である。そうだとすると馬韓54ヶ國のうち8ヶ國を省いたら46ヶ國が殘るが、‘辰有四十’と言っているので6ヶ國の所在が分からなくなる。李丙燾(1981：266)が再配置した馬韓43ヶ國、辰韓23ヶ國と比較すると李承休の內容は馬韓、辰韓ともに3ヶ國ずつ足りないことになる。しかし、これらが前述の所在の分からない6ヶ國に該當するようだ。二つの說に從って三韓諸國を再調整すると、馬韓43(または40)、辰韓23(または20)、辯韓12になるが、辰韓・辯韓を合わせると35(または32)ヶ國になる。ここで馬韓と辯・辰韓の國數を比べると43：35(または40：32)というほとんど對等な比率になる。これは三韓の母體である‘辰國’が一端、馬韓と辰韓にほとんど對等に兩分され、その後再び辰韓から辯韓が分けられたと思われる根據になるであろう。(都守熙1990：31～69　參考)

このように再調整した國の數をみると馬韓が辯・辰韓を合わせたものより若干多いが、その領土の大きさでみると反對であったと推定される。從って辰韓語の版圖も從來の說とは違い、その勢力は倍に近いほど强勢であったと考えなければならないだろう。

三韓の位置問題に關する史學界の見解は大きく二說に對立している。一つは馬韓の領域を京畿・忠清・全羅地方、辰韓の領域を洛東江の東側の慶尙道地方、辯韓の領域を洛東江の西南側の慶尙道地方に推定する從來の說であり、もう一つは馬韓を安城川以南の忠清・全羅道地方に、辰韓を禮成江以南の京畿地方と嶺西の江原地方に、辯韓を嶺南地方に推定する說(李丙燾, 1959：277～278)である。また李丙燾(1981：266)は'馬韓'54國のうちその最初の國名である爰襄國を初めとして「牟水國」・「桑外國」・「小石索國」・「大石索國」・「優休牟涿國」・「臣濆活國」・「伯濟國」・「速盧不斯國」・「古離國」・「奴藍國」等の11ヶ國は全て辰韓の諸部族に推定されるとした。都守熙(1987：191, 198)は「魏志」(韓傳)に記錄されている順番に從って14番目の(月)支國を除外した1番から15番までを京畿圈に分布していたものと推定した。そうならば李柄燾(1981：266)の11ヶ國に「咨離牟盧國、日華國、古誕者國」等3ヶ國が追加されて總14ヶ國が辰韓に隷屬しており、殘り40ヶ國だけが馬韓の國名になっていることになる。この主張に妥當性を與えるものは'卑離'の分布版圖である。

3.1.2. 地名語による推定版圖

所謂、馬韓語の地名語尾'卑離'を承繼したものと推定される百濟語の地名語尾'夫里'がどのように分布しているかを次の(圖表7)でみると、やはりその分布が忠清・全羅地域に局限されていることを確認することができる。その反面 '揔'が分布している中部地域の語彙要素が辯韓(>加羅)地域に分布しているという異彩な現狀は次の圖表8から確認される。このような地名語の特異な分布狀況は三韓の位置と馬韓の版圖を推定する一つの根據になるものと思われる。この問題は次の4.2でより具體的に論述することにする。

<圖表 7>

●忽·骨 ▲伐 △火 ■夫里 ○不確實

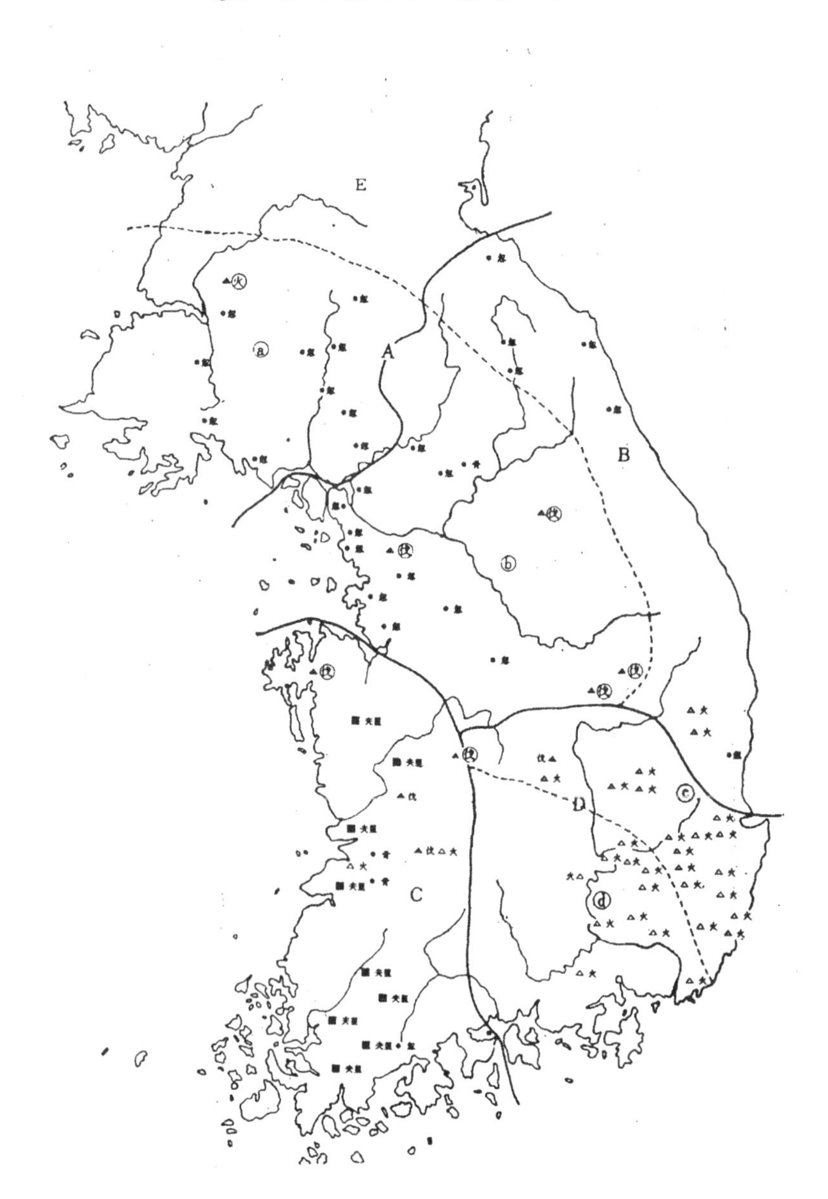

<圖表 8>

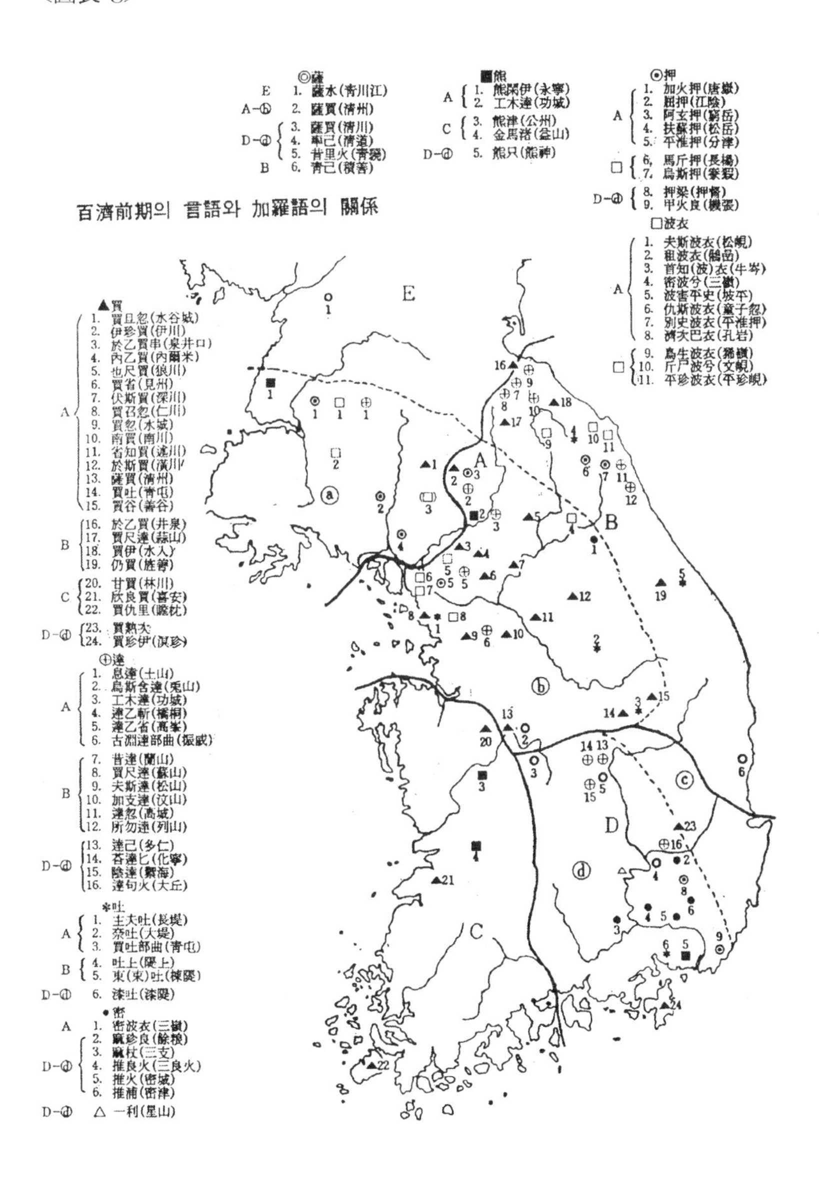
◎薩
E 1. 薩水(青川江)
A-ⓑ 2. 薩買(淸州)
D-ⓓ 3. 薩買(淸川)
4. 率己(淸道)
5. 昔里火(青驍)
B 6. 靑己(積善)
■熊
A 1. 熊閑伊(永寧)
2. 工木達(功城)
C 3. 熊津(公州)
4. 金馬渚(益山)
D-ⓓ 5. 熊只(熊神)
⊙押
A 1. 加火押(唐嶽)
2. 屈押(江陰)
3. 阿玄押(穰岳)
4. 扶蘇押(松岳)
5. 平淮押(分津)
□ 6. 馬斤押(長楊)
7. 烏斯押(豢猳)
D-ⓓ 8. 押梁(押督)
9. 甲火良(機張)
百濟前期의 言語와 加羅語의 關係
□波衣
A 1. 夫斯波衣(松峴)
2. 租波衣(鵂嵒)
3. 首知(波)衣(牛岑)
4. 密波兮(三嶺)
5. 波害平史(坡平)
6. 仇斯波衣(童子忽)
7. 別史波衣(平淮押)
8. 濟次巴衣(孔岩)
□ 9. 烏生波衣(猪嶺)
10. 斤尸波兮(文峴)
11. 平珍波衣(平珍峴)
▲買
A 1. 買旦忽(水谷城)
2. 伊珍買(伊川)
3. 於乙買串(泉井口)
4. 內乙買(內爾米)
5. 也尺買(狼川)
6. 買省(見州)
7. 伏斯買(深川)
8. 買召忽(仁川)
9. 買忽(水城)
10. 南買(南川)
11. 省知買(述川)
12. 於斯買(潢川)
13. 薩買(淸州)
14. 買吐(青屯)
15. 買谷(善谷)
B 16. 於乙買(井泉)
17. 買尺達(蒜山)
18. 買伊(水入)
19. 仍買(旌善)
C 20. 甘買(林川)
21. 欣良買(喜安)
22. 買仇里(臨杭)
D-ⓓ 23. 買熱次
24. 買珍伊(溟珍)
⊕達
A 1. 息達(土山)
2. 烏斯含達(兎山)
3. 工木達(功城)
4. 達乙斬(橋桐)
5. 達乙省(高峯)
6. 古淵達部曲(振威)
B 7. 昔達(蘭山)
8. 買尺達(蒜山)
9. 夫斯達(松山)
10. 加支達(汶山)
11. 達忽(高城)
12. 所勿達(列山)
D-ⓓ 13. 達己(多仁)
14. 呑達匕(化寧)
15. 陰達(觀海)
16. 達句火(大丘)
*吐
A 1. 主夫吐(長堤)
2. 奈吐(大堤)
3. 買吐部曲(青屯)
B 4. 吐上(隄上)
5. 東(束)吐(棟隄)
D-ⓓ 6. 漆吐(漆隄)
●密
A 1. 密波衣(三嶺)
D-ⓓ 2. 贏珍良(餘粮)
3. 贏枝(三支)
4. 推良火(三良火)
5. 推火(密城)
6. 推浦(密津)
D-ⓓ △ 一利(星山)
E
A
B
C
D
ⓐ
ⓑ
ⓒ
ⓓ

3.2. 馬韓語史と古代國語の時代區分

3.2.1. 馬韓語史に關して

三韓のうちその歷史が一番長かったのは馬韓である。これは'馬韓が百濟の近肖古王の時代(西紀346~375)まで存續した'という史家たちの主張から確認することができる。それにもかかわらず大部分の知識人たちは紀元前18年に馬韓が敗亡するやその場所にすぐ百濟が建國したように錯覺している。馬韓史に對するこのような誤認は馬韓語史を百濟が成立する前までの言語史に局限させて連鎖的な錯覺に陥らせる。

しかし、馬韓史の敗亡時期はより愼重に再構される必要がある。萬一、馬韓の政體が單一國家であったなら一時に滅亡したものと推定できる。しかし54(または40)の部族國に結束された連合體であったという事實を新しく認識しなければならない。古代の朝鮮半島における部族國の分布は大方そのようであったと思われる。これは新羅が加羅を統合する前段階から隣り合っていた群小部族國を漸次倂呑していった事實から證明される。もう少し具體的に記述するなら新羅は辰韓12ヶ國の一つである斯盧國から興起して終始一つの部族國として存在しながら脫解尼斯今の時代(A.D. 57~79)に居道干に '于尸山國'と'居柒山國'を倂呑させたことを始めとして、婆娑尼斯今23年(A.D.102)に'音汁伐國'を倂呑し、同29年(A.D.108)に'比只國, 多伐國, 草八國'を統合し、また'悉直國'が降服した。そして祗摩尼師今の時代(A.D.112~133)に'押梁小國'を攻略した。助賁尼師今2年(A.D.231)に'甘文國'を統合して、7年(A.D.236年)には'骨伐國'を倂合した。沾解尼師今の時代(A.D.247~261)に'沙伐國'を攻略し、伐休尼師今2年(A.D.185)に'召文國'を攻略したことがある。智證麻立干13年(A.D.512)に'于山國'が歸服した。

以上のように、新羅は、漸進的に隣の部族國を倂合して結局は加羅諸國を一つ一つ攻略して最終段階で大加耶が自ら屈服するようにしたのである。新羅に倂呑される以前の六加耶も實は前段階の群小部族國を6國に統合する過程があったこと思われる。従って于尸山國、居柒山國、沙伐國、多婆那國、音汁伐國、押督(梁)國、比只國、多伐國、草八國、召文國、甘文國、骨伐國、伊西國、于山國等は斯盧國が新羅に變わった後もずっと存在した辰韓の後期または末期の國名である。

馬韓54(または40)國も決して瞬時にして滅亡したのではない。新羅が近い部族國から漸次併呑した方法と似たやり方で百濟に近接した部族國を北部から徐々に征服したのである。距離關係でその統合が容易ではなかった耽羅國(濟州島)が文周王2年(A.D.476)まで健在であったという事實からしてもそのように推定することができるであろう。前述した辰韓の內容を根據に筆者は近肖古王24年(A.D.369)頃に百濟が馬韓の昔の土地を全て占領したという歷史家の主張に同意する。

實際に馬韓の歷史がいつ始まったのかを正確に知ることはできないが、前に推定したように朝鮮半島の北部と南滿州一帶に所謂、扶餘族の各派が班圖をなしていた時期に、南部に位置していた勢力が韓系のいろいろな部族であったのなら、馬韓史も紀元前3世紀頃から起算できるであろう。その6世紀あまりのうちの半分は百濟の建國以前に該當しており、また殘り半分は百濟史の前期と竝存した時期に該當する。從って馬韓は百濟とは何の關係もなかった前期と、百濟と對置狀態を維持してきた後期に分けることができるであろう。

3.2.2. 古代國語の時代區分と馬韓語の位置

前に推定したように馬韓史を約6世紀間と捉えると、前期3世紀間は衛氏朝鮮の末期とその滅亡後の1世紀間に存在した期間であり、後期3世紀間は百濟と共存した期間だといえる。從って馬韓語史は古代韓國語の時期においてその前期が隣の先後國と重なるものと把握される。古代朝鮮半島と南滿州一帶に分布していた言語の關係を圖示すると2.2の圖表1のようになる。新羅の統一で高句麗は百濟の前期地域語と濊貊語地域だけを新羅に讓歩しただけで、高句麗の本土はそのまま渤海が承繼したため、その後に續く言葉を渤海語に暫定した。

4. 馬韓地名の構造とその分布

4.1. 馬韓地名の構造とその特徵

馬韓のすべての地名に接尾している'國'を取り除き、殘った部分だけを文字(音節)數に從って分類すると次のようになる。3章で推定した班圖內の實質的な馬韓の國名は40個であるが、ここでは魏志(韓傳)に記載されている54國名を中心に分析する。

(A) 2字地名(34個) (次の數字は位置の配列順序ではない)

① 奚襄　② 牟水　③ 桑外　④ 伯濟　⑤ 日華　⑥ 古離
⑦ 怒藍　⑧ 月支　⑨ 古奚　⑩ 莫盧　⑪ 卑離　⑫ 巨釁
⑬ 支侵　⑭ 狗盧　⑮ 卑彌　⑯ 古蒲　⑰ 冉路　⑱ 兒林
⑲ 駟盧　⑳ 感奚　㉑ 萬盧　㉒ 一離　㉓ 不彌　㉔ 支半
㉕ 狗素　㉖ 捷盧　㉗ 莫盧　㉘ 古臘　㉙ 一離　㉚ 狗奚
㉛ 不雲　㉜ 爰池　㉝ 乾馬　㉞ 楚離

(B) 3字地名(12個)

㉟ 小石奚　㊱ 大石奚　㊲ 臣濆活　㊳ 臣蘇塗　㊴ 臣雲新
㊵ 古誕者　㊶ 素謂乾　㊷ 致利鞠　㊸ 臨素半　㊹ 占離卑
㊺ 內卑離　㊻ 辟卑離

(C) 4字地名(8個)

㊼ 優休牟涿　㊽ 咨離牟盧　㊾ 牟盧卑離　㊿ 速盧不斯
51 如來卑離　52 監奚卑離　53 臼斯烏旦　54 不斯濆邪

(D) 5字地名(1個)

55 楚山塗卑離

上に提示したように全體の54(55)個の地名のうち、34個の地名が2字の地名である。これは全體の63%に相當する。また3字の地名は12個で約22%、4字の地名が8個で約15%である。従って馬韓の地名の基本構造は2字(または2音節)單位であったといえる。ところが中國の地名に對する古代の記録を史記の中に探してみると、

秦王政立十六年 初竝天下 爲三十六郡 號爲始皇帝 始皇帝五十一年而崩(史記秦本記 第五)

二十六年 分天下以爲三十六郡 郡置守尉監(史記 秦始皇帝本記 第六)

［集解］秦三十六郡者：

三川 河東 南陽 九江 鄣郡 會稽 潁川 碭郡 泗水 薛郡 東郡 琅邪 上谷 漁陽 右竝平 遼西 遼東 代郡 鉅鹿 邯鄲 上黨 太原 雲中 九原 鴈門 上郡 隴西 北地 漢中 巴郡 蜀郡 黔中 長沙 內史

のように紀元前221年に秦の始皇帝が全國を36郡に分割し命名した地名の大部分(36のうち25)が2字名であることと似ている。

馬韓の地名のうち34個の2字名と上記の秦の地名を對照した結果、同一名は見つからなかったが、その基本單位の構造が中國の古地名と同一だという點から、秦以前から形成されてきた中國式地名の影響を多かれ少なかれ三韓が受けたのではないかと思われる。

馬韓の地名を繼承した百濟の地名(前・後期)と馬韓の地名を比較してみると、3字の地名が馬韓の地名よりはるかにたくさん發見される。次に『三國史記』 地理4(高句麗、百濟の地名)を中心にその內容を檢討してみることにする。都守熙(1980)は百濟前期の地名(所謂、地理4の高句麗の地名)から推定した121個の地名のうち73個が3字の地名(または4字の地名)であり、殘り48個が中國式2字名である。また百濟後期の147個の地名のうち64個が3字の地名である。しかし『三國史記』地理4に現れる中國式2字名は新羅の京德王(16年、757)が中國式の2字名に改定する以前の三國時代に既に時おり改定されていたものと思われる。例えば'熊津・白江'は百濟時代に既に中國式に表

記されていた地名である。しかしこれらはあくまで表記地名であり、實際の呼稱は'웅진(ウンジン)・백강(ペクカン)'ではなかった。百濟が使用した呼稱は'*고마ᄂᆞᄅᆞ'と'*사비ᄀᆞᄅᆞᆷ'であった。『龍飛御天歌』の地名の注釋を初めとして最近に至るまで中國式表記の地名が實際には固有語の地名で呼ばれてきたことを我々は地名史から確認できる。語彙の中でも地名語はその固有性が一番强いことを考慮すると、早い時期に遡るほどその固有性が完全に守られていたものと推定される。

この考え方によれば、三國時代以前の三韓時代には更に純粹な固有語の地名だけが存在していたものと思われるが、上に提示した馬韓の地名の構造は以外にも中國式2字名の數が壓倒的に多い。古代における三韓と漢の文物の交流が非常に活發であったことが慶尙南道 의창郡 다호리の古墳から發見された、いろいろな遺物が證言していることは周知の通りである。漢の時代またはそれ以前から押し寄せてきた先進文化と一緒に地名の命名(或いは表記法)が入ってきたのではないかと思われる。

4.2. 馬韓の地名の分布

馬韓54國の位置をどのように推定するのかという問題を解くには、まず二つの基準をたて、それらによって分布の輪郭を大まかにとらえようと思う。

『三國志』の魏志に記錄されている馬韓の地名の順序に注目すると、それは無秩序に記されたものではなく、一定の基準に基づき順番に記されたものである。しかし、北から南へなのか、それとも東から西へなのかはまだはっきりしない。この難題を解く緖口は、下記から得られるようである。

その1:周知の通り、百濟の地名語尾'夫里'の前身は'卑離'である。ところがこの'卑離'を接尾した地名は馬韓54國名中、19番目から始まりそれ以後は散在しているという事實である。これを基準に全體的な位置を推定すると、1爰襄~18莫盧はより北部に位置していたものであり、19(卑)離~55楚離は中部と南部に位置していたものと思われる。百濟の沙羅(沙尸良)に該當する'駟盧'の順序が30番目に位置しており、百濟の碧骨(または波夫里)に該當する夫里の順序は34番目である。これらの'卑離'を'夫里'の分布に合わせてみるとその輪郭がもっとはっきりとするであろう。

その２：北部に分布していた１～18までの位置は、まずその基準地を伯濟にとればよいだろう。なぜなら伯濟の後身が百濟である可能性があり、またこの伯濟の順番がほとんど中央に該當する8番目であることからこの伯濟を東西南北に圍んでその他の地名(1ー7、9ー18)が分布していた可能性が濃い。

ここで李丙燾(1959)、鄭寅普(1946)が考證した馬韓54國の位置と、その後繼承された地名の推定內容を一つ一つ點檢してみると、その配列順序が非常に無秩序であることがわかる。つまり原典に記錄されている順序に從い(1)～(20)までの分布を鄭寅普(1945：112～124)の推定によって配置すると、(1)、(2)、(3)、(8)、(10)、(13)、(14)だけが京畿圈にあり、(4)、(5)、(6)、(11)、(12)、(19)、(20)は全羅北道に、(7)、(9)、(18)は全羅南道に散在しているという事實に直面する。その上(26)、(37)は辯辰地域まで散在している。しかし旣に提示したように原典の記錄がこのように無秩序な配列ではないのでこの推定位置はとりあえず否定されなければならない。

しかし李丙燾(1959：283～289)の'位置配定表'は非常に興味深いものである。未詳と處理された(10)、(11)、(16)、(17)、(18)を除けば(1)～(15)までは京畿圈に分布しており、殘りの地名は忠淸・全羅地域に分布している。ここで二人の位置比定內容を比較すると、李丙燾(1959)がより合理的な順序を見せていると言えるであろう。しかし、これも19番目以降の地名の分布は多少の無秩序さが感じられる。なぜなら順序では、ある秩序だったグループを作ることができないからである。(都守熙、1987：199～200の圖表Ⅰ、Ⅱ參照)

ここで我々は馬韓地名の形態の特徵によった分布グループを假想してみる必要がある。まず、同一の接尾語をもつ形態を分類してみることにする。

a　　　b　　　c　　　d

A群：‘-盧’=(9)(15)　(18)(23)　(30)(33)　(40)(41)(43)　<9個の地名>

e　　　f

B群：‘-卑離’＝(19)　(44)(45)(46)(49)(51)(52)(55)　<8個の地名>

このA群からa、b、c、dのような下位隣接グループを想定することができる。またB群からは(19)だけが非常に遠い所にある。fは互いに隣り合った分布を見せている。一方A群は(10)からほとんど全域に擴散しているのに對して、B群は(19)だけを例外にすると中部以下に始まって秩序正しく配置されているのが分かる。

以上から明らかになったように、馬韓54國の位置推定は、原典に記録された位置の順序を一端基準にしてA群とB群の位置を探さなければならない。そして'伯濟'を基準にした(1)～(20)までの位置を推定すると馬韓54國の3分の2はその位置が想定されるであろう。

5. 語彙の分布とその特徴

5.1. ‘卑離’の分布と後繼形

馬韓の地名語尾のうち一番獨特なものがこの‘卑離’である。先ず、‘卑離’を接尾している地名を次に擧げてみる。

⑪ X＋卑離　㊹ 占＋卑離　㊺ 內＋卑離　㊻ 辟＋卑離　㊾ 牟盧＋卑離
(51) 如來＋卑離　(52) 監奚＋卑離　(55) 楚山塗＋卑離

ところで、これら馬韓の地名のうち2字名から(6)古離(22)一離(34)楚離の‘離’が表記または傳承過程において‘卑’を取った縮略形なら、その原形を‘古卑離、一卑離、楚卑離’と復元できるので、3個の‘一卑離’語尾地名を更に追加できる。このことは次のような二つの側面から見出される。

一つは馬韓地名の2字名のうち(11)卑離が先行語素を失っているようであり、3字名から(44)占卑離(45)內卑離(46)僻卑離(6)等の先行の語素がすべて1字(1音節)であるので(44)占ー(45)內ー(46)僻ーと合わせて(6)古ー(22)一ー(34)楚ーが地名語の構造上、可能であるためだとみる。さらに'ー卑離'の後繼形として現れる百濟の地名語尾'夫里'が、

所夫里(扶餘郡)、古良夫里(靑正縣)、古眇(古沙)夫里(古阜郡)、夫夫里(澮尾縣)、未冬夫里(玄雄縣)、半奈夫里(澮南縣)、毛良夫里(高敞郡)、仁夫里(竹樹、爾陵夫里)(陵城郡)、波夫里 (富里縣)、古莫夫里(古馬彌知縣)

のように10例も殘存しているので先後の數がほとんど同じということに留意する必要がある。

二つめに、百濟の地名語尾'夫里'がただ馬韓の故地であった忠清・全羅地域だけに分布していることは圖表7から確認できる。從って、その前身である'卑離'の分布もやはり同一地域に局限していたという事實が分かる。しかし、この'卑離'が京畿地域に分布した地名(馬韓または辰韓)と、所謂辯韓・辰韓24國名からは全然見付からない。にもかかわらず'夫里'と密接した關係がある'火'(または伐)が大體において洛東江の東側から本來の新羅地域に分布していることも圖表7から確認できる。

では次に'卑離>夫里'と'火'の關係をみてみることにする。

李崇寧(1971：336)は'火'形：'夫里'形から'火'形を'夫里'形の轉借形と考えた。その根據を中世國語と方言に多く現れる'털-터리、부헝-부헝이、그력-그려기、굼벙-굼벙이'のような'語幹+이(接尾辭)'の語形擴大に求めた。しかし、次のいくつかの理由から筆者はこの主張に同意することができない。

一つは、韓國語の語彙發達は擴大と縮小の二つの道をたどってきたことを都守熙(1984：49~56) '百濟語の二つの音韻變化規則'を通して次のように論證した。

(1) *nari(川)>naøi>nai>nay>nɛy>nɛ

(2) *mori(山)>moøi>moi>moy>mÖy>mÖ

(3) *mari(水)>maøi>mai>may>mɛy>mɛ

(4) *nuri(世)>nuøi>nui>nuy>nüy>nü

(5) *hɨri(白)>hɨøi>hɨi>hɨy

(6) *pʌri(腹)>pʌøi>pʌi>pay>pɛ

(7) *ori(瓜)>oøi>oi>oy>Öy>Ö

(8) *turi(後)>tuøi>tui>tuy>tüy>tü

(1)~(8)を根據音韻變化規則r>ø/V－Vが設定できる。

(1) *mʌri(宗)>mʌrø>mʌr

(2) *puri(原)>purø>pur~pər

(3) *muri(衆)>murø>mur

(4) *tari(高、山)>tarø>tar

(5) *tani(谷)>tani>tan

(6) *siri(谷)>sirø>sir

(7) *kori(洞)>korø>kor

(8) *mɨri(水)>mɨrø>mur

(1)~(8)を根據に音韻變化規則Ｖ>ø/－＃が推定できる。

二つめはもし‘火’形の轉借形が‘pＶr’形で現れたなら一度ぐらい再構してみる價値があるが、辯韓・辰韓の地名からは‘火’形の前身が見付からない。その反面‘夫里’形の前身は現れるがその轉借形が‘pＶr’形ではなく‘pＶrＶ’形、卽ち、‘piri’であるという點である。これは三韓時代における單語が開音節、つまり、＊pＶrＶであったことを確信させる。結論は、

卑離>夫里>火

のように通時的にその語形が縮小されるとしても、

火>夫里>卑離

のようにその擴大行爲が決して逆行しないと推定するしかない。

三つめは百濟が聖王16年(A.D.538)に首都を公州から扶餘に移す前のその場所の地名は'所夫里'であった。この'所夫里'が今でも正確にそのまま使われている。現、扶餘博物館のすぐ前の村はいまだに'所夫里'と呼ばれている。これは公州の'곰나루(コムナル)'をそこに住む老人たちは'고마나루(コマナル)'と呼んでいる事實と一致する。従って'火'形は'고마(コマ)>곰(コム)'のように'夫里>火'と縮小されるであろう。

一方、高句麗地域と百濟地域(A.D.475年までの京畿も廣州を中心にした地域)に分布していた'忽'形も(圖表7參考)その轉借形は'＊kVrV～＊hVrV'のような開音節(2音節)の語形であったものと推定する。ここで中國式に記錄された次の內容を深く吟味してみる必要がある。

溝漊者句麗名城也<魏書 東夷傳>
溝漊者句麗城名也<北史高句麗條>

高句麗語の'溝漊'と滿州語の'gurn, golo, holo'を根據に'忽'も起源的には2音節の單語が末母音の脫落によってその語形が單音節に縮小されたものといえる。

これまでの論議を根據に＊pVrV語形の發達經路を表で見ると次のようになる。

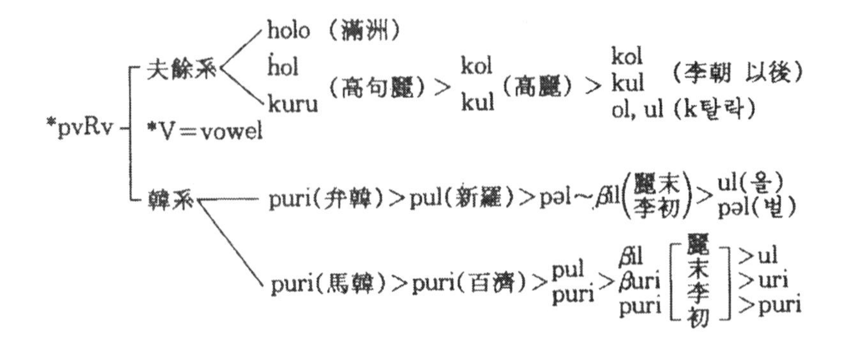

ところでこの‘卑離’が辯韓・辰韓の24國名には現れない。辰韓12國のうち一つの國であった斯盧伐國ではなかったことに留意する必要がある。新羅語の地名語尾によく使われる’伐’(弗、火)は’斯盧’(斯羅、尸羅)が徐伐に變わった後に接尾されたものが’徐羅伐’または’徐伐’であったのでその生成年代は相當遲いものであるとみることができる。前に言及したように百濟地域では’一夫里’(<卑離)に繼承され、一方、末母音が脫落して’一夫里>伐’に變化した語形が加羅と新羅地域に傳播したものとみることにする。従って’卑離’はただ馬韓語だけで使用された獨特な存在といえる。そして扶餘語で使用された‘溝漊’もやはり單獨で承繼された獨特の地名語尾であるが、ここで‘卑離’：‘溝漊’の對應が興味深い。‘溝漊’は城を意味して‘卑離’は野(または坪原)を意味するのでこれらの對應は扶餘系語と韓系語が異質的な關係でかなり遠いものであることを感じさせる。

扶餘系語の‘溝漊’は高句麗語‘忽’に變化したが、その意味は城であった。なぜなら現れるすべての‘忽’が城に對應するからである。「三國史記」卷35、37の高句麗の地名に現れる總24個の‘忽’が‘買召忽～彌鄒忽’だけ城との對應記錄がないだけで、殘りはすべて城に對應表記されており「三國史記」卷35、37の末尾部へ搭載された鴨綠江以北地域の地名に現れる18個の‘忽’もすべて城に對應表記されている。この‘忽’は百濟語では、

悅己>悅城、結己>潔城、如斯只>儒城(三國史記 卷36)

のように'己(只):城'に對應する。都守熙(1987:87~98)で城に對應する'己'を、

＊kuru～＊kuri＞kuøi＞kuy＞kɨy(城)

のように發達したものと推定する必要があった。そのため『龍飛御天歌』に現れる加莫洞、答相谷などが'골:洞、谷'と對應するとして、これを根據に高句麗語またはそれ以前にも'忽'(＜溝漊)の意味に遡ると考えてはならない。'谷'の意味を現す語彙が'買旦忽＞水谷城、德頓忽＞十谷城'のように'旦、冉冉頓:谷'に對應する＊tan(谷)を發見するからである。

従って'溝漊'と'卑離'の關係は語頭の'k(h):p'の對應を見せる同一系統の同意語ではなく最初から意味が同じではない別個の語彙に推定され、これと同じ異質の地名が一端、南北の言語の差を敎えてくれる證據といえる。

5.2. '盧'の分布とその後繼形

馬韓54國名のうち'盧'は、

速盧不斯　咨離牟盧　狗盧　駟盧　萬盧　牟盧卑離　莫盧　捷盧

などのように8個が現れる。この'盧'は辯韓・辰韓24國名の中でも'瀆盧, 斯盧'のような2個が現れる。そして馬韓國名の冉路と辯韓・辰韓の國名の半路甘路　戸路の'路'を'盧'の異表記形と見るなら、その數はさらに增加するであろう。'盧'と'路'が同一の上古音 lag(中古音 lou)であるためである。この'盧'が三韓の全地域におしなべて分布していた、比較的普遍性がある地名語尾であったということに注目しようと思う。この'盧'は馬韓の'駟盧＞沙羅～沙尸良'と辰韓の'斯盧＞斯羅～徐羅'のように'羅'に續き、この'羅'は'加羅(駕洛)、加羅忽(水城)、河西羅(溟州)'のように南部から中部に至るまで分布している。

ところでこの'羅'に對應する語形が、

於斯內(斧壤) 骨衣奴(荒壤) 仍伐奴(穀壤) 仍斤內(槐壤) 金惱(休壤)

などのように中部地域の古地名に'內、奴、惱'に對應表記されており、その意味は'壤'である。「魏志」と「後漢書」の高句麗5部族名にも、

北部＝絶奴部 東部＝順奴部 南部＝灌奴部 西部＝涓奴部

のように'壤'の意味である'奴'を發見する。都守熙(1992：23～24)が論述したように高句麗の王の稱號の中でも、

故國川王～國壤王 東川王～東壤王 中川王～中壤王 西川王～西壤王 美川王～好壤王

のような'川：壤'の對應を發見する。'襄'を'壤'の略字表記だと考えると、古代語で'土・川'に對する固有語形が同音であったものと把握できる。なぜなら百濟の地名に'加知乃'(市津)があり、新羅の人名に'素那～金川、沈那～煌川'があるからである。

'壤・土'を意味する'羅'と'內・奴・惱'が古代の朝鮮半島の全地域に分布していた'羅'形が中部地域の北端まで北上していたかと思えば、'奴'形が辯辰地域の'樂奴國'から發見され、新羅語'思惱～詩惱'がみつかる。この全てが語頭に'r：n'の對應をみせるが留意する必要がある。古代朝鮮半島の北部地域に分布していた語頭の'nー'形がツングース語(女眞語)のna(土, 地)と一致するので扶餘系語の特徵を表すものとみることができる。

5.3. '駟'の分布とその後繼形

馬韓の地名語'駟盧'は百濟の地名語'沙羅'(または沙尸良)に續く。これはま

るで辰韓の地名語'斯盧'が'斯羅'(または徐羅)に續くことと同じ現象である。そしてここで'斯・沙・徐'は'所夫里'(または泗沘)と'沙伐國'(>沙伐州>上州>尙州)の'所・泗・沙'と同一語形である。都守熙(1988：12ー20、165ー184)は'駟・斯・徐・所・泗・沙'を＊sʌyと推讀し、その意味は'新・東'と論證した。

ところで、古代朝鮮半島中部の東北部に位置していた'濊國'が'鐵原・鐵円・鐵城・東州・東國'のように多様に表記されていた。'濊'の古代音が＊səy～＊syəyであったものと推定すると、'鐵'の昔の訓讀みが＊soyであるので濊貊語も'東'の意味で＊sʌyを使用した可能性が高いであろう。

高句麗語も'東'の意味に使われた二つの例が發見される。

① 三曰東部　一名左部　卽順奴部也(後漢書)
② 史忽>似城(三國史記 卷37)

これら①②は高句麗が南侵してその領土が中部地域まで擴大する前の言語事實であることに、さらに注目させられる。

要するに'東'の意味である＊sʌyが三韓語の地域は扶餘系語の地域までおしなべて擴散し、一般的に使用された痕跡が殘っていることが特異である。

5.4. '鞬吉支、臣智'の分布とその後繼形

中國の古文獻に次のような記錄が殘っている。

① 馬韓各有帥　大者自名爲臣智(三國志　魏志　東夷傳)
② 諸小別邑　各有渠帥　大者名臣智(後漢書　馬韓條)
③ 臣智或加優呼臣雲遣支報……拘邪秦支廉之號(後漢書　辰韓條)
④ 王姓夫餘氏　號於羅瑕　民呼爲鞬吉支　夏言竝王也　妻號於陸　夏言妃也
(周書 異域傳　百濟條)

上記の①②③から'臣智'が韓系語におしなべて分布していた事實を確認する。この'臣智'の'智'は辰韓語の後繼語である新羅語に、

> 儒理一作世理智王(三國遺事 王歷)
> 居七夫智、福登知、覓薩智(眞興王 昌寧拓境碑)
> 朴閼智・金閼智(三國遺事 卷1)
> 助富利智干(新羅 使臣)(日本書紀)

のように普遍的に使用されており加羅語でも、

> 坐知王、銍知王、鉗知王、脫知爾叱今(三國遺事 卷2 加洛國記)
> 伊珍阿鼓 一云內珍朱智、道設智王(三國史記 卷34)

のように'知・鼓・智'と承繼され書かれた事實が確認される。ここでもし馬韓語'秦支'の'支'を'智'と同一のものと見ると、④の'鞬吉支'の'支'に結び付けられる。ところで、この'支'は高句麗語の'莫離支'の'支'に再び結び付けられる可能性がある。そうならばこの'智・支'もやはり古代朝鮮半島の全地域で使用したわけであるが、その分布が北部に少ないことを考えると、高句麗語の'支'は韓系語の浸透であったものと推定できる。

上記の④の例'鞬吉支'を'鞬＋吉支'と分析すると、'吉支'は古朝鮮語である'箕子'にまで遡れる可能性がある。「光州千字文」に'王'の訓讀みが'긔ᄌᆞ'であり『日本書紀』で'鞬吉支'が'コニキシ'とよまれているだけではなく『古事記』にも阿直支を阿知吉師といい、王仁を和彌吉師としているので'吉支'はより先代では'箕子、箕準'に續き、より後代には'吉師'と'긔ᄌᆞ'に承繼されたといえるであろう。

そして'鞬吉支'の'鞬'は新羅語'麻立干、角干、角粲、尼叱今、舒弗邯'と加羅語'我刀干、留水干、天神干、角干、沙干、大阿干'の'干・粲・今・邯'と同一語であるが、ただその使われた位置が語頭と語尾という點だけが違う。ここで扶餘系語である'於羅瑕、古鄒加、大加、馬加、牛加'の'瑕・加'

を比較することができる。やはり語頭に使用した例としては'鞬'のみである。ところで、同一語尾の單語が扶餘系語ではCV形として現れる韓系語ではCVCV形で現れるが、その末音が'ø : n～m'という點である。從って末音があるかないかの差で南・北に分布していた事實を確認する。

'加・瑕'は扶餘系語、'鞬・干'は韓系語に規定したいが、同じ意味に使われているモンゴル語の'khan'があるので、ためらわざるを得ない。一方、'莫離支'を'莫離(mari)＋支'に分析すると、'麻立(mari)＋干'と同一の意味に使われた'mari'という語幹を發見することになる。では後部の'支'は馬韓語'臣智・秦支・遣支'の'智・支'と同じ屬性の要素と考えられるようであり、さらに'鞬吉支'の'支'とも關係があるようである。

上記の語彙要素を總合して圖化すると次のような分布をみせる。

(A) 鞬 ＋ 吉支の分布

(古朝鮮語)			箕	＋	子		＊ 긔장(穄=王)(高麗初)
			箕	＋	準		긔자(王)(光州千字文)
(馬韓語)	鞬	＋	吉	＋	支		
(辰韓語)	居瑟	＋	邯				
	居西	＋	干				
(新羅語)	舒弗	＋	翰				
	舒弗	＋	邯				
	角	＋	干				
	麻立	＋	干				
	角	＋	粲				
	尼師	＋	今				
(加羅語)	我刀	＋	干				
	角	＋	干				
	爾叱	＋	今				
(高句麗語)	古鄒	＋	加				
	馬	＋	加				

(百濟語)	於羅	+	瑕		
	鞬	+	吉	+	支

(B) ‘智・支’의分布

(馬韓語)	臣	+	智	(加羅語)	坐	+	知
	遣	+	支		銍	+	知
	秦	+	支		鉗	+	知
	鞬吉	+	支		脫	+	知
					阿	+	志
(新羅語)	朴閼	+	智	(高句麗語)	莫離	+	支
	金閼	+	智		於只	+	支
	世里	+	智				
	居七夫	+	智				
	福登	+	智				
	覓薩	+	智				

加羅語で‘金坐知王’を‘金叱’、金銍知王を金銍王、金鉗知王を金鉗王、‘知’を省略して呼んだものと考えると、‘知’が分離できる一つの形態素であったことがわかる。

6. 結論

今まで論議してきた內容をまとめると次のようになる。

韓國語の系統を支配してきた從來の學說はアルタイ語系統說であり、北方起源說に偏っていた。

しかし、本稿は南方起源說も決して排除することができないことを力說したものである。南方から東南方に流れる、所謂、對馬海流に乘って民族の移動がたやすく行われたと推定した。このような自然海流と6月から9月にかけてこの海流に乗って吹く順風(trade wind)は民族(または商人)の移動をさらに簡單にしたであろう。このように自然現象に従って分布した神話が所謂、南方系統の卵生神話であるが、この卵生神話が一端、三韓地域のうち辰韓・辯韓地域にまず分布して、その文化が馬韓地域に擴散したものと思われる。また、それと同時に稻作、土器文化そして入墨等の南方文化がやはり三韓地域におびただしく分布していた事實が確認されることも南方から民族が移動して來た可能性を示唆するものである。

先に提示したいくつかの可能性を土臺に「加洛國記」の金首露王と許黃玉王妃の本鄕が南方に實存したアユタヤ國であり、それは現在、タイの首都であるバンコクに位置しているAyuttayaの前身であったと推定した。

もし紀元直後に時差的に金首露王とその王妃が南方から流入して來た實在の人物ならば、これより何世紀か前にも民族が移動して來た可能性があるであろう。従って馬韓を始めとした韓系の諸言語族が南方から流入して朝鮮半島の南部に先住したものであるとした。

中國の史書から馬韓の版圖が54個の部族國から形成されていたことがうかがえる。しかし、李承休(1287)の'稱國者 馬有四十'という主張を參考にすれば、馬韓だけで使われていた特異な地名語尾を'卑離'の分布を中心に考察した結果、現在の京畿圈に分布していた14ヶ國は辰韓に隷屬していたものに推定することが妥當であろう。従って殘り40ヶ國だけが現在の忠淸・全羅圈に位置していたものと推定した。

馬韓の地名の基本構造は2音節(2文字)形であった。この基本構造はほとんど同じ時期に全國を36郡に分割した秦の始皇帝(B.C. 221)の2音節(2文字)の地名と同一である。秦の地名と對照してみた結果、類似の地名はなかったがその地名語の構造だけは似ている點が多かった。その反面、馬韓の地名を繼承した百濟の地名が3音節構造が優勢であることが奇異である。この點に關してはこれから深く考察する問題である。

ここで特記することは、いろいろな理由から語彙的な次元であるが、アルタイ語的な要素ではない語彙がある程度體系的に韓系語に現れ、この非アルタイ語的な語彙が古代日本語から發見されたという事實である。この事實は三韓地域と同一文化圈にあった日本地域に韓系の文化と言語が傳播していったものと推定できる。また、この韓系語の語彙的な特徵が意外に朝鮮半島の中部地域まで北上した。卑離(＞夫里)または伐(火、弗)に特徵付けられる韓系語の地名語尾が忠南・全北・全南・慶北・慶南に分布している、これらだけを中心に考えてみると從來の主張通り中部以北が扶餘系語地域であり、それより南の地域は韓系語地域であると推定することができる。

ここで我々は'土・壤'を意味する語彙が扶餘系語では*na、韓系語では *raが北と南におしなべて分布していた事實に注目するようになる。たとえ語形的には'n：r'の對應を見せていても根源的な面では同じ系統に歸する可能性があるためである。しかし'n：r'は'南：北'の意味を付與していることは間違いない。ところが'東'の意味である*sʌyは古代の朝鮮半島全地域の至るところに分布していたので、何の差も發見できない。一方、'大'の意味を表す'*han～*kam'を使用して末音'n～m'があったかなかったかの差を表す。やはり南と北の差をみせている。しかし、これもやはり根源的には同一祖語に歸する可能性を見せている。そして'王'を意味する*kičaもやはり古代朝鮮半島の全地域に分布していた。また人稱接尾辭に現れる*čiもやはり古代朝鮮半島の全地域で使われていた痕跡が顯著に殘っている。

前述部分で提示した內容を根據に考察すると、古代朝鮮半島では流入元を別にする二つの系統の言語が混淆していたもののように思われる。その一つは北方系の扶餘語であり、もう一つは南方系の韓系語であるといえるであろう。この二つの系統の言語は一見、遠い關係のように見えるが、早期にはウラルーアルタイ祖語に遡及する可能性さえ排除できないという點を付け加えることができる。

참고문헌 ■

강돈묵(2001), 「거제 지역의 지명연구」, (어문연구 35), 어문연구학회

강신항(1971), 『朝鮮館譯語』 新譯, (大東文化硏究 제8집), 성균관대

———(1975), 『鷄林類事』,「高麗方言」 語譯, (大東文化硏究 제10집), 성균관대

강효석(1924), 『典故大方』, 漢陽書院

김동소(1981), 「韓國語와 TUNGUS語의 音韻比較硏究」, 효성여대

김방한(1978), 「알타이 諸語와 韓國語」, (東亞文化) 제15집, 서울대

———(1983), 『韓國語의 系統』, 민음사

김성칠(1951), 『국사통론』, 문림사

김영만(1995), 「迎日冷水里新羅碑의 借字表記에 대하여」, (남풍현선생회갑논총)

김완진(1957), 「原始國語의 子音體系에 對한 硏究」, (國語硏究 제3호), 國語硏究會

———(1971), 『國語音韻體系의 硏究』, 일조각

———(1980), 『鄕歌解讀法硏究』, 서울대

김형규(1975), 『國語史槪要』, 일조각

김방한(1978), 「알타이어 제어와 한국어」, (동아문화 제15집), 서울대

———(1983), 『한국어의 계통』, 민음사

김선기(1976), 「韓國語의 起源」, (現代文學 제254호), 현대문학사

김완진(1980), 『향가해독법연구』, 서울대

김종훈(1983), 『한국고유한자 연구』, 집문당

———(1994), 『국어어휘론 연구』, 한글터

남풍현(1993), 『三國史記의 史料的 檢討』, 한국정신문화연구원

도수희(1972), 「百濟王稱號小考」, (백제연구 제3집), 백제연구소

———(1977), 『백제어 연구』, 아세아문화사

———(1980), 「百濟地名硏究」, (백제연구 제10~11집), 백제연구소

———(1984), 「백제어의 음운변화」, (언어 제5호), 충남대어학연구소

———(1985), 「백제 전기어와 가야어의 관계」, (한글 제187호), 한글학회

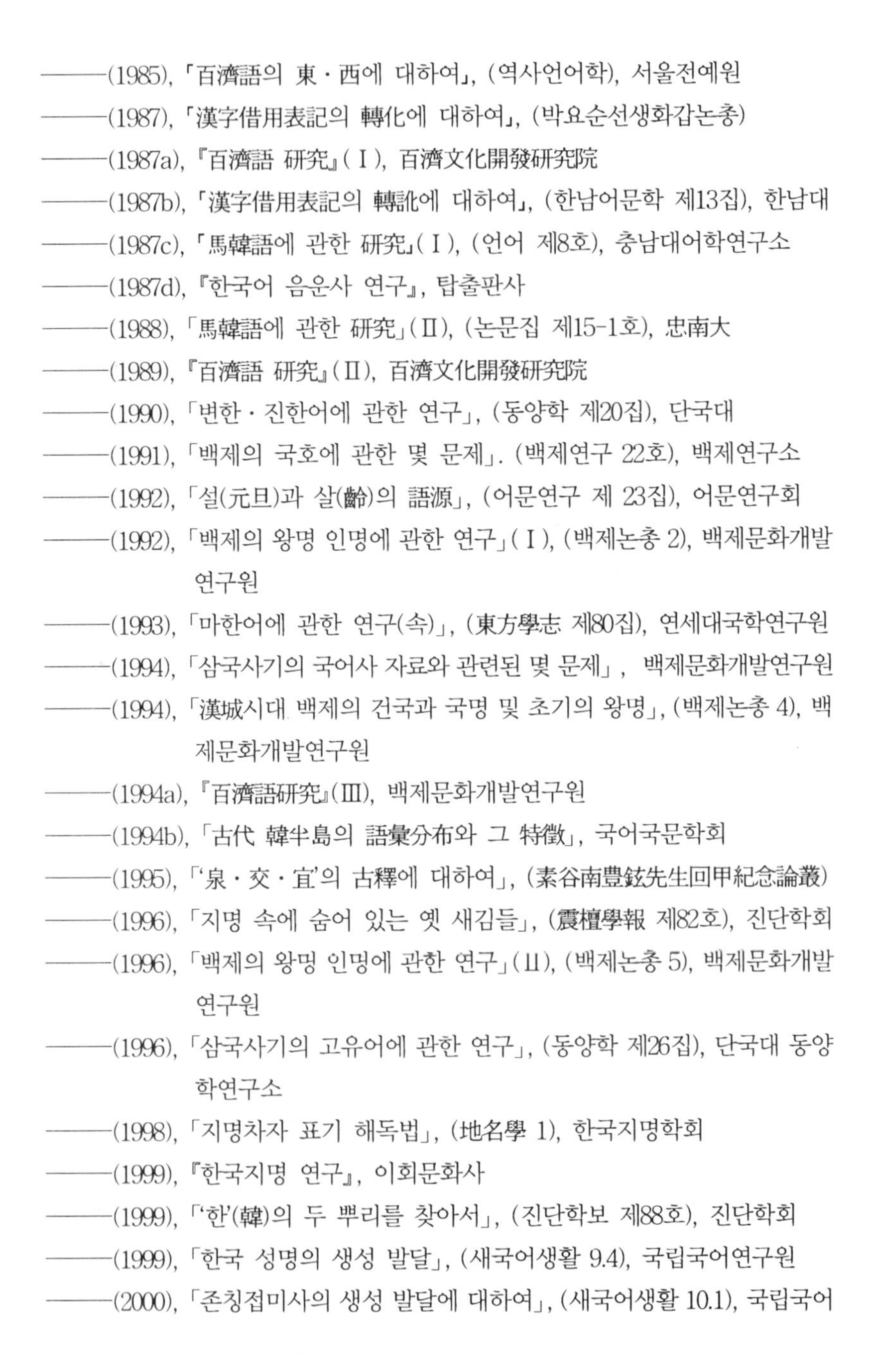

———(1985), 「百濟語의 東・西에 대하여」, (역사언어학), 서울전예원
———(1987), 「漢字借用表記의 轉化에 대하여」, (박요순선생화갑논총)
———(1987a), 『百濟語 硏究』(Ⅰ), 百濟文化開發硏究院
———(1987b), 「漢字借用表記의 轉訛에 대하여」, (한남어문학 제13집), 한남대
———(1987c), 「馬韓語에 관한 硏究」(Ⅰ), (언어 제8호), 충남대어학연구소
———(1987d), 『한국어 음운사 연구』, 탑출판사
———(1988), 「馬韓語에 관한 硏究」(Ⅱ), (논문집 제15-1호), 忠南大
———(1989), 『百濟語 硏究』(Ⅱ), 百濟文化開發硏究院
———(1990), 「변한・진한어에 관한 연구」, (동양학 제20집), 단국대
———(1991), 「백제의 국호에 관한 몇 문제」. (백제연구 22호), 백제연구소
———(1992), 「설(元旦)과 살(齡)의 語源」, (어문연구 제 23집), 어문연구회
———(1992), 「백제의 왕명 인명에 관한 연구」(Ⅰ), (백제논총 2), 백제문화개발연구원
———(1993), 「마한어에 관한 연구(속)」, (東方學志 제80집), 연세대국학연구원
———(1994), 「삼국사기의 국어사 자료와 관련된 몇 문제」, 백제문화개발연구원
———(1994), 「漢城시대 백제의 건국과 국명 및 초기의 왕명」, (백제논총 4), 백제문화개발연구원
———(1994a), 『百濟語硏究』(Ⅲ), 백제문화개발연구원
———(1994b), 「古代 韓半島의 語彙分布와 그 特徵」, 국어국문학회
———(1995), 「'泉・交・宜'의 古釋에 대하여」, (素谷南豊鉉先生回甲紀念論叢)
———(1996), 「지명 속에 숨어 있는 옛 새김들」, (震檀學報 제82호), 진단학회
———(1996), 「백제의 왕명 인명에 관한 연구」(Ⅱ), (백제논총 5), 백제문화개발연구원
———(1996), 「삼국사기의 고유어에 관한 연구」, (동양학 제26집), 단국대 동양학연구소
———(1998), 「지명차자 표기 해독법」, (地名學 1), 한국지명학회
———(1999), 『한국지명 연구』, 이회문화사
———(1999), 「'한'(韓)의 두 뿌리를 찾아서」, (진단학보 제88호), 진단학회
———(1999), 「한국 성명의 생성 발달」, (새국어생활 9.4), 국립국어연구원
———(2000), 「존칭접미사의 생성 발달에 대하여」, (새국어생활 10.1), 국립국어

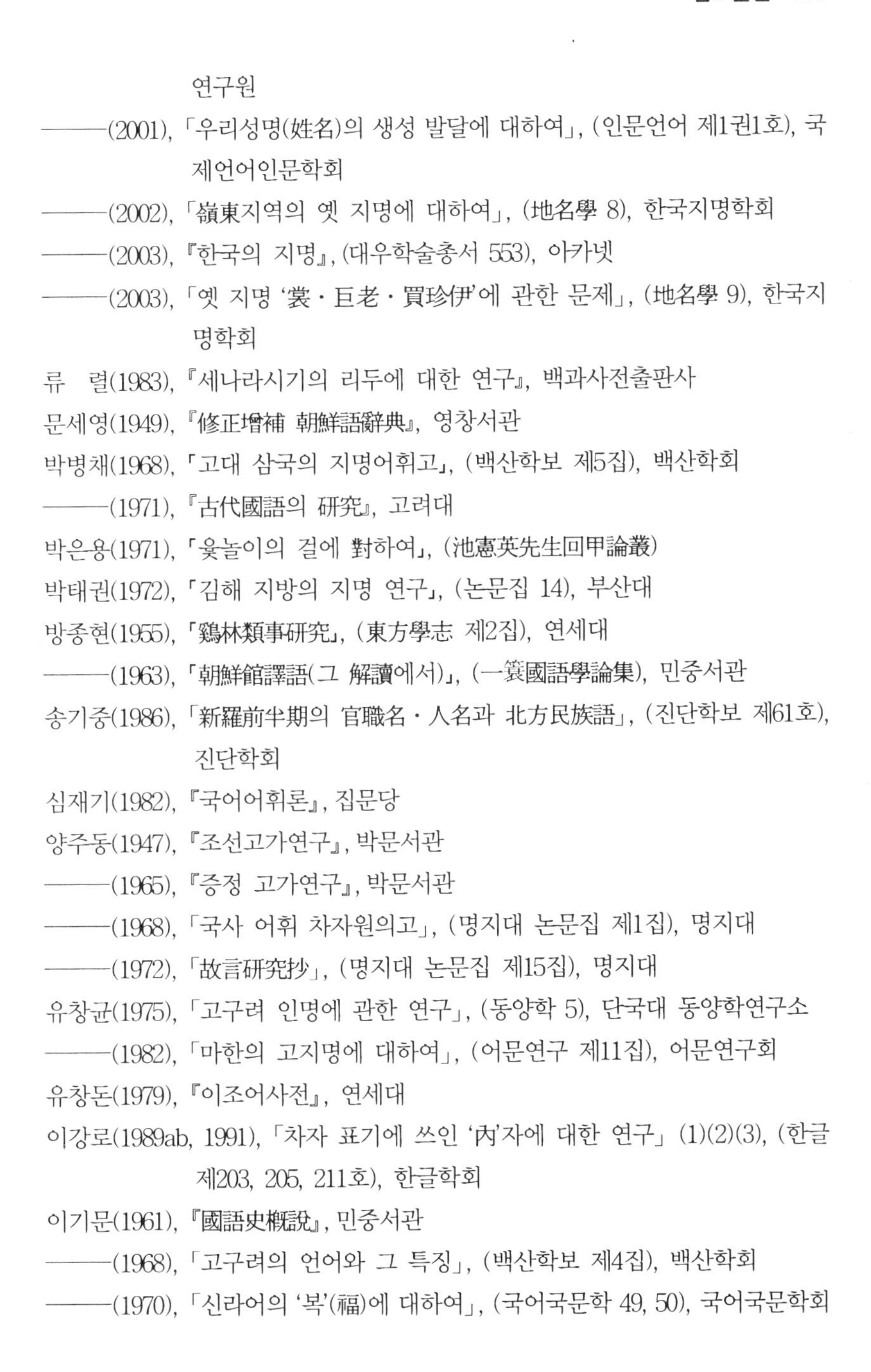

연구원

———(2001), 「우리성명(姓名)의 생성 발달에 대하여」, (인문언어 제1권1호), 국제언어인문학회

———(2002), 「嶺東지역의 옛 지명에 대하여」, (地名學 8), 한국지명학회

———(2003), 『한국의 지명』, (대우학술총서 553), 아카넷

———(2003), 「옛 지명 '裳·巨老·買珍伊'에 관한 문제」, (地名學 9), 한국지명학회

류　렬(1983), 『세나라시기의 리두에 대한 연구』, 백과사전출판사

문세영(1949), 『修正增補 朝鮮語辭典』, 영창서관

박병채(1968), 「고대 삼국의 지명어휘고」, (백산학보 제5집), 백산학회

———(1971), 『古代國語의 硏究』, 고려대

박은용(1971), 「윷놀이의 걸에 對하여」, (池憲英先生回甲論叢)

박태권(1972), 「김해 지방의 지명 연구」, (논문집 14), 부산대

방종현(1955), 「鷄林類事硏究」, (東方學志 제2집), 연세대

———(1963), 「朝鮮館譯語(그 解讀에서)」, (一簑國語學論集), 민중서관

송기중(1986), 「新羅前半期의 官職名·人名과 北方民族語」, (진단학보 제61호), 진단학회

심재기(1982), 『국어어휘론』, 집문당

양주동(1947), 『조선고가연구』, 박문서관

———(1965), 『증정 고가연구』, 박문서관

———(1968), 「국사 어휘 차자원의고」, (명지대 논문집 제1집), 명지대

———(1972), 「故言硏究抄」, (명지대 논문집 제15집), 명지대

유창균(1975), 「고구려 인명에 관한 연구」, (동양학 5), 단국대 동양학연구소

———(1982), 「마한의 고지명에 대하여」, (어문연구 제11집), 어문연구회

유창돈(1979), 『이조어사전』, 연세대

이강로(1989ab, 1991), 「차자 표기에 쓰인 '內'자에 대한 연구」 (1)(2)(3), (한글 제203, 205, 211호), 한글학회

이기문(1961), 『國語史槪說』, 민중서관

———(1968), 「고구려의 언어와 그 특징」, (백산학보 제4집), 백산학회

———(1970), 「신라어의 '복'(福)에 대하여」, (국어국문학 49, 50), 국어국문학회

———(1972), 「漢字의 釋에 관한 研究」, (동아문화 11), 서울대학교 동아문화연구소
———(1975), 『韓國語와 알타이諸語의 比較研究』, (國語學論文選 10), 민중서관
———(1989), 「古代國語 研究와 漢字의 새김 문제」, (진단학보 제67호), 진단학회
이병도(1959), 『韓國史』-古代篇-, 진단학회
———(1980), 『국역 삼국사기』, 을유문화사
———(1981), 『한국 고대사 연구』, 박영사
이숭녕(1971), 「한국방언사」, (한국문화사대계 상), 고려대
이홍직(1954), 「백제인명고」, (논문집 1(인문사회과학)), 서울대
———(1956), 「연개소문에 대한 약간의 존의」, (이병도박사화갑기념논총), 일조각
정인보(1946), 『朝鮮史研究』, 서울신문사
정중환(1962), 『加羅史草』, 釜山大
———(1970), 『독로국고』, (백산학보 8)
조규태(1986), 『고대국어 음운 연구』, 형설출판사
주상대(1995), 「가덕도 일대의 지명 조사 연구」, (한글 227), 한글학회
지헌영(1962), 「居西干・次次雄・尼師今에 대하여」, (어문학 8), 한국어문학회
최남선(1943), 『故事通』, 삼중당
최범훈(1977), 『한자차용표기체계 연구』, 동국대출판부
최현배(1955), 「연세춘추」, (1968, 외솔최현배박사 고희기념논문집에 재록)
홍기문(1946), 『正音發達史』下卷, 서울신문사 출판국

金澤庄三郎(1985), 『日韓古地名の研究』, 草風館
吉田東伍(1977), 『日韓古史斷』, 當山房
白鳥庫吉(1970), 『白鳥庫吉全集』(제2권), 岩波書店
三品彰英(1975), 『增補日鮮神話傳說の研究』, 平凡社
王　恢(1978), 『中國歷史地理』上下, 臺灣 學生書局
張世祿(1930), 『中國音韻學史』 上下, 臺灣 商務印書館
前間恭作(1925), 『鷄林類事麗言攷』, (東洋文庫論叢 3)
錢穆(1984), 『史記地名考』, 臺灣 三民書局
錢玄同(1969), 『文字學音篇』, 臺灣 學生書局

鮎貝房之進(1931), 『雜攷』(第1集), 朝鮮印刷株式會社
鮎貝房之進(1955), 「借字攷」(一), (朝鮮學報 第7集), 朝鮮學會
羅常培(1956), 『漢語音韻學導論』, 北京, 中華書局
丁邦新(1975), 『魏晋音韻研究』, 臺灣 Taipei
周法高主編(1973), 『漢字古今音彙』, 香港中文大學

Bouda, K(1953), Dravidisch und uralaltaosch. Ural-Altaische Jahrbiicher 25.
Burrow, T(1943), The body in Dravidian and Uralian. Bulletin of School of Oriental and African studies 11.
Cadwell, R. A(1856), A Comparative Grammar of the Dravidian or South-Indian Family of Languages. London.
Dallet, Ch(1874), Histoire de l'église de Corée.
Fourquet, J(1956), The Germanic Consonant Shift : Les Mutations Consonan tiques du Germanique, 2d. Paris.
Hulbert, H. B(1905), A Comparative Grammar of the Korean Language and the Dravidian Dialects of India. Sseoul, Korea : Methodist Publi shing House.
Kim, Chin-W(1983), "The Indian-Korean Connection Revisited," Korean Linguistics 3.
Lewin, B(1980), Sprachkontakte Zwischen Paekche und Yamato in Früh geschichtlicherzeit, Asiatische Studien XXXIV. 2, Peter Lang.
Meile,p(1949), Observations sur quelques altaiques. Actes du XXI Congres international des Orientalistes. Paris.
Menges, K h(1964), Altaisch und Dravidisch. Orbis 13.
Ramstedt, G. J(1939), Über die Stellung des Koreanischen. Journal de la Société Finno-Ougrienne 55.
Sebeok, T. A(1945), Finno-Ugric and the languages of India. Journal of American Oriental Society 65.
Tyler, S. A(1968), Dravidian and Uralian : the lexical evidence. Language 44.

찾아보기 ■

【ㅂ】

都守熙

· 1934년 충남 논산에서 출생
· 1977년 충남대학교 대학원(문학박사)
· 1967-99년 충남대학교 교수(현 명예교수)
· 1987-88년 충남대학교 문과대학장, 예술대학장 역임
· 1985년 국어학회 · 진단학회 · 한글학회 평의원
· 1987년 한국언어문학회 회장 역임
· 1997년 한국지명학회 초대회장 역임
· 1995년 Who's Who in the World(세계 인명사전)에 등재
· 2002년 제37회 五 · 一六민족상 수상
· 2004년 국제언어인문학회 고문
· 2008년 백제학회 고문

【논저】
· 1977년 『백제어 연구』 (아세아문화사)
· 1987년 『한국어음운사 연구』 (탑출판사)
· 1987년 『국어대용언의 연구』 (탑출판사)
· 1987, 89년 『백제어 연구』 (I , II)(백제문화개발연구원)
· 1994, 00년 『백제어 연구』 (III, IV)(백제문화개발연구원)
· 2003년 『한국의 지명』 (아카넷)
· 2004년 『백제의 언어와 문학』 (백제문화개발연구원)
· 2005년 『백제어 어휘 연구』 (제이앤씨)
· 2005년 『백제어 연구』 (제이앤씨)
· 2007년 『백제언어 연구』 (1,2,3,4)(제이앤씨)
· 논문은 「각자병서 연구」 (1970 한글학회) 밖에 150여 편을 썼다.

三韓語 研究

초판인쇄 2008년 7월 11일 / **초판발행** 2008년 7월 28일
저자 都守熙 / **발행** 제이앤씨 / **등록** 제7-270호

132-031 서울시 도봉구 창동 624-1 현대홈시티 102-1206
TEL (02)992-3224(대) / FAX (02)991-1285
e-mail: jncbook@hanmail.net / URL http://www.jncbook.co.kr
ISBN 978-89-5668-629-5 93810 **정가** 20,000원